和平 著

追忆那些
月影阑珊的星夜

图书在版编目（CIP）数据

追忆那些月影阑珊的星夜 / 和平著 . -- 北京：团结出版社, 2024.5（2024.7 重印）

ISBN 978-7-5234-0427-0

Ⅰ.①追… Ⅱ.①和… Ⅲ.①长篇小说 – 中国 – 当代 Ⅳ.① I247.5

中国国家版本馆 CIP 数据核字 (2023) 第 180700 号

出　　版：团结出版社
　　　　　（北京市东城区东皇城根南街 84 号 邮编：100006）
电　　话：（010）65228880　65244790
网　　址：http://www.tjpress.com
E-mail：zb65244790@vip.163.com
经　　销：全国新华书店
印　　装：三河市东方印刷有限公司

开　　本：145mm×210mm　32 开
印　　张：14.625
字　　数：338 千字
版　　次：2024 年 5 月　第 1 版
印　　次：2024 年 7 月　第 2 次印刷

书　　号：978-7-5234-0427-0
定　　价：78.00 元
　　　　　（版权所属，盗版必究）

谨以此书献给我的母亲

和那些在漫漫长夜中

找寻星光的同路人

目录

第一部　　*001*

第二部　　*133*

第三部　　*313*

第一部

市立女中的三个女学生突然失踪了,她们的亲人四处寻找,多方打听,一遍又一遍地登寻人启事,但杳无音信。几天后,小龟礁海域有尸体被海水冲上岸来,据说是年轻人,是男是女,传说不一……其实,她们的失踪是有人知道的,只是那个人不肯说,究竟是怎么回事?我们还是从几年前说起吧。

1

这天天一亮,黑云就把恐惧一层层地抹在天上,然后又将恐惧传染给了海,在天和海的胁迫下,胶城很快就暗无天日了,它远远看去,就像是一条搁浅的巨轮。假如闫觉鸥知道这一天将会如何度过,她就不起床,不要这一天了。

上午在学校上课时,闫觉鸥就心不在焉,现在,跟唱诗班的女孩子们一起练习圣歌,还是心不在焉,她脑子里一直在想着她们的老朋友流浪猫灰小姐和那三个猫孩儿,以前它们是主唱石变男的心肝宝贝,前不久她家出事了,她也不来唱诗班了,便把照顾它们的事交给了闫觉鸥她们。那天闫觉鸥发现它们突然都不见了，后来几天也没见回来，闫觉鸥想它们不会被那些没饭吃的人抓去给……阿门！闫觉鸥揪着额前那几根让怎么着偏不怎么着的自来卷发愁，她一没主意就会去揪它们，好像那是能触及她智慧的天线。见安妮修女用不满的眼神看着她，她这才意识到自己又在不走脑子地拖着拍子，急忙收了声。

唱诗班活动一结束，闫觉鸥拉起戴琼慧和吴婉玲就往破澡堂子跑，那里的屋顶是灰小姐它们的家，谢天谢地，它们终于回来了！小猫们看见她们都"喵喵"叫着跑来，"人来疯"还喜悦地把身体弓成一个"门"形迎接她们。灰小姐满眼都是见到亲人的委屈。"你们跑哪儿去了？急死我了！"闫觉鸥的话未说完，就听"砰"的一声枪响，灰小姐被一颗飞来的子弹打中倒在血泊中，还没容几个人反应过来，又一颗子弹飞来，三人吓得扑倒在地，她们发现对面阳台上有个日本兵正骑在同伙肩上朝这边举枪瞄准呢，三人不顾一切抱起三只猫孩儿跑了。

闫觉鸥用头巾兜着三只小猫往家走，防空警报突然刺耳地响起来，街上的人们立即惊慌失措地乱跑起来，持枪的日本宪兵和警察连喊带骂地驱赶着他们躲藏。今天这街上的路口儿格外地多，闫觉鸥感觉随时要跟突然蹿出的人撞上，"别怕啊！"她低头安慰着怀里的小猫，"吱——"一辆黑色轿车从拐角儿冲出来，把她撞了出去，怀里的三只小猫受惊而逃，闫觉鸥被撞懵了，恍惚中见一男一女从车上下来，来到她面前问她怎么样,那女人带着责怪的语气说:"我们一直按喇叭,你没听见啊?"男人问:"你不是唱诗班新来的那个领唱吗?"闫觉鸥也认出这个人是廖公馆的大少爷,他是教堂的常客。"我的猫呢?"闫觉鸥坐起身。"猫?""猫!我的猫!"闫觉鸥快哭了,她咬牙站了起来,四下喊着:"小洋人!""人来疯!"她刚一迈腿,头一阵发晕,大少爷忙扶住她。"我的猫!求你们帮我找找我的猫!""现在在防空演习!小姐!你有没有事啊?"女人显得不耐烦地对大少爷说,"她好像没事,我们走吧!""嘭嘭嘭!"一个持枪的日本宪兵走来使劲地拍打他们的轿车,嘴里"哇啦哇啦"地冲他们喊着什么。女人小跑着去到宪兵面前,点头哈腰地用日语跟他说了几句什么,又掏出身上证件给他看,然后跑回来说:"快走!快上车!"闫觉鸥转身要走,大少爷拉住她,"上我的车,我送你。""我还要去找我的猫呢。"女人:"你的猫比命还要紧吗?我们走,别管她!"日本宪兵又哇啦起来,大少爷拉着闫觉鸥朝汽车走去:"上车!不然你会有麻烦!"坐进汽车后,大少爷对闫觉鸥说:"刚才两个宪兵被人杀了,说是几个学生干的,他们正四处搜人呢!我家就在前面,你躲一会儿再走。"去廖公馆!这要是以前,闫觉鸥会很高兴,平时放学,她和戴琼慧、吴婉玲经过那儿时,经常扒着门缝往里面看。在她们眼里,廖公馆不仅是一座美丽的城堡,还是一个热闹的百老汇,关于它的传说,就像是下雨下到胶城人们耳朵里的,几乎家喻户晓:廖老爷是德国留学回来的,学的法律,一回国就帮助一家中国企业打赢了一场笃定赢不了的国际官司，一下子就轰动了海内外，年轻的廖老爷从此名声大振。之后，就当上了胶城商埠总理事，成了时任市长的商务高参；廖夫人是生在西方、长在西方的中国人，生性好热闹，对西洋歌曲情有独钟，花腔唱得相当专业，或许是因为她自己命中注定与歌唱家无缘了，家庭音乐会是展示她这恒久热爱的唯一途径，所以这里的音乐 Party 接连不断；另外，廖公馆的三少爷廖义兴，一个性情安静的中学生，是市长的棋友，隔三岔五地就去市府跟市长对弈，很多想打市长主意的人，都是这"百老汇"的客人。然而今天，闫觉鸥一点都不为能进到这"城堡"来感到高兴，灰小姐死了，它的三个孩子都被他们的汽车吓跑了，她现在只有哭的心。她趁汽车在大门前停下的工夫，拉开车门就跑了。

闫觉鸥回到家，见姐姐闫觉灵正在母亲面前抹着眼泪，一问才知她们的父亲去离家一千多公里外的一个小镇上班去了，为赶最后一趟班车没能等她们回来。父亲以前是电业局工程师，几个月前因得罪了日本上司被解雇，之后一连几个月没有工作，今天他突然接到一家外地公司的聘用通知，让他马上前去报到，晚了机会就没了，母亲说，他接到通知后，就着急等着跟两个女儿告别，因为这一走，要很久以后才能回来，可左等右等，她们谁都不回来，加上先前的伤心，闫觉鸥索性放声大哭起来。闫觉灵难过的不单是父亲的离开，还因为他是带着一个疑虑走的,母亲说,他看到报上有消息说廖家二公子要向他大女儿求婚,虽然他认为这事不可能,但他还是想当面问问女儿是否真有这事,还是那些记者在胡说八道,因为她平时主意太大,还什么事都守口如瓶,所以他不敢确定。

2

二少爷向闫觉灵求婚了!吴婉玲带来的这个新闻在教堂唱诗班炸开了,女孩子们为此吵成一片。"不可能!"两个女孩儿异口同声地厉声道,一个是闫觉鸥,另一个是焦娆,说这话时,她的白圆脸儿都急成红圆脸了,"吴婉玲,你说的是哪家的二少爷,是我义达哥哥吗?"吴婉玲:"我说的是廖公馆的二少爷廖义达!""什么报?什么报?给我看看!""那是你昨晚做的梦吧?"焦娆的密友王妙云讥笑吴婉玲说。吴婉玲正要反驳,闫觉鸥先嚷起来:"这是天方夜谭!本小姐完全同意这个说法!首先,人家廖公馆那么有权有势,闫觉灵同学又并非美若天仙以至于能把那家人迷得忘了门第。关键是,闫觉灵同学根本就不想嫁人,她只想考到北平去上大学!"她仰仰头,理了一下额前小卷毛儿,骄傲地说:"依她的实力,上大学毫无悬念,她不会因为任何人放弃这个理想的!"王妙云:"即便是嫁进廖公馆?"吴婉玲:"即便是嫁给二少爷?"闫觉鸥:"我说任何人!廖公馆怎样?二少爷又怎样?"王妙云:"一百个能遇上这样的好事儿的小姐，九十九个会放弃去北平读书。"闫觉鸥提高嗓音说："那是鼠目寸光！读书多有意思啊！就像咱们学校的学姐娄圣佳，还有老校长的女儿余章可，人家都去北平上大学了，你们不羡慕吗？人家怎么都不急着结婚？这叫志向高远！"吴婉玲："廖公馆的二少爷，可不是一般人，一个微笑就能迷倒一大片！"王妙云："真是！他是廖家三个公子中最帅的！"焦娆："你们这些妄想症！我只听说过结婚登报的，还没听说过求婚登报的，你们说，有求婚登报的吗？一听就是小道消息！"吴婉玲："怎么没有？廖公馆的大太太跳绳把脚崴了还登报了呢，求婚有什么不能登的？""人家是名贵！""廖公馆的事什么都是新闻！""小报记者什么都登！"女孩们七嘴八舌地吵嚷着。闫觉鸥一步蹬上旁边的椅子："安静！"她演讲起来，"同学们，要我说，嫁给大户人家才不幸呢！他们那些破规矩，跟用绳子把人捆起来没什么两样！本小姐一点儿都不羡慕，我就羡慕能考到北平去的师姐们！"王妙云："喂，人家焦娆可是大户人家的小姐，她才有发言权呢。焦娆，你说！"焦娆也一步蹬上椅子，指着吴婉玲说："吴婉玲，我告诉你，你别整天没事胡说八道，传播谣言！这种没边儿的消息你也敢往外散！你也不动脑子想想，亲姐姐要结婚了，亲妹妹却一点不知道，你也真傻得流鼻涕了！"大家都笑起来。焦娆："你也不动脑子想想，他们两家可能成为亲家吗？"吴婉玲："有什么不可能的？我觉得你才奇怪呢，这事跟你有什么关系？你着那么大急干什么？"王妙云："你们知道什么，人家二少爷要娶的人是咱焦娆大小姐,她才是二少爷未来的妻子呢!人家很多很多年前就说好了,是定好了!对吧焦娆?"众女生都惊讶地看着焦娆,"你跟二少爷定过娃娃亲啊?"焦娆不自在地说:"这干你们何事?反正你们说的全是胡扯!"

　　离开唱诗班,闫觉鸥拼命地往家跑,恨不得一步就蹿到姐姐面前问个究竟,关于他们交往的传闻,她其实听说过,还曾经问过姐姐一次,她明明回答没这回事,难道是有人在编排姐姐?因为跑得太急,快到家门口时,闫觉鸥已经上气不接下气了,她刚要停下来喘口气,一抬头看见姐姐正在前面走着。"姐!姐!闫觉灵!"她追上来气喘吁吁地问:"你跟那个二少爷到底是怎么回事啊?"她追上姐姐,拿出报纸,"看看这,这上面说的,二少爷向你求婚了!是真的吗?"闫觉灵看了一眼报纸笑笑,"是真的。""啊?"闫觉鸥不满地说:"闫觉灵,你怎么能这样呢?这么大的事,你难道不该第一个告诉我吗?现在全世界都知道了,只有我蒙在鼓里!我还像个傻瓜似的到处解释:没这事!没这事!那是谣言!""你现在知道还那么大情绪呢,要早告诉你,你还不得第一个跳出来反对!""我反对!我坚决反对!姐,你不上大学了!就这么嫁人了!咱俩以前不是老说吗?第一,一定要上大学!第二,绝对不能嫁到大户人家去受罪!你怎么突然改主意了?是看上他们家阔气,你想去过富贵日子?姐,我们以前怎么说的,在他们那种深宅大院里活着,看着美滋滋的,其实并不开心!""小声点!"闫觉灵朝前面看看。"那一堆一堆的太太、姨太太、大老婆、小老婆、丫鬟没事就知道争风吃醋、钩心斗角，廖老爷可有三个太太呢！我们班乔怀芝她表姐以前长得多好看，可嫁到大户人家没几年，再见她时，可吓人啦！脸上的肌肉都竖着长了！都这样了……"她表演着肌肉竖着长的样子，猛然看见了前面走着的母亲和她身边西装革履的男人，那不正是二少爷吗？坏了！他没听见我刚才的话吧？"是令妹吧？"二少爷一回头发现了她，走了过来，"你好！"他伸出手来，闫觉鸥慌张地跟他握了握，"打算娶我姐的人是你吗？"廖义达："正是鄙人。"他见闫觉鸥皱着眉头打量着自己问道："怎么？二小姐觉得哪儿不满意吗？""是！你的鼻子有点，有点大！""那我只能替我的鼻子向你说声对不起了，"廖义达笑道，"我把你姐从你身边抢走了，你是不是有点恨我啊？""不是有点儿！是非常恨你！""不对了，二小姐，你得这么想，女儿家总归是要嫁人的，让我把你姐抢走也许会比她让别人抢走好一些，这样你心里或许就不那么恨我了。""我怎么知道您一定就是那个对她最好的人呢？我可只有这么一个姐姐！""但我敢说，我是这个世界上最爱你姐姐的人。"闫觉鸥："难说。如果，我姐也爱你的话，我方且可以放你一马。"廖义达大笑："二小姐真厉害！看来，我对你姐绝不敢有半点儿怠慢，非拼命爱护才行！""你发誓！"廖义达举起右手："我发誓！"闫觉鸥转向姐姐："姐，爱情真是这么有魔力吗？居然能让你这顽固的'大学派'一下子就放弃追求去嫁人了？"廖义达抢先道："有这魔力！以后你就知道了。"

闫觉鸥第一次走进廖公馆，是为给姐姐当伴娘的事而来，她兴奋地欣赏着那些以前从门缝里看见的景色，感觉它既没有想象的那么大，也没有想象的那么富丽堂皇，就感觉，一切都那么精美、高级，都是西洋风格的。她们走进了客厅，一抬眼就被一位雕塑般挺立于大堂中央的夫人吓了一跳，她戴着金丝眼镜，穿着讲究的绣花旗袍，正傲视着她们，在府上特有的复杂光线下，她好像是博物馆里的一个景泰蓝花瓶，闫觉灵小声告诉妹妹那是二太太，哦，她就是二少爷和三少爷的亲妈。二太太听闫觉灵给妹妹介绍了她之后，用手扶了扶镜框，用挑剔的眼光打量了一下闫觉鸥，操着没底气的细声说："是唱诗班的？二小姐，你来这个唱诗班没多久吧？我对你没什么印象。""我是半年前来的。""唱诗班的姑娘好像长得都差不多，我除了认识焦世迁家的千金外，其他人我分不出谁是谁。"闫觉灵："她们都是中学生，年龄差不多大，又都穿一样的衣服。"二太太："二小姐信上帝吗？还是只是在那儿唱歌？"她见闫觉鸥求助地看了姐姐一眼，略带嘲讽地说："我知道了，你只是因为嗓子好被他们挑上了。"闫觉鸥解释道："是因为我很喜欢唱歌，我自己要求加入的，我的几个同学……""这倒是好事！"二太太打断她的话，"女孩子，学学歌曲，受受熏陶，就没那么多时间胡思乱想了。"二太太看着姐俩问："你们今天来是……"这话问得姐俩同时一愣。闫觉灵:"廖夫人不是说让我带我妹妹来做伴娘……""什么?伴娘?"二太太笑着别过脸,又转回来,"这刚什么时候?事情还都没定呢,就说伴娘的事,还早吧?我们还没见到你的父亲,而且他好像一时半会儿还回不来,女儿的婚姻大事,父亲怎么能连面都不露呢?也太不符合规矩了。"二太太见姐俩一脸茫然,说道:"怎么?你不太明白我的意思?哎呀,我是说,你和义达的事最后怎么定,我们还要跟你父亲见面谈谈,听听他的意见,父亲是一家之长,对吧?万一,他不赞同你嫁我们家来呢?何况我们这边也还没太想周全,现在时局那么乱,钱那么毛,这个时候举行婚礼是不是合适,所有这些都还得仔细斟酌才是,我们老爷最近事情也多,我们都还没来得及坐下来跟他好好合计……""您是说……"八字还没一撇呢?后半句闫觉鸥没敢说出来,她用疑问的目光看着姐姐,闫觉灵嘴唇微微地哆嗦起来,她尴尬的样子让闫觉鸥觉得心疼,太侮辱人了!闫觉鸥正要说什么,二太太突然看着闫觉灵大惊小怪地说:"哎呀!闫觉灵,你还没有束腰吗?"闫觉灵:"什么?""束腰!18岁了还不束腰啊!你母亲为什么没让你束腰呢?你可不要等到二十几岁再束腰,看你现在就有要发胖的趋势了……""我?""是二小姐来了?"一个腋下拄着拐的中年妇人在丫头搀扶下满面春风地走来,她就是出名的廖夫人,闫觉鸥总在教堂看见她,虽然没怎么和她说过话,但她总感觉廖夫人像是带着一支无形的乐队,她一出现,现场立即就能响起交响乐来，此刻她的出现一下子就把尴尬的气氛冲淡了，她用女高音的嗓音说："崔妮儿非说你们到不了这么早，非让我先把药喝了，急得我，嘴都烫破了。"她咯咯笑起来，然后回头看看，"我好像应该找地儿坐下，虽然我比你们都多一条腿。"闫觉鸥被她逗笑了。"你们也坐啊，我不愿意仰着脖子跟人说话，让我看起来低人一等。""报纸上说，夫人的脚是跳绳崴的，是吗？"廖夫人："报上是这么说的？"二太太："记者是只知其然，人家是觉得自己太瘦，'音箱'太小，唱起歌共鸣不够好，想给自己增加肺活量才跳绳的！要我说，你给自己吃胖点儿，吃成个胖子，音箱就大了。"廖夫人笑道："你们都那么苗条，让我一个人吃成丑胖子！"二太太："你不干吧？我刚才说闫觉灵呢，她都这个年龄了，居然还没开始束腰！我的法国老师告诉我……"廖夫人打断她："你法国老师的话说得也未必对，我是生完义振才开始束的腰，我也没胖啊？"二太太："闫小姐不唱歌，不需要音箱，早点束腰没有坏处的。"廖夫人转向闫觉鸥："二小姐！我很喜欢你的声音！每次在教堂听你们唱歌，我就想，这真是天使般的嗓音！二小姐，《圣母颂》你会唱吧？'啊，圣玛利亚！温柔的母亲……'"她唱了一句后，突然激动地说："要不我们现在就去琴房唱歌吧？你唱，我给你伴奏！"二太太："别了！你和玛莎她们昨天就唱了一整天，唱得我头都大了！我现在满脑子都是《当晴朗的一天》，受不了了！今天就消停了吧。"崔妮儿："是啊夫人！人家是来说婚礼的事的，不是来陪你唱歌的。"二太太白了崔妮儿一眼。廖夫人:"老爷说什么时候回来了吗?""没有。""那两位廖公子呢?怎么也不见人影啊?"二太太:"大少爷好像跟孙先生一块出去了,他们都忙得很!要我说,结婚这事不能太匆忙,等老爷回来大家一起坐下来好好商量商量再说吧。""老爷不是已经把这事授权给我们和大少爷了吗?你怎么又晃悠起来了?"二太太看了闫觉灵一眼,好像有话不愿当她们的面讲,廖夫人没领会二太太的意思,吩咐崔妮儿叫大少爷、二少爷过来,正说着,大少爷和一位商人模样的中年男人从楼上走下来,他穿着睡衣,手里还拿着一块面包大口吃着,不像是来会客的。闫觉鸥不悦地想,这一家怎么都这样对待姐姐的婚事啊?二太太阴阳怪气,大少爷心不在焉,那个号称特别爱姐姐的二少爷这个时候连面都不露,简直可气!"我回来了!"二少爷从外面跑了进来,"喂,我刚听说谢市长辞职了!日本人看他不顺眼,把他轰下台了!"二太太:"啊?那新市长是谁?"闫觉鸥看着姐姐,心里在问:你这婚怎么好像八字还没一撇呢?这家有人关心这事吗?

3

闫觉鸥觉得无论如何应该把灰小姐一家的不幸告诉石变男,她们从石变男的老邻居那儿打听到她去工厂当工人了。"在工厂工作一定很好玩儿!"闫觉鸥羡慕地说,"以后,考不上大学,咱们也去当工人。"三人兴奋地议论着，按照邻居提供的线索找到了工厂，她们正在门口打听石变男，就听身后一阵吵嚷声，"看猪八戒背媳妇喽！"一个穿制服的汉子猛地扑到一个正走着路的女工背上，女工没留神，腿一软跟那男人一起倒在旁边的杂物堆上，周围看热闹的人都哈哈大笑起来，女工挣扎半天才从杂物堆里站起来，她挥手给了那扑倒她的男人一个嘴巴，骂道："你才是猪八戒！你想吓死老娘啊！"旁边路过的男男女女都哄笑起来："石变男！打得好！"那女工冲起哄的人骂道："少在这儿起哄！"石变男？闫觉鸥她们认出这骂人的悍妇就是她们的领唱石变男！她们都愣住了。见到她们，石变男也愣住了。石变男听她们说了灰小姐的事后，哭了，最后她用袖子使劲一抹眼泪，"它们算是解脱了，在这个破世界活着有什么好！"然后她问："你们就为这事来找我？那不过是几只流浪猫……""石变男！这几个小嫚儿是谁啊？给我们介绍介绍啊？"旁边有男人冲石变男戏谑地喊。石变男回了一句脏话，弄得四人四脸尴尬。石变男的变化让几个人心里说不上是什么滋味。回来的路上，戴琼慧突然指着一个报摊说："快看！你姐和二少爷的照片！"三人冲过去拿起报纸看着，报上有一张闫觉灵和二少爷在沙滩上散步的照片，照片旁边有一行标题：廖家二少爷的婚事已定，婚期在即。闫觉鸥摸着脑门儿说："都把人闹糊涂了！"

4

　　婚礼这天,好像大半个城的人都跑来看热闹了,当婚礼车队缓慢向教堂开进时,焦娆小姐不知从什么地方突然冲杀出来,她身穿一身黑色套裙,如一匹黑色小马一般冲到婚车旁,追着婚车大喊道:"廖义达!廖义达!你给我出来!你说好要娶我的,为什么娶她了?"汽车里的人都被这突如其来的情景惊呆了。"廖义达!你出来跟我说清楚!"焦娆趁开车的司机一迟疑,健步跑到汽车前面,伸开双臂拦住汽车,喊道:"廖义达你今天得跟我说清楚,不说清楚你别走!为了你,我什么都做了,我把我们家黄吃汀的'月下葡萄'都给你偷出来,让你拿去救你的朋友!我对你那么好,你这样对我!你不仁,别怪我不义!我要告诉他们你究竟是什么人!"闫觉灵听着,脸色煞白。二少爷从汽车里喊着:"焦娆,你别胡闹!"看热闹的人群围过来,警察越来越招架不住。廖义达要开门下车,被司机制止:"你下去我们更走不了。""我去劝她!"闫觉鸥下了车,她来到焦娆面前喊道:"焦娆,请你让开!"焦娆瞥了她一眼:"你是谁啊!我不跟你说话。叫廖义达下来!廖义达!你连见我都不敢,你是男人吗?"有个警察跑过来拉她,她冲警察喊道:"你们敢动我?我叔叔可是警察局长!到时候你们就别想干了!你们要抓的人是他,是车里那个人!他是共产党!"闫觉鸥:"你这疯丫头!敢胡说八道!"警察推着闫觉鸥:"小姐!快上车去!你们赶快走!"焦娆上前一把拽住闫觉鸥的胳膊,"今天你们就别想举行这个婚礼!"闫觉鸥拼命地将抓着自己的焦娆拖到一边,冲婚车司机喊:"开车!快开车!"司机一脚油门,汽车开走了。焦娆冲汽车喊着:"廖义达!你是个混蛋!闫觉灵,把廖义达还给我!"闫觉鸥紧紧抱住挣扎着要追车的焦娆,焦娆对着闫觉鸥的胳膊就是一口,闫觉鸥大叫了一声松开了她,疼得眼泪都流出来了,胳膊上顿时殷红一片,"你疯了!""吱——"大少爷的车停了过来,他开门下车疾步上前将两个纠缠在一起的女孩儿分开,连拖带拽地将焦娆塞进自己的车里锁上车门后,又来到闫觉鸥面前,用一个手绢包在她受伤的胳膊上,并将她塞进旁边一辆婚礼马车上,等他再跑去开车时,发现车里的焦娆不见了,她从车窗里爬出来跑了,直接冲向大海,还哭喊着:"廖义达!我要杀了你!"然后一头跳进海里。"有人跳海了!"海边的人们嚷着朝她跑去。

  婚礼进行得那么长、那么烦琐、没完没了的,闫觉灵感觉真无法将示人的假笑撑下去了,也无法让自己的情绪随着场景、对象和思绪的变化来回切换了!她的婚礼彻底被焦娆破坏了!廖义达,她刚嫁的这个男人,这个她几小时前还爱着的男人,一下子就变丑了,变得讨厌了,她看了看身边千里迢迢赶回来参加她婚礼的爸爸,看着他的微笑,感到十分悲伤,她知道父亲对自己嫁进廖家之事内心是十分矛盾的,他舍不得女儿去受大户人家的气,可又担心她嫁不好会受穷,他还一直怀疑自己放弃考大学选择结婚是因为他失业、母亲身体不好、担心家里生活压力而做的委曲求全的选择，要不是母亲说了很多廖家的好话，自己也努力让他相信二少爷是个好人，说自己很爱他，他一定会坚持劝自己去考大学的，现在，自己的选择也许真要让父亲失望了。

与姐姐不同，闫觉鸥因为大战焦娆和警惕着随时可能出现的意外兴奋得脸泛红光、目光炯炯。当牧师用洪亮的声音问廖义达是否愿意接受闫觉灵成为他的合法妻子，是否愿意承诺从今之后始终爱她、尊敬她、至死不渝时，闫觉鸥甚至没有应该有的激动表现，她曾经无数次想过当属于姐姐的这个神圣场面出现时，自己会感动成什么样，一定是泪流满面，但此刻她甚至都没心思去听，她只有一个念头，谁要敢来破坏姐姐的婚礼，她就冲上去跟谁玩命，现在的她，不仅是伴娘，更是一个保镖，一个"猎人"。有人突然用手碰了碰她的肩膀，她神经质地回过头，大少爷指指她的胳膊轻声提醒道："手绢！"她这才发现包伤口的白手绢还扎眼地缠在胳膊上，她慌忙用手去解，越急越解不开，大少爷要伸手帮忙，一低头被她反弹的胳膊肘击中了鼻子，他将酸痛难忍的鼻子和失控的面部表情都捂在手掌里，"我愿意"闫觉灵低声回答着牧师，闫觉鸥无意中瞥见大少爷正热泪盈眶，他的"激动"真让闫觉鸥意外，竟然有人比自己还感动？

廖义达婚礼之后不久，廖老爷辞去了商埠总理事的职务，带着三姨太去欧洲治病了。很多人猜测，廖义达和闫觉灵的婚事举行得这么快，是与廖老爷因为受不了来自日本人的效忠压力而急于辞职分不开。

5

闫觉灵怀孕了，闫觉鸥光顾廖家的次数多起来，因为她经常被母亲派去给姐姐送中药补身体。二太太对闫觉鸥这种来去自由的做法很是生气，这里可是廖公馆！不是她们住的小破院儿！更让她生气的是，她好像每次都是应廖夫人邀请来唱歌的，一点不把自己放在眼里，不懂事！这天，她听说闫觉鸥又来了，忙吩咐刘老师说闫觉灵出去了，把她挡在了门外，廖义达这时回来了，把她领进门，见到了姐姐，闫觉鸥这才意识到自己有多不讨二太太喜欢。

在姐姐的房间里，廖义达拿着几张新拍的风景摄影得意地给闫觉鸥展示，闫觉鸥随口问道："都是风景啊，没有人物照啊？"闫觉灵："人物照容易被人发现跟什么人有私情。"廖义达："什么？我是不想连累照片上的人，那是因为我这人总惹麻烦……"闫觉灵："心虚什么？我开玩笑呢，我们知道你是什么人。"闫觉鸥看见她的目光里带着一丝轻蔑。廖义达认真地说："可为什么你开的玩笑，总让我觉得不是开玩笑呢？""孩子气！嗨！"闫觉灵更加不屑。廖义达转向闫觉鸥："二小姐，听说，你准备上大学？""是啊，坦白说，我对去北平更有兴趣，而不是上大学。""那么然后呢？然后做什么？""然后？""你的追求是什么？""追求？"廖义达："上大学不过是个短期目标而已！"闫觉灵调侃道："你们得回答，你们的追求是转动地球，或拯救人类！"廖义达："对！还是我太太厉害，一下子就找准了方向，的确，那才叫追求！"闫觉鸥笑起来："二少爷，我有何能敢抱那么大志向啊？""那你先告诉我，你上大学要学什么吧？"他打着响指，催促她们回答，"啊？快说！快说！"见她一脸茫然便笑道："不会吧？你上大学的目的不会是进修好太太专业吧，到大学里学习几年后，去正式做某人的好太太？是这样吗？"闫觉鸥："我……不知道……"闫觉灵："你也太让政治家失望了。"闫觉鸥："那二少爷的抱负是什么？"闫觉灵："肯定不是养家糊口，相夫教子，那种安分守己的日子太迂腐、太没使命感了，人家追求的是有使命、有伟大意义的折腾！是吧？"廖义达笑笑，问闫觉鸥："你不觉得人不该没有目标、稀里糊涂地过一生吗？"闫觉鸥："请教一下二少爷，那你的人生目标是什么？""我可以坦白地告诉你，我的目标就是救国救民，你不信？你觉得我是在说大话？"闫觉灵："我们信！什么目标不目标的，我就不知道哪个人因为活得有目标而快乐，相反，我觉得，他们比谁活得都不快乐，哥白尼快乐吗？韩非子快乐吗？尼采快乐吗？其实他们，说不好听的，我觉得他们才是奴隶，是他们自己思想的奴隶！"廖义达看着妻子笑道："我亲爱的太太，跟我辩论不仅把你锻炼得伶牙俐齿了，还把你培养成了一个思想家。以后我可要小心点了，一不当心把你逼成演说家，那我可就惨了！"闫觉鸥："二少爷你不知道吧，我姐在学校演讲比赛时得过第一名！她成了演说家并不是你的功劳。"廖义达："这么看来，以后那个在台下鼓掌的听众只能是我了。"窗外隐约传来悠悠扬扬的黑管儿声。闫觉鸥："是谁吹《念故乡》呢？"闫觉灵："是大哥！"廖义达："看他把我最喜欢的曲子糟蹋成什么样？哀怨！颓废！死气沉沉！难听死了！"他走到窗前使劲把窗户关上了，"听着就让人泄气！""我听着挺好的，哪儿像你说的？"闫觉灵重新打开窗户侧耳听着，"好听！真好听！"廖义达又要关窗户，被闫觉灵用手挡住，"这本来就是诉说乡愁的曲子，你别用自己的好恶解读它。""好吧，太太，我投降，你说什么都是对的，谁让我爱你呢，"他笑笑，又对闫觉鸥说，"我大哥这人，人活在现实世界，魂却徜徉在空中楼阁上，他看上去是个谦谦君子，对人和和气气、恭恭敬敬，其实内心拒人于千里之外，热情都在空中楼阁呢。"闫觉鸥："大少爷跟我们属一类人，都胸无大志。"闫觉灵："闫觉鸥别乱讲话！"廖义达哈哈笑了："他是朽木不可雕也，你还有希望。对了，二小姐，你听说过共产党吗？"闫觉灵制止道："廖义达！"廖义达笑了："不说不说。"他冲闫觉鸥挤挤眼，"我们这个家啊，每个成员都对政治深恶痛绝，不分青红皂白地鄙视一切政党，顺便，也都不分青红皂白地鄙视我这种喜欢……""廖义达！我可警告过你了！"闫觉灵严肃地瞪着他说。廖义达突然发现了什么，看着桌子问："闫觉灵，我的留声机呢？是不是又让大哥拿走了？"他说着走出房间。"廖义达回来！"闫觉灵追到门口，"真讨厌！整天跟他哥抢那个留声机。我怎么找了个孩子！"不一会儿，廖义达得意扬扬地抱着一台留声机回来了，并放起《春之声圆舞曲》，还拉起闫觉鸥随着音乐跳起舞来，嘴里还哼唱着："春天来了！春天来了！大地在欢笑，蜜蜂嗡嗡叫……""咚！咚！咚！"屋里的钟声响了几下，廖义达突然放开闫觉鸥说："哎哟，差点忘了，我得去打个电话。"说着走了出去。闫觉灵走到窗前看着外面，见廖义达走出大门，"就知道他又溜了。"看见姐姐那一脸不满，闫觉鸥问："姐，你在这里开心吗？他们家人都对你好吗？谁要是欺负你，你告诉我啊！看我跟他们算账！""人家都对我挺好的，除了你姐夫……""啊？""一天到晚不着家，不让人省心！""也许，有了小宝宝，他当上父亲就好了。""但愿……"崔妮儿来叫闫觉鸥了，说廖夫人叫她过去陪她唱歌儿。就在闫觉鸥跟廖夫人唱得正高兴时，大少爷回来了，说晚上要宵禁，廖夫人原本要留闫觉鸥吃晚饭的，现在只好放走她了，闫觉鸥要自己走回家，廖夫人和大少爷都认为不妥。

因为大少爷太过沉闷，闫觉鸥感觉坐他开的车很是尴尬，便搜肠刮肚地找话说，"其实您不必那么客气，我平时很喜欢顺着海边儿走回家……""尽管如此，我们还是要请闫小姐以后不要自己走着来，请一定叫车，马车、人力车都可以，只是不要走着来,这有失体面。"闫觉鸥像被什么烫了一下似的难受,她看了看他,仿佛想确认一下那些难听的话是从他嘴里说出来的吗,"您是在说我给您家丢脸了吗?""这里是廖公馆,到这里来的人没有自己走着来的,你是我们的亲家,更不能走着,不合礼数这是其一;其二,这么兵荒马乱的,一个女孩儿自己走也不安全……"嚯!您家破规矩还真多啊?"您是在提醒我,以后,像我这样不懂规矩的人尽量不要到贵府来,免得丢了你们的脸吗?""不是……""好的,我尽量不来就是了。"大少爷不安地看了她一眼,"二小姐请不要误解我的意思,我的意思是……""是误解吗?大少爷,我最懂人家说话的弦外之音了,何况您的话不是什么弦外之音,我要连那么直白的话都听不出意思,那我不就成傻瓜了吗!""二小姐反应过度了!""过度?人家都这么说我了,说我丢脸,不懂规矩,就差说我缺乏教养了,这已经近乎骂人了,我如何反应才叫适度?"大少爷从镜子里看了看闫觉鸥:"呃,可能我的表达有问题……""如果您现在送我回家只是为了您家的面子,是做给别人看的,现在您可以停车了,我要在这里下车,我敢肯定这里没人认识我们。""这里可能没认识你的人,但不能肯定没人认识我。即便不考虑面子,把小姐安全送回家,也是我的责任,你可能不这么理解,那你就把它当成一个小小的善举吧。""我们住的那种小地方很少有小汽车经过,邻居们看见您的车容易吓着,吓人不是善举。"说着,她用手扶住了门把手。大少爷一惊,"你干吗?别冲动。""您以为我要跳车呀？怎么可能？那不是更有损您家脸面了吗？放心，我以后会牢牢记住您家脸面这事。现在，请您停下车，我要下去！"大少爷把车开到一边停下，闫觉鸥下车前不依不饶地找补说："走着去您家会让您觉得丢脸，那您穿着睡衣接待客人，嘴里还吧唧吧唧吃着东西算什么？那不丢脸吗？"她下了车，"咣"地摔上了车门。

6

二少爷！闫觉鸥放学回家的路上经过一个路口，她忽见廖义达独自一人朝前走去，姐姐对姐夫那不满的态度顿时浮上闫觉鸥脑海，该不会是因为姐夫是个花心吧？他们这些富家子弟，哼！闫觉鸥跟上了二少爷。二少爷拐了一个弯儿，闫觉鸥紧跑两步也跟着拐了过去，一队日本兵气势汹汹地迎面走来，闫觉鸥站住了脚，待日本兵过后，二少爷已经无影无踪了。

7

"阿门——"已经唱完四拍了，闫觉鸥却还在两眼发直地继续"门"起来没完，安妮修女一看闫觉鸥的表情，就知道她的脑子又不知跑哪儿去了，"闫觉鸥！你准备把拍子拖海里去喂鱼啊！"姑娘们都笑了。焦娆却愤愤地说："对上帝如此不敬，就应该被赶出唱诗班!"闫觉鸥想回击她,却被门口一阵"砰了咣当"的声音打断,两个浑身是血的男人从教堂门口冲了进来,跌跌撞撞地穿过教堂朝后门方向跑了,接着,几个持枪的日伪军冲了进来,"砰砰"放了两枪后,在姑娘们的尖叫声中,朝后门方向追去。安妮修女结束了排练,让大家立即回家。慌乱之中,闫觉鸥没拿上书包就跑了,到了门口才想起来,急忙回去取。她刚拿上书包,突然看见脚底下有只胳膊,吓得她惊叫一声坐在地上,戴琼慧和吴婉玲听见叫声跑了过来,三个人上前一看,有个浑身是血的男人躺在角落里失去了意识。三人正不知所措,三个男学生走进教堂来,他们二话不说架起受伤的男人就走了,其中一个对她们说:"别说出去啊!"他们走后,闫觉鸥发现在受伤男人躺过的地方有一本《七侠五义》小说,三人拿着书追了出去,可那几个人已经不见踪影。吴婉玲:"日本人如果发现这本书,非得把我们抓起来问话。""我带走!"闫觉鸥跟两个同伴往家走,发现前面有两个年轻人在交头接耳,其中一个很像姐夫廖义达,天雾蒙蒙的,看什么都模模糊糊的,闫觉鸥正想过去看清楚,见他转身闪进胡同里不见了。

　　第二天上午,有个年轻人来女中要见唱诗班的女同学,她们一眼就认出他是昨天来教堂救人中那个让她们别说出去的年轻人,他是专门来问她们要《七侠五义》的。闫觉鸥放学回家后拿上书,按约好的见面地点把书送了过去。闫觉鸥问:"你们是共产党?那些拿枪的人冲进教堂时,我听他们喊抓共产党。哦,我不会说出去的。"她猜年轻人一定会否认,他却自豪地笑了。"你们真的是共产党?"她紧张地问,"那他们是什么人?""你想知道?""嗯。"他兴趣盎然地给她讲了起来,不知不觉中,一个小时过去了,尽管闫觉鸥似懂非懂,但还是越听越兴奋。"五四运动是怎么发起的,《巴黎和约》是怎么回事,这你知道吗?"有人吹了一声口哨,年轻人回头朝吹哨人看看,然后对她说:"没时间跟你讲太多了,总之记住一句话,中国只有跟着共产党走才有希望!"远处的人又吹了一声口哨,年轻人又回头看看他,又对闫觉鸥说:"如果我不是马上要离开,我会好好给你讲讲共产党的。""等你下次有时间,再接着给我讲,我们还在这里见面。""下次?不不不……"他神秘地笑笑,"我要离开这个城市了,我要去参军打仗征战沙场了。"闫觉鸥:"你要当兵去?""对。"他压低声音问:"解放区知道吗?""解放区?""就是共管区。"那边又响了一声口哨,年轻人冲吹口哨的方向点点头,"我真得走了。再见,后会有期!"等年轻人跳过栅栏儿穿过马路完全消失后,闫觉鸥才后悔刚才没顾得上问问他认不认识廖义达,昨天他也出现在教堂,难道是巧合吗?

8

母亲又让闫觉鸥去给姐姐送药,她老大不乐意,刚跟大少爷闹了那场不愉快,当时还嘴硬说不再去廖府了,这才过两天就又被逼着去,"我不想去。""你不去我去!"母亲说。闫觉鸥只好硬着头皮去了,还不情愿地叫了人力车,只不过是在她快到廖公馆门口时才叫的车,那样可省钱多了。廖夫人见"小夜莺"来了,十分高兴,因为过几天就是她的生日了,她要让闫觉鸥帮她挑几首生日宴上唱的歌。闫觉鸥见过姐姐后,都没来得及跟姐姐说说那天在教堂发生的事,就被廖夫人叫走了。唱歌的时间总是过得很快,眼看天又晚了,廖夫人劝闫觉鸥在廖公馆住下,闫觉鸥嘴上拒绝着,心里却很想留下。"不行!"闫觉灵一口就给回绝了,她见廖夫人和闫觉鸥都被自己的态度吓了一跳,意识到自己的语气太突兀了,解释道:"她不回去,我妈会担心的。"廖夫人:"我差人过去跟你妈说一声不就行了……""我妈一向不许我们在外面留宿。""在我们家也不行吗?这里不算是外面吧?""她还有功课要写,抱歉夫人!"闫觉灵冷着脸,坚决不给面子地说。廖夫人噘起嘴:"怎么好像我们家有鬼会把她吃了似的。"闫觉灵有些尴尬,"改天,我跟我妈说好了再让她来住吧,今天就不了。"廖夫人冲闫觉鸥吐了吐舌头:"你姐姐好厉害,她平时总这么管着你吗?"闫觉鸥觉得姐姐的态度确实有些反常。

礼拜日,廖公馆的女眷大部分都跟来做礼拜了,结束后,闫觉灵没跟家人一起离开,而是在教堂门口等着妹妹,"你现在没事吧,陪我去趟洪家裁缝铺吧。过几天是夫人的生日,有几身宴会上穿的衣服应该改好了。"两人沿街朝洪家裁缝铺走着,闫觉鸥想告诉姐姐那天在教堂遇见二少爷的事,见她一路上低着头、满腹心事的样子就犹豫了。闫觉灵:"闫觉鸥,有件事,我越想越害怕……""害怕?什么事?""这事很严重,你绝对不能说出去!对谁都不能说!""好。""你还记得我结婚时,焦娆出来拦车时,说的那些话吗?说廖义达是共产党!""记得……"闫觉鸥见姐姐紧张的样子,更不敢把看见姐夫的事说出来了,"她那是胡说……""不一定!廖义达可能真的是共产党!""你感觉出什么了?""前几天,他把一个共产党藏我们家地下室了!""啊?""有天夜里,我发现义达不在身边,我以为他去上厕所了,没多想,可第二天半夜,他又失踪了,后来又回来拿着什么东西走了,我就跟了过去,我这才发现地下室里藏着一个受伤的男人,义达当时正在给他换药。我逼着他告诉我这究竟是怎么回事,他被我逼得没办法了,才说那个人是共产党,他的伤是被日本人打的,我的天!我真快被他吓死了!这要让日本人知道……""他们家别人都没发现?""那天大哥从外面回来,可能发现什么了,正要过去看,被我发现了,我急忙跑过去把他拦住了,我骗他说义达在地下室洗照片呢。""你还真聪明!大少爷信了?""我也不确定,不过第二天义达就把那个伤员送走了。""已经走了?那你就不用害怕了。""你现在明白我那天为什么坚决不让你住下了吧?我不希望你也跟着被牵连进去!""姐,那天我看见二少爷跟几个人一起……"闫觉鸥把教堂发生的事跟姐姐讲述了一遍，"也许姐夫救的人就是教堂里那个受伤的人！""太可怕了！""姐，别怕，我听说共产党挺好的，是抗日的……""你觉得我嫁给了一个一心想跟日本人对着干的丈夫是我的幸运吗？日本人抓住他们都得杀头！我结婚是为什么？找刺激啊？现在我每天都睡不踏实，真不知道他会出什么事。我这婚结的，怕什么来什么，简直是中头彩了！""也许姐夫只是同情他们，只是在帮他们……"闫觉灵从口袋里摸出一封信递给闫觉鸥，"给你看看这个。""这是什么？""你看了就知道了。"闫觉鸥展开信一看，吓了一跳："诀别信？""嘘！"闫觉鸥急切地看了起来。"闫觉灵，我亲爱的妻子，我希望你永远都不会看到这封信，如果你看到了，就是我已经不在这个世界上了。亲爱的，首先，我必须让你知道，我很爱你，非常地爱你，这点你一定要相信，不要有任何怀疑。同时，你也必须知道，我也很爱我们的国家，我不能忍受它被人践踏，不能忍受我们的兄弟姐妹被人欺辱，所以，我决定追随共产党，尽我最大可能做我应该做的事。在此，我必须向你道歉，我没有在娶你之前告诉你这件事，我怕那时告诉你就娶不到你了，在这件事上，我欺骗了你，我很惭愧，请你原谅！""闫觉鸥，怎么办呢？我现在每天都提心吊胆，总感觉要出什么事，我真的快疯了。"

他们俩走到洪家裁缝铺门口时，洪老板6岁的儿子正在门口的墙边大头朝下拿倒立，看见他，姐妹俩紧张的心情才放松，闫觉灵笑道："哎呦呦，小脸儿都憋红了，虎子，怎么又挨罚了？又做什么淘气事了？"闫觉鸥也开玩笑说，"你怎么不回答啊？是怕一说话舌头掉下来吗？""舌头才不会掉下来呢。"虎子说。"那你为什么不回答我？""我妈不许我说话。""哦，明白了，你的老毛病又犯了，你准是又鹦鹉学舌来着吧？对不对？这次你又学谁了？""学王夫人了。王夫人跟别人说，她家保姆经常偷吃的，给米店的那个长得好看的伙计，我告诉我妈了，我妈就让我在这儿倒立了。""哈哈哈……我就说嘛。"

9

廖夫人的生日宴会从来都是音乐的盛会，这样说的意思不是说到时会请来什么名角助兴，他们从来不花钱请什么名角来，因为这里每个到场嘉宾自己就是名角。著名股票经纪人孙楚一来就当起营造气氛的钢琴乐师，廖府的那架德国钢琴每逢这种场合都是由他操控，"宴会钢琴师"的这顶帽子让他有种不高不低恰如其分的舒适感。谦恭这事从来都是另有道理的，虽然廖家的股票多年来都一直由他打理，但其实，他在经营股票方面的能力并不如大少爷廖义振，他心里明白，很多时候他都是因为听了他的买卖建议，他们的股票才没有"沦陷"的，仅此一点，他就不能不谦恭。孙楚的聪明绝对不是一目了然的，一目了然的是他身上的那股讨人喜欢的亲和力。现在，趁着到场的嘉宾忙于寒暄,他卖力地用华彩的《生日快乐》炫着技,渲染着宴会的喜庆气氛。

今晚的女王廖夫人是以一件金色镂空雕花的旗袍和金色的高跟鞋向来宾致敬的,她本身看上去就像是一樽奖杯。"廖夫人那身衣服是新做的吗?好漂亮!"焦夫人羡慕地对二太太说。这时,嘉宾们的目光忽又被什么人吸引了过去,有位留着一头波浪长发的小姐,好像一朵行走的云一般飘飘欲仙地飘进客厅,飘过人们的目光,抵达廖夫人,她那披在半裸的、闪着黝黑亮光的肩膀上的长发,几乎可以让人闻出异国的鲜花味道。焦娆的母亲问二太太:"那是紫陶吗?你家三太太的妹妹?""是她。""真差点儿认不出来了,好像外国人。""人家刚从南非回来。""南非!去旅游?""不是。""去做生意?""她既不喜欢旅游,也不喜欢做生意,人家一向只跟着爱情走!""她现在回来,不会是因为爱的人在我们这里吧?""不是,是因为她失恋了,否则她是不会回来的。"紫陶灿烂地笑着对廖夫人道:"哈喽,我亲爱的夫人,您今天美极了!就是这口红不太理想,我及时地给您带来了一支,咱们这就用上吧。"她将手中的一个精致小包推到廖夫人面前。廖夫人:"不换了吧。"紫陶耸耸肩:"随您!今天有什么新歌儿要给我们展示吗?你知道我可是冲这个来的。哦对了,你说,你今天请了一个很会唱歌的小夜莺,她在哪儿?"廖夫人笑了:"不是一个小夜莺,是几个小夜莺。"她朝闫觉鸥和她的几个小伙伴儿指指,"在那边!看见了吗?""你说那几个女学生？天呐，她们为什么都没穿礼服啊？是你的主意吗？""是闫觉灵的主意，我也没反对。""您是这个世界上最好说话的人了。"在紫陶看向闫觉鸥她们几个时，也让焦娆发现了闫觉鸥她们几个新闻来的"侵略者"，在她和闫觉鸥的目光对在一起的那刻，两人同时收到了对方硬邦邦的敌意。

一个金发的外国女嘉宾对大家说："请我们的女王给我们独唱一首怎么样？""《当晴朗的一天》！"有人大声建议。"对！我同意！"廖夫人在大家的掌声中朝钢琴走去，边走边问："华樱！华樱呢？这个得她来伴奏。"华樱迈着轻盈的小碎步跑到钢琴前，孙楚起身让位。华樱双手放在键盘上，做了个深呼吸。"哎，哎，看！"闫觉鸥小声地告诉戴琼慧和吴婉玲，"就是那个日本女人害得我丢了'人来疯'它们！""啊晴朗的一天……"廖夫人一张嘴就引来了意料之中的热烈掌声。

焦娆一直在纳闷，为什么一直没有看见廖义达，从他的婚礼到现在，她再没见过他，今天，谁要以为她是来给廖夫人捧场的那就错了！她向来不是"过去的就让它过去吧"那种人，她是从一而终、疾恶如仇的，她的自我拯救就是要让廖义达为他的错误受到严厉的惩罚。廖夫人的歌声结束了，掌声响起，突然廖义达的声音从嘉宾们身后响起："廖夫人，今晚，这个城市里的人们除了听大海痛苦的哀号声，就是您唱的这曲普契尼痛苦的咏叹调了！"他来了！大家回头看见二少爷站在客厅中间，一脸讥讽地说着，"让我意外的是，这两种痛苦加一块儿竟然碰撞出了一种让人迷乱的美妙幻觉。"廖义达往前走了几步,"我从外面痛苦的世界中走进咱们的家,看着眼前这富丽堂皇的景象,我都忘了这是哪儿了,我们这些基督徒的怜悯之心似乎都留在教堂里了!"廖夫人被他说得尴尬起来,闫觉灵大惊失色,她紧张地捻着衣服扣子不知所措。二太太靠近廖义达小声骂道:"你这小子!喝多了吧?"二少爷走到廖夫人面前:"尽管我对这样大的反差感觉不太舒服,但做儿子的我也不想在母亲生日的时候当着众贵客扫您的兴,我只求您行行好唱几首我们国家的歌儿,让我确定一下自己还在自己的国家里。"廖夫人脸色难看地看着他。不知是因为激动还是因为他喝了酒,廖义达满脸通红地大步朝钢琴走去。焦娆讥讽地说:"原来不是所有热血青年都上战场了,这里也有。"孙楚对来到面前的廖义达说道:"来一首《叫我如何不想他》吧!义达,你知道的,廖夫人这首唱得可不是一般的好。"他高声问大家:"让廖夫人唱一首《叫我如何不想他》,大家说怎么样?"大家鼓起掌来。廖义达:"再好不过了!毕竟爱情可以给我们因山河破碎而受伤的心灵带来一点点抚慰。"钢琴前的华樱见廖义达过来了,起身让位给他。廖义达轻轻弹起了《叫我如何不想他》的前奏,前奏完了,廖夫人没有唱,只是呆呆地站着。场上气氛凝住了。一直在二楼注视着下面的大少爷也紧张起来,他慢慢地朝楼下走去。廖义达又重新弹了一遍前奏,廖夫人仍然没有唱,她绷着脸,垂着目光,双臂交叉在胸前,像个闹脾气的孩子。二少爷双手在空中停了一下,似乎在想着接下来弹什么。要出事!大少爷加快了下楼的脚步。《长城谣》的曲调随着二少爷的指尖响了起来,孙楚走上前,伸手要制止二少爷,曲调一转,回到了《叫我如何不想他》,两句后,又是《长城谣》的曲调!"你别惹事啊!这可是你的家!起来!"孙楚使劲去拽二少爷,想把他从钢琴凳子上拉开,"快起来!"二少爷用身体挡住孙楚,抵抗着孙楚。大少爷走到闫觉鸥身边,拉起她的手朝钢琴走去,"你来唱!"看见走来的闫觉鸥,二少爷冲她笑笑,重新又弹起《叫我如何不想他》的前奏。闫觉鸥唱了起来:"天上飘着些微云,地上吹着些微风,啊——微风吹动了我头发,教我如何不想她!"那天的《叫我如何不想他》给人印象特别深刻。

　　舞曲响起,舞会开始了。闫觉灵将闫觉鸥她们哄到楼上,只许她们坐在楼梯上看热闹。廖义兴躲在楼上自己的房间看着棋书,二少爷拿着一瓶红酒和一个空杯子走进来,"你小子真会躲清闲啊!也不下去给我们的母亲捧捧场。""捧场这事是你们大人的活儿,我们小孩儿干不来。"二少爷给自己倒了杯酒说:"是啊,没错,大人的世界真肮脏,我也想当小孩儿。喂,我说小孩儿,棋书真能让你忘掉外面的世界吗?""它可以让我忘掉所有的世界!无论是里面的,还是外面的。""真好啊!真好!都忘了,真好!我现在只求自己能忘了这个世界上的人怎么看我们这家人的。""爱怎么看就怎么看,我才不去自寻烦恼呢。""是吗?可我猜,你的烦恼并不比我少。"二少爷又给自己的酒杯倒上满满一大杯酒，说了声"干杯！"便"咚咚咚"地将一杯酒喝了下去，然后是第二杯、第三杯……

焦娆发现二少爷又不见了，她正四顾找他，一眼看见了正在和客人说话的闫觉灵，她的旗袍那么紧身，谁都能从那身线看出那是个怀孕的女人。焦娆朝一个日本男人身边走去，跟他说了几句什么后，那日本男人便走到闫觉灵面前，喷着酒气说："女士，请您跟我跳支舞。"他不等闫觉灵拒绝，便伸手搂住了她的腰，将她带进了舞场。焦娆一脸坏笑。戴琼慧："看你姐，在跟一个日本人跳舞！""啊？我姐怀孕了，怎么能跳舞呢！"闫觉鸥起身去廖义兴房间找来了二少爷。二少爷走到妻子面前，二话不说，一把推开日本人，抓住妻子的胳膊就走。日本人："你这是干什么？""干什么？我不想让我太太跟你们这些日本人跳舞！""你喝多了。"焦娆走来："廖义达，人家可是你父母请来的客人，你们既请人家来，又对人家耍横，也太无礼了吧。""谁请他来的我不知道，我没请他来，再说，我在自家管教自己的太太，这无礼吗？"焦娆："下次再有这种场合，请你给你太太戴上块牌子，写上：勿碰！要不，别人怎么知道在交际场合，还有被管制的女人啊。"她挽起日本人的胳膊要走。二少爷："作为一个中国女人，随时随地都该懂得自重，看来你不懂这个。"焦娆："看来人家说得对，男人一结婚就像个傻子了，除了屁话以外，什么都不会说了。""我以前以为，你只是缺心眼儿，现在我觉得，比起你的不知羞耻来，缺心眼儿可以算得上是优点了。"他转身想走开。焦娆："你混蛋！"她突然转过身从旁边抄起一把椅子朝廖义达的背后砸了过去，因为力气小，她没有砸到廖义达。会场大乱。焦娆的母亲赶来："焦娆你干吗？"焦娆哭喊着："你们听他说我什么呢？他今天必须跟我道歉！不然我让我叔叔把他抓起来！他是共产党！"周围客人都向这边投来惊恐的和震惊的目光，这目光中也包括华樱的父亲银行家中野一田和新来的日本宪兵头目加藤。闫觉灵也听见了焦娆的喊声，吓得腿都软了。廖夫人惊恐地："焦娆！孩子！你可不能乱讲啊！"焦娆的父亲走来："焦娆！回家去！""不，我要他给我道歉！"二太太上前抓住二少爷的胳膊，发疯似地摇晃着："儿子，儿子！你快去跟她道歉！廖义达，你要死啊！你快去道歉！快去道歉啊！你想给家里惹麻烦吗？"二少爷推开母亲的手，转身就走，却被突然出现的大少爷拦住，他声音不高地说："你去跟她道歉！""为什么？我做错什么了？""你当着那么多人对她出言不逊，还不该道歉吗？"二少爷瞪了大哥一眼，继续向前走。大少爷一把揪住他，大声喝道："快去道歉！你怎么可以对她说那么难听的话！"廖夫人："义达，你听你哥哥的。"闫觉灵："义达，听大哥的！"孙楚走过来："义达，去给焦娆小姐道个歉吧。别让你妈他们着急啊！"华樱也焦急地喊起来："义达哥，快道歉吧！"二少爷怒吼道："闭嘴！这没你说话的份儿！这是我的家，我不许你们这些日本人在这儿指手画脚！"华樱难过地转身跑了。大少爷上前一把抓住廖义达肩膀将他摔倒在地，廖义达挣扎着爬了起来，大少爷再次将他摔倒在地，廖义达又一次站了起来。大少爷又准备将他摔倒。闫觉灵大喊一声："别再打了！"她揪住大少爷的胳膊喊道："大哥！别打了！求你了！"廖夫人冲到哥俩中间，制止道："够了！你们俩！当着这么多客人，好看是吧？"孙楚上前拉住了大少爷。焦娆的父亲气呼呼地对妻子说："我们走吧，今天真不该来！"廖义兴在楼梯前站了一会儿，他望着楼下的"战场"，就像是在看着一盘走坏了的棋局，真乱！

10

周一早上，天格外地冷，海风毫无阻拦地直接从海洋杀入女中的操场，女学生们在操场上列队站着，听着学校的喇叭里播放的日本国歌，双倍的寒冷刺痛着她们。歌曲刚播放完，日本校监手里拿着一个本子走过来，"谁叫钟晓宇？"一个瘦弱女孩儿惶恐地举起手。"请你走到前面来，让大家认识一下你。"钟晓宇胆怯地走到日本校监面前。"这个本子是你的吧？"他翻开本子，满脸狰狞，"这句话是你写的吧？'日本人滚出中国！'"钟晓宇不语，身体颤抖着。"你不说话？害怕了是吧？那就是说你知道你给自己惹了多大的麻烦。""这是我弟弟不懂事乱写的……""什么？你再说一遍？你弟弟？他那么小当然不懂事，一定是有人让他这么做的，刚才我们已经把你的父亲请到宪兵队去了，他会说清楚是谁让你写这个的。"钟晓宇惊恐地哭起来："这跟我爸爸没关系，求你们不要抓他……""哭是解决不了问题的！"日本校监举起手里的本子晃晃，冷笑道，"我希望你们都清楚，以后谁还写这种对'大日本帝国'不敬的话，我们就把你们的父母带到宪兵队去说理！"钟晓宇腿一软坐在地上伤心地哭起来。小周老师上前去扶钟晓宇，日本校监说："小周老师，鉴于你一向袒护你的学生，让她们是非不分，学校认为你不适合做老师，从今天起你被开除了。"

同学们听说钟晓宇的父亲在日本宪兵队被打得半死，被放回家时，已经奄奄一息，之后没几天就死了，钟晓宇疯了，再没来学校。这事发生后不久的一天，几个警察到学校来，找好几个学生问这问那，学生们这才知道女中的日本校监失踪了，警察怀疑他被人杀了。"恶有恶报！"闫觉鸥跟姐姐谈论这事时愤愤地说。"你这破嘴早晚得惹麻烦！"闫觉灵数落她说，"你跟廖义达一样不让人省心！对了，廖义达最近找过你吗？""找我？什么事啊？""他没找你就算了，你也别问了！我嘱咐你啊，别管他的事！无论他让你做什么你都别做，听见了吗？没事也少跟他聊，少听他胡说八道！以为自己是英雄呢！就是个惹事精！"

11

　　焦娆越想忘掉那个忘恩负义的义达哥，忘掉廖公馆，可却偏偏躲不掉他们，昨天在路上她遇见了廖义达，两人视而不见地擦肩而过，今天又在海边撞上了大少爷，他身边那个女人不是二少奶奶吗？他们两人跑这儿来做什么？偷情！她拉着王妙云走了过去，她要好好看看偷情的人被发现后是什么表情！"嚯，义振哥，我还以为你是在跟哪个新认识的女朋友约会呢，原来是和义达哥的太太啊。你们是怕家里人听见才跑这里来的？"闫觉灵慌忙解释说："我们是在说事。""我看像是在说悄悄话。"大少爷："焦娆，别像个是非大嫂那样说话。""哇！义振哥不爱听了？义振哥，我可不是故意跟踪你们啊，我是碰巧遇见你们，过来打个招呼，怪你们命不好，偏偏撞上我，好啦，我走了，再见，回去后替我问两位妈妈好！"她瞥了闫觉灵一眼，拉着王妙云走了。

　　"海边幽会"的事一下子就传到闫觉鸥的耳朵里，她放了学就冲到了廖公馆，这可太不光彩了，她想找姐姐问个明白！她知道姐姐对姐夫有意见，甚至可能还觉得他很孩子气有些瞧不起他，那她也不能做出这种事啊！闫觉鸥一走近姐姐房间门口，就听见二太太正在姐姐房间里为此事训斥姐姐，她站在门口听着屋里的对话越听越气。二太太走后，闫觉鸥喘着粗气责怪道："闫觉灵，你怎么能这样呢？你疯了！""我怎么了？""就因为姐夫刚直,你就这样对他?就去和那个'黑管儿'约会?这也太恶心啦!""我和大少爷有事要说,什么约会约会的?你大老远的跑来,就是来教训我的?他们训完我,还要听你训,你们是不是都盼着我死啊?""你没做错事,为什么大家都来训你啊?你还是以前那个闫觉灵吗?你做这样的事,不觉得脸红吗?""啪!"闫觉鸥的脸上挨了姐姐一记耳光。闫觉鸥捂着脸,眼泪"噼里啪啦"地掉下来。闫觉灵眼泪汪汪地说:"你们都只知道责怪我!挑剔我!可都对我的压力视而不见,谁都不想去知道事情的真正原因,你们是不是觉得我只能承受,不能抱怨!我是这世界上最好捏的柿子吗?""那你的理由是什么?你说出来,我去反驳他们!但你无论如何也不该背着家人跟他跑到海边去!这就让人感觉不正常。廖公馆那么大,还找不到一个说话的地方吗?""义达的事,我能让家里人知道吗?我能让家里知道,他在外面跟着共产党与日本人作对,我能吗?义达动不动就往洪家裁缝铺跑,洪老板因为有嫌疑刚刚被抓了,你知道吗?""洪老板?""这几天,廖义达冒死在设法救他,还在花园里又埋枪、又埋雷的,不知何时就去找人拼命,这些事我能在家里说吗?我不告诉大少爷,还能告诉谁?""很多事我是不知道,也许委屈你了,我只是觉得,你是快要有小宝宝的人了……""够了!够了!我听够了!出去!出去!别烦我了!"闫觉鸥含着眼泪冲下楼来,在楼梯口遇见了上楼来的大少爷,她愤恨地瞪了他一眼,夺路而去,好几天都没有再去廖公馆。

12

这天,母亲说三少爷在回家路上被人打伤了,让闫觉鸥去廖公馆给他送些熬好的中药,"廖义兴挨打了?谁打的?"闫觉鸥问。"警察去了,都没问明白。"到了廖公馆后,闫觉鸥问了这个,问了那个,她觉得奇怪,廖义兴这么老实的人,谁会打他呢?可问了半天谁都不知道。"他不过是替罪羊而已。"刘老师说了一句。"替罪羊?谁的替罪羊?"刘老师没回答,转身走了。

熬药的工夫,闫觉鸥来看廖义兴,走到门前时,她听见屋里二少爷和三少爷都在。崔妮儿端着熬好的药来了,闫觉鸥跟着她走进了房间,进屋一看,见廖义兴半靠在被子上,头上裹着纱布,腿也打了石膏,"你现在终于可以专心下棋了。"她的玩笑话还未说完,眼圈就红了,眼泪跟着就掉了下来。"廖义达!廖义达!"外面传来廖夫人的声音,廖义达转身走到走廊去了。门外,廖夫人高兴地说:"告诉你一个好消息,他们答应释放洪老板了!""什么?真的?""刚才华樱来电话说的!看来我让华樱去找她父亲这条路是走对了!"廖义达:"真的?妈!太好了!我就知道找你准没错!""这主要是你大哥的功劳,我不过是敲敲锣边儿而已!要不是他亲自去找华樱,逼着人家孙楚弄来那两幅画收买他们,事情哪儿会那么顺利?现在看来钱还真是管用！""妈，我太爱你了！不是您去找大哥，他才不管我的事呢。""也别这么说，人家洪老板为我们家服务多少年了，你大哥也不是那么没良心的人！这下好了，他们总算答应释放洪老板了，我们的钱也算是没白花！高兴了吧？"

13

洪老板一直没被放出来，二少爷的情绪却一天比一天坏，闫觉鸥这天来看姐姐，感觉她的话更少了，情绪更低落了。在闫觉鸥离开廖公馆时，廖义达从后面追上了她，"我们同路。"闫觉鸥发现他憔悴了很多，满脸胡子拉碴，眼睛有些充血，一脸思索的表情。"洪老板还有希望被释放吗？"闫觉鸥问。"我一定会把他救出来！""他真是共产党吗？"二少爷没回答。"哦，对了，我姐说，你前几天说要找我问什么事？""嗯，对。"他看了一眼手表，"这事过几天再说。嗯，你喜欢诗歌吗？""诗歌？喜欢啊。""外国的呢？比如……""比如雪莱、拜伦？比如……""你读过马雅可夫斯基《穿裤子的云》吗？""没读过。""'你们的思想正梦游在揉得软绵绵的脑海中，如同躺在油污睡椅上的肥胖的仆从。'这首诗很有名，你不会没读过吧？""还真没读过？""不会吧？你怎么会……"他显得有些急躁，"那你的记忆力怎么样？我读一遍，你能记住吗？考考你，'你们的思想正梦游在揉得软绵绵的脑海中，如同躺在油污睡椅上的肥胖的仆从。我将戏弄它,使它撞击我血淋淋的心脏的碎片,莽撞而又辛辣,尽情地把它戏弄。我的灵魂中没有一茎白发,它里面也没有老人的温情和憔悴!我以喉咙的力量撼动了世界,走上前来——奇伟英俊,二十二岁……'""这么长!记不住!""你能记住,肯定能记住!你试试!"他用一种期待的眼神看着她。"为什么?""考考你嘛!"他的态度可真奇怪,闫觉鸥看着他,完全无法集中精力。见她又没记住,二少爷不禁皱起眉头,"你怎么这么笨啊!""那么长的诗,谁一下子能记住啊?""你是不想记,所以记不住。"他缓和地笑笑,"行,不逼你了,我相信我再说一遍,你一定能记住,记住了可有奖啊。""什么奖?""一本好看的书。"当闫觉鸥终于把诗词背下来后,他轻轻舒了口气说:"麻烦你帮我去做一件事,好吗?五点钟的时候,你去中山书店帮我去找一趟郑老板,问他我订的马雅可夫斯基的诗集到了吗?其中有《穿裤子的云》那本诗集。万一郑先生不在,你就把这首诗写在书店的留言簿上,交给店员。""好。"他从钱包里掏出一张钞票塞进闫觉鸥手里,"做完这件事,你帮我往家里打个电话,我不在的话,你就告诉家里人,说我让你办的事办完了。我本来应该自己去书店,但我刚才看见你,觉得你来帮我做这件事更好,你行吗?""行!""那好,等你电话!"闫觉鸥隐约感觉他是让她去传递一份情报,也许是共产党的情报,她想问,但没问,他冲闫觉鸥挥挥手转身离去,闫觉鸥感觉莫名地兴奋和紧张。

闫觉鸥到了书店后，没找到郑老板，便按廖义达说的，把诗词写在留言簿上，然后她就去给廖公馆打电话了，电话响了半天才有人来接，"喂？哪位啊？"接电话的人是崔妮儿，"我是闫觉鸥，二少爷在吗？"崔妮儿用带着哭腔的声音问，"二少爷刚刚出事了！""出什么事了？""他让人开枪打死了！""你说什么？""他接了一个电话，说洪老板放出来了，他立即就跑去找他，可刚到裁缝铺门口，就看见洪老板被人开枪打死了，二少爷想过去救洪老板，结果自己也中了弹……"这怎么可能？几个小时前，他还……崔妮儿哭着说："你姐现在在医院呢！她一听说二少爷出事了就昏倒了……"那晚闫觉灵诞下一个男孩儿，根据家谱，他被取名为廖志信。

"念故乡念故乡，故乡真可爱，天清清风凉凉，乡愁阵阵来，故乡人今如何？常念念不忘……"在廖义达的葬礼上，闫觉鸥和唱诗班的几个同学唱着他生前最喜欢的这首歌，她内心的失落也远大于悲伤，他的离去好似一场寂灭，闫觉鸥感觉自己刚在漆黑的夜路上看到他手中的烛光，正充满希望地要追随它前行，它却忽地熄灭了，让前途重回黑暗，让她又一次迷茫不知所向……

远远站在送葬队伍后面的焦娆，此刻心里满是愤恨，她相信，如果廖义达娶自己为妻，她绝对不会让他这么年轻就躺到那冰凉的土里去的，是闫觉灵害了他！她夺走了她的义达哥，却又不好好爱他，不仅自己跑去跟大少爷偷情，还放任他去搞政治、走极端。此刻，唯一能让她内心好受一点的想法就是她要彻彻底底地与闫觉灵和闫觉鸥为敌。

14

姜蓝欣，这个女学生们又恨又怕的老师成了闫觉鸥她们的新班主任，她走进教室里看着大家脸上那难以掩饰的失望，说道："同学们，无论你们有多不喜欢我来做你们的班主任都不要紧，因为我们每天在一起的时间很有限，我的要求不高，只要你们能在这有限的时间里听我的话就行，你们愿意怎么恨我就怎么恨我，我只要求好好学习！我坦白地告诉你们，我是个很偏心的老师，我就是喜欢成绩好的学生、不问政治的学生！就讨厌那些跟男孩子眉来眼去、勾勾搭搭，把精力都用在别处的学生，就讨厌一心只想结婚嫁人的学生。我以前就有这么个学生，学习非常好，完全有能力考上大学，最初她也表示一定要考大学，我对她真是抱以莫大的希望，可让我没想到的是，她并没有像她自己表示的那样，而是突然结婚嫁人了！就因为她找了个富家子弟，就忘掉了自己的誓言，放弃了前途，辜负了我对她的一片苦心，简直就是背信弃义！我当时听到这个消息，我太绝望了！我简直……"她的声音哽咽起来，她摘下眼镜，擦起了眼泪，"提起这事我就激动，愤恨不已！"闫觉鸥、戴琼慧、吴婉玲互相看了一眼,她们都知道那个如此让她伤心的人就是闫觉鸥的姐姐闫觉灵。姜蓝欣:"同学们,我对这种没出息的学生深恶痛绝!我们来学校学习,不是为了日后给某个男人当花瓶、当保姆才来的,也不是为了充当人家传宗接代的工具、给人家当女奴来的!我们女人要争做有头脑、有力量、有话语权的新女性!我今天讲的就一个主题,就是让你们懂得好好学习的意义,要为完全掌握自己的命运而奋斗!好,现在大家拿出笔来,考试!以后,我们会经常考试!你们的班长是谁?"乔怀芝站了起来:"是我。"姜蓝欣快速浮上一个微笑:"你肯定要考大学的对不对?当然,虽然那只是凤毛麟角,但我相信你肯定行!"闫觉鸥知道姐姐曾经是姜蓝欣的得意门生,也知道她对姐姐放弃考大学的极大失望,但今天才知道此事让姜蓝欣产生的怨恨如此强烈,然而闫觉鸥还尚未意识到的是,这怨恨之深近乎仇恨,是因为闫觉灵的那场"背叛"让姜蓝欣又一次感到了爱在财富面前的无力和卑微,看到了她自己的无力和卑微。

15

二少爷蹑手蹑脚地来到床边,俯下身轻轻地亲吻着儿子,又转来亲吻妻子,闫觉灵想抱住他,又想推开他,她一边渴望他,一边惧怕他,她用手推开他的嘴唇,却又把自己的身体依偎进他的怀中,她对他时而顺从,时而逃避,她的爱与怨恨像绳索一样紧紧攥住了她的思念、渴望和激情,她泪如泉水……一阵香气飘来,她感觉自己被抱紧了,她目光朦胧地望着抱着自己的人,二少爷的脸模糊了,是大少爷在亲吻自己!一切突然变得那么和谐、富于温情,痛苦消失了,她不再挣扎、不再拒绝,她融化了,她被拯救了……"哐当!哐当!"闫觉灵被重重的脚步声惊醒了,原来是一场梦!闫觉灵听见门外有动静,她走到门前,开了个门缝朝外面看去,见华樱和孙楚架着喝多的大少爷朝他的房间走去,"义达!义达!"大少爷嘴里喷着酒气和酒话。大少爷喝醉了?她还没见他醉成这样过……

华樱、孙楚、刘老师三人将大少爷扶到床前躺下,帮他脱了外套。"义达!那些日本人都是坏人!"孙楚:"是,咱就在家里说啊!"他看了一眼身边的华樱,尴尬地笑了一下,"真是不该让他喝那么多酒……"大少爷又想吐。孙楚:"快拿盆来!"刘老师急忙从床底下够出一个景泰蓝花色的痰盂,推到大少爷眼前,她掀开痰盂盖儿,里面蹿出一股糊味儿,一些燃烧过的纸灰飞了起来,刘老师被呛得咳嗽了两声,"他又烧谱子了……"华樱盯着盆里的死灰和未燃尽的报纸。

16

廖义兴领着满图和宜阳风风火火地来找闫觉鸥,说后天他们启明男中篮球队要跟华一男中篮球队交手,请她帮忙组织一支啦啦队，好为打败华一男中多一分胜算，他们的"球王"林更傲慢地四处放话说，他已经答应了跟启明男中赛一场"有他出场"的篮球赛，也就是说，以前他们两校比赛，都用不着他上场，廖义兴他们几个只剩下义愤填膺了。这次，启明男中雪耻的机会到了。满图恳切地说："你们唱诗班个个不都是好嗓子吗？还会用共鸣什么的，你们好好发挥发挥你们的特长，助我们一臂之力！"

比赛日期到了，篮球场上，很多学生都在等着一睹"林大教头"的风采，可他却迟迟不见身影，等得大家都有些焦急了，难道他又把启明男中给晾了？又过了一会儿，有消息说"林大教头"昨晚失踪了。开赛了，华一男中队因为林更的缺席没了主心骨乱了阵脚，比分连连下跌，而为战林更备战多时的启明男中队则大显身手，再加上闫觉鸥她们这支唱诗班出身的啦啦队的助威，他们更像是如虎添翼。因为是第一次做啦啦队，队员们个个精神百倍、喊声震天，抢尽了场上的风头。比赛进行到下半场了，华一男中已被启明男中打得人仰马翻、丢盔卸甲，观战人中有个高个子学生一直在连连摇头，眼看华一男中败局已定，他"呼"地脱掉外套，提枪打马上了场，好帅！场上顿时一片哗然。队伍中有认识他的人大喊一句："李恩年加油！"全场立即都知道了，这匹意外杀出来的"黑马"叫李恩年！他果然厉害，一上来就发了狠地得分，华一男中的比分追了上来。李恩年又一个进球，漂亮！闫觉鸥不由自主地大喊了一声："好球！"怎么回事？闫觉鸥怎么给对方加油啊？启明男中队员都用责怪的目光看着闫觉鸥，满图："喂！怎么乱加油！糊涂啦！"闫觉鸥不好意思地吐了下舌头。李恩年借一个捡球的机会冲闫觉鸥深深鞠了一躬，引起哄笑。比赛结束后，满图冲闫觉鸥不满地说："我说小姨子，怎么搞的，怎么胳膊肘往外拐啊？"说得闫觉鸥一脸尴尬。"看在你第一次当啦啦队的分儿上，给你一个改过的机会，下星期要好好表现哦。""怎么还有下星期啊？"满图："今天新来的这小子看我们不服，直接跟我们约了下一场。"

为了第二场比赛，两个队都做了充分的准备，不知是不是因为李恩年成了华一男中篮球队队长的缘故，比赛这天，华一男中上来就打得十分顺手。启明男中队却一再失误，闫觉鸥感觉今天运气不在他们这边，无论她们怎么呐喊也不能奏效。中场休息时，李恩年来到闫觉鸥面前微笑道："喂，这位同学，喊那么大声干什么？你们这些唱诗班的，可别把嗓子喊坏了，上帝会怪罪的。"闫觉鸥："这不用你操心，你还是当心自己，别太过用力，把腰扭了！""你没看出来吗，他们今天是输定了，你喊破嗓子也没用，不如给两边都加加油。"吴婉玲冲他说："您还需要别人加油啊！这就跟斗牛似的了！"李恩年笑笑跑开了。这次比赛后，近期就再无比赛消息，啦啦队员们感觉还没过够瘾呢。

这天，闫觉鸥到一所中学去参加语文比赛，意外遇见了李恩年，她对李恩年也来参加语文比赛感到很好奇，"这你也行?""这是我强项!""你强项可真多啊!""而且我肯定,分数考得比你高。""吹牛!""打赌!""行啊,到时候谁分儿低谁拿大顶!""哈哈,太幼稚!我看,谁输了谁从火车道那边的坟地里走一圈儿。""坟地?""害怕啊?你不是输不了吗?""行!"两人拉了钩。几天后,成绩出来了,李恩年得了96分,闫觉鸥得了98分。两人一起来到铁道边上的坟地,闫觉鸥看着李恩年朝坟地里走去,"你要是害怕,可以提前回来!我不会笑话你的。"李恩年:"别乱喊!"太阳落山了,天暗了下来,闫觉鸥看看空旷的四周,真害怕起来,她大声喊李恩年,却没人回答,只能听见乌鸦的叫声,偶尔会突然"扑愣愣"从她头顶上飞过,旁边的小树被风吹得也不时发出"哗哗"的响声。"李恩年!你在哪儿呢?你再不出来,我走了啊!"她不敢再往前走了,正准备往回走,一转身正跟李恩年撞在一起,"啊!"她尖叫起来,他拉住她乱挥的胳膊:"是我!别怕!"闫觉鸥哭了:"叫你干吗不回答?成心吓唬人啊!""我跟你闹着玩儿的,生气了?""讨厌!坏蛋!"闫觉鸥转身就走,李恩年拉着她的胳膊道歉说:"我错了,我错了,别生气!别生气了!""不理你了!"她甩开他的手跑了。"我都赔礼了还不行啊!那要不然,你打我两拳!"闫觉鸥跑得更快了。李恩年三步两步追上了她:"我腿长,你跑不过我的!"闫觉鸥继续猛跑。"喂,我是不会一直追你的,我可不喜欢哄人。"闫觉鸥又猛跑了一阵,停住脚,她回头看了看,李恩年不见了,他果然没追来,她一下子感觉自己此刻心比那条空落落的路还空。

17

二太太操着那没底气的细声走进闫觉灵房间责怪道:"你看你,一个孩子也哄不好!就让他这么哭!"她从闫觉灵手里抱过哭闹的孩子:"宝贝儿啊,不哭啊!不哭,你要什么呀?告诉奶奶。"孩子哭得更厉害了。"奶喂了吗?""喂了。""那他怎么还哭?哎哟,我的小祖宗,你到底要干吗啊?我还是去叫崔妮儿来吧,她会哄孩子!"她把孩子还给闫觉灵转身走了。闫觉灵抱着哭闹的孩子来回走着,"孩子别哭了,好不好?妈妈求你了!妈妈太累了!"她边说边掉眼泪。窗外传来黑管儿声,孩子的哭声停了,他忽闪着黑亮的眼睛听起来。那黑管儿声渐渐大了,闫觉灵打开房门一看,大少爷站在门外。"大哥,可真有意思,宝宝一听见你吹黑管儿,立刻就不哭了!"大少爷换了一首更加欢快的曲子,孩子冲他"咿呀咿呀"说起话来,大少爷用黑管儿逗着他,他咯咯地笑出了声。闫觉灵满目含情地看着大少爷,感觉他就是她的救星!是世上最能带给她温暖和安慰的人!"姐!"随着一声喊,闫觉鸥和戴琼慧走了进来。闫觉灵欣喜地:"哎,宝宝,看谁来了?"闫觉灵满脸幸福地对妹妹说,"我们小孩儿正欣赏音乐呢,他刚才哭个不停,怎么哄都哄不好,二太太也哄不好,可他一听大哥的黑管儿,马上就不哭了。"闫觉鸥见姐姐赞美大少爷时的暧昧神态,很不舒服,于是略带讥讽地说:"大少爷真有招儿啊!"戴琼慧逗着孩子说:"这小模样真可爱!"闫觉鸥:"很像二少爷!"大少爷:"这孩子很有乐感!"闫觉灵羞嗔地看了大少爷一眼,"这家里的人个个都是音乐家,我们孩子怎么会没有乐感?宝贝,你说是吧?"哦,我的姐姐,你竟然还会表现成这样!闫觉鸥都看不下去了。"来,我抱抱这个小音乐家!"闫觉鸥从姐姐怀里接过孩子,"宝贝,你喜欢什么乐器啊?""当然是黑管儿,"闫觉灵回答,"你没看见他听大哥吹黑管儿的样子了,可入迷了!好像听懂了一样。"孩子"呀"了一声,仿佛是给这话作证。戴琼慧笑了:"宝贝,你会唱歌啊?你唱一个我听听啊。"孩子咿呀咿呀地"唱"起来,大家都笑了。闫觉鸥看看大少爷,他的目光正追着孩子,可谁知道他的目光是不是一直追着孩子。闫觉鸥把孩子递给戴琼慧,"来,让这个阿姨抱抱!""过来,宝贝儿!"大少爷从戴琼慧手里接过孩子,悠着他玩儿,孩子咯咯笑着。"你们看他,他知道害怕,用小手抓我的领带呢!""哎呀,他的小手会把你的衣服抓脏!"闫觉鸥见姐姐上前要过去抱孩子,抢先一步从大少爷手里把孩子接了过来,"把大伯的衣服抓脏了,大伯的女朋友会揍你小屁股!"她又看着大少爷问:"大少爷,华樱小姐是您的女朋友吧?"大少爷:"华樱,她是我们家的朋友,算是我的妹妹吧。"闫觉鸥:"妹妹?哦,看您对她那么好,我还以为她是大少爷的女朋友呢。""大哥怎么会娶日本人呢?"闫觉灵瞥了大少爷一眼,将孩子放进婴儿床里。闫觉鸥问:"那大少爷现在的女朋友是谁啊?"闫觉灵:"闫觉鸥!你别那么八卦好不好!""怎么了?问问不行啊?"大少爷和戴琼慧笑了。闫觉灵:"你这么多嘴多舌的,将来少挨不了婆婆的打。""我不嫁人,看谁还能管我?"戴琼慧:"当尼姑啊?"闫觉灵:"当尼姑也有老尼姑管着。"闫觉鸥:"没活路了!"戴琼慧:"除非你能找一个像廖夫人那样的婆婆。"闫觉鸥:"旁边还不能有二太太、三太太的。"闫觉灵:"你给我闭嘴,越说越不像话!"

一走出廖公馆大门,闫觉鸥就一连串地说:"讨厌!讨厌!真讨厌!"戴琼慧不解地问:"谁讨厌啊?""还有谁啊?他们呗,我姐和大少爷,你没看见啊?他们,哎呀,真讨厌!""你在说什么呀?他们怎么了?""你记得上次焦娆怎么说我姐来的?""哦!咳,她那个人不就爱胡说八道吗?""可你看他们俩刚才的样子,我突然觉得那也许是真的,这叫什么呀?我姐夫刚刚去世,他们就……太不好了!""是你想多了,我怎么没看出他们俩有什么,再说,你姐夫不在了,他们要真的能好,也不是件坏事啊,至少有人帮帮你姐,要说你姐也挺不幸的,还那么年轻,自己带着个孩子。""就是说嘛,我姐那么年轻,大少爷已经那么老了!""嘀嘀"她们的身后响起两声喇叭声,大少爷开着车来到她们身边,"二小姐要回家?"闫觉鸥大惊失色:"不,不是,我不回家,是,是去她家。"她指指戴琼慧,自从闫觉鸥为叫车的事与大少爷闹了点摩擦后,叫车的事便成了两人之间的尴尬事,两人尽量避开这个话题,谁也不惹谁,遇见闫觉鸥没有叫车来去,大少爷假装没看见;当着他的面,闫觉鸥也尽量遵守规矩。大少爷:"上车吧,我正好去修车。路上,我想跟你说说你姐的事。"听了这话,闫觉鸥忙拉着戴琼慧上了车,心里咚咚直跳,真怕他要说出什么吓人的话来。"你父亲最近有消息吗?"大少爷问。"有啊,说他挺好的。""工作还顺利?""是。""那就好,你姐最近情绪不太好,总是跟我打听前线打仗的事,担心你父亲工作的那个地方离前线近,不安全,她刚失去了丈夫,志信还那么小,心里还惦记着你父亲,难为她了,你做妹妹的应该多关心关心你姐。过几天,我要出海去,你姐这人有事不爱讲,我一走,她身边又少了个能帮忙的人,你少玩会儿,有空多往这边跑跑陪陪你姐。"想得可真周到啊!"另外,我想说的是,我对你姐没有非分之想,并没有'癞蛤蟆想吃天鹅肉',我很尊重她,你听来的那些关于我们的议论,对我倒没什么,对你姐的名节可是个伤害,别人咱们管不了,我希望至少你别这么想。跟你们比较起来我是老了点儿,那你们也不能就因为不喜欢我,说我是癞蛤蟆啊。""那个……"闫觉鸥尴尬极了,"您出海多久啊?""要两个多月。"

　　戴琼慧的母亲在家门口看见戴琼慧和闫觉鸥从大少爷的汽车里走出来,吃了一惊,有个嫁到有钱人家的姐姐真不一样啊!一家人都跟着沾光!晚上,她问女儿大少爷未来的太太是谁家千金啊,戴琼慧说:"他好像还没有未婚妻。""不会吧?""他以前是有个女朋友,好像说是被炸弹炸死了。""对对对,我想起来了,好像是有这事,他后来好像因为旧情难忘就没再找,这个信息很重要!"戴琼慧:"您又想什么呢?您别整天惦记给人家保媒拉线的,人家都把你当媒婆了!""那怎么了?这不光是能挣钱,而且是积德行善!""可人家大少爷是谁啊?能看上你介绍的人?您别自讨没趣儿了!""那可说不准,要我看,你应该试试!"戴琼慧被这话吓了一跳:"妈!您别异想天开了!我不跟你说了。""廖家怎么啦?闫觉鸥家也不是什么富人,她姐姐不也嫁进去了吗?你也别太把自己看扁了,看我女儿!要个头有个头,要模样有模样,哪比不上闫觉鸥的姐姐?""那是人家二少爷看上闫觉灵了,人家闫觉灵有这个命!妈,求你了,你别闹了,您会闹出笑话来的!""闹什么笑话?你别那么窝囊好不好,我经历过多少这样的事了,事在人为!婚姻不只是缘分,有时也得靠人为创造。""我不嫁行了吧?""你嫁不好是我的不幸!""妈,人家大少爷有心上人了,就是闫觉灵。""谁?"戴琼慧一急说走嘴了,这事如果让母亲传出去,非惹出乱子不可,她忙改口道:"我说的是闫觉鸥!""闫觉鸥?""他们只是互相有意思,但并没说开,您可别出去乱讲啊!""难怪,他开车送你们,别说,他俩看着倒也般配。"

闫觉鸥听了戴琼慧的"忏悔",笑得腰都直不起来了,"大少爷如果知道我是他女朋友,怕是要吓晕过去了。""对不起,我真的是迫不得已!都是我妈,我脑子当时……""没事!大少爷不会知道的。"

18

闫觉鸥是大少爷心上人的事还真传出来了。这天，二太太逛街回来，气冲冲地跑到廖夫人面前把这事告诉了她，说刚才在街上碰见了一个自称是戴琼慧母亲的人，她说她有心介绍一个很好的姑娘给大少爷，没想到，大少爷已经跟闫觉鸥好上了，还说了一堆祝福的傻话，看起来，二太太真被这个不知天高地厚的女人给气坏了，她竟然觉得她有资格给廖家人介绍对象，简直可笑之极。廖夫人并没太在意戴琼慧母亲的介绍资格问题，她在意的是，大少爷和闫觉鸥的这个传言要是真的，似乎倒也不错。闫觉灵听廖夫人说了关于她妹妹的传言，笑道："她这人好像是有给人保媒拉线的爱好，我也听我妹妹说过，没想到，她是这么一个唐突的人，连这么没影儿的事都信，还敢跟二太太去说。"廖夫人猜疑地说："你也觉得不可能吗？说不定是他们俩瞒着我们呢？"闫觉灵笑了："绝对不可能！我妹妹还没长这种心眼儿呢，就是个傻丫头。""我在她这个年龄可会恋爱了！"闫觉灵笑了，不知为什么，廖夫人的表情让她心里很不舒服。

闫觉鸥等姐姐拐弯抹角地问完她和大少爷的事后，想跟姐姐开开玩笑，便假装不好意思道："这事你知道了？我还正想告诉你呢。""这事是真的？你们真的……什么时候的事？"闫觉灵脸色发白。"你信吗？""我？""我骗你的！"闫觉鸥咯咯地笑着把来龙去脉告诉了姐姐，"这么莫名其妙的事你也信，怎么可能呢？"闫觉灵的脸一下子红了，"你们真行！人家大少爷是有身份的人，有点什么事都有人给他往报纸上登，你们这样乱讲话会给大少爷惹麻烦的！"看来姐姐的确是爱上大少爷了，闫觉鸥说："他反正要出海了，他一走，大家就会立即忘了这事。""你怎么知道大少爷要出海的？""他告诉我的。""他干吗要告诉你？"

  焦夫人接到二太太约她出来坐坐的电话后，心里很高兴，这表明在经历了廖夫人生日宴会的那场灾难后，他们两家的关系还没到不可收拾的地步。凭心而论，她是很怕陷于那种局面，首先是对丈夫不利，焦世迁从一个纺织协会会长一跃成为胶城商埠代理会长，全仰仗廖老爷的提携，而且眼下支持焦世迁掌控局面的还都是廖老爷留下的班底，廖、焦两家如果闹僵，他成为正式会长的希望就会泡汤。为此，焦世迁一直夹着尾巴做人，对廖家人表现得一如既往地友爱。再一个让焦夫人担心他们关系破裂的原因是，焦世迁夫妇心里一直希望焦娆能嫁给大少爷，焦娆上学晚，高中毕业时她就十八岁了，与二十八岁的大少爷成婚再合适不过了，可焦娆偏喜欢二少爷廖义达。而今，廖义达不在了，大少爷在女朋友去世后，也没再跟其他女孩子交往，大少爷和焦娆的事又有了新的希望。可惜的是廖夫人似乎不太中意焦娆，焦世迁夫妇担心她会借生日宴会风波疏远他们，幸好，二太太和焦夫人是拐了几道弯儿的表姐妹，在大少爷的问题上，她一直是"焦娆派"。因此，要想促成这门婚事，非有二太太的积极内应不可。焦夫人赶到茶座时，二太太已经到了，看这架势，二太太想聊的事还真让她焦虑，否则，跟自己约会，她从不会早到。"你们家那个宝贝女儿，到底对大少爷什么态度啊？他们有没有可能恋爱啊？"一见面，二太太就开门见山地说，"这两天，有个多事的鬼跟我说，我们家大少爷在和闫家二小姐谈恋爱，搅得我心神不宁的，荒唐！""哪个多事的人？"

焦娆以前很排斥来听音乐会，她觉得要跟那么多不相干的人打招呼太烦，现在不了，因为自从父亲接替廖老爷成了胶城的代理商埠会长后，她每次来都能收获一大把赞美，受关注度也比以前明显见涨。"那是焦会长的千金！""看她那件衣服，听说是尚局长女儿送的！"每次她听见这样的议论，她就希望自己的脖子能再长长一些，好把自己的头再举高一些。"那不是廖妈妈他们吗？"焦娆跟父母立即上前去跟廖家人打招呼。闫觉灵看见焦娆，立即挽着紫陶的胳膊目不斜视地朝音乐厅里走去，她感觉，对于她们这样的关系，假装没看见是最明智的了，紫陶明白，这时她也必须"没看见"他们。焦娆看见大少爷和华樱走来，便走到大少爷身边悄悄问："你和华樱的关系没变化吧？"大少爷笑笑："变化？""我有个好玩儿的事想跟大哥说，可如果你们俩是在交朋友，那我就不说了。""说吧，还卖什么关子。"焦娆趴在他耳边："知道吗？你妈和我妈一直在暗中悄悄给你物色对象呢，你猜，他们物色的人是谁？""谁？"焦娆用大拇哥指指自己："本姑娘！""这不是什么新闻啊。""但她们这次是来真的！我妈已经问我好几次了，我说，义振哥比我老那么多，我一直当他是我大哥，我怎么能嫁给他？你知道，她们为什么突然又想起这事来了吗？""为什么？""因为闫觉鸥！她到处跟人说，你是他的男朋友。""什么？""是真的！是二太太跟我妈说的。她们还问过我呢。""是她们搞错了吧？她没事为什么说这个？""不会搞错！我猜，她是为了吹牛！是想抬高自己的身份！以前，我还真不知道她是这种人，喜欢讨好有钱有势的人。她现在还经常跟一个叫李恩年的男生在一起，我分析肯定是因为他爸爸是华一男中的校长……"节目开始的铃响了，大家纷纷走进音乐厅。落座后，华樱问大少爷："你们在说闫觉灵的妹妹？她想做你女朋友？""我也纳闷呢，她讨厌我还来不及呢。"

19

大少爷走了，家里顿时显得空落落的。吃过午饭，闫觉灵哄着了孩子，自己也昏昏欲睡，忽然想起有几件衣服的扣子松了应该加固一下，便起身去找针线，她一起身，把什么东西蹭掉地上了，一看是大少爷的领带，是他上次逗孩子玩时顺手放在这里的，领带一下子又把她的思绪带到大少爷那儿去了。她想起他拿着行李走出大门那一刻，她就站在窗帘后望着他，她真希望他能回头朝她房间这里看一眼，那她就能心安许多，可他没有，就那么匆匆地走了。她轻叹了口气，坐到梳妆台前，打量着镜子中的自己，悲上心头，自己再不是原来的自己了，自己是已嫁过人的女人了，已经是孩子的母亲了，一切都改变了，她再不能大大方方地去爱任何人了，别人也不能大大方方地来爱自己了。闫觉灵将手中的领带绕在自己的脖子上，一股特有的香气散发出来，她轻轻亲吻着领带，那味道让她感觉他好像就在自己身边，她身心都战栗起来。镜子里这个漂亮女人是自己吗？她轻抚着自己的脸庞、脖颈自问，很多人都认为她漂亮，有人觉得她的眼睛好看，有人说她的嘴很好看，但她认为自己修长的脖子才是最让她骄傲的，义达和她的观点一样，也认为她身上最美、最性感的部分就是她的脖子。如今，身为女人的一切都荒芜了，自己好似一个被遗忘的果园，果实们只能默默无闻、孤芳自赏地存在着，慢慢地、悄然无息地枯萎着、凋零着。"二少奶奶！"这时门口传来崔妮儿的叫门声，闫觉灵慌张地把手中的领带藏到身后，崔妮儿走近道："小少爷的玩具车坏了，二太太让我来把它拿去给东柜儿他们修理一下。"闫觉灵一手揪着领口，一手在背后握紧领带……

20

　　看着闫觉鸥那得意的表情，姜蓝欣知道她这次考试成绩又让她有点得意忘形，她每一次得意忘形都让姜蓝欣感受到她对自己的态度多一份不屑，她不喜欢平时闫觉鸥对自己的那种不卑不亢的态度，就冲她姐姐闫觉灵对自己所犯下的失信之罪，闫觉鸥也不可以不卑不亢，因为闫觉灵的行为是对她多年的付出、栽培和希望的背叛，是对她良苦用心的背叛，是当着全校师生打她的脸！那天，姜蓝欣看见闫觉鸥跟一个高个子男孩子在街上嘻嘻哈哈，闫觉灵当初对她的伤害立即攫住了她的心，现在换闫觉鸥来刺激她了，来挑衅她的规则和权威了，她必须找机会打压一下闫觉鸥的嚣张气焰。这天在课堂上，姜蓝欣问全班同学："现在，谁来背诵一下《琵琶行》前两段？"不少同学都举了手。姜蓝欣的目光却越过举着手的闫觉鸥，叫起她后面的同学说："你！"那同学起身背诵起来，背到"寻声暗问弹者谁"时，姜蓝欣让她坐下："下面谁接？"闫觉鸥又举了手，姜蓝欣却对她前面的女生说："你从'寻声暗问弹者谁'开始。"那同学完成下面几句后，姜蓝欣又让闫觉鸥身边的吴婉玲继续："你从'说尽心中无限事'背。"闫觉鸥意识到姜蓝欣在跟自己置气，她就不举手了，思想开小差儿。当乔怀芝背到"别有幽愁暗恨生，此时无声胜有声"，姜蓝欣突然说："好，停！闫觉鸥！接着背！"闫觉鸥一怔，难为情地问："背到哪儿了？""你在问我吗？你带脑子来了吗？你是不是以为你是个很了不起的学生，上课可以不带脑子来啊？你可千万别这么想，这班里比你好的同学有得是，你别摆出一副骄傲的样子，谁都不服似的，你没资格！"闫觉鸥想反驳，刚动了动嘴，姜蓝欣便提高嗓门说："怎么？你想说什么？想反驳吗？是不是没人这样批评过你，你觉得受不了啊？乔怀芝，你告诉她，你刚才背诵到什么地方了？""别有幽愁暗恨生，此时无声胜有声。"闫觉鸥气恼地接着背诵起来："银瓶乍破水浆迸，铁骑突出刀枪鸣。曲终收拨当心画，四弦一声如裂帛……"姜蓝欣："停！我说让你从这儿背了吗？你连题都不听就瞎背，想背哪儿就背哪儿？难道你考试也这么考吗？太自以为是了！"眼泪忽地充满闫觉鸥的眼眶。姜蓝欣敲了敲手里的书，"从'今夜闻君琵琶语'开始。"闫觉鸥愤怒地背诵道："今夜闻君琵琶语，如听仙乐耳暂明。莫辞更坐弹一曲，为君翻作《琵琶行》。感我此言良久立，却坐促弦弦转急。凄凄不似向前声，满座重闻皆掩泣。座中泣下谁最多？江州司马青衫湿。"姜蓝欣："你这叫背诗吗？你们以前的老师就是这么教的？如果白居易听见你这么背他的作品，非气吐血了不可！乔怀芝，你给她示范一下！"乔怀芝起身背诵了一遍刚才的句子。"听见了吧？听见了吧？"姜蓝欣语气狠毒地说："这叫背诗，你那只能叫说话。我真不知道，你的骄傲是从哪儿来的？"她不耐烦地冲闫觉鸥做了个坐下的手势。闫觉鸥气呼呼地坐下了,把桌椅弄出声音。姜蓝欣:"什么声音,闫觉鸥,起立!"闫觉鸥站起身。姜蓝欣:"坐下!"闫觉鸥坐下,板凳又出了一点声音。姜蓝欣:"起立!重坐,我今天非要看看你能不能不发出声音。"闫觉鸥平生第一次被如此对待,委屈的泪水大颗大颗地滚落下来。

天上突然噼里啪啦掉起雨点来,路人都加快了脚步,只有受了委屈的闫觉鸥独自慢慢走着,她来到了一个路口,恍惚间看见前面那个人很像李恩年,他靠在墙上,手里转着一个篮球,小雨似乎根本就不存在,是他!真的是他,瞧那一脸坏笑,这个世界上除了他谁还会是那种坏样子!闫觉鸥装作没看见他,径直朝前走去。"我不会一直追你的。"她想起他说过的那句心狠的话,情不自禁地回过头,她的脸差点撞到他的脸。"大活人站在那儿,没看见啊?""没看见。""喂,我有件事,请你帮忙。我们要进行全市男中的篮球联赛了,我想请你们来给我们当啦啦队,快点说 Yes or no?""No!""为什么?是因为启明男中吗?难道你们跟他们签了生死契约了?""是君子协定!""实话告诉你吧,就他们那水平根本进不了决赛。"他见闫觉鸥怀疑地看着自己,补充道:"真的!不信你去打听打听,他们如果能进决赛,我去墓地住三天。"闫觉鸥:"墓地,墓地!这个不行!""成,换一个,你如果答应给我们当啦啦队,我就带你去听钢琴独奏音乐会!""什么时候?""现在!""骗人!"雨下大了,李恩年拉起她的胳膊就跑,"绝对不骗你!"闫觉鸥心情好了起来，她感觉此刻的李恩年就是她的救星！李恩年把闫觉鸥带到一个宅院前的屋檐下，门牌写着"榕树1号"，里面传出弹钢琴的声音，李恩年说，"知道这是什么曲子吗？""不知道。""这是门德尔松的《威尼斯船歌》，我第一次来避雨的时候，他就是弹的这首曲子，后来我经过这里几次，发现他总是弹这曲子。"两人靠在大铁门上聆听起来。"闭上眼。""你会弹钢琴？""小时候跟我妈学过一点儿。后来我们家总是搬家，就把钢琴卖了。"闫觉鸥扒着门缝朝里面看着，"这是谁家？""不知道，我从没见过弹琴的人。""喂，看，门没锁，我们进去看看吧？看看是谁在弹琴！""不去。""为什么？""我不想知道他是谁。""为什么？""就是不想知道。不过，我猜她是位夫人，大约三十多岁，个子不太高，瘦瘦的，梳着盘头……""瞎猜啊？我们进去看看，验证一下你猜得对不对怎么样？""你为什么非要知道？知道了会怎么样？""满足好奇心嘛！""真相总是令人失望的！""所以你宁愿蒙在鼓里？""这样我就可以把他任意想象成我喜欢的样子了。""这是自欺欺人！""不！是自我保护！我怕如果我不喜欢他的样子，会连他的音乐都不喜欢了。""可我宁愿……""嘘！"屋里的曲子换成了《卡门》，李恩年跟着音乐唱起来："'斗牛勇士们快快准备！斗牛勇士，斗牛勇士！'你觉得我像不像个骑士？""不像！""如果我再有匹马的话是不是就像了！哎，对了，我带你去骑马吧？""哪儿有马？"

在海边沙滩上，闫觉鸥真的看见了一匹英俊的枣红马。"仇大哥！"李恩年冲一个骑马的男人喊道，马背上的男人纵马奔驰而来。"这马太漂亮了！"闫觉鸥赞美道。"那是！这是我仇大哥的坐骑！"仇大哥："听他的，咱只是个帮人家放马的，哪儿敢有什么坐骑啊。""仇大哥，我想骑两圈儿，行吗？""行，别跑远了。"李恩年接过缰绳，纵身上马，"上来！"他把手伸给闫觉鸥，一把将她拉了上来。"你真的会骑吗？"闫觉鸥担心地问。"这话问的，人家恩年少爷在国外参加过赛马！""国外？"不等仇大哥接着说，枣红马已随着一声"驾！"蹿了出去，闫觉鸥尖叫起来。李恩年："你知道吗，这马本来是可以成为赛马的！""是吗？那为什么不让它去？让这么好的马当一个交通工具多可惜！""是为了生存！不这样，它就得死！要知道，不是所有有条件当战马的都能有幸成为战马的！这个世界，弱者没有选择的权利！"闫觉鸥感觉这么悲观的话真不像是从李恩年嘴里说出来的。

21

由于能跟华一男中较量的两支球队都在临赛前退赛了，其他几支球队又都没能顶住华一男中队的攻势，败给了他们，启明男中不仅意外出线了，还直逼华一男中的冠军宝座。满图、廖义兴、宜阳立即来找闫觉鸥，劝她带啦啦队来给他们助威。

"可我已经答应李恩年了……"满图不满地说:"你们是我们找来的,李恩年凭什么拉我们的人啊!真不地道!"闫觉鸥:"李恩年以为你们不会出线,谁知道你们出线了,还跟他们撞一起了。"满图:"给华一男中效力,你真是眼瞎了!他们为了获胜,什么不光彩的招儿都用!连他们的日本教练都公开传授他们损招。男七中有个学生的腿就被他们踢坏了。""啊?"闫觉鸥难以置信地看了看宜阳。宜阳:"满图说的没错,有的学校队员怕受伤就直接退赛了。"闫觉鸥:"一个球赛也不能赢房子赢地,怎么会这样?不会有人因为嫉妒华一男中才故意这样说的吧?"宜阳:"荣誉对某些人来说是政治资本。"满图:"闫觉鸥,这么说你不信我们说的?""至少,我相信李恩年没有那么坏!他绝对做不出故意把人踢伤这件事。"三人失望地看着闫觉鸥。

　　华一男中与启明男中比赛这天,人们发现启明男中有了一支新的啦啦队,啦啦队队长不是别人,正是焦娆大小姐。这天,她穿着鲜艳的服装,头上戴着花环,活灵活现,看她那劲儿啊,好像是来表演的!"今天咱们绝对不能让她们把我们压下去!"闫觉鸥虽然感觉心里有点乱,但焦娆的气焰激发了她的斗志。有人告诉焦娆正走过来的那个人就是传奇人物李恩年,"哦,他就是闫觉鸥爱的那个'罗密欧'啊!"焦娆道,"我当是什么英雄好汉呢,很一般嘛,除了个子高点儿,真看不出他还有什么值得夸耀的!"比赛开始了,启明男中攻势上来就很猛,大有一鼓作气拿下胜局的阵势。这天双方队员都急红了眼,各自的啦啦队也喊破了嗓子。看架势，今天的运气好像不在华一男中这边，李恩年不断发挥失常，焦娆却是越来越亢奋。哎呀！李恩年又没能拦住宜阳的投球，球又进了，华一男中日本校监的脸青得跟鬼一样。闫觉鸥她们的呐喊声再次响起，一直在忙于应付的李恩年似乎此刻才听到这加油声，这声音鼓起了他的激情，他绕过对手，一跃而起将手中的球准准地投进篮筐，进了！再投，又进了！就在华一男中的比分就要追平启明男中时，上半场结束的哨声响了。焦娆来到闫觉鸥面前，故意挡住她望向李恩年的视线，"喂，你们今天怎么像是没吃饱一样啊？"吴婉玲："你们那么多人都跟吃了炸药似的，可不就显得我们像没吃饱吗。"焦娆看看闫觉鸥："我猜是你们中有人心事太重了，不，也许是你们集体心事太重，听好了，上帝今天站在我们一边，你们还是省省吧，别把金嗓子队的名声毁了！"闫觉鸥："一边儿凉快去，我们的事用不着你操心！"焦娆挥挥拳头喊道："今天，胜利属于我们！"

哨声响了，下半场比赛开始了，双方比分一直紧咬着。两边啦啦队的声音相互覆盖，分不清彼此。廖义兴得球，他朝篮板前猛冲过去，华一男中有个队员飞起一脚踹向廖义兴的伤腿，满图眼快，向踢人的学生奋力冲撞过去，两人双双倒地。又一轮争夺开始了，李恩年得球，但他被启明男中的人死死困住，球又被及时断掉；李恩年又一次得球，又一次被断掉。周围响起一阵阵失望的声音。"斗牛勇士们快快准备！斗牛勇士，斗牛勇士！"《斗牛士之歌》从闫觉鸥的啦啦队这边响起，场上观众都跟着唱了起来。双方队员都热血沸腾，精神大振。比分又一次追平了。就在此时，从球场不远处的楼上窗户里垂下了一条长长的标语。上面写着：抵制！坚决抵制暴力取胜！华一男中必须为故意踢伤同学道歉！操场上一片哗然。窗户里那个男同学探出头来喊着："同学们，同学们！别赛了！请听我说！华一男中为了夺得市中学篮球比赛的冠军，不择手段，多次在比赛场上使用日本熊本建二教练教授的卑劣手段伤害对方球员的身体，目前已经有多名球员因遭暗算受伤，我们不要这样的暴力比赛！退赛！坚决退赛！我们要求市教育局派人来调查此事，严惩流氓！"启明男中的人都看着队长宜阳，"怎么办？""不赛了！"宜阳回答。李恩年不满地说："喂？比得过就比，比不过就认输，干吗来这套？"满图："你说什么？来哪套？"两队队员也都跟着争执起来。李恩年："楼上的人是你们的同伙吧？"满图："你们那么气愤，我看是你们心里有鬼吧！"裁判使劲吹了几声口哨，"赛不赛了？"李恩年："还赛什么？这不是明摆着吗？有人就这点能耐，只会拿些无聊烂事说事！一到玩真格的就腿软！"启明男中这边的人又冲他嚷嚷起来。"你少废话！你才腿软呢！"两队人又吵嚷起来，华一男中有人起哄道："输不起就说输不起！少耍手腕儿！"李恩年："算了，不赛就不赛吧，跟懦夫没什么好说的！"满图："你说谁懦夫？"廖义兴拉住满图："别吵了，走吧。"满图瞪着眼睛说："走什么走？你听他们说什么呢？宜阳，跟他们赛！看看究竟是谁输不起！"李恩年："那来呀！"宜阳朝自己的队员一挥手："上！"只听一声哨响，比赛重新开始，两队人马拼抢得更加凶狠。场外围观的同学突然集体转向启明男中，加油声震耳欲聋。"启明男中加油！启明男中加油！""抵制暴力！""抵制暴力！"华一男中的士气也一泄千丈，闫觉鸥感觉自己的喉咙像被什么堵住了，一点声音也发不出来。

闫觉鸥想去找李恩年问问"暴力比赛"的事，她刚一拐过来，就被一声"八嘎！"吓得停住脚，她看见在教学区的小空场上站着一排华一男中的队员，日本校监像要吃人一样凶狠地抡着巴掌左右开弓地扇着队长李恩年耳光。李恩年被打得嘴角淌血，几次趔趄，满脸羞愤。日本校监打完李恩年，又挨个去扇其他队员。闫觉鸥转身跑了，她一口气跑到了"榕树1号"，她站在门前，听着里面激愤的钢琴声，她只想哭，不知站了多久，她看见李恩年走过来，两人刚一对视，泪水便都夺眶而出，李恩年狠狠地抹了把泪水，仰天长叹："我是个懦夫！我就是个懦夫！""别说了！""我们是亡国奴！亡国奴！"闫觉鸥趴在他的肩上哭出声来。

22

闫觉鸥来找戴琼慧时，她正一个人在凉台上掉眼泪，"出什么事了吗?"戴琼慧:"我爸失业了,我可能没钱上学了,我妈说,如果我还想上学,就让我自己去挣生活费。"戴琼慧的父亲早就跟她母亲离婚了,跟别人结婚后,又生了几个孩子,但因为他一直在洋行上班有些钱,所以一直给戴琼慧提供着一些生活费,这下可糟了。"让你自己挣?你怎么挣?""我妈说让我跟我们家邻居学着做小买卖,先去集上卖布头儿什么的。""那有几个钱啊?你妈做会计,还经常给人做媒,不是挣了很多钱吗?""那也赶不上她玩牌输得多啊。""别发愁,也许明天你爸爸就又找到工作了,我爸爸刚失业那会儿,我们一家也是很发愁,最后不是也找到工作了?实在不行的话,你就学着做小买卖吧,也许卖着卖着,你还能发财呢。""发财?我可没那好命!""别怕,不就是卖东西吗?有什么难的,我有空就来帮你,喂,看我给你带什么来了?"她递给了戴琼慧一包地瓜干,戴琼慧拿起一块吃了起来。这时楼下传来一阵犬吠声,她们看见几个日本人走进楼下一间宅院里,闫觉鸥:"那家日本人什么时候养了条大狗啊?""来好几天了,可凶了!那天我在这儿唱歌,它使劲冲我汪汪,他们家还出来个悍妇把我训了一顿!""这是中国,又不是日本!还不让人唱歌了?我偏要唱!"戴琼慧忙拦住闫觉鸥:"别,别惹他们,那只大狗会叫的!有时候我都觉得它能从下面爬上来。""讨厌的家伙!"闫觉鸥捡起一块石头扔了下去,"当啷"石头砸在铁管子上。大狗狂叫起来,有人从房间里走出来,闫觉鸥和戴琼慧吓得急忙蹲下身子。戴琼慧:"这些人干吗不在自己国家待着，跑咱们国家来干吗？"闫觉鸥："掠夺呗！强盗！"蹲了一会儿，闫觉鸥说："你说二少爷他们是怎么跟那些共产党认识的？我们怎么遇不上他们啊？""你想遇上他们？""想！"

23

闫觉鸥和李恩年正要去"榕树1号"，就看见一队被绳子捆着胳膊、衣衫破烂的犯人在几个端枪士兵押解下走来，队伍旁边跟着一大群看热闹的人。犯人队伍中有个女人好像在喊什么，闫觉鸥和李恩年凑了过去。"各位父老乡亲，请大家帮帮我！帮我找到我的儿子虎子！"虎子？"是洪太太！我认识她！"闫觉鸥向前挤去，李恩年也跟了过去。"我儿子丢了，他才5岁，官兵来抓我的时候，他跑丢了！""别喊了！喊什么喊！"士兵大声呵斥着洪太太，洪太太不管不顾地继续大声说："请你们救救他，不要让他落在坏人手里！不要让他学坏！我拜托各位父老乡亲了！拜托你们了！请你们帮助我的儿子！他叫虎子！拜托各位！"士兵上前用枪托猛打洪太太。"犯人"中有人上前用身体护住洪太太。闫觉鸥挤到前面冲洪太太说："洪太太！虎子怎么了？"洪太太迷茫地看着她，闫觉鸥快速说道："我是闫觉灵的妹妹，我叫闫觉鸥，我认识虎子！""快走，快走！"士兵推开洪太太，又驱赶着闫觉鸥："退后！退后！不许跟犯人说话！"

洪太太用恳求的目光看着闫觉鸥："请帮助照顾我的儿子，请给他口饭吃，不要让他落到坏人手里。""后退！"士兵使劲推搡了闫觉鸥一把，她一屁股摔倒在地，李恩年扶起她后，又趁士兵不注意冲到洪太太面前："这位太太，你儿子在哪儿丢的？他什么样子？"洪太太挣脱着士兵，冲李恩年说道："是轮渡码头丢的，他5岁，大眼睛，当时是我让他跑的……""他穿什么衣服？"他推搡着阻拦他的伪军。洪太太大声喊着说："灰棕色的粗布衫！头上有三个旋儿！""您放心吧！我们一定会找到他的！"士兵端着枪冲上前冲李恩年喊道："干吗？干吗？找死啊！她是死刑犯你知道不知道？"李恩年愤怒地说："人都快死了，说一句话都不可以啊！"他的话没说完，头上就挨了一枪托儿，鲜血顿时流了出来……

闫觉鸥带着戴琼慧、吴婉玲两个女伴跟李恩年一起四处打听虎子的消息，但一无所获，吴婉玲："他母亲如果是共产党，那他有没有可能被警察带走了？我们应该去警察局打听打听。"李恩年："警察不会告诉我们的。"闫觉鸥："除非找认识的警察。"戴琼慧："焦娆的叔叔倒是警察局的，可惜，她不会帮助我们的。"李恩年："焦娆？"吴婉玲："就是给启明男中当啦啦队长的那个女孩儿。"李恩年："我去跟她说。"闫觉鸥："别去！""为什么？""她不会帮我们的，再说我也讨厌跟她打交道！"李恩年："没让你去找，我去找她！""别去！"闫觉鸥瞪着眼说。

如果李恩年没有遇上焦娆，他也许不会无视闫觉鸥的警告，可他正巧在路上遇到了她，当时焦娆正挽着王妙云的胳膊走着，听见李恩年叫她，有些诧异："你是叫我吗？大球星？""你不是启明男中的啦啦队长吗？""当啦啦队长还能帮我扬名呢。""那是！我们上次输给启明男中，不都是因为他们有你这个啦啦队长吗？后来我们才找到原因。"焦娆高兴了："是真话？""可不！下次再比赛，我们可得请你给我们当啦啦队长！""你们不需要我们，你们有闫觉鸥她们！人家多厉害啊！""还是你厉害！一下子就把我们的阵脚喊乱了！""干吗恭维我啊？有事求我？"王妙云："你真的想让我们小姐给你当啦啦队长？"焦娆："联赛不是被叫停了吗？""这次不赛了，不代表永远没有比赛了，我提前先跟你这个啦啦队长预定一下，省得到时候你被人抢走。""这话听上去虽然很舒服，可是我不是三岁小孩儿啊！快说，是何居心？""好吧，我坦白，我确实有另外一件事想麻烦你，应该说是想麻烦你叔叔。""我叔叔？什么事？"李恩年刚要说，被焦娆拦住："等一等！你是怎么知道我叔叔的？不会是闫觉鸥派你来的吧？""焦小姐，相信我，确实是我自己要找你帮忙的，不过，关于你叔叔是警察的事，确实是我从她嘴里套出来的。""套出来的？她不知道你来找我？""绝对不知道，我发誓！""好吧，你说说什么事？"李恩年刚要说，又被焦娆拦住了，"等一等，你找我叔叔，是不是想打听洪家裁缝铺那个小孩儿的事？""他叫虎子，你知道他？""廖妈妈托我妈妈找我叔叔问过这小孩儿的事,现在闫觉鸥又派你来了,还说不是她让你来的?不是她才怪呢!哼,有消息也不告诉你。"她转身就走。李恩年:"喂,等一下,焦娆小姐,你跟闫觉鸥有什么仇吗?你们至于吗?"王妙云:"一言难尽啊!"焦娆:"你去问她吧!"李恩年追着焦娆说:"别走啊,听我说,焦娆小姐,你知道我们为什么要找这个孩子吗……"

礼拜日这天,做完礼拜的人们逐渐散去,闫觉鸥刚走出教堂,正要上去跟姐姐说话,忽听廖夫人叫道:"那不是虎子吗!""在哪儿?"闫觉鸥顺着廖夫人手指的方向看过去,穿着像个小少爷的虎子,正被一个三十多岁的女人拉着坐进一辆黑色轿车,"虎子!虎子!"闫觉鸥拔腿追去,黑色轿车开走了,闫觉鸥从汽车后窗的玻璃里看见了虎子的脸,"虎子!虎子!"眼看着汽车跟自己之间的距离越来越大,闫觉鸥心急如焚,忽然脚下一绊,摔倒在地上,汽车远去,她眼睛里只注意到了车窗上那张英格丽·褒曼的电影海报。

闫觉鸥那天的追车举动给廖夫人留下了很好的印象,闫觉灵发现她最近提到妹妹的次数多了起来,这天闲聊时,廖夫人又问起了闫觉鸥,问她们的母亲想给她找个什么样的婆家,"家里没说过这事,"闫觉灵说,"她还小……""十七了吧?不算小了,时间过得可快呢,早有目标早踏实,你婆婆跟老爷订婚时也差不多就这个年龄。""我们家希望她能继续求学,她自己也是这么打算的。""哦,"廖夫人停了停,放低声音问,"你觉得你妹妹喜欢义振吗?他们有可能吗?""不合适吧?""闫觉灵有些心慌,她看看廖夫人,真怕她看出自己有什么不对。"我说的不是现在,是以后!""您不知道,我妹妹她,自由惯了,我们这种家规矩多,她恐怕……""我们家规矩多吗?有谁家像我们家这么没规没矩的?"廖夫人咯咯笑了。"主要是,她好像不太喜欢大哥这种性格的人。""她跟你说过啊?"廖夫人认真地问。"没认真说过,只是开玩笑说过这事。""怎么说的?""嗯……就是说,大哥的性格……""她是不是觉得义振这人不够热情、不够风趣啊?那是她还不太了解他!""也许是因为他们的年龄相差太大,我妹妹更喜欢跟与她年龄差不多的人交往。""哦……"闫觉灵见廖夫人露出失望的神情,忙说:"要不我问问我妹妹?也可能……""别问了,要不是二太太听说他们在交往,我忽然感觉这事不错,我也没往这方面想,也就是个念头。""交往的事是个误会,闫觉鸥都跟我说了,那开始是戴琼慧编出来骗她妈的!她怕她妈打她的主意,谁知后来就传成这样了!"她又把闫觉鸥告诉她的事情原委讲述了一遍。"是这样啊!我还以为……你可千万别去问她!弄得大家挺尴尬的。而且,义振说不定现在身边又有什么人了,只是还没让我们知道……""您感觉大哥心里有人了?""没有。他这人,就是有人了,不到板上钉钉的时候,也不会跟我们说!"廖夫人想了想说:"其实,华樱年龄合适,她也喜欢义振,可就是觉得,他们俩之间似乎缺点缘分,义达这一出事,他们之间算是彻底完了。""这事您问过大哥?""问过,他就一句话,不合适。""是因为他忘不了过去那个女朋友吧?""我也这么想,那女孩子确实不错,哎,别说,跟你妹妹的性格有点像,爱说爱笑的。""大哥很喜欢她?""是啊,咳!她如果不出事多好,义振现在也不会那么孤单了!他们是在德国读书那会儿认识的,这一晃也过去好多年了,没想到,他对她还那么念念不忘,去年我们看上一个姑娘挺好的,想给他介绍,他都快跟我们急了,好像我们要害他似的。""大哥不会是想独身吧?""我也是怕他有这个念头!为什么我说他有可能喜欢上你妹妹呢,很多姑娘见着他就紧张,话都说不利落,你妹妹不仅不怕他,有时候还敢顶撞他,他还跟我学过你妹妹跟他发脾气的事,真逗!"

24

闫觉鸥她们想来想去,还是决定为虎子的事去趟警察局,三人便拉上李恩年一起来到了警察局。几个人刚走进警察局的院子,就被一个警察喝住,"你们干吗?"吴婉玲:"找警察。"闫觉鸥:"我们是想找个小孩儿。"警察:"你们究竟是找警察,还是找小孩儿?"李恩年:"我们是想报案。"警察:"报案?"他们七嘴八舌地把虎子丢失的事说了一遍,可不等听他们说完,警察就不耐烦地说:"这事我们管不了!丢孩子的多了,管不过来！走吧，走吧！"警察虎起脸就把他们往外赶，"警察局是给政府干活儿的，不是给你们家开的！"李恩年客气地笑着说："哎，哎，哎，警察先生，您别生气啊，我们刚才说的太乱，您可能没听明白，您听我一个人跟您简单说一遍……"他边说边把警察拉到了一边。闫觉鸥她们远远地看着李恩年赔着笑脸跟警察说着什么，说着说着，警察的表情就变得有点和颜悦色了。闫觉鸥："李恩年跟他说什么呢？"吴婉玲："我猜肯定是把焦娆的叔叔抬出来了，要不就是把焦娆她爸焦世迁抬出来了，那肯定更管事！""你们来这儿干吗？"几个人听见问话，扭头一看，焦道忠推着自行车走了过来，闫觉鸥："我们来报案！"跟李恩年说话的警察这时走了过来，"焦警官，她们是来报案的。"几个人跟着焦道忠走进办公室。焦道忠靠在桌前，双手插兜一脸不耐烦地听着他们又把虎子的事情说了一遍，只有当闫觉鸥提到汽车上那张英格丽·褒曼的电影海报时，才追问了几句，然后又问了问车上那一男一女的年龄、装束、外貌，然后脸色一变说道："那小孩儿跟你们是什么关系？你们是他的亲人吗？不是他的亲人，你们为什么要找他？"闫觉鸥："我以前认识这小孩儿。""认识？你认识我吗？仅仅出于认识，就能让你们费那么大心思，还居然敢闯进警察局来？"气氛骤然紧张起来，"这孩子的父母是干什么的你们知道吗？"他问，闫觉鸥："做衣服的。""他们都被处决了，你们知道吗？做衣服的会被杀头吗？他的父母都是共产党！"他离开靠着的桌子，用手指挨个指着他们说："这么大的事,你们几个中学生管得起吗？啊？不会是有人在背后指使你们来的吧？"吴婉玲惊慌地："没有。"焦道忠把目光转向李恩年。李恩年淡定地摇摇头,"没有！没人指使。"戴琼慧吓得往后一退,不小心把桌上的一个水杯碰倒了,水洒了一桌子,她紧张地用手一胡撸,把水撩到焦道忠身上,几个人都惊恐地看着焦道忠,焦道忠想发怒,见她惊恐的样子,转而对身边的警察说："去,去,去,去拿抹布来！"然后他盯着李恩年："你是哪个学校的？叫什么名字？""我叫李恩年。"刚才跟李恩年说话的那个警察,凑到焦道忠耳边小声说了句什么。焦道忠听完耳语后,目光再次落到李恩年脸上,"你是华一男中的？是……"李恩年："是的！焦警官,我,我们正是因为这个小孩儿的父母都不在了,觉得小孩儿挺可怜的,万一让坏人弄走……请您帮帮忙吧！"他好像急于打断焦道忠的追问。闫觉鸥："他妈妈在被押去刑场时,一直在拜托周围的人帮忙找到她的孩子,怕他被人贩子带走,她的眼睛一直看着我……"她哽咽了。李恩年："您要相信我们,真没有人指使我们,我们当时答应他母亲了要帮助她找到虎子。"戴琼慧："不管他父母犯了什么罪,孩子才5岁,实在太可怜了。"焦道忠看了她一眼,对旁边的警察说,"你给他们几个录个笔录,把信息记详细点。"几个人离开了警察局,一直都心有余悸。戴琼慧："刚才真吓死我了！听焦警官那话,好像是共产党让我们来的！"闫觉鸥看着李恩年,讽刺地问："焦娆的名字是不是很管用啊？""还,还行。""看警察的样子,好像知道你和焦娆有什么交情似的,你们究竟有什么交情啊?说给我们听听。""我们的交情就是见过她给启明男中当啦啦队长,再就是路上碰见过她一次,说了几句赞美她的话。""什么赞美的话,给我们学学!""凭什么?让你们嘲笑啊?我才不那么傻呢。"

25

华樱化装成一个穷书生走进了说书场,她戴着一副当时流行的黑边儿眼镜,身穿宽大的男式长褂,头戴一顶软檐儿帽子。她在一张桌前坐下,冲旁边的伙计做了一个手势。"好嘞!"伙计答应着去给这位熟客上茶了。华樱略微扫了一下周围的人,聚精会神地听起书来,不时被逗得笑出声来。台前,说书人正在说着山东快书,是《孙二娘开店》还是什么,管他呢,反正是山东快书。茶来了,茶香四溢,华樱把鼻子凑到茶碗前闻了闻,端起碗喝一口,真叫心满意足。这里的一切让她想起了小时候第一次听山东快书的情景,那时她七岁,刚来中国,一天,她和廖家三个少爷一起逛街,正好遇见街上有个人在说山东快书,大少爷告诉华樱,说书人在讲中国小说《水浒传》里的故事。华樱听不懂说书人的话,却很喜欢他打着小板儿叨念的样子,看见围观的人被他说得一会儿喊一会儿叫的,觉得非常有趣。后来,她就总闹着让廖家的公子们带她去听书,廖夫人告诉她，听书的地方都是干粗活的老爷们儿去的地方，故事也都是讲给他们听的，女孩子不可以去那种地方，她这才作罢。她第二次来中国，几乎把这地儿给忘了，可去年起她突然又想起这儿了，于是接二连三地来了好几次，越来越想来，这里就像是她的隐身屋，她可以在此藏身，在此喘息，可以暂时摆脱复杂而令人痛苦的世界，在这儿，她只是一个听书的普通老百姓、一个小市民，她可以跟他们一起哭，一起笑，一起叫和发泄，可以忘了自己是个日本人。大少爷出海去了，他一回来，加藤就又得逼着自己去"关照"他；廖义达死后，她就特别不想再见他们，那让她痛苦，但"为了父亲的前途和为了家族的名誉、为了国家"，她无法逃避，她只能咬着牙一条道走到黑……

"好！""好！"听书的人们激动地叫着好。华樱走出了说书场，她惊讶地发现，一个身着西装的男人正站在对面看着自己，"加藤君？"加藤："他们告诉我，你在这里听书，还化了装，我还不信，你这是……"他神情迷惑地看着她说。

26

焦娆从叔叔那里听来两个大消息，一是有人反映拉虎子的汽车曾经在东齐路附近的一条小马路上停留过；二是李恩年是华一男中校长李牟昌的儿子，他官虽不大，名气可不小，手也伸得很长，政、商、学没他不管的事，原来李恩年有这背景，难怪闫觉鸥总追着他，是有利可图啊！焦娆甚至怀疑闫觉鸥那次赛场"倒加油"的失误，其实是她有意为之！焦娆眼珠一转，问王妙云说，"如果我把虎子的消息告诉李恩年，会怎么样？"王妙云："你傻呀？他肯定立即就会告诉闫觉鸥啊！"焦娆呵呵笑了："那闫觉鸥是不是就会因为李恩年跟我私下有来往被气死啊？"

李恩年得到焦娆的这个消息后，叫上闫觉鸥她们一起找到东齐路，可他们在那儿打听了两天也没得到任何线索。"焦娆肯定是在耍我们！"闫觉鸥生气地说。李恩年："不会吧？不像。""好像你有多了解她似的！"闫觉鸥虽然一肚子气，但心里还抱有一线希望，毕竟，焦娆是焦警官的侄女。这天，闫觉鸥、戴琼慧、吴婉玲一放学就又跑到东齐路来转悠，虎子真的意外出现了！那时，他正被一个穿着时尚的女人拉着迎面走来，闫觉鸥怕虎子认出自己后会喊出来，忙背过脸去，等虎子走过去后，三人尾随而去，她们听见跟在虎子身边的那个女人操着南方口音训着虎子："约瑟芬，我的话你没听见啊？好好走路！别踢那些破石头！"三人跟着他俩拐进右边的胡同去了，她们看见那女人在一家小商店门口站住，向里面的人询问什么事，虎子追着地上什么东西看，闫觉鸥趁女人不注意，拉起虎子就跑了。

几个人一口气跑到了海边，才顾得上询问虎子的经历，她们看见虎子手背上、手腕上、胳膊上都有被打的伤痕，虎子说这都是他们打的。"他们是什么人啊？人贩子吗？""他们是商人。"虎子回答,然后他着急地问她们:"我妈在哪儿呢?她真的是让日本人杀了吗?"虎子见她们难过的样子,"哇"地哭了,三个人也跟着哭了。虎子现在无家可归了,闫觉鸥决定把他领到自己家去。虎子问:"姐姐,你们能把我送到游击队去吗?""什么游击队?"虎子:"游击队你们都不知道?就是共产党的队伍啊!"闫觉鸥忙捂住虎子的嘴,"这话被人听见会杀头的!以后不许说了!"虎子小声说:"我爸说,他们就在那边山里,说等我大一点就送我到他们那儿去。"

闫觉鸥和母亲安顿好虎子睡下后,闫觉鸥就被母亲叫出房间,母亲问她准备把虎子怎么办,"住上三五天没问题,时间长了可不行,不是我们养不起这孩子,我是怕万一警察来问,我们不好说,万一把他带走的那些人找上门来怎么办?谁知道他们是些什么人!""可他那么小,能去哪儿啊?""反正我们不能留下他!""妈,您觉得廖夫人他们会不会收留虎子啊?他们跟虎子的父母都很熟!他们家有财有势的,警察不敢找他们的麻烦……""闫觉鸥,你疯了!"闫夫人一听就急了,"你这不是把祸水往人家引吗?你这是给你姐找麻烦!你可千万别动这个心思!你姐在人家做媳妇,要看人家的脸色度日已经够难的了。我告诉你啊,千万别跟你姐提这事让她作难!""知道了,知道了!"

李恩年得知闫觉鸥她们找到了虎子,可不知怎么安置他好,于是便主动提议把虎子暂时带到他姐家去住。"我姐夫去马来西亚了，这几个月不在家，我姐家就她一个人，有个小孩儿，还可以给她解解闷儿。"

27

焦警官查到了那贴着英格丽·褒曼海报的汽车主人的住处，立即来登门拜访。那是一对年轻的夫妇，他们称是从日本回来帮助亲戚处理家产的。当被问到虎子的事后，他们说前些日子在街上遇见了一个小要饭的，见他可怜，嘴又乖巧，有心收养他，就把他带回了家，可几天前带他出去的时候，他自己跑了。

学校放学时，闫觉鸥她们发现焦道忠站在学校门口，怀疑他是为虎子的事来找闫觉鸥的，于是闫觉鸥便躲回学校去了。焦道忠看见吴婉玲和戴琼慧从学校大门里走出来，上前问道："喂，你们俩！"戴琼慧和吴婉玲起初假装没听见，继续朝前走，由于心里害怕，脚步越走越快，焦道忠骑着自行车追上了她们，"喂，我问你们呢，闫觉鸥呢？我有事问她。"吴婉玲："她走了。"焦道忠："不会！我一直在这儿站着，没看见她出来，你们俩走那么快干吗？想躲着我啊？是不是怕我问你们虎子的事啊？"一听这话，吴婉玲和戴琼慧走得更快了。焦道忠："虎子去哪儿了？你们知道吧？"吴婉玲："不知道……"焦道忠："别蒙我啊，我可是警察！"戴琼慧小声对吴婉玲说："他老跟着咱俩怎么办？""快跑！"两人撒腿跑了起来。"嘿，喂！站住！"焦道忠骑车追着她们，骑到一处大上坡路，他骑不去了，只得下了自行车，"你们以为今天跑了，我就找不到你们了？"吴婉玲和戴琼慧两人跑得上气不接下气，见焦道忠没追过来，才放慢了脚步。戴琼慧："哎哟，吓死我了！我们干吗要跑啊？""不跑，他要让我们跟他去警察局怎么办？""可我们一跑，不就等于告诉他我们知道虎子的事了吗？""是啊，都吓晕了！看样子他真是怀疑上我们了！""我们赶快去找闫觉鸥吧，让虎子赶快躲起来！晚了就来不及了！"

当戴琼慧通风报信儿回来，一到家就傻眼了，焦道忠正坐在自己家里跟母亲说话呢，躲是来不及了，她只好硬着头皮走进屋。"你怎么才回来？焦警官有事问你，都等了你半天了。"戴夫人说。焦道忠："你不知道吧，我跟你妈很熟。"戴夫人："傻愣着做什么？打招呼啊！"戴琼慧拘谨道："焦警官。""叫焦大哥！你看我家这孩子，真是！你大大方方的行不行？人家又不是来审问你的，人家就想问问你见没见过虎子，就是洪家裁缝铺那家的小小子，你干吗这么紧张啊？"她转头问焦道忠，"您看出来了吧，这孩子胆小得要命，畏畏缩缩的，没一丁点儿像我的地方。"焦道忠："您让我单独跟她说几句吧？""好，好，我去给你烧鱼汤，今天你就在家里吃，我烧的鱼汤可好了。"焦道忠等她母亲出去后，问戴琼慧："你们这两天到过东齐路吗？"戴琼慧紧张地摇摇头。"你别怕，跟我说实话，有人说在那儿看见你们三个了。我跟你说，虎子如果真的是你们弄走的，那就是绑架罪，搞不好可是要坐牢的，如果是别人弄走的，你知情不报，那就是包庇罪，也是要坐牢的，我这可不是吓唬你们。那不是你们这些小小年纪女孩儿能对付得了的，这么复杂的事应该让警察来管。我之所以先来找你，是觉得你比闫觉鸥清醒，不像她那么爱冲动，你要知道，我这可是在挽救你们，不是害你们。东齐路那边有人反映，有三个女学生最近去了好几趟，我猜就是你们仨，我猜得没错吧？""我真不知道……"正在这时戴琼慧的母亲走了进来："怎么样？您问明白了吗？"焦道忠站起身："她说她不知道，没关系，她很聪明，已经明白了我的意思，我相信她如果想起什么对我们有帮助的事，会主动来告诉我的，对吧？"他朝她笑笑，走出门去，戴琼慧的母亲送着焦道忠："真走了？不在这儿吃了？我做的鱼汤可好喝了！""下次吧，事情太多了，除非戴琼慧有话要跟我说，那我就留下来。"戴琼慧："没有！"戴夫人："你这孩子，简直就是木头！"焦道忠边朝门外走去，边对戴夫人说："大家都说您很喜欢给人保媒搭桥，还经常成，那您认识的人中有没有适合我的？我可还是单身呢。"戴夫人高兴地说："不会吧？真的假的？帮您介绍，那可真是我的荣幸！说吧，您想要什么条件的？"

焦道忠刚回到警察局，同事就拿着张画像吆喝道："喂，诸位，都听着，上头指示，发现这两个人马上抓捕，务必要活口儿。"焦道忠上前夺过画像一看，画上正是自己刚拜访过的那对操南方口音的男女,"他们是什么人?""是国民党军统特务,他们手里不仅掌握着日本人的情报,还掌握着不少共产党地下党的情报,上头让务必尽快找到这两个人。"焦道忠:"大家现在都跟我走!"警察们跟着焦道忠立刻赶到了那对夫妇的住处,但那儿已经没人了。

28

一阵悦耳的黑管声把睡梦中的闫觉灵叫醒,她猛地睁开眼睛,是大少爷出海回来了?她屏住呼吸仔细听了听,笑着对身边的儿子说:"志信,听见了吗?是大伯回来了!你听啊!"她起身来到窗前,推开窗户,黑管声更清晰了。"真的是大伯回来了!"她坐到梳妆台前去梳理头发,这时楼下隐隐约约传来刘老师的声音:"华樱小姐来了,你是先在这儿坐会儿,还是自己上楼去叫他?""您去叫他下来吧。"接着是一阵脚步声。闫觉灵梳头的动作慢下来,过了一会儿,她起身走到门前,把门开了个缝儿望下去,见华樱坐在沙发上,今天她少见地穿了件素雅的中式旗袍,此刻正和廖夫人在客厅里说着话,闫觉灵轻轻地关上了门。过了一会儿,她听见大少爷的脚步声经过她的门前下楼去了,然后是汽车发动的声音,她从窗户看见汽车带着两人驶出了大门。自己真的是太不明智了!闫觉灵忽然产生了一种强烈的羞耻感,她想离开这里,离开廖府!无论去哪儿都好!

只要能重获自由,可志信怎么办?没有他,一切都还可能,如今,母亲这个角色把她深深地困在这里了,她无法逃脱了!绝望的泪水涌了出来……

29

姜蓝欣一脸幸灾乐祸地站在教室门口对里面的闫觉鸥说:"闫觉鸥出来!去一趟校长办公室,警察找你!"她故意把"警察"二字说得很大声,闫觉鸥在同学们惶恐的注视下走出教室。"你知道警察找你什么事,对吧?你现在真是了不得了!天底下没你不敢干的事了!可真给我们女中扬名啊!"闫觉鸥走进校长办公室,看见了焦警官,他的表情比上次在警察局还要严肃,"上次我是怎么跟你们说的还记得吗?我是不是跟你们说了虎子的事很复杂,让你们别去管,你们觉得那是危言耸听是吗?虎子现在在哪儿?"吴婉玲和戴琼慧也被叫去分别问话了,三人都按照事先商量好的口径回答了问题,都承认去了东齐路,也看见了虎子和一个女人在一起,听见那女人叫虎子"约瑟芬",但都不知道虎子如今的下落。她们也都被问到去东齐路干吗?是不是有人告诉她们什么线索?三人都说没人告诉她们任何线索,说她们遇见虎子是个偶然,可在"去东齐路干吗"的问题上,三人没商量好,闫觉鸥说是想去看猫;戴琼慧说是去找个同学;吴婉玲说是去看一个傻子跳舞,焦警官看出了破绽。后来,吴婉玲一害怕又把李恩年从焦娆那里听说东齐路有那辆汽车的事说了，结果让焦道忠把焦娆骂了个狗血喷头。焦娆气得不行，转身就去找闫觉鸥算账："你逼着李恩年去套我话，我好心告诉你们了，你反倒出卖我，害我挨骂，我要让李恩年知道，你其实就是个小人！"

两个警察把李恩年带到华一男中校长室，逼他说出虎子的下落，李恩年很不配合，一口咬定不知道，警察瞪着眼睛说："你是不是觉得你是校长的公子，我们就不敢拿你怎么着啊！告诉你，李恩年，你别心存侥幸，这罪名可不轻，你别心里没数！"日本校监突然推门而进，他虎着脸冲李恩年训斥道："李恩年，篮球训练已经开始二十分钟了，你为什么还不去？"警察对日本校监说："他在接受调查。""这里是学校！不是警察局！李恩年，去训练！"日本校监吼了一嗓子，李恩年被这种局面弄得有些不知所措，年长一点的警察对日本校监说："校监先生，我们这是在执行公务……"日本校监看也不看警察，挥手给了李恩年一记大耳光："我的话你没听见吗？"李恩年脸色苍白，他瞥了两个警察一眼，他们似乎也被这一巴掌震撼住了，傻愣愣地看着。日本校监咆哮道："去训练！"李恩年扭头走了，年轻的警察想上前阻拦，被年长的警察拦住。日本校监满脸凶相地瞪着他们说："你们要对他做什么，请通知英国大使馆，否则，他们可能会来找我们学校的麻烦。"两个警察满脸不解："英国大使馆？""什么意思？"日本校监从鼻子里挤出一声冷笑，转身走了。

30

虎子在院子里的大树上坐好久了,他听见李恩年喊他了,可他就是不答应,首先他觉得这样很好玩儿;其次他就想让他们着着急,因为他不高兴他们给起的新名字:石头。一会儿是约瑟芬,一会儿是石头,感觉这都跟他无关,他就是虎子,不能改名,这样的话,有一天他的父母可能还会来把他接走。"石头?石头?"李恩年见屋里屋外找不到他,有些着急,"大姐,大姐!李秀年!"大姐李秀年应了一声从院外走进院子来。"石头呢?""我也正找他呢?他刚刚跟我一起睡午觉来着,我一睁眼,他就没影儿了!我想他是不是跑街上玩儿去了?这孩子!我还嘱咐他别乱跑,别上街。"李秀年皱着眉头:"这么个孩子可怎么弄啊,真要了命了!""石头!石头!"李恩年大声喊着,一着急喊了声"虎子!""哎,我在这儿!"他懒懒地回答。李恩年和李秀年抬头一看,他在树上趴着呢。李恩年:"你怎么跑那儿去了?"李秀年:"你这孩子太淘气了!这么叫你也不答应!快下来!"她又对李恩年说:"小年,你还是把他带走吧!我真弄不了他。""你们俩还没熟,熟了就好了。""他这年纪正淘,你知道我身体不好,我没劲儿弄他!你不知道,这孩子是个小话痨,不想理你,怎么叫都不答应,想理你时,说起来没完,能把你头说炸了!"李恩年笑了,"还有这时候?让姐受累了。""他父母不在了,他就没有其他亲人了吗?你们去找警察问问,他们家……""姐,千万不能让警察知道他在这儿!""为什么?""你别问那么多了,你就记住我上次跟你说的,如果别人问你他是谁,你就说他是从乡下来串门的小表弟。别的什么也别说,尤其是警察!""小年,你是不是有什么事瞒着姐姐啊?这孩子究竟是什么来历啊?"李恩年迟疑了一下说:"他的父母都是给人做衣服的,不小心得罪了日本人,都被害死了。""啊?这么大的事,你怎么事先不跟姐说啊?""一个这么小的孩子,多可怜啊!我们就帮帮他吧。"两人正说着,有人敲门,听说是警察,李恩年急忙嘱咐树上的虎子不要下来。警察果然是来找虎子的,他们屋前屋后地转了半天,吓得李秀年的腿都软了。

闫觉鸥她们几个"虎子同党"坐在沙滩上听李恩年讲了警察到他姐家找虎子的情况,"警察是不是听说什么了?""我姐也这么猜。""把你姐吓坏了吧?""是,浑身直哆嗦。我现在怕的是警察去找街坊四邻了解情况,那就完了!家里突然来了一个陌生小孩儿,街坊四邻不会不知道。"吴婉玲:"别让他出去啊!"李恩年:"虎子你们还不知道,管得住吗?"几个人都沉默了。闫觉鸥看看李恩年,小心地问:"你有点后悔把虎子放你姐家了吧?听你的口气,感觉你好像有点后悔了。""后悔倒没有,不过,我姐身体不太好,有点管不了他。"戴琼慧:"总放你姐那儿也不是办法。"吴婉玲:"我觉得最好的办法就是把他送到他说的山上共产党那儿去。"戴琼慧:"现在有哪个好心人愿意收养虎子就好了。"吴婉玲:"对呀,让廖公馆收养他啊!"闫觉鸥:"我也这样想过,可我妈坚决不让我去说,她说我是在给我姐找麻烦!"

闫觉灵听说妹妹来了,可半天不见人影,猜她一定是被夫人拉到琴房去了,果然她一来到琴房门口,就看见二太太对妹妹激动地说:"我们多一张嘴、少一张嘴没有问题,可我们把这么个孩子给养起来,日本人知道了还了得!我们有几个头?老爷为什么干得好好的,突然躲到欧洲去,你们不是不知道,还不是得罪不起日本人?他们早就看老爷不顺眼了……"廖夫人:"你想太多了,素萍,我们是上帝的子民,我们做的事应该对得起上帝对我的教诲。"二太太:"需要我们奉献爱心的地方很多,街上有的是没饭吃的孩子,要比虎子惨得多,我们不一定非要专门关照这个孩子,对吧?"廖夫人:"你这是说的什么话?孩子就是孩子,我们的能力是有限……"闫觉灵走了进去,发现屋里每个人都是一副苦不堪言的表情。二太太对闫觉灵说:"你来得正好!你来听听你这个能干的妹妹想干什么,她在劝说我们收养一个警察正四处抓的小孩儿!"闫觉灵用责怪的目光看了看闫觉鸥。二太太:"我不是不想积德行善,可我得为全家人的身家性命着想啊!"闫觉灵:"你们别对我妹妹的话太认真,她做事一向鲁莽,好心办坏事……"崔妮儿走进,"廖夫人、华樱来电话问您出去吗？她要送些日本药膏过来。"廖夫人有些紧张："这个时候啊？你快告诉她说膏药还有呢，我们正打算出去呢，请她另外找个时间吧。"二太太也紧张地说："对，可别这个时候来，说我们全家一会儿要出去吃饭。"崔妮儿转身要走，二太太叫住她："还是我去说吧，你说不清楚，再让华樱感觉我们在骗她，就不好了！"

阎觉灵把妹妹带回到自己的房间，责怪她出的馊主意让全家为难，阎觉鸥不等她说完就气呼呼地起身走了，走到院门前时，她生气地向外使劲一推门，不想外面正好有人拉门，她一下子摔了出去，趴在地上，正要进门的廖义振和廖义兴被忽地摔出来的阎觉鸥吓了一跳，忙上前搀扶她，本来就一肚子气的阎觉鸥这下更恼了，"怎么搞的嘛！"追来的阎觉灵看见妹妹的狼狈样，不禁咯咯笑起来。大少爷也笑着问："没摔坏吧？""是铁的！摔不坏！"阎觉鸥站起来跑了。大少爷问："她生气了？""我们刚吵完架。""为什么事啊？""为虎子，她想让家里收养虎子，真是异想天开！二太太吓坏了，华樱说要来送药，都没敢让她来。"大少爷："华樱要来？"阎觉灵："后来二太太说全家要出去吃饭，让她别来了。"大少爷听罢，立即就去给华樱打电话了，好像生怕她不高兴，要着急去跟她解释似的，阎觉灵心想，还说大少爷不喜欢华樱呢，大家都猜错了！

接过二太太的电话后，华樱当时的确感觉二太太没说实话，一定有什么事!华樱拨通了马克西姆餐厅,询问廖公馆今天是否有预订,那是廖家人最爱去的餐厅,她得到了肯定的答复。她刚挂了电话,大少爷的电话就打过来了,邀请她晚上一道去马克西姆餐厅吃饭,说是以前欠紫陶一顿饭,这次还她。"是为了紫陶啊,都是你们家里人,我就不去了吧。""看你方便吧,方便就来,不方便就算了。""好。"

31

沙滩上,虎子把头依靠在闫觉鸥腿上,嘴里叨咕出一首诗来:"夜来临,四下静;大自然,都睡了。明月高,光辉照;大地都披上银外套。"闫觉鸥:"虎子还会背诗啊?谁教你的?"虎子:"是一个山上的人教我的,他叫海牛。""是他自己写的?""是一个叫叶赛宁的外国人写的。"旁边的李恩年说:"别逗我了,这就是首打油诗,怎么可能是叶赛宁写的?一股泥土味儿。"虎子的小呼噜响起来了。闫觉鸥对李恩年说:"我去找廖家的人谈了。""人家没同意吧?""嗯,不过,你也不用担心,我今晚就把他接走。""去哪儿?你不会真打算把他送山上去吧?""如果我有本事找到他们的话……"李恩年看了看闫觉鸥,"我感觉你比虎子还想见到他们。""我是很想认识他们。"两人便沉默了,过了一会儿,李恩年问:"你要把他接到你家去?你妈同意了?""没,但她不会硬把虎子轰走的,她要是非轰虎子走,那我也走。""就会赌气!还是先住我姐那儿吧,等你找好了地方再说。"

晚饭后,李恩年跑来告诉了闫觉鸥一个坏消息:虎子丢了!说他姐带虎子到集市买菜的时候,虎子跟着跟着就不见了,李恩年已经和他姐把虎子可能去的地方都找遍了。闫觉鸥和李恩年抱着最后一线希望来到常带虎子玩耍的那个沙滩,天色已完全黑下来,沙滩在海浪的冲刷下默不作声,好像跟他们一样沮丧而精疲力竭。"虎子为什么要跑?你姐是不是说他了?你姐烦他了是不是?"闫觉鸥生气地问。"你就不能把别人往好处想吗?我姐待他很好!"李恩年恼火地说。"那他为什么会跑?""你怎么知道他跑了?难道就没有可能是被人强行带走吗?""你们明知道有人在抓他,就该好好看着他。""你不是怀疑我们故意把他扔了吧?""没错!我是怀疑!""闫觉鸥,你知道自己经常很不讲理吗?再急你也不可以说这么伤人的话!""可事实是……"李恩年声音颤抖地吼道:"我们没你想得那么坏!你怎么能把我们想那么坏!""你别对我说话那么大声!""你不觉得你自己说话太过分吗?""那对不起!行了吧!""你这不是道歉,你根本就不想道歉!你就是觉得我们都是坏人!""我没有!""让虎子去我家这事并不是你想得那么容易,我还不是不想让你着急,才……你不念我的好没关系,可你不能这样怀疑我,怀疑我们的品行!我们如果故意把他扔了,那我们成什么人了?""原来你把虎子带走,是因为我!是为了在我面前证明自己是个君子！而不是真想帮助虎子！我终于知道你是什么人了！"此刻，她只想发泄，只想刺激他，看他暴跳如雷，"如果这样的话，你就不该收留他！那就不会有现在这样的结果！""闫觉鸥！"李恩年哽咽了一下说："原来你是这么刻薄的人！我在你眼里就是这样一个小人吗？"闫觉鸥的眼泪噼里啪啦地掉了下来："你不刻薄吗？我这么着急，这么累，可你却一直跟我瞪着眼睛说话，我这样说话，那都是被你逼的！你走吧！不用你找虎子了！我自己去找！"李恩年瞪了她一眼，转身走了。闫觉鸥也转身朝另一方向走了，她边走边哭，忽然发现一个醉鬼晃晃荡荡地走来，她吓得掉头朝李恩年那边跑去，"李恩年！李恩年！"可李恩年不见了，她惊慌起来，"李恩年！李恩年！"李恩年不知从什么地方闪了出来，站到她面前，闫觉鸥一把抓住他的胳膊，喘息着说："那儿有一个醉鬼！"李恩年看见她的眼泪还挂在脸上没来得及擦，有点儿想笑，"你不是不用我了吗？""你听不懂我的话啊！那儿有个酒鬼！""你那么厉害，真鬼都不怕，还怕酒鬼啊！"

　　李恩年的姐姐跪在佛龛前祈祷，嘴里不住地念着："佛祖啊，请宽恕我吧。"她突然听见脚步声，浑身一哆嗦。李恩年走来："姐，我问你，你是不是故意把虎子，我说的是石头给扔了的？""闭嘴！你是不是喝酒了？"她头也不回地斥责道。"对不起，姐，如果我说得不对，请姐姐千万别往心里去。可我一直嘱咐您,不让您带他出去,别带他出去,可您还是……""他自己有腿,我不带他出去,他自己也会出去。"她回头看着李恩年,"李恩年,我是听了你的话才收留他的,可他是共产党的孩子,你为什么不告诉姐姐?""我是……""你是什么?为了外人,你连姐姐的性命都不顾,你跟爸一样,从来不替家人考虑,只关心你们自己!""姐!你别生气!我之所以这样想,也是因为前几天你说过的那些话,也许是我想错了,对不起……""你走!"她转回身继续拜着佛龛,"佛祖啊,宽恕我的罪孽吧,宽恕我吧!阿弥陀佛!"她听见关门声,头也没回。

32

闫觉灵收到了一封姜蓝欣写给自己的信,她有种预感,那一定是给闫觉鸥告状的信。果然,刚看了第一句话,她就好像看见了愤怒至极的姜蓝欣。"闫觉灵,你知道我轻易是不会给你写信的,你已经让我绝望得没话说了,可作为你妹妹的班主任,我思来想去还是给你写了此信。你知道你妹妹有几日没来学校了吗?知道她每天都在忙什么吗?为师那么多年,还是头一次遇见这么不务正业的学生,听说是谁家孩子丢了,她正忙乎着找呢,好一个社会活动家啊!她现在可是个大名鼎鼎的人物,连警察局的人都来学校找她。她还口口声声说想考大学,她这样要是能考上大学,简直是天理不容!"闫觉灵知道侬妹妹的性格，虎子丢了她肯定不能不管，可这事什么时候才是个头啊？更让闫觉灵担忧的是，闫觉鸥现在那个劲儿跟当初的廖义达一样，她当即给姜蓝欣回信道："敬爱吾师姜老师：惠书敬悉，家妹于校之情景令学生十分愧疚和担忧，学生定会对家妹严加管教，望恩师不计旧过，严教家妹闫觉鸥成就学业。"

闫觉鸥又找了虎子一整天，精疲力竭地回到家，一进门就看见姐姐在家里等她，她把妹妹拉到院子里，拿出姜蓝欣的信，狠狠地把她数落了一顿后才走。闫觉鸥回到自己的房间，一头栽到床上，她忽听床下有呼噜声，弯腰一看，是虎子！

邻居一早就来敲闫觉鸥家的门，说门口有人找她，闫觉鸥出去一看是个十五六岁、长得很清秀的男孩儿，他穿着打扮像是个日本人，表情却生生的，手里拄着根拐，走路一瘸一瘸的。他把一本日语小人书《桃太郎》递给闫觉鸥，低垂着目光，低声道："虎子。"闫觉鸥接过小人书，"你是？"男孩儿转身走了。"你到底是谁啊？"闫觉鸥大声问道，男孩儿头也不回，拄着拐棍，一瘸一瘸地走去。"他是'榕树1号'的小林，"虎子过后告诉闫觉鸥，虎子说他失踪的那两天，就躲在'榕树1号'的院子里。"榕树1号？是那个总有个人弹钢琴的宅院吗？""我不知道，但我知道他整天在家里弹琴，他腿不好，什么都不做。""你早就认识他？""他们找我爸爸做过衣服。"虎子翻着小人书说。"他的腿怎么了？""炸断了，是他妹妹炸的。""他妹妹？""嗯，有一天，他和他妹妹在外面玩儿，看见了一个小炸弹，她妹妹以为是玩具，就去捡，后来炸了，他妹妹被炸死了，他的腿被炸断了。""哦！""我妈带我去他家时，不让我说他妹妹，我妈说，一说他妹妹，他就会抽风，翻白眼儿，吐白沫！""他为什么要给你这本《桃太郎》？""嗯。因为他知道我喜欢《桃太郎》。""他怎么知道你在我家？是你告诉他的？"虎子只看着她不做答，闫觉鸥用手指戳了一下他的头，"嘴老是没有把门的，真该让你去门口拿倒立！"虎子小声说："小林不会说的。"

听说虎子找到了，廖夫人差人告诉闫觉鸥把他带到廖公馆来，给他洗洗澡，吃点东西，等大少爷回来再商量以后怎么办。要把虎子弄到廖公馆来？二太太立即炸了："什么？送过来？你不会真的答应收养虎子了吧！"廖夫人："你别把眼睛瞪那么大，怪吓人的！是让他来洗洗澡，吃点东西，暂时住这儿，等义振回来，再决定怎么安排他。""姐，我慈悲的姐姐，这个家现在是由您做主没错，是您说了算，但这件事事关全家性命，如果您非要留下这个孩子，那我必须要告诉老爷，必须征得老爷的同意。如果老爷同意，那我没有二话，死我也认，如果老爷不同意，那姐姐，您可别怪妹妹……"她生气地背过脸去。廖夫人："干吗死啊活的，收留一个孩儿有那么严重吗？还至于打电话到国外去惊动老爷？有必要吗？""如果不严重，姐姐也不会拿上帝来压我了。""他只是一个小孩子！他不是共产党吧？无论是从感情上还是道义上说，我们廖家没有理由不收留这个孩子！"二太太尖着嗓子："你这是要押上全家人的性命保护他？我们不能那么感情用事！我已经失去了一个儿子了，不能再……"她哭了起来。大少爷从外面走进来："又怎么啦？"二太太扑到他身边："义振！你回来得正好，我们正在说虎子的事，虎子马上就要到我们家来了！""虎子找到了？""虎子找到了？"跟在大少爷后面的华樱也走上前问。"已经在路上了，闫觉鸥一会儿就送他过来……"廖夫人："孩子的父母都不在了，我们怎么能看着那么小的孩子在外面流浪装没看见啊？"大少爷安慰大家："你们都不用担心，这事我来想办法。""那太好了！"二太太哭着说。华樱对大少爷说："后天就要全市大清查了，到时候宪兵和警察要挨家挨户地查人。"二太太："大清查？这下好了！"华樱："把他留在家里是不行，最好是找个安全的地方去躲起来。"廖夫人："安全的地方？这城里有吗？"华樱："去孤儿院吧！我认识一家孤儿院，是国际红十字会资助的，我经常帮他们翻译东西，认识他们院长，他人很好。"二太太："太好了！华樱！你可把我们给救了！"

廖义兴看见闫觉鸥拉着虎子从车上下来，走上前说："你们来了？他们正在商量要把虎子送孤儿院去呢！""什么？""华樱说马上就要大清查了，到时候宪兵会挨家搜查。所以要把他送那儿去！"闫觉鸥焦急地说："啊？"

华樱正在跟孤儿院院长联系，廖义兴跑了进来说："虎子跑了！""什么？""人力车一到咱家门口，虎子下了车就跑，我和闫觉鸥去追他，可是没追上！"二太太："瞧瞧，人家还不愿意来我们家住呢，我们就是硬留下他，他一有机会也得跑掉。到时候，我们家就什么也别干了，光找他就能把我们忙死。这回，省心了。"大少爷和华樱怀疑地看着廖义兴。

33

满图见到闫觉鸥和廖义兴领来一个小男孩儿，便知道他是谁了，他早听廖义兴讲过虎子的事，也早建议过把虎子藏到他家来，他家住棚户区，这里孩子多，好隐藏，光他家兄弟姐妹就有六个。满图家以前是个富裕的家庭，祖上三代都是做渔网生意的，一代比一代做得大，满图六七岁时，他的爷爷暴病去世，满图的父亲给他爷爷办了一个盛大的葬礼，几乎倾家荡产，从那以后满家便一蹶不振了。现在这个住着小买卖人的棚户区以前就是满家的家产。一年前，满图的父母去外省做生意，将余下的几间房子，一半留给了满图和他几个弟弟妹妹住，另一半租给了一个亲戚，并将满图的几个兄弟姐妹托付给了这个亲戚照顾。

满图正跟闫觉鸥、廖义兴说着虎子的事，满图那几个脏乎乎、拖着鼻涕的弟弟妹妹"啊！啊！"地喊着冲回家来，他们手里还举着捡煤核的铁叉子和煤核篮子，看见屋里有客人，他们都挤在门口，没敢进来。"都进来！"满图招呼着他们，"都站好了，站成一排。"几个孩子走进屋里站成一排，"报名，从你开始！"满图指指最大的弟弟，孩子们顺序地报着名儿。"大波。""二波。""大丫儿！""三波。""四波。""二丫儿！"这时一个半大孩子推门走进来，大波："他叫鼻涕虫！"孩子们都叽叽嘎嘎笑起来。鼻涕虫用手抹了把鼻涕说："你才叫鼻涕虫呢！"廖义兴："人家叫大碗儿，不叫鼻涕虫！"满图："你妈也是，给你起这么个名字，不然你肯定不会那么能吃。"满图对虎子说："你也得改个名，不能叫虎子。"虎子："又改名儿？我已经有三个名字了！"满图："改了名字安全，你几岁？""六岁了。""和四波同岁，那你就叫五波吧。"虎子："啊？围脖儿？"孩子们都嘎嘎笑起来。满图："都给我听着，如果有人问起五波，你们就说他是姑姑的孩子，记住了吗？"孩子们都点了头。"谁多说一句，看我踢烂你们的屁股！"虎子："我可只能在这儿住几天啊，你们可答应帮我找海牛哥哥了。"闫觉鸥训斥虎子："虎子！我怎么跟你说的，以后你不许说这种话！"满图和廖义兴都问闫觉鸥"海牛哥哥"是谁，见她不肯回答，两人便也猜到了几分。分手前，满图跟廖义兴说起中学男篮联赛的事，"联赛又要恢复了，你们听说了吗？就是说，我们要求他们惩办比赛中故意伤人者的联名上书没人理睬，成了一张废纸！"廖义兴："华一男中的校长横着呢，我们斗不过他。""还不是因为他背后有日本人撑腰。"满图又对闫觉鸥说，"你这次不许去给李恩年当啦啦队长！"闫觉鸥："他没找我。他只是他们学校的篮球队长，你们说的那些名堂，他肯定也不知道。"满图冲廖义兴撇撇嘴，"她怎么那么信那家伙？说实话，我一听虎子丢的事，我就感觉不对，就觉得他是被李恩年他们扔了。""别这样说啊，他没那么坏！"满图："好吧，但我提醒你，别把虎子藏在这儿的事告诉任何人，包括李恩年！"闫觉鸥："为什么？他对虎子可好了！"满图："你不答应这个条件，你就别把虎子留在这儿，藏别处去，马上要大搜查了，我不想我弟弟妹妹出事。"闫觉鸥："好吧，好吧，我答应你，不告诉他，我谁都不告诉。"

以前，闫觉鸥每次经过'榕树1号'，都很希望遇见李恩年，可最近……她正想着他们之间的事，一抬头就看见了他，他正背靠在门上，倾听着里面的钢琴曲，自从闫觉鸥和李恩年因为虎子吵架后，两人再没见面，把虎子藏到满图家的事，她也瞒着他。为此，闫觉鸥心里总感觉自己做得有些忘恩负义，如果她没答应满图不把虎子的事告诉他，此刻她一定会跑上前，好好跟他道个歉，可现在……要不要躲开？李恩年睁开眼睛，看见了她，闫觉鸥只好走了过来。"虎子找到了吗？"李恩年问。"找到了，可后来，他听说要送他去廖公馆，就又跑了……"她也靠在门上，避开他的目光。"你问他了吗？是我姐把他扔了吗？""他说是他自己跑的。对不起……""不用！我最讨厌人家跟我说对不起了。""哦，我已经知道这屋里那个弹琴的人是谁了，他是……""我不想知道！我记得我告诉过你。"

两人沉默起来。过了一阵儿，李恩年问："这曲子是什么？知道吗？""《威尼斯船歌》。""是德彪西的《月光》，你的心思不在这儿，也许，你是急着去找虎子吧？我走了。"李恩年朝前走去。"等一下！"闫觉鸥追上他，"我听说男中篮球联赛要复赛了，许多学校都抵制了……""你想说什么？""你们参加吗？""参加。""你们这样做不对，你们把人踢伤了，不仅不道歉，还好像没这回事似的！你居然……"李恩年皱起眉头。闫觉鸥："难怪人家说你们校长是日本人的走狗仗势欺人呢！""你说够了吗？"李恩年愤恨地说。"难道不是吗？""我本来还想请你来为我们当啦啦队长呢，我幸好没说，你愿意听那些人胡说八道，随便你，但请别来教训我，那就是比赛！与政治无关！""这是助纣为虐！""你这种咄咄逼人的样子太不可爱了！好像全天下的事你都知道，就你懂公平正义，别人都是野蛮人！"他狠狠地瞪了她一眼，好像一个字也不想跟她多说了。"哗啦"榕树1号的院门开了，小林拄着拐焦急地走了出来，他来到闫觉鸥和李恩年面前，紧张地问："你们看见我妹妹出去了吗？"他看了一眼闫觉鸥，好像从来没见过她似的，然后，头也不回地朝街上走去，闫觉鸥："他妹妹已经死了。"

34

闫觉灵从脚步声判断大哥回来了，正经过她的门，她开门叫住他:"大哥!我,我想跟你说件事,您现在方便吗?就两句话,耽误你几分钟……"廖义振走进闫觉灵的房间。闫觉灵:"这两天我没见到我妹妹,我很担心她,我总感觉,虎子根本没丢,是被她给藏起来了。大哥,我妹妹这人做事可不知深浅了,头脑一热,什么都敢干,大哥,她哪有那么大本事管虎子的事啊!前两天,她们老师都给我来信了,说她……咳!我说她几次了,她不肯听,我也不敢让我妈说她,我怕我妈着急,现在她也不跟我说实话了,大哥,您能抽时间找她谈谈吗?劝她别胡来,马上就要大搜查了,我真怕她闹出什么乱子!"

大少爷坐在汽车里看着学校门口,等着闫觉鸥放学出来。她来了,他刚要拉开门去招呼她,却发现一辆贴着英格丽·褒曼电影海报的小汽车从旁边开了过去,大少爷心里一惊,他悄悄跟了过去。闫觉鸥跟戴琼慧和吴婉玲在一个路口分手告别后,独自朝前走去。不对呀?这不是她回家的方向啊?她这是要去哪儿啊?闫觉鸥拐了个弯,大少爷发现那辆黑色轿车也跟着拐了过去。不妙,那黑色汽车向闫觉鸥靠了过去。大少爷故意踩了脚刹车,汽车"吱"的一声响引起了闫觉鸥的注意,她发现一辆轿车正在靠近自己,黑色汽车里传出一个女人的声音:"小姐,请等一下,我问你几句话!"闫觉鸥一眼看见了车上的海报,转头就跑。"小姐!不要跑!我就问你几句话。"闫觉鸥头也不回地向前跑,一拐弯钻进胡同。就在她快跑出胡同口时，发现那辆黑色汽车又出现了，她又掉头往回跑，汽车尾随而来，试图寻找一切可能拦截闫觉鸥。汽车"吱吱"的刹车声，像是地狱里的鬼发出的怪叫。闫觉鸥感觉自己的腿已经跑掉了，身体也跑没了，只剩下魂儿在跑了，她已经分不清东南西北了！此刻她很清楚，车里的人就是绑架虎子的人，他们现在想抓她，让她带他们去找虎子。她跑着跑着一头撞在一个路人身上，闫觉鸥被撞倒，摔了出去，她忍着疼痛，艰难地爬起来。"小姐，有事吗？"那人关切地问。闫觉鸥顾不上答话，起身又跑。"闫觉鸥！"她听见身后有人喊自己，定睛一看是大少爷，"这边！"他从汽车里使劲朝她招手，但此刻她的腿跟灌了铅一样沉重，她跑不动了，能向大少爷靠近的只有她的愿望和她的目光了……

　　劫走虎子的那对男女将汽车停到了大少爷的轿车后面，两人走下车，朝一位正在一辆汽车边上用手绢擤着鼻涕的先生走了过去，"请问，先生……""阿嚏！"大少爷使劲用手绢擦了擦鼻子，"您说什么？"男人问道："我想问，那边可以过去车吗？"他边问边朝大少爷的汽车里扫了一眼。大少爷："那边？不可以，那边路都很窄，进去就出不来。"男人对大少爷说了声"谢谢"，转身回到自己的车里，将汽车顺着路倒了出去。大少爷坐回自己的汽车并发动了汽车，他将汽车开到一个路口停下，闫觉鸥跑过来，快速地上了他的汽车。闫觉鸥："哦！谢天谢地遇见您！不然我的小命可能就丢了！我可没夸张！""他们是什么人?"闫觉鸥:"他们就是拐走虎子的人!他们跟虎子说,他们是做买卖的,但我猜一定是人贩子!我是绝对不会把虎子交给他们的……""你知道虎子在哪儿?""我,我不知道啊。""可你说你绝对不会把虎子交给他们的。""我的意思是……假如我知道虎子在哪儿的话。""是你把他藏起来了吧?闫觉鸥,你这样做可是非常危险!今天要不是我奉你姐姐的命令找你,你真可能出事,你姐担心你是对的!你斗不过那些人!不如还是让我来安排虎子的事吧。""送他去孤儿院?""那是权宜之策,躲过大搜查再想其他办法。""虎子没跟我在一起,我也找不到他。""二小姐……"大少爷还要劝说她,闫觉鸥"哎呀!"一声叫起来:"我忘了一件重要的事,我必须在这儿下车了!我忘了通知我们同学明天要提前到校!您就在这儿停吧,我们同学家在前面胡同里。"闫觉鸥下车走了。大少爷坐了一会儿,忽然觉得这条街很眼熟,在前面不远不就是廖义兴的同学满图家吗?

35

鼻涕虫队伍在铁道边上捡完煤核后都回家了,只有虎子没跟着回来。满图急了,把大波骂了一顿,他们正急着要出去找,虎子欢欢喜喜地回来了,"满图哥哥,我明天就要走了!""走?去哪儿?"虎子趴在满图耳边告诉他,他刚才在铁轨边上见到山上下来的海牛哥哥了,他说他一直在找他,海牛哥哥说他第二天下午四点来接他。闫觉鸥和廖义兴听了这事后将信将疑,虎子说话经常满嘴跑火车,没人弄得清他哪句是真的,哪句是假的,有时他们甚至觉得他嘴里的那位英勇无比的海牛哥哥都是他自己胡编出来的,他怎么会找到这儿来呢?但见虎子满脸兴奋的样子,还说得有鼻子有眼,他们也不能一点不信。第二天下午,闫觉鸥和廖义兴提前来到满图家,快四点的时候,意想不到的事情发生了,当虎子跟着鼻涕虫小队在棚户区里横冲直撞乱跑着玩儿时,先前劫走虎子的那一男一女意外地出现了,他们原本好像是来批什么货的,没想到遇见了他们的"约瑟芬",可更让他们没想到的是,两个日本特务此时也尾随他们来到了这里,发现这个情况后,那一男一女放弃了虎子,冲到外面,跳上汽车,准备逃跑,但他们的汽车轮胎已被人扎坏,日本特务逼上来,见逃生无望,他们掏出手枪互相射杀了对方。"杀人了!"人们惊叫四散,棚户区大乱。警察很快就到了,将棚户区迅速包围起来。焦道忠一到就认出那辆贴着海报的汽车和车上死的那两个人,这里的人说,死的那两人先前在拼命追一个叫约瑟芬的小男孩儿,焦道忠立即吩咐警察们去找虎子。

满图他们听说警察们在四处找虎子,十分紧张,不知道该把虎子藏在哪儿好,只好把他藏在阁楼上的杂物堆里。眼看时间快四点了,他们感觉即便虎子说的是真的,真有个叫海牛的人四点会来接他,他恐怕也进不来了,因为警察已经把棚户区团团围住了。几个人正忐忑不安、不知所措,突然听见有人敲门,难道是警察?满图开了门,看见一个身材瘦小的警察出现在门口,他低声道:"我不是警察,是来接虎子的。"他摘下制服帽子,"虎子呢?"闫觉鸥怀疑地看着跟他们差不多大的海牛,"你是谁啊?""我是海牛!"虎子突然从阁楼上回应:"海牛哥哥,我在这儿。"他激动地从阁楼上下来,扑到海牛身上。闫觉鸥打量了一下面前这个大男孩儿,怀疑地问:"你是共产党?""我是游击队派来接虎子的。""你才多大啊?"他没回答她的话,对大家说:"这大院的几个大门都被警察封锁了,我查看过了,现在只有从那边屋顶出去,下去是一个小胡同,我们的马车在那儿接应,我们怎么才能上到那边的屋顶去?"满图:"从地窖过去!地窖通着我家老宅,从那儿可以上到平台上去!"海牛看了看虎子:"找件女孩儿的衣服给他换上!"满图对妹妹说:"大妮儿!过来!"大家七手八脚地把大妮儿的衣服换到虎子身上,又给他的头上戴了个帽子。邻居孩子大碗儿冲进屋里来,"警察在挨门挨户地找虎子呢!"海牛指着满图的弟弟妹妹们说,"让他们出去跑几圈儿,把警察注意力引到南门去!"满图:"大波儿!带他们去南门儿!大声喊:'门外死人啦!快去看啊!'"鼻涕虫小队跟着大波儿吆喝着"门外死人啦!"跑了出去。棚户区里的其他孩子也都跟着他们这队人马跑了过去。海牛等人跟着满图下了地窖。情势发展得太快、太紧张,直到跟海牛他们分手后,闫觉鸥他们都没机会问海牛是怎么知道虎子藏在棚户区的。

36

焦娆拿着份报纸在唱诗班大呼小叫地说李恩年他们得了联赛第一!"人家得了第一名,你那么激动干吗?"吴婉玲问。焦娆得意地说:"我当然高兴了!因为比赛那天,我是他们的啦啦队队长!"她又冲正看着自己的闫觉鸥说:"意外吗?""确实有点意外。""坦白地说,他找我的时候,我也很意外!那李恩年同学后来没跟你解释吗?"闫觉鸥没有回答,却突然一把从焦娆手里夺过报纸,焦娆又一把从她手里把报纸抢回去,"你以为我骗你呢?你以为李恩年他们没有你们就赢不了呢?可笑!"闫觉鸥并不是在看报上比赛的消息,而是报纸背面登载的一张死人照片,他们不是开车追自己的那两人吗?报文说:"特高课已经证实,这对神秘男女是他们追踪多时的国民党军统特务。"

闫觉鸥和戴琼慧看见李恩年跟焦娆和王妙云站在路上正说着话,便没打招呼走了过去。不一会儿,李恩年拍着球赶上来,"你们好!"戴琼慧:"你好,刚练完球啊?""是啊。"三人顺着海边儿的路走着,默然无语,只有海浪在不住地"插话"。"虎子找到了吧?"李恩年问,闫觉鸥刚要回答,他便拦住她说:"不用告诉我了,我相信他一定很好,因为这世上没有闫小姐做不到的事!""这世上真没有李恩年同学不知道的事。""其实,我没你想得那么好事,你大可不必那么防着我。""防着你?""我跟你一样希望他好,虽然你可能不这么想。""我是这么想的,也许是你误会了。""是吗?"沉默。"李恩年,你们赢球的事都上报了,"戴琼慧想岔开话题,"焦娆那天拿报纸给我们看了,说她去给你们当啦啦队长了……"闫觉鸥:"这种比赛赢了又有什么可光彩的?也只有焦娆这种人乐于给这种比赛呐喊助威。"戴琼慧用胳膊肘碰了碰闫觉鸥,闫觉鸥却固执地说:"仗着自己有日本靠山,为所欲为,可见,投靠日本人的人,连基本良知都没有!""他们就是日本人的帮凶!"李恩年怒气冲冲地大声说,"我替你说了吧!"闫觉鸥:"你既然知道,为什么还要成为他们的同伙?""岂止是同伙儿,"李恩年嘴唇颤抖地笑了,"我坦白告诉你吧,我们校长,就是你口中的这个日本人的帮凶,是我爸!"闫觉鸥惊住了。李恩年用一只受伤的狼一般的眼神看了看她,那目光充满悲切和哀怨,然后使劲拍了两下球走了,闫觉鸥感觉那"砰砰"两声球砸地的声音,好像砸在了她的胸口上,"他说什么?"她问。

　　李恩年机械地走着,他想快点躲开全世界,但他找不到路,"八嘎!"一句骂声让他抬眼看去,路边,有个大男孩儿正挥着手掌使劲扇一个小男孩儿耳光,两人都是身穿日本校服的学生。那个大男孩儿毫无同情心地挥着巴掌,嘴里还用日语骂着什么,小男孩儿满脸恐惧和委屈,任凭大男孩儿抽着自己耳光,却流着泪笔直地站着不敢动。李恩年怒不可遏地冲过去,举起篮球砸向大男孩儿，然后上去狠狠地推了大男孩儿一把，两人扭打在一起。一辆日本巡逻摩托开了过来，李恩年想脱身，却被那个大孩子死死拽住。几个日本宪兵从车上下来，大的日本学生用日语叽里呱啦地跟日本人说了几句什么，一个日本宪兵不等李恩年解释上去给了李恩年一枪托儿，然后，三个日本宪兵上前去揪李恩年准备将他带走。李恩年突然用英语大喝一声："住手！我是英国人！"他从口袋中掏出一本护照，在日本人眼前一晃，"敢动我一根毫毛，就有麻烦了！"日本宪兵从李恩年的手中夺过护照看了看，跟另外两个日本人嘀咕了一句什么，三个宪兵一阵讥笑，手拿护照的宪兵用护照狠狠拍了拍李恩年的脸，用生硬的中文说，"好吧，英国人，记住，不要多管闲事，尤其是别管我们日本人的事。"宪兵哈哈笑着上了摩托车走了。日本大孩子冲小孩子喊了一句："走！"小孩子低着头跟着大孩子走了。李恩年一抬头看见了站在不远处的闫觉鸥和戴琼慧，他感觉在她们正直视着自己的目光中全都是鄙视和轻蔑，他的自尊"咔嚓"碎了，每根神经都开始痉挛，疼痛在他身体里扩张、冲撞！他咬牙忍着！他慢慢地收起护照，慢慢地整理着被弄乱的衣服，他虽然没有抬眼去看，却能感觉闫觉鸥和戴琼慧从他面前走过去了，李恩年突然冲她们吼道："我不想当亡国奴有错吗？"他嘴唇颤抖，满眼是泪，他猛地将手中的护照狠狠地摔在地上。海浪猛烈地撞向礁石，狠狠地被击碎，再撞！再被击碎！激愤的浪花汇聚成巨浪，跳起来怒向长空！

大清查开始了。探照灯刺眼的光柱肆意地扫着黑色的夜空，像是要把夜刺破，让它吐出亮光来。警车声中，日本宪兵的卡车、吉普车在街道上横行，碾压着胶城每一片宁静。

很多天以后，闫觉鸥收到了李恩年的一封信，拆开一看，里面是一张图画，画上是一条大船，船上站着一个男孩儿，他孤独地眺望着对岸，闫觉鸥后来去他姐姐家找他，她告诉闫觉鸥李恩年去英国找她母亲去了。

37

几天前，闫觉鸥的母亲就收到了丈夫的来信，说他就要回来了。闫觉鸥和闫觉灵天天高兴地盼着，可总也不见爸爸回来。这天，闫觉鸥放学回家，一进屋就看见母亲的脸色不对，一问才知，刚刚有个爸爸那边的同事来了，带来了一个消息，说爸爸暂时不回来了，"为什么呀？"闫觉鸥沮丧地问，"你爸爸他们公司关门了，他本来打算回来，可被一个朋友拉走了……""去哪儿了？""去……说是一起去韩国做生意了，一时半会儿回不来了。""韩国？爸爸也真是的，就不能先回家住几天再去跟朋友做生意啊！人家又白等了！""是啊，你爸这人，也不想想，他哪是那块料啊？""也说不定爸爸就是那块料呢。不在公司干，不用看老板脸色了，想想这倒也不错，而且韩国也没多远，说回来就回来。""可这兵荒马乱的！""妈，您甭担心我爸，他福大命大,老天爷一定会保佑他的!""福大命大……"闫夫人忧郁地想,如果告诉闫觉鸥实话,说她爸爸被一个朋友拉去当兵了,她怕是天天都要哭,天天都得夜不能寐。

38

焦娆一家乘坐的汽车在一家酒店门口停下,焦世迁让妻子和女儿等在门口,自己要进酒店里跟一个朋友说几句话,没想到,焦世迁的那几句话说得那么久,母女俩都等得不耐烦了。"你去催催你父亲,几句话,几句话,他这是几句话吗?""可我不知道他去哪个房间了。""去二楼了,哪个房间,我也不知道,你去找一找。"焦娆来到酒店二楼,试着敲敲这个门,敲敲那个门,有个房间里出来了一个四十多岁留着大胡子的男人问她找谁,还没等她回答,又一个年轻男人的笑脸从他身后露出来,"哦,亲爱的,你终于来了!我都望眼欲穿了!"焦娆看了看他,这张脸好漂亮啊!可她根本不认识。"你认识人家吗?"大胡子问他的漂亮朋友,漂亮朋友目光热烈地看着焦娆说:"你认不出我了吗?我亲爱的小姐,好好看看!想想那个迷人的晚上,月光下,我捧着一把玫瑰送到你的面前,将你拥入我的怀抱……"焦娆又羞怯又迷茫。"宝贝儿!你都忘记了?哦,这实在太让我难过了!"四十多岁的男士推了他的朋友一把:"别逗了,把人家都说糊涂了。"他又对焦娆说:"他有病,别理他。"漂亮朋友笑了:"小姐,吓着你了吧,别生气啊。他说得对,我有病,神经病,你看出来了吧?"焦娆笑了。"请问您找谁?"焦娆不好意思地:"我找我爸……""你爸?我肯定不是!他是吗?"焦娆又笑了,"我走错了。"漂亮朋友:"没关系,您的错误是我们的幸运!"他冲她笑着挤了挤眼睛,焦娆被他电到了,慌乱地跑了。"See You Next Time!"她听见他冲自己喊着,这以后,这个男人就不时地走进她的梦境。

39

华樱看见加藤和两个手下走进海员俱乐部歌舞厅,走到角落里的一张桌前坐下,边嘀咕边眼睛盯着台上乐队中吹着黑管儿的大少爷,华樱有种不祥的感觉,她相信加藤今晚绝不是来听音乐的。俱乐部经理快步走到加藤桌前:"您好,您有什么需要?"加藤:"廖家大少爷每天都来这里吗?"俱乐部经理:"只要不出海,基本天天来。""天天来……有意思!他的黑管吹得确实不错。""是。""他如果不来的话,谁来顶替他?""没人。""没人?他是可有可无的?""哦,是这样,他不来的话,我们就换其他曲子,换不需要黑管儿的曲子。""那你们以后得多准备一些那样的曲子了。"加藤话里有话地说:"麻烦你去帮我转告一下廖先生,说今晚我想请他去吃夜宵,请他一会儿别走。""好的。"经理瞥了加藤一眼,感觉他一脸杀气。华樱看见那个经理走到小舞台前对台上的大少爷说了几句什么,华樱端起面前的水杯连喝了几口,像是要把恐惧压下去,却被呛得咳嗽起来。又过了一会儿,华樱看见有个男人快步走到加藤跟前,附在他耳边耳语了几句,加藤"腾"地起身朝门口走去,出门前,他又回头看了看台上的大少爷。华樱感觉大少爷今晚可能逃过了一劫。演奏结束后,大少爷过来问华樱,知不知道加藤找他什么事,为什么要大晚上的请他吃饭,华樱说不知道,她答应第二天帮他问问。第二天大少爷准时开车到华樱翻译社门口,等了好一会儿华樱才匆匆跑来,她说她刚接了父亲的一个电话,加藤有非常重要的事要跟他们说,他俩的约会只好暂时取消了。

饭桌上,加藤告诉华樱和她父亲一个绝密消息,日本即将战败投降,日本战败了?投降了?那是什么意思?华樱有些头晕目眩。"来,华樱小姐,谢谢你!"加藤将酒杯举到了华樱的面前,"谢谢你为我提供了那么多有用的情报,现在我们基本可以认定廖义振就是共产党了。"华樱惊慌地看着加藤。加藤:"你觉得意外?""我不认为我给您提供的那些东西能证明廖义振是共产党。""那当然,华樱小姐的情报当然不足以证明他是共产党,但你提供的那些看起来似乎微不足道的情报,到了我们手里,那可是很重要、很宝贵的!来,我敬你一杯!"他举起杯。"是应该的。"中野一田在一旁低声道。加藤见华樱举着手中的酒杯发着愣,再次举了举杯,"请吧!"中野一田看着女儿,"华樱!"华樱迷茫地端起酒杯喝了下去。加藤:"我知道让你做这些事你心里并不舒服,廖老先生毕竟是你们的老朋友了,给过你们很多帮助,你们这样做,良心不安,尤其是你华樱小姐,让你做这些不情愿做的事,做背叛爱情的事,对不住了!"他鞠了鞠躬说。"背叛爱情?您在说什么?"华樱紧张地看着加藤,加藤干掉杯中酒,发出"哈"的一声,"你难道不爱廖家大少爷吗?""没……""真的吗?那,我现在让你去杀了他,你肯不肯?"他的目光匕首一般刺过来。"杀他?""哈哈哈,你看看你的样子?你还说自己没有爱上他,放心,华樱小姐,我就是杀他,也不会派你去的,你一定会放他跑的,哈哈……你做的已经足够多了。至于杀人那是我们的事。""对不起,加藤君,我帮你们调查他,完全是因为我认为他根本就不是共产党,是你们搞错了。"加藤:"那你现在还这么认为吗?""我……""我不管你的动机是什么,但结果是,你做了一件正确的事,帮我们发现了一条大鱼,他就是共产党谍报员!我甚至相信,假如现在我们就去廖公馆搜查,说不定就能搜出一个电台,而昨晚,我们差点儿就这么做了。""其实,其实,大少爷是个只知道顾家的人,你们也许……"加藤:"好啦,不必再替他辩解了!不错,他可能是个顾家的人,中国的精英们都是顾家的人,那是他们的家国情怀,齐家、治国、平天下,是中国理想和理念,华樱小姐!知道齐家的人都不简单!"加藤端起酒杯喝了一口,笑道:"昨晚要不是这个倒霉的消息,这个时候,他也许正在我们的审讯室'吃夜宵'呢,在刑具面前,他会乖乖地、用一个个细节帮我把那些不确定的推测合理化,用各种证据证明他自己就是共产党!"华樱:"那您是太不了解他了……""闭嘴!"中野一田制止女儿。华樱冲父亲喊道:"爸爸,我真羞愧!我们不是特务,也不是军人,廖伯伯一家那么帮过我们,可我们反过来害他们,是我们没良心……"中野一田挥手给了女儿一记耳光。华樱的嘴角流出血来,她擦也不擦,带着血喝下一杯酒。加藤慢吞吞地喝了一口酒,说:"爱情是没有罪的,除非它妨碍了国家利益。华樱小姐心里很苦,我知道,想爱爱不成,想恨也恨不了,确实太可怜了!可生于这个年代,谁又不可怜呢?"他看着华樱笑了,"华樱小姐不要这样看着我,现在你就打电话给大少爷,告诉他,他是共产党,随时都有被抓的危险,你可以让他赶快躲起来,我不会责骂你,真的,你是不是以为我是在说醉话?不!事到如今,谁是共产党,谁是国民党还跟我们有什么关系!我们战败了,就要投降了,共产党?国民党?"他一仰头把酒杯里的酒喝了下去,"都统统跟我们没关系了!我们可以放松地喝酒了!是不是?中野君?来,我们满上!"中野一田给他满上酒。加藤更醉了,他笑道:"知道吗?昨天晚上一接到战败的消息,我就对抓他没有兴趣了,彻底没了!你们说奇怪不奇怪。以前每天看那些侦查材料,那些情报,兴奋啊!好像抽了大烟似的,尽管寝食难安,头昏脑涨,但还是兴奋,现在,突然一下子就没了精神,哈哈哈……"他笑得都快断气了。

"原来解脱是这种感觉,哈哈哈……我准备把那些关于中共的情报统统交给国民政府,让他们去寝食难安,该轮到他们寝食难安了,哈哈哈……"他用沙哑的嗓音开始唱起一种日本小调儿。中野一田也跟着他唱了起来。拉门开了,一个穿着和服的姑娘用一个盘子端着一小瓶酒走了进来。中野一田:"还上酒啊?不能再喝了!"姑娘将那个小瓶子放到桌上,转身离开。加藤:"这是我送你们父女俩的礼物,我怕到时来不及。"华樱:"什么来不及?"中野一田的嘴角抽动了几下。

"华樱来电话了吗?""华樱来电话了吗?"大少爷这话已经问了好几遍了,他每问一遍,闫觉灵的心就抽一下,电话铃响了,"是华樱吗?"大少爷在楼梯上急切地问,然后转身去书房接电话了。二太太走来,看了一眼走开的大少爷,"是华樱来的电话?"闫觉灵:"是。""他们俩最近走得很近……""如果大哥真要娶一个日本人做太太,那我就带着志信搬走!"她说完愤然离开。

40

闫觉鸥把书包顶在头上挡着雨,站在十字路口犹豫着要不要去姐姐那儿,她有好几天没去看姐姐和志信了,可这雨如果越下越大,万一耽搁在别人家,还要留下吃饭,又要看二太太的脸子。"闫小姐,是要去廖公馆吗?上来吧。"闫觉鸥回头一看,华樱乘坐一辆马车来到自己身边。"不了。"换了别人她就上了。"我也去那儿!我们同路!上来吧,我还有事要问你呢。"闫觉鸥上了马车。华樱看着她说:"都淋湿了吧,这雨别看不大,可很急,一会儿就会把人淋透。"闫觉鸥:"你说什么?有话要问我?"华樱笑道:"没有。我是骗你的。我知道闫小姐讨厌我,就是想骗你上来。"奇怪!闫觉鸥抹了一把头上的水,没说话。华樱:"你为什么不喜欢我?是因为我让你丢了猫?还是因为我是日本人?或者,是因为我是大少爷的女朋友?你有点嫉妒我?""真有意思,我为什么要嫉妒你?你不是大少爷的女朋友,我也不是大少爷的追求者,嫉妒从何而来啊?""你真没喜欢过大少爷?"是她自己想追大少爷,还以为全世界人都想追大少爷,闫觉鸥不屑一顾都懒得解释。华樱:"二太太说,你一直在讨好廖夫人……""讨好?""而且,你还让你同学的妈妈去提过亲。""真胡扯!好吧,就算我追他好了,这关你什么事?""我想撮合你们,你信吗?""为什么?""当然不是为了你,是为了他。闫小姐看不出来吗?大少爷很喜欢你。""喜欢我?是吗?"闫觉鸥笑了,"就算是吧,可我还是不懂,那这事跟你有何关系?"华樱的笑有点僵,一丝伤感镶嵌在表情里。"是华樱小姐自己在爱着大少爷,想试探我跟大少爷的关系吧?既然如此,华樱小姐为什么不自己跟他好呢?这么问来问去的,怕我跟你抢大少爷?放心,不会的。"华樱:"我和他的命相克,在一起只会有血光之灾,我们没有缘分。""血光之灾?""但你们可以相爱。"这事不该你说了算吧?闫觉鸥忽然看见华樱眼里闪了一道泪光,闫觉鸥说:"我听说,大少爷以前有个非常相爱的女朋友,被炸弹炸死了,那时候他的心就死了,再不会爱上任何人了。""你错了!他对她不是爱,只是愧疚。""愧疚?""那个女人叫赞冥鹤,是个上海人,他们是在德国上学时认识的,她一直追求大少爷,大少爷回国后,她追到了上海,大少爷天天都能收到那女人给他写的信,她还来过几次,大少爷因为她很苦恼了一段时间呢,不知如何拒绝她好,中间有段时间,他们失去了联系,廖家人都以为他们从此断了,可没想到,大少爷最后还是没有拧过她……""接受她了?""应该是,否则他不会主动邀请她来。可万万没想到,她最后那次来这边见大少爷时,半路上遇见轰炸。让我觉得奇怪的是……"华樱沉思了一会儿,"他对赞冥鹤的态度转变得很突然,大家都觉得意外……后来因为大少爷拒绝谈及婚嫁的事,大家就都认为他是因为太爱赞冥鹤才这样的。""不是吗?"华樱摇摇头:"他是觉得害了赞冥鹤,如果不叫她来,她就不会出事。"闫觉鸥突然气愤地说:"都是你们日本人干的好事!跑我们国家来扔炸弹!""你懂什么?这是国家间的事!"华樱也生气地说。"你们不好好在自己国家待着,为何跑人家国家来作恶!""胡说!中国太落后了,日本是为了'帮助'中国……""呸!强盗逻辑!"华樱脸一拉,阴森地说:"你小小年纪说话别这么放肆,你不怕给自己惹麻烦吗?"

闫觉鸥被她这突然变脸震住了，愣愣地看着她。"你要知道祸从口出！你不懂政治，就别乱说话！"沉默了一会儿，华樱又突然说，"我不去廖公馆了，你自己下去走几步吧。"然后又改用缓和的语气说："别误会，不是因为你刚才的话生你气，是我忽然想起有件急事要办！"华樱回头朝后面街上看了看，显得有点紧张地对车夫说："车夫！停一下！让闫小姐下去。"马车停了，华樱又对要跳下马车的闫觉鸥说："麻烦你告诉大少爷一声，两小时后我在吃饭的地方等他。"

闫觉鸥走进大少爷房间，不想带进一阵风，一下子将桌上的几张乐谱吹到地上，"哎呀！"闫觉鸥忙手忙脚乱地弯腰去捡那些乐谱，一旁的大少爷没有一点要帮忙的意思，"我说不会是华樱，这么风风火火的……""对不起！我……但这也不能全怪我，我也没想到风会跟着我进来！""当然是风的错，怎敢怪你！""华樱让我转告您她有事不来你家了，她让您在吃饭的地方见面。""你在哪儿看见的她？""在路上，我是搭她的马车过来的，不是我想上她的马车，是她非拉我上去的，说有话要跟我说……""有话跟你说？"他的"你"字说得很重，好像有多不可思议。"她跟你说什么？""也没说什么……"她感觉华樱跟她说的似乎不好跟大少爷学，她慢慢捡起最后一张乐谱，"她是，她那是骗我的，她怕我不愿意搭她的马车才那么说的。""哦，你说她都到门口了，又不来了？"他脑子里想着事，好像已经忘了闫觉鸥的存在。

闫觉鸥在海边找到了带孩子玩儿的姐姐，把华樱跟自己说的话告诉了她。闫觉灵："她肯定是在试探你，看你对大少爷什么态度，是她自己想跟大少爷好。二太太猜得还真对，他俩的关系恐怕有新进展了。我跟二太太说了，大少爷如果把这个日本女人娶进家，我就走，离开！我不能让义达的儿子跟仇敌生活在一个屋檐下。""华樱说他们要好的话，会有血光之灾，他们俩的命不和，相克！""那你觉得她跟你说这话是什么意思？"严觉鸥想了想说："不知道，听她话的意思好像是想撮合我和大少爷似的？""撮合？太奇怪了！你刚才说，等会儿她还要和大少爷一起去吃饭？""嗯。""她这么粘着大少爷，她怎么可能撮合你们？就是她自己想跟大少爷好，但出了你和大少爷的那些传言，她心里没底，想从你嘴里得到证实。""也可能。""什么也可能，你从她看大少爷的眼神里还看不出来呀？""没太注意。"闫觉鸥笑着说，"那我刚才是不是该告诉她，我就是大少爷的女朋友，呵呵，她肯定伤心坏了。""行了，够乱的了！"

41

闫觉灵又睡不着了，她的情绪被"尊严"和"渴望"撕扯着无法安宁，她感觉有股力量逼迫着她要不自我摧毁，要不被世界摧毁，她必须马上逃走，离开廖府，避开这个会让自己葬身的情感旋涡，可她能去哪儿呢？她从枕头下拿出纸和笔，又给至今也不知身在何方的姥爷写起了信。"我亲爱的姥爷，我已经给您写了很多封信了，我给所有你可能出现的地方都投了信，可至今没有消息，您在什么地方啊？姥爷，这里的生活太让我压抑了，我这条船就要沉了！姥爷，快救救我吧！快给我回信吧！"连姥爷的确切地址都没有，写了也白写，万一信被退回来，被廖家人看到又要惹事端，她想了想，把信揉了，又拿出纸，打算给父亲写信，一想父亲现在也没有准确的地址了，她不禁掉起眼泪来。

华樱冲汽车里的大少爷摆摆手，目送着他的汽车离去，她长长地舒了口气，她终于说了，把加藤让自己做的一切都告诉大少爷了，她感觉自己现在还在浑身发抖，但心里轻松了，即便她这个时候死了，也再无遗憾。华樱回到翻译社，这个时间社里的工作人员都已经走光了，她走进大门，刚要伸手开灯，加藤突然出现在她面前，她吓得站住脚，是幻觉！她平静了一下后朝二楼的宿舍走去，她感觉自从加藤来到胶城后，就像影子似地跟着自己，逼着她每天都要无数次地想到他和他给自己安排的一切，他改变了她的生活，成了她的噩梦。她有时想，如果加藤不逼自己去监视大少爷，也不穿那身日本军服的话，他或许没那么令人讨厌，可他偏偏不断地给自己压力，逼着自己做自己最不喜欢做的事，还总穿着那件难看的军服。"华樱小姐从八岁就跟廖家人认识了吧？"他曾经这样问她，他什么都知道！华樱感觉自己在他面前就像是个透明的人，他能一直看到自己的五脏六腑。"所以，您跟廖家人，尤其是对大少爷一定有很深的感情。"他一说到大少爷，脸上就露出嘲讽的表情，那表情总让华樱很生气，如果不是因为她若不受加藤的罪，她的父亲就要受更大的罪，她是不会听加藤摆布的。想到父亲中野一田，华樱就心情压抑。一年前父亲曾经用自己的银行为一家欧洲公司的基建项目提供了贷款担保，那家欧洲公司又私下把这笔钱借给了中国一家"基建"公司，中国这家公司便用这笔钱以购买水泥的名义购买了大量的钢铁。此事一旦被人利用，华樱的父亲很可能因卖国罪而受牢狱之苦，加藤就是利用此事掌控了父亲，进而也掌控了自己。华樱曾极力向加藤证明大少爷不可能是共产党，但她却发现，她对大少爷了解得越多，就越无法为他洗白。"华樱小姐听说过莫邪群岛吗？"那次加藤就在这里跟自己进行的一次酒后长谈，当时他醉意朦胧地看着窗外的海面说："莫邪群岛是进出这座城市的咽喉要道。那一带地形复杂，经常是大雾弥漫，不熟悉那一带海况的人，没人能过得去，但奇怪的是，我们的对手仍有办法从我们的眼皮底下通过那里，他们中好像有人对那一带海域、那条重要的交通要道的各种信息了如指掌，据说我们的大少爷是学航海的，又当了很多年海员，而且对信号通讯也十分精通，如果说他对那一带的情况了如指掌并不奇怪，这是他的专业嘛。"他又看了看华樱说，"我跟你一样对他很感兴趣，你说，像他这样出身的年轻人，怎么会选择当海员呢？难道经商，或像他父亲那样当个律师，不应该是他的最佳选择吗？他的选择难道不令人感到奇怪吗？"他把一张发狠的脸凑到华樱的面前，"对他，我是不会看走眼的！"过了一会儿，他突然颓然无力地坐在椅子上哭起来，"我们就要输了！我们在太平洋上'苦心经营'的外防御圈已经土崩瓦解，美军接连攻克了塞班岛、提尼安岛、关岛，我们的内防御圈中的关键链条都被砸碎了！我们已经失去了太平洋战场的主动权！我们就要输了！"华樱走进自己的房间开了灯，她终于不用去管大少爷是不是共产党了，也不用去想他能否原谅自己了，都不重要了，重要的是，她把自己对大少爷的爱还给自己了，她可以接着当本来的华樱了，再也不用纠结了。

　　大少爷往回家方向开着车，脑子里想着如何把华樱刚才所提供的情报立即送出去。目前，自己的电台正是规定的静默期，一旦起用，就可能被日特捕捉到，最好的办法是他立即亲自把情报送到 B 站去，交由他们传送。他的汽车开到了路口，左转是去 B 站的那条路，右转是回家，这时，他感觉自己后面有尾巴。

　　大少爷轻轻敲了敲闫觉灵的房门。"谁呀？"大少爷："是我，快开门！你来帮我个忙！"闫觉灵开了门。大少爷带着一股紧张气息走进来："我有事要出去一趟，可门口有人监视我。""啊？""别怕！你只要装作我在房间里练习黑管儿的样子就 OK。""怎么装?"闫觉灵跟着大少爷走进他的卧室,屋里的留声机里正播放着黑管儿乐曲,闫觉灵按照大少爷的吩咐,穿上了两件毛衣,人立即显得魁梧起来,他又顺手将一个睡觉戴的软布帽扣在闫觉灵头上,"你拿着黑管儿站在这儿,让下面的人以为是我。""可我不会吹。""不用吹,拿着就好了,让他们觉得,我在看谱子,或者……""好的,我知道了,他们是谁?我是说,监视你的人?""别怕,不会有事的!"他没回答她的问题,只用郑重和信任的目光看了她一眼,这个眼神让闫觉灵感到她可以为他做一切。"你快走吧。"大少爷从床上拿起一个手提箱子,"我大约十分钟就回来,如果过二十分钟我还没回来,你就关上灯,回自己房间去。"大少爷提着手提箱走出房间。闫觉灵感觉自己像病了一样,她浑身发冷,脸发热,上下牙直打架,胃也隐约疼了起来了,究竟是谁在监视他?是日本人吗?一定是!那大少爷是……他会不会出事啊?会不会像义达那样?天哪!突然,她听见自己房间里传来志信的哭声,坏了!把志信给忘了!他怎么突然这时候哭起来了?她走到房间门口,把门开了一道缝,屏住呼吸听着。"哇!哇!哇!"半夜里,孩子的哭声显得那么响亮,闫觉灵感觉自己的头都大了,他哭几声倒没关系,万一惊动家里的人事情就大了!她在大少爷的房间里"吹"着黑管儿,心乱如麻!她真希望大少爷能赶在家人被惊动之前回来,十分钟可真长啊!此刻,万一谁上来问怎么回事,那可怎么办?"哇!哇!哇!"志信的哭声坚决有力！闫觉灵不知是关上门好还是开开门好，楼下的人还在看着上面吗？他们为什么监视大少爷？他是什么人啊！"哇！哇！哇！"她关上了门，想假装没听见孩子的哭声，她还能怎么办？"哇！哇！哇！"她终于忍不住拉开了门，疾步朝自己的房间走去，可孩子哭声怎么突然止住了？闫觉灵正在纳闷儿，只见二太太抱着孩子出现在她的房间门口，看见打扮得如此奇怪的闫觉灵，她一下子愣住了。闫觉灵一把从头上把软布帽子揪了下来，"妈……""你，你在干吗？怎么穿成这个样子？""我，刚才，浑身发冷，那个……""我看了，没事！我没发现什么人！"大少爷走来，说着谁都听不懂的话，他对二太太解释说，"闫觉灵刚才听见外面有动静，以为家里进坏人了，我下去找了一圈儿，什么都没有，只看见两只猫。"闫觉灵慌张地从二太太怀里接过孩子，哄着。二太太那怀疑的眼神自始至终没离开闫觉灵。不用说，闫觉灵被二太太的怀疑吓坏了，但更让她害怕的是自己心里的那个怀疑：大少爷跟廖义达一样也是共产党！她一回到自己房间就扑到纸篓前，从里面翻出自己刚刚扔掉的那封写给姥爷的信，无论希望多么渺茫她也得设法找到姥爷，为了她的情和她的命，还有志信，她都必须尽快逃走！她突然为自己对大少爷的情感尚未陷入难以自拔的地步而感到庆幸，她更庆幸他还没有觉察到自己的感情，谢天谢地！

42

　　站在戴琼慧家的凉台上，看见天上的白云和蓝天，闫觉鸥心情十分好，她不由得唱起歌来，"天上飘着些微云，地上飘着些微风，啊，啊！微风吹动了我头发……"戴琼慧紧张地制止她，"别唱了！小心那只大黑狗！"话音未落，大黑狗已经仰着脖子冲她们狂吠起来。闫觉鸥从凉台上捡了块煤球砸了下去，有三个日本人正从屋里走出，煤球一下子打在穿浅色和服的日本女人身上，她"啊"的大叫一声，衣服上黑了一大块。三个日本人同时抬头看过来，闫觉鸥和戴琼慧吓得蹲下了身子，她们听见"哇啦哇啦"的日本话夹杂着狗吠声从下面传了过来，不知周围什么人又朝他们扔过去了一个鸡蛋，"啪"！鸡蛋拍在院子的地上，哇啦声和狗叫声顿时高了一个八度。"糟了！我们惹麻烦了！快离开这儿吧。"戴琼慧拉着闫觉鸥刚回到屋里，楼下大门口就传来"咚咚"的砸门声。戴琼慧惊慌地说："坏了！他们叫宪兵了！"闫觉鸥："我们跑吧？""我就住这儿，往哪儿跑？你快跑吧，我就说我不知道谁扔的。""咚咚咚"敲门声更大了。戴琼慧让闫觉鸥从窗户爬出去，顺着房顶跑。闫觉鸥在房顶上深一脚浅一脚地终于跑到了一个矮墙边，跳下去是一条僻静的胡同，可是墙有点高，她正迟疑，想另找一条下来的路，有人冲她喊："小姐别往那边去，那边有日本兵！"闫觉鸥看见一辆敞篷马车驶过来，冲她喊话的是车上坐着的一位先生。"哇啦哇啦"日本兵说话声传了过来,"跳下来!快跳下来!"那先生着急地喊。闫觉鸥一咬牙"忽"地从墙上跳下来,三下两下蹬上了马车。车上那人将西服披在她身上,用胳膊搂着她的肩膀,假装一对情侣。马车刚走出胡同,闫觉鸥就看见几个带枪的宪兵正拉扯着戴琼慧从前面的路口走了过去。"你们放开我!放开我!你们干吗抓我!"戴琼慧哭喊着。"戴琼慧!"闫觉鸥大声喊着跳下马车,朝戴琼慧跑了过去,车上的先生惊慌地叫她:"哎,小姐!小姐!别过去!你会死的!"闫觉鸥冲到宪兵身边,不管不顾地跟他们挣把起来,想把戴琼慧解救下来,完了!那先生愕然地看着两个姑娘被日本兵一起带走了。

在一间没有阳光的牢房里,闫觉鸥、戴琼慧和一屋子女人关在一起,她们俩靠在一个角落里坐在地上说着悄悄话。戴琼慧:"你觉得我们还能出去吗?"闫觉鸥:"能!肯定能。家里人会想办法救我们的。""你可能还有希望,你姐姐肯定能想办法救你……""我能出去,你就能出去,我不会扔下你一个人不管的。""那时你跑了多好,还能在外面想法救我,你非跑过来干吗!""我哪能想那么多啊!""马车上那人是谁啊?""不认识。"两人互相看看,"扑哧"笑了,笑着笑着,又哭了。戴琼慧抹着眼泪说:"这回我妈省心了,再不用操心我学费的事了。""我也省心了,再不用想考大学的事了。""你们家人多好啊,一心想让你上大学,可我妈呢?就怕我在家多留一天,多花一天她的钱,她恨不得早点把我嫁出去。""如果你自己能挣钱的话,她就不会让你早嫁人了。"戴琼慧:"我有时候真想像石变男那样去工厂当工人。"闫觉鸥:"要变成她那样,倒不如早点嫁人好。""闫觉鸥,知道吗?我不是我爸妈生的,我是他们抱养的。""真的?骗人的吧。""没骗人,是我家邻居告诉我的。"她看了闫觉鸥一眼,"所以,我想,她肯定觉得后悔抱养了我,怪我拖累了她。""不会!要不你早点嫁人吧。"两人又笑了。闫觉鸥:"戴琼慧,你喜欢过什么人吗?""没有。""骗人。""真没有。"闫觉鸥轻轻推推戴琼慧,"快坦白!我替你保密,说不定明天我们就离开这个世界了,今天我们俩把心里的秘密都告诉对方吧?""行,那你先说,你喜欢过谁?""你先说。""你先说。""必须你先说,是我先问的。"戴琼慧迟疑了一下:"告诉你,你不许笑话我。"她趴在闫觉鸥的耳边说了一个名字。闫觉鸥瞪大眼睛:"满图!"戴琼慧捂住她的嘴,"不许笑!不许笑!""不笑不笑!""你笑了!""我没笑!""该你说了。""我……没有你说的那种喜欢的人。""那李恩年呢?你不喜欢他吗?"她看见闫觉鸥的眼圈红了,"我一猜你就忘不了他。""别说他了,还是说满图吧。""咳,闫觉鸥,我警告你啊,这事你谁都不许说!""不说!谁都不说!""拉钩!"两人钩住手拉了拉钩。戴琼慧沮丧地说:"还拉钩呢,我们都出不去了,能告诉谁去。"

大少爷走进客厅，一屋子人都把目光都转向了他，在坐的还有闫觉鸥的母亲和戴琼慧的母亲。闫觉灵冲到他面前焦急地说："大哥，我妹妹她们被日本人抓走了！你快想想办法救救她们吧！"戴琼慧母亲也用哭腔说："是啊，大少爷，您本事大，求您给我们想想办法吧。"大少爷吃惊地问怎么回事，大家便七嘴八舌地讲述起来。大少爷："别急，别急！日本投降了你们听说了吗？""什么？""什么时候！""真的吗？"戴琼慧的母亲大叫起来："太好了！那，她们，她们就没事了吧？"廖夫人："义振，是真的吗？你可别乱说啊？""是真的！"廖义兴手里拿了份报纸跑进来："日本投降了！日本投降了！""那她们应该没事了！"大少爷的表情并未显出轻松，他担心的是日本人在这种时候不定会作出什么疯狂的举动，他听说有些地方的关押处已经发生肆意屠杀人犯的事情了，她们一分钟不出来，就不能保证她们不会成为侵略者最后疯狂的牺牲品，"她们被关在什么地方了？"。

43

街道上到处都是"日本投降了！"的喊声和敲锣打鼓声。大少爷开车来到华樱的翻译社，一个女职员告诉他华樱社长被她父亲叫回家去了。"什么时候走的？"他一问，女职员竟抽泣起来，"怎么了？你为什么哭啊？"女职员抽泣着说："刚才社长走的时候脸色好苍白,她跟我们大家一一握手,好像生离死别似的,我当时感觉她的手好凉,还在颤抖,她说了很多遍谢谢大家的话,真的好像是……我猜她家里一定出了什么事了。""电话在哪儿?"大少爷给华樱住处拨通了电话,但一直没人接,他又给警察局拨了个电话,找焦警官询问是否知道闫觉鸥她们关押的地方,"你来晚了一步。""什么?""已经被释放了,等会儿就到家了。"

中野一田跪在一张小桌前,望着桌上放着的两杯毒酒,那是加藤前两天请他们吃饭时送他们的,中野一田知道,这是加藤给他开的"勾销耻辱"的药方,他只有这样做,才能免去他的"卖国罪",才能保住他家族的尊严。华樱穿上白色的和服,流着眼泪来到父亲面前跪下,哭着说:"爸爸,我不想死,我真的不想死,我们为什么非要这样?"中野一田垂着目光:"别再说了!你不要再动摇父亲的决心了!这是我们唯一正确的选择。"华樱的眼泪一串串无声地落到身上。"哭什么?做人要有尊严!"中野一田喊道。华樱哭道:"日本战败不是我们的错!我还年轻!为什么要为天皇的错误殉葬!"中野一田挥手打了华樱一记耳光,"你想背叛祖国,背叛天皇,不知羞耻地活下去吗?""爸爸,我们不要听加藤的,不要这么愚蠢!不知羞耻的不是我们!"中野一田吼道:"混蛋!""爸爸!求你了!我们活下去吧!我想活下去!求你了爸爸!""你是我的女儿,你必须跟爸爸一起走！"他端起酒杯。"爸爸！为什么？""端起杯子！""爸爸！"中野一田深情地看着女儿，"你不想陪着爸爸吗？你想让爸爸一个人走吗？"华樱歇斯底里地哭喊道："爸爸！我真的不想死！我们不是军人，是一个普通老百姓！爸爸，你的女儿，才22岁！我还没有好好享受过人生呢！我们没做错什么，为什么要死！爸爸，求你不要逼女儿去死！"中野一田："一个人屈辱地活在世上有什么意思？比死还要难受！我的女儿绝对不可以是个胆小鬼！""爸爸！"华樱双手颤抖地端起酒杯，"那好吧，爸爸，永别了！"她将毒酒一饮而尽，中野一田也一饮而尽，然后，父女俩泪眼相望。

大少爷推开华樱家的门，愣住了，见华樱父女俩紧靠在一起躺在地上，嘴角、鼻孔都在流血，酒杯和酒壶都滚落在地上。华樱奄奄一息地看着大少爷，眼泪和着血水顺着脸庞流淌下来。

第二部

1

"Hello Madam! Hello Sir! 想听我唱歌吗？我会唱赞美上帝的歌儿！I can sing in English!"闫觉鸥她们在教堂的小广场上，看见一个讨饭的小姑娘拦着几个过路的西洋人乞讨，西洋人嫌恶地拒绝着。"先生，太太，只要一个铜板！您可怜可怜我吧！"纠缠中，小姑娘不知被谁推了个跟头，她一骨碌就爬了起来，无所谓地寻找下一个乞讨目标，看见闫觉鸥她们走来，她立即上前拦住她们说："姐姐，想听我唱歌吗？只要一个铜板！""我们也没钱！"吴婉玲说。"姐姐，可怜可怜我吧！"闫觉鸥："你会唱歌，就大声唱啊，会有人过来给你钱。"小姑娘于是亮开嗓子唱了起来："啊，圣玛利亚，温柔的母亲……"果然，有人围了过来，并纷纷施舍铜板，小姑娘高兴了，越唱越起劲，忽然嗓子卡壳了，她咳嗽起来，看着围观的人要走，闫觉鸥大声唱起来，戴琼慧、吴婉玲也跟着唱起来，她们训练有素的歌声立即吸引了更多人驻足观看，小姑娘的碗里也不断有人"叮当叮当"往里放钱。这以后的几天里,闫觉鸥她们又用歌声帮助灾民募集到了一些钱和食物,闫觉鸥感觉应该拉更多的同学参与到救助中来,吴婉玲对闫觉鸥说:"启明男中有个合唱团,廖义兴还是那儿的领唱呢,你去让他动员他们的人参加。"

"他绝对不会去的!"闫觉灵听了妹妹的话后说。"为什么?""廖老爷出事了你知道吗?""出什么事了?""国民政府说华樱和她父亲都是日本特务,老爷曾经跟他们交往密切,有汉奸嫌疑,让他回国受审呢!""啊?汉奸?""你不知道,我们家的玻璃被人用石头砸碎两次了,廖义兴的自行车也被人砸了,现在全家上下不宁,过日子都没心思了,哪还有心思唱歌啊?这几天廖义兴连学都懒得去上,我劝你就别去烦他了。""这么严重啊?""很严重!老爷搞不好会被判刑!""判刑?""我听说,他身边有几个人已经被定成汉奸抓了!这时候,很多落井下石的人!"二太太在屋里隐约听见了她们的对话,愤怒地来到窗前冲她们喊道:"闫觉灵!你们肆无忌惮地议论长辈,成何体统?你告诉你妹妹,我们家现在名声不好,请她以后少来,免得连累了她!张嘴闭嘴汉奸汉奸的,她是来羞辱我们的吗?""二太太……"闫觉鸥刚想要申辩,二太太"砰"地关上了窗户,闫觉鸥看见廖义兴的身影从二太太身后闪过,表情阴沉,她知道找启明男中合唱团的事不能指望他了。

她们找到了满图,满图直接把她们领到了合唱团团长薛来面前。薛团长的脸光滑闪亮，跟塑料板似的，这样质地的脸好像也只能板着："真对不起，我们合唱团从来不参加任何政治活动！"吴婉玲："这不是政治活动，这只是一次救济穷人的募捐活动。""在我眼里募捐就属于政治活动，好吧。"闫觉鸥："你不觉得把它叫作社会公益活动或慈善活动更确切吗？团长！"他头一低，做了个不想听的姿态："我不喜欢咬文嚼字好吧？我更不喜欢争辩，我就问，难道你们能把募捐的钱直接分给难民吗？你们不需要借助某个团体来做这件事吗？那这个团体就没有政治倾向吗？我们不想被任何团体利用，好吧。"她们一时不知该如何反驳他，都望向满图。满图："薛来，你想得是不是有点多啊！""也许是，就这样吧，好吧！"他要走了。吴婉玲推了闫觉鸥一把："哎，说话呀！"闫觉鸥："说什么呀？我从没遇见过跟我的思维相差那么远的人，大脑现在一片空白，'好吧'？"她的这个"好吧"把几个人都逗笑了，薛来一甩头仰首而去。满图说："我就不爱跟这种人打交道！"闫觉鸥："那你还让我们找他？""他是团长，不找他找谁？"戴琼慧："满图，你跟我们一起去呗。"吴婉玲："对呀，你带几个人跟我们一起去唱吧！""我不是合唱团的，我是篮球队的！"闫觉鸥："会打篮球的人都不会唱歌啊？"满图："好像不会！"吴婉玲："该不会是你唱歌跑调吧？"闫觉鸥："五音不全？"满图："说什么呢？我五音不全？"闫觉鸥："你是在变声期！"吴婉玲："公鸭嗓！""你们才公鸭嗓呢，咱可是正宗的男中音！"闫觉鸥：

"那你为什么不敢去?""我?堂堂一条汉子,捏着嗓子在那儿唱'天空飘着些微云',饶了我吧!那是他们小白脸男生干的事!""这是做慈善!不是让你表演!"三个女生围住满图使劲教育。"停!"满图大声道:"同学们!实话跟你们说吧,我确实是公鸭嗓!你们听!你们听!"他捏着脖子发了两声后,转身跑了。

  来教堂小广场募捐这天,闫觉鸥她们正作准备,吴婉玲喊着跑过来:"闫觉鸥!他们来了!都在那边唱呢!"她们一听都跑了过去,果然,启明男中的几个男生正排成一排唱得来劲,唱得最认真的就是薛来。"怎么样?我的任务完成得不坏吧?"满图走过来得意地对姑娘们说。戴琼慧:"你居然把他也拉来了!太厉害了!""我可说不动他!但我说得动我们谷老师,他是我们音乐老师,是合唱团指挥,他发话,没人敢不来!"乔怀芝问满图道:"这位同学,听你说话,感觉你的嗓子很不错,你为什么不一起唱呢?"满图顿时喜笑颜开:"看看,这是懂行的人!她们说我五音不全!"他又对乔怀芝说,"这位同学,你是不是一下子就能听出来我是正宗的男中音?她们就不如你会听。"薛来微笑着走来,"这是教会组织的活动啊?你们那天没跟我说清楚。我是天主教徒,教会组织的慈善活动我都积极参加!"大家都被他这说谎的坦然样搞得无语了。

  这次募捐义演居然把记者都招来了,从头就对此表示万分不屑的焦娆越看越嫉妒。这天她拉着王妙云来现场泼冷水,没想到,竟然事与愿违地加入了。当时,闫觉鸥她们正在演唱一首外国歌,两位先生被歌声吸引过来,焦娆一眼就认出其中一位正是她在酒店遇见的"白马王子",她的"魂儿"当即就激动得跳了起来!但她发现他一直在目不转睛地望着闫觉鸥,焦娆意识到此刻只有加入她们,才可能进入他的视线,于是拉着王妙云加入了小合唱的队伍。让她心碎的是,她的白马王子始终没有朝她这边瞥上一眼。演唱刚一结束,"白马王子"就激动地冲到闫觉鸥面前,"小姐,你还认识我吗?"闫觉鸥愣了几秒后,高兴地叫起来:"是您啊!您不就是那个马车上的先生吗?"她对同学们说:"喂!这位先生救过我的命!"她简短地把他救自己的事说了一遍,大家一片惊叹。闫觉鸥:"先生,您贵姓?我当时没顾得上问您。""我姓段!"焦娆挤到前面问:"先生,您还记得我吗?"段先生仔细看着焦娆。"您不记得了?华光酒店?我去找我爸爸,结果敲到您那个房间去了!""哦……是你啊?想起来了!""真的?""当然,漂亮姑娘我都记得!"姑娘们哄笑起来。吴婉玲:"您既然喜欢漂亮姑娘,总不能光靠嘴说啊,得有点儿实际行动啊!"女学生们都嚷道:"对呀,不能说说而已啊。""募捐吧,募捐吧。""捐!当然捐!"段先生从自己的身上摸出钱包,将里面的几张票子都拿出来放进了募捐的小盒子里,然后愉快地看着闫觉鸥,"这算是倾囊相助了吧。"在场的人都鼓起掌来。闫觉鸥:"谢谢了,太谢谢了!"段先生想了一下，又将自己手腕上的手表也摘了下来，焦娆一把抓住他的手，"您可别冲动啊！您已经捐得够多了！把这么好的表捐了，您会后悔的！""后悔？"段先生看着闫觉鸥："那是绝对不可能的！"

谷老师来小广场这天，正赶上男女两边的队伍都唱了《半个月亮爬上来》，听得他心情激动，作为启明男中合唱团指挥，他早有组建一个由男女生参加的歌咏团的想法，今天的场面，再次激发了他的这个想法。一回到学校，他就着手运作此事，歌咏团就这样应运而生了，闫觉鸥她们唱诗班的女生几乎都参加进来。廖义兴有日子没来学校上学了，闫觉鸥奉谷老师之命去叫他到歌咏团来继续担任男高的领唱，自从她被二太太宣布为不受欢迎的人后，她就再没来过廖公馆，这次来才发现，这里已经人去楼空，房产已经被政府没收了。

2

三姨太的表妹紫陶曾经留过洋，仅从她的穿戴便可以见得她的确是留过洋的，只是似乎没人知道她在国外学的什么东西，也许是因为她很在意周围人对她的着装大惊小怪，因此紫陶对那些让人大惊小怪的衣服，尤其是袒胸露背的衣服情有独钟。二太太是最看不惯她这种洋打扮的，以前，紫陶每次去廖公馆都会因为服装跟二太太打嘴仗，可那会儿是在廖公馆，是人家地盘，现在，廖府的人成了这里的房客，二太太即使再看不上紫陶的穿着，嘴上也会礼让三分，在这种情况下，紫陶反倒情愿礼让二太太三分了，在不该张狂的时候张狂，显得人格低下，更何况，现在这所房子虽然是在表姐母亲的名下，但买它时廖老爷也出了不少钱，因此，廖家即便是落难住到这里，从心理上，紫陶也并不感觉自己有什么可以趾高气扬的，加上在廖家人面前，她也已经习惯让他们趾高气扬了。

　　紫陶穿着件开身丝绸睡衣，飘进两位夫人的房间，笑嘻嘻地问："我们家今天要有贵客来吗？"紫陶比起廖夫人还要喜欢热闹，一天没找到热闹，她就觉得好像没活一样，但她只喜欢去蹭别人家的热闹，而不愿意为组织一次热闹而费钱费力。"贵客？现在哪里还有什么贵客愿意登我们的门啊？"二太太去看廖夫人，廖夫人正在翻看一本画报，头也没抬。紫陶："我怎么看崔妮儿买了好多菜，都不是应季的，肯定挺贵的！"二太太瞪起眼问："什么？谁让她这么干的，她以为我们家还是以前呢？大少爷知道了肯定又要发火！"廖夫人浏览着一本画报，"我问了，就是大少爷让她买的。""什么？"二太太起身走出门去。廖夫人："什么事都一惊一乍的！以前为人参一惊一乍，现在为海蜇也一惊一乍，过几天，怕是为萝卜也能一惊一乍了。"紫陶笑道："你们家不是大少爷最抠门儿吗？现在改成二太太了？"廖夫人："没一个大方的！"紫陶笑了。"紫陶，你们家那钢琴还能弹吗？几年没调了？""有日子了，那就是聋子的耳朵——装样子的。您想弹的话，我找人调调。"廖夫人："你们可真能糟践东西，那可是德国货！"她又低头翻起杂志，漫不经心地说："你身上这衣服挺好看的！""这件吗？二太太刚说了难看，她说太露了！""女人就得露，不露不好看！""英雄所见略同！露得多吗？""正好！"

　　二太太听崔妮儿说那些菜是为了招待志信姥姥的，愈发生气，"她们又不是什么外人，用得着那么铺张吗？现在海鲜多便宜啊，用海鲜款待客人既经济又实惠。""都是海鲜不太像话，"大少爷走过来说，"既然是招待人家，总得有个招待的样子。"说完就走了。"招待？"二太太没好气儿地想，太抬举她们了！都快喝西北风了，还摆谱呢！二太太看着远去的大少爷，又想，他怎么能对一个小小的家宴那么上心啊？是想讨好闫家人？那他是想讨好闫家大小姐还是二小姐呢？二太太曾经因为几件事怀疑过闫觉灵和大少爷有事，但她同时又觉得二小姐似乎更值得怀疑，她以前就对外说过自己是大少爷的女朋友，就有进廖家的心思，廖夫人对她又如此赏识，如果大少爷真喜欢上她的话……不好！那丫头不会是想借廖家走背运之际挤进廖府来吧！那她可不能同意。二太太想，如果把焦姥一家也一起邀请来的话，那闫家母女就看不出大少爷为"讨好"她们做的精心准备了，自从他们搬到这边后，他们和焦家几乎没什么联系了，邀请他们来聚餐，不仅可以避免闫家母女想入非非，还可以表明他们廖、焦两家的亲密关系依然如故，焦家人可是一直上赶着要跟廖家攀亲的。她立即去给焦夫人打电话了:"芙赢你干吗呢?你明天有事吗?我想邀请你们一家来我家吃饭,我们搬家以后,还没抽空邀请你们过来呢,我们多久没见面了。明天夫人也邀请了我们亲家母女,我真是不喜欢她们,咱们也好久没见了,该见见面了;再者,我也想借此机会让大家都明白我们两家的关系,让大家知道焦娆才是义振将来要娶的人,这不是什么正式的宴请,就是一顿搬家后的便饭,我知道你们家世迁很忙,但你们母女肯定可以来吧?世迁太忙的话可以不来……""他也不会来!他哪有时间啊!"焦夫人的语气让二太太听着不舒服。"大少爷愿意和谁好就让他们好去吧,顺其自然嘛!我现在经常想我们家焦娆跟你们家义振还真不那么般配,年龄倒不算什么,关键是焦娆这孩子,她,她喜欢的人……哎呀,我也说不好,一会儿一变的,实话说,我都忍受不了她的坏脾气,你们家义振那么规矩,肯定受不了她……""可你不也是一直希望他们俩成吗?你怎么……""缘分这种事是不可以强求的,你说是吧,素萍?谢谢你的好意啊,我们就不去了,别好像我们是在跟谁死乞白赖抢大少爷似的。再说,你们新搬的这个地方,曲里拐弯儿的,太不好找了,我这两天也有点感冒,一阵子一阵子地头疼……"二太太突然反应过来,现在的廖家已经不是过去的廖家了,她怪自己真是迟钝!

3

　　家宴上，最近家里发生的一切不幸很快就跟佳肴一起放到了餐桌上，大家都没心思吃饭了。为打破沉闷，廖夫人招呼紫陶："紫陶，快尽你的地主之谊招待客人啊！"紫陶："我不是地主，我不过是给人家看房子的。"二太太："那也是我们的房东！"紫陶："您别这么抬举我，我被人一夸可容易忘了自己姓什么。"众人笑。"不过，今天的菜可是我们大少爷亲点的，都贵着呢！我们若是因为只想着那些烦心事忘了吃，就太辜负大少爷一片心意了！要知道，他可不是每次都那么大方哦！"大少爷："紫陶，我可没得罪过你哦。这次搬家不能算乔迁之喜，但从'人挪活，树挪死'这个角度上说，也可算是幸事，我们就借机善待善待自己吧。"二太太："瞧这家里的人啊，多会安慰自己，都被人欺负成这样了，还能那么想得开，把它当成幸事，这个国家有我们这样乐观通达的百姓，掌权的不肆无忌惮压迫人才怪呢。"廖夫人："总说气话，有什么意义？吃饭吧。"二太太："过这种日子，我真是一点胃口都没有。"廖夫人："那你就看着我们吃吧，这个牛蹄筋啊，看着都让人流口水。"她把菜盘端到闫夫人面前，"您尝尝这个，以前的厨师都被我们辞掉了，现在我们用的这个厨师以前是个小饭馆的厨子，也是刚刚丢了饭碗，他菜做得虽不那么漂亮，但味道还可以。"紫陶端起一杯酒："作为代理东道主，我代表廖家敬二少奶奶全家一杯！"二太太："你代表廖家？"廖夫人："让她代表吧，这个时候了，谁高兴怎么做就做吧。"紫陶跟身边的闫觉灵碰了碰杯子，"祝二少奶奶全家快快乐乐，幸福美满！"想到去世的廖义达，全场静默了几秒。闫夫人端起杯子，"谢谢你啊！谢谢你们的盛情！""吃吧！大家快吃吧！"廖夫人劝着。紫陶吃了一口鱼，"这个鱼烧得真好吃！""是吗？"廖夫人也夹了一筷子尝了尝，然后夹起一块鱼肉放进闫觉鸥的碗里，"多吃点！别拘谨。"二太太瞥了她们一眼。廖夫人问闫觉鸥："你们唱诗班最近在学什么歌儿？""我们在排练《毕业歌》。哦，对了，我们刚跟启明男中的合唱团成立了一个歌咏团。"紫陶："那廖义兴肯定是你们的主唱吧！""他没参加。"紫陶："没参加？为什么？他歌唱得可好了，我就喜欢听他唱歌。"二太太："他老子是汉奸，人家谁愿意让他去啊。"闫觉鸥："是廖义兴自己不去，谷老师让我们叫他好几次了，可他……"二太太："义兴脸皮薄，动不动就有人骂他汉奸，他哪还会有脸参加这个团那个团的！"闫觉鸥听出二太太这话是冲她，便说道："二太太，我一直想跟您解释一下，上次是您听错了，我没有骂谁，我只是……"二太太："哎哟，哎哟，行了，行了，我们别说这个了，吃饭吧，吃饭吧。"闫觉灵小声替妹妹解释说："我妹妹那天确实不是那个意思……"二太太："好了，是我没听清，我耳朵不好，行吗？吃饭吧！我们别提那件不高兴的事，破坏气氛！"闫觉鸥还要说什么，被母亲制止，她歉意地说："对不起，我的两个女儿都不会说话……""不会说话？哎哟！您可别这么说。"闫夫人："那天的事，闫觉鸥回家跟我说了，她心里很过意不去，一直都想找机会来跟您道歉……"闫觉鸥："妈，我不是道歉，我是想澄清……"闫觉灵用胳膊肘碰了碰闫觉鸥。闫夫人严厉地看了闫觉鸥一眼转向廖夫人，"女儿不懂事，请夫人们多多包涵。"廖夫人："没事，她这性格，我倒是很喜欢。"二太太："没事！亲家母，她不怎么经常来，再不懂事，也得罪不了我们多少，不过，姑娘家太厉害，以后可不好找婆家啊！"闫夫人："对，对，是我们管教不够……"闫觉鸥不服气地说："天底下的人如果要都是一种性格，这世界岂不是太无趣了？比如，男人都像廖义兴那样，只爱闷在家里看棋书，当然，有时也打篮球，那么谁来吹黑管儿呢？"大少爷被突然点名，顿时一愣。"如果没有大少爷这样喜欢吹黑管儿的人，那这世界不就少了这种乐趣了吗？""就是。"廖夫人笑望着闫觉鸥。二太太讥讽地道："你真是太可爱了！"紫陶："啊！你们看，大少爷的表情，好得意啊！难怪大少爷要买那么多好吃的招待你们呢，看来，他是为了收买二小姐的这张嘴啊！"闫觉灵瞥了一眼大少爷，他真的是一脸开心。闫觉鸥继续演讲道："虽然不是所有人都喜欢我的性格，不是所有的人都觉得我可爱，但，有喜欢孙猴儿的，就有喜欢猪八戒的，大家都一致喜欢孙猴儿的这种事是不可能发生的，都喜欢猪八戒也是不可能的，那不符合规律！所以，我必须说，这个世界上因为有闫觉鸥，就给很多人增加了很多乐趣。"见大少爷笑得更厉害了，紫陶便说:"没错！萝卜青菜各有所爱！有了你，至少，给大少爷这种人增加了很多快乐！"闫觉鸥问紫陶道:"难道没给您增加乐趣吗？我该叫你什么呢？称呼您紫陶小姐吗？""你该叫我小姨妈吧？是不是？"紫陶问大家,"我最怕排辈儿了，从来排不明白。"二太太:"您是外国人！"闫觉鸥:"什么？不会吧？你才比我大几岁，我就要喊你妈？"在座的都大笑起来。紫陶:"那你还是叫我紫陶吧，坦白说，我真高兴有你这么伶牙俐齿的外甥侄女呢。"闫夫人对闫觉鸥:"别演讲了，让人家吃饭吧。""妈，你不能妄想把我管教成姐姐那样，老天爷肯定不同意，这就等同于非让孙猴儿也变成猪八戒。"闫夫人:"是啊，老天爷该问了，闫觉鸥去哪儿了？没有她在，这个世界好安静呢，快让她来捣捣乱吧。"大家又被逗笑了。二太太:"哎哟，我的亲家母啊，幸好我们家娶的是姐姐，如果娶的是妹妹，我们是不是每天都得听她讲课啊？"闫觉鸥毫不退缩地说,"这世界上，有人是嘴上伶牙俐齿，而有人是心里伶牙俐齿，我属于前者，闫觉灵……"闫家母亲:"什么'闫觉灵'？""哦，您家的二少奶奶，她属于后者，属于含而不露的，她不喜欢锋芒外露，总是担心什么做得不恰当影响家庭和睦，其实，她在伶牙俐齿方面并非不如我，她只是为了和平，隐藏了她这方面的能力……"闫觉灵:"行了，就听你的了。"廖夫人:"和睦是碰撞出来的，不是忍让出来的。"闫觉鸥:"您说得太对了。允许各抒己见，那才是家道好迹象，不是吗？国家如此，家庭亦当如此！"闫夫人：" 闫觉鸥！可以了！" 闫觉灵："还不快闭嘴！还真就演讲起来了！" 大少爷："二小姐聪明过人，又能言善辩。" 二太太："您让我们看上去像是一群文盲！" "不是吧，我怎么突然感觉自己受到排挤了呢！好了，我闭嘴了！" 闫夫人："你的话实在太多了……" 廖夫人："别管她！这个年龄什么话都不让她说，以后也就没机会这样说话了。" 紫陶："一看廖夫人就特别喜欢二小姐，时时处处都护着！" 闫夫人："夫人是不爱跟她计较。" 闫觉灵："哎，廖义兴呢？怎么这个时候还没回来？" 紫陶："估计又去找那两个他新认识的和尚了。" 闫觉鸥："和尚？他打算出家吗？" "是找他们下棋。"

临走时，闫觉灵见母亲她们还在后面，便问身边的闫觉鸥，"假如让你早点嫁人你愿意吗？" "嫁人？不上大学了？" "对，上大学也好，不上大学也好，女人早晚都是要嫁人的。" "不好。" "如果有好人家呢？如果，你错过了好人家，到时后悔就来不及了。当然，你现在还小，你可以先订婚……" "什么人家？什么人能好到让我想改变初衷啊？" "比如大少爷？" "大少爷？姐？" "你不喜欢他吗？如果你不喜欢他，也就算了，可如果你喜欢他，那就另当别论了，毕竟，能找一个自己喜欢的人，又是好人家，对于我们这样的人，机会实在难得，一旦错过，也许就彻底错过了。" "进不了富裕家庭倒是可能，但我也该选一个自己喜欢的人，对吧？" "我感觉，他也许不像你想的那么不能接受。" "姐，坦白说，我对他印象确实不像以前那么差了，但嫁给他这种人是绝对不可能的!"她看了看闫觉灵:"其实,我觉得,你们俩倒是挺合适的。"闫觉灵:"你别胡说啊!你这话让人家听见,我成什么了?""我胡说了吗?其实,我早看出姐姐喜欢大少爷。""胡扯!""以前我觉得姐夫刚走,这样不好,现在,我觉得如果姐姐真喜欢大少爷的话,就该争取。""你给我听好了!"闫觉灵看着妹妹严肃地说,"以后不许你再说这样的话!也不许你胡猜八想的!别以为你知道我是怎么想的!"这时母亲她们走过来了,闫觉灵看着母亲和妹妹上了人力车离去,她对来送行的大少爷说:"我妹妹这个性格,总把人弄得很难堪!""是,不过挺好的。""我和她没差几岁,可我觉得自己好像比她老很多似的。""是老成,不是老。""我经常希望自己像她那样活泼,可我做不到……""你的性格也挺好的,稳稳当当的,很像个姐姐……"他见闫觉灵用一种异样的眼神看着自己,便问:"怎么了?""没什么。"暮色很深,掩盖了许多事情。

4

廖义振比接头时间提前了十分钟来到盛阅书店,他伸手从书架上取下一本书挡住脸,靠在窗前,紧紧盯着对面的乐器店。"咣咣咣"一阵脚步声传来,有两个男人走上楼来,他们挨个看着顾客的脸,找着什么人。就在这时,廖义振一转头,发现下面一条狭小的胡同里有个穿中山装的男人走来,他不知什么地方受了伤，走路跌跌撞撞的，廖义振看见了他背上的小提琴琴盒，他的心猛地一紧，那个人支持不住了，用手扶住墙跪了下去，坏了！廖义振快速下楼来到街上，把汽车开到了胡同口挡在胡同前，他下车掏衣服口袋时，将车钥匙"掉"在地上，他转身朝乐器店走去……

　　闫觉灵站在窗前看着窗外的细雨，她看见大少爷的车缓缓驶来，便回头喊道："崔妮儿！快去给大少爷送伞！"她见没人回答，转身从门后拿了把雨伞跑了出去。她举着雨伞朝停在路边的汽车走去，她趴在车窗前朝里面看了看，汽车里黑乎乎的，好像没人，她伸手一拉车门，一个脸色惨白、浑身是血的人险些歪栽出来，闫觉灵"砰"地关上了门，吓得雨伞也掉在了地上，"别喊！"廖义振走来，"车里……""他是我一个朋友，他病了，我刚去给诊所打了个电话，现在就送他过去。"大少爷捡起雨伞递给闫觉灵，重新又关了一下门，"你来得正好，麻烦你回去把我房间门后挂的那件蓝色西服取来！快点儿！""蓝、蓝色'西胡'……"她打着哆嗦不利索地说，大少爷看着她，"镇静点儿！"闫觉灵点点头。"不要对别人说这事！"

　　紫陶见闫觉灵失魂落魄地换着湿衣服，不住地咳嗽，问道："哎哟，我的大小姐，下着雨你没事跑外面去干吗？我刚才看见你还抱着衣服……""大少爷让我帮他拿西服。"紫陶："大少爷？他自己怎么不进来拿？""他急着带朋友看病去。""什么朋友？"闫觉灵咳嗽起来。紫陶："你快赶紧洗个热水澡暖暖身体吧，别着凉了。我去帮你放水！"二太太见紫陶抱着被子跑过来，问道："你忙活什么呢？""闫觉灵被雨淋了，我给她拿床被子捂一捂！""淋雨？""她刚才跑出去给大少爷送衣服……""给大少爷送衣服？"

5

天真好！大少爷边往大门走边望着蓝蓝的天空，他突然听见"啊"的一声尖叫，见闫觉鸥没命地朝自己冲了过来，他还没来得及问出什么事了，闫觉鸥已经蹿到自己面前，跳到自己身上，钩住自己脖子，惊恐万状地尖叫："耗子！耗子！"接着，他看见厨师手里提着个老鼠笼子走来，指着里面那只大老鼠对大少爷说："我盯它好几天了，这回可逮住它了！""啊！"闫觉鸥又大叫起来。大少爷："快拿走！"从窗前路过的闫觉灵被院子里的情景惊住了，走来的二太太被闫觉灵的表情吸引到窗前，朝下一看，也惊住了，"天哪、天哪"地说了一串儿。闫觉鸥今天来廖府，是被母亲派来照顾生病的姐姐的，因为廖府现在只剩崔妮儿一个使唤丫头了，照顾不过来这一大家子人，可自己一进院，就跟厨师和老鼠遭遇了！但二太太可不这么想，她认为闫觉鸥闹出的所有动静都是她的预先谋划。

闫觉鸥一来就发现姐姐的身体状况比起在廖公馆居住的那段时间下降了一大截，人瘦、脸黄、打不起精神，还总是咳嗽。

闫觉鸥还发现，比起以前，二太太对她们姐俩跟大少爷的接触多了几分警惕，尤其警惕自己。那好，不能让她白警惕，闫觉鸥索性故意当着她的面对大少爷表现得十分热情，可笑的是，并不知情的大少爷每次都跟她配合得十分默契，就像是早跟她串通好了似的。闫觉鸥这次来廖家，她还给自己安排了一个使命：医治廖义兴的精神消沉病。

一个暖洋洋的下午，闫觉鸥瞥见廖义兴在树荫下看书，便抱着哭闹的志信来到院子里，她将志信放进装衣服的竹筐里，说："我们要开船喽！"志信咯咯笑着，好不开心。闫觉鸥边"划船"边大声对志信说："志信，你长大一定要做一个心胸像大海一样宽阔的人，别学那些心胸狭隘的人！做一个真正的男子汉！像爸爸那样的男子汉！哎哎，你别吃手！"廖义兴知道她这话是说给自己听的，暗自好笑。"志信的爸爸可是个有追求、有思想、勇敢、无畏的人，是一个真正的英雄！非常了不起！志信别吃手好不好？"这话也把房间里正修改乐谱的大少爷逗笑了。"志信，你现在太小了，等你再长大一点，小姨就可以给你讲英雄的故事，咱们可不能像有的人那样，缩头乌龟似的，整天关在家里，盯着那小小棋盘，无所事事，咱们要做救国救民的大英雄，好不好志信？""不好！"闫觉灵走来，怒气冲冲地说："我们不做英雄！你以后不要跟志信讲这些！我不想他成为他爸爸那样的人。""姐！""我绝对不让我儿子走他爸爸的路！我们就当个平民百姓！"她说着从竹筐里把志信抱出来，"我们对那些打打杀杀的事不感兴趣!每天都看见血,到处是血,还看不够啊?"她又看着闫觉鸥狠狠地说:"谁爱当英雄谁当去,别来打我们志信的主意!"见姐俩要闹僵,大少爷手里拿着黑管儿走了过去,"你们俩来给我帮个忙,我写了两段曲子,表现一只小船儿在海上遇上了风暴,你们俩听听,看哪段更好。"他拿起黑管儿吹了起来。

闫觉灵感觉晨曦时来海边散步已经是很久以前的事了,此刻的海边景象似乎只属于以前的自己,属于廖义达时代的他们俩。现在,她独自走进这个曾经的场景中,竟然发现痛苦并不那么剧烈了,这是因为有大少爷存在的原因吗?她已经一百次想定决不跟大少爷在情感方面有所发展,但日子里如果没有他,她又感到自己无法被治愈,他就像这海风,有时带给她刺痛,但又给她输送了很多氧气,她只要深深地吸一口,那清凉和惬意就沁人心脾。下面的栈道上传来女人的笑声,闫觉灵望过去,见都穿着白色运动衣裤的大少爷和紫陶有说有笑、步调一致地跑了过去。

还睡着的闫觉鸥被走进屋里的姐姐吵醒,"你出去了?""嗯。""去海边?""嗯。""怎么没叫我一起去啊?""我看你睡得那么香。"自己是来照顾病人的,却睡起懒觉来了,闫觉鸥急忙起身穿衣服,"你起那么早干吗?身体感觉好了?别人还都没起吧?""只有你还在睡懒觉,人家早都锻炼回来了。我们这个房东小姐真行，太敢穿了，什么都穿得出去！""你说紫陶？""还能有谁？上衣瘦得跟没穿似的，我都不好意思看，可人家一点都不在乎。""她就喜欢穿那种性感的衣服！""她如果瘦点儿还行，可她还那么……还跟大少爷一起跑步，不堪入目。""我们找机会提醒她一下。""提醒这个干吗？人家搞不好是故意穿成这样的。"闫觉鸥感觉姐姐是在吃紫陶的醋，"她有男朋友了吗？""多得是，但没有一个要结婚的。夫人们说，她专喜欢那种很怪、很叛逆的人。先是喜欢了一个拍卖行的小白脸，都到谈婚论嫁的程度了，才知道那人早有两房家室了；后来又喜欢上了一个罪犯，还要拯救人家，说浪子回头金不换！吓人！"

6

大少爷辞去船务公司的工作，要去北平了！听到这个消息，闫觉鸥对姐姐说："大少爷都快走了，你不想跟他说点儿什么吗？我的意思是，你不说，可就来不及了！""说什么？什么来不及了？""就是，就是，表白呀，说你喜欢他……""你说什么疯话！""我知道你喜欢大少爷，可人家也许不知道！""闫觉鸥！""我知道你是怎么想的，可你现在已经不是廖义达夫人了！大少爷这人又规矩，又挺会体贴人，多好啊！""我说我喜欢他了吗？你没事自己胡猜什么！""别自欺欺人了，我是你妹妹,你不必在我这里假装什么。""别说了!""人家大少爷可是很容易找到太太的,虽然目前家境对他有些不利,可那些以前没机会往上冲的小姐们,现在肯定会蜂拥而上,一下子就把他抢走!""那干我何事?没错,我是信任大少爷,但这不等于喜欢!""明明喜欢,干吗不承认啊?""喜欢跟喜欢也不一样,闫觉鸥,我再提醒你一遍,你以后说话注意点儿,一天到晚胡说八道,会让人家笑话的!""让他们笑话去吧,我才不怕呢。""我怕!我不想被人指指点点!""你那么有主意的人,还怕这个?我看你们挺合适的,你喜欢过安稳日子,大少爷也喜欢,多合适的一对儿啊!""他喜欢过安稳日子?""不是吗?他可不像姐夫,他如果去北平那边找了一个好工作,你就可以带着志信跟着他去那边生活了,不仅可以离开你那个爱找事的婆婆,没准儿还能弥补你没能去北平上大学的遗憾呢,多好啊!"

  闫觉鸥刚离开廖公馆,就看见走在前面的大少爷,她跑上去问:"最近怎么没看见您开车啊?""车让政府扣了。无所谓,反正我也要去北平了。""决定了?""对。""您不想带您的女朋友一起走吗?""我女朋友?""我是说,如果您有的话,您会带她一起走?""我为什么要想这种没影的事啊?是不是谁又想给我介绍什么人了?""也许。大少爷,您最看重女人的哪一点?是温柔贤惠、知书达理还是什么?""嗯,是心心相印吧。""假如有个人符合你这条件,她也很喜欢您,您愿意带她一起到北平去吗?""你把什么事都想得那么简单吗?""这有什么复杂的？""这人到底是谁啊？"闫觉鸥见他紧盯着自己，猜他可能误会是自己了，"不，不是我！您别误会！这人可比我强多了！"大少爷笑了。"跟您说实话吧，您身边真有个很好的女人，我觉得您应该能猜出来是谁。""是吗？你觉得我能猜对吗？""算了，别猜了，再见！"

邮局里既没有爸爸的信，也没有姥爷的回信，闫觉灵失望地从邮局走了出来。经过商业街时，她意外地看见了大少爷走进一家餐馆，闫觉灵不由自主地跟了过去，为什么？自己究竟想知道什么？大少爷进了饭馆儿，却又从另一扇门走了出去，然后在门外的露天座位上坐下来，从口袋里拿出一张报纸看了起来。当他看见闫觉灵出现在面前时，愣了一下。"我刚才从邮局出来看见一个人像你，就过来了。""那就坐会儿吧，正好，我有话想跟你说。"什么话？闫觉灵紧张地在对面椅子上坐下，"您是在等人吗？我不打扰您吗？"大少爷看了下手表，"我是要去一个朋友那里，时间有点早……""是去见您的同志？"这句话一出口，闫觉灵立即后悔了。"同志？""像义达，他就有很多同志……""哦，我明白了，你是因为那天看见车上那个受伤的人，以为……怪我一直没跟你说清楚，其实那个人并非我的朋友，不过是我碰巧遇上的，他不知得罪了什么人，有人追着要打他，他藏我车底下了，求我带他走，我不能见死不救，就拉他去医院了，我当时怕这么说，你不理解，我还得解释,怪我,早该跟你把这事说清楚。""哦,我还以为……因为上次在廖公馆,大哥让我假装成你,说被人监视了,从那以后我就以为大哥也是跟义达一样,也是……""那阵子,我确实被日本特务盯上了,我猜是因为义达的原因,他们也怀疑到我头上了。我那天是怕义达那台打印机惹麻烦,万一他们看出什么,以为是我的事儿,越想越怕,就把它藏别处去了。"闫觉灵笑笑,"大哥也会害怕。""当然。""那大哥一定也不喜欢义达做的事对吧?""义达确实考虑你、考虑家里少了一些,我替我弟弟向你说声对不起啊。"闫觉灵摇了摇头。"哦,我想跟你说的是,我在银行存了点钱,我不在的时候,一旦家里有点什么事,可以应急。我把钱分别存在几个户头上了,除了公共户头以外,你们每个人都有一个自己的户头,这样有事方便些,你们自己可以支配。""大哥……""钱不多,就是应急,你别客气,也是为了我们家小志信着想,因为我这一走,你们这边我就照顾不到了。明天你跟我去趟银行,见见银行行长,我们家里人,他们早都认识,只有你,他们没见过。"闫觉灵的眼里涌上泪水,"大哥,你能不能不走?你一走,这个家就没主心骨了,我,我们……""我知道,可是这边公司生意现在很不景气,北平那边又让我过去,正好是个机会,你不用太担心,我虽然在那边,这边的家我也不会不管的。"他又看看手表,"我该走了。"他收起报纸。

7

大少爷正要过马路,"吱——"的一声一辆黑亮黑亮的轿车挡在他面前,一个戴墨镜的男人从车里走了下来,他摘下墨镜,大少爷才认出他来,"孙楚兄啊!吓我一跳!""义振,好久不见!你这是去哪儿啊?""回家啊,你最近跑哪儿去了?他们说你已经不干股票经纪人了?""一言难尽,你现在有空吗?没什么急事的话,去我那儿坐坐!我俩可有日子没见了。""你那儿是哪儿?""上车吧,去了你就知道了。"孙楚这架势激起了大少爷的好奇,他上了孙楚的汽车,没聊上两句就立即觉得跟孙楚来是对的,孙楚说他根本就不是什么股票经纪人,那是他抗日时期的一个假身份,他的真实身份是安插在胶城监视日本人的国民党军统特务。眼下,他是胶城国民党特务二处的处长。汽车来到一座离闹市区较远的街道,驶进一个正施工的小院儿,门口有持枪的警卫把守。小院中央矗立着一幢三层小洋楼,工人们正在里里外外地忙活着装修。孙楚跟遇见的每个人说话的语气都打着官腔,完全不是股票经纪人的模样了。他们走进一间宽敞的办公室,一个年轻男子立即上前接过孙楚的西装外套,见他一拿出雪茄,立即将火儿递到他面前。大少爷笑了:"你这样子,我还真不太适应。"孙楚大笑起来。"这么说,你一直在日本人刺刀下搞情报?""嗯!""好大的胆子!"孙楚得意地问:"你一点都没看出来吧?"大少爷摇摇头,"你演得太像了,我有些好奇，你原本就是股票经纪人，是后来当的特务吧？""正相反，我只学了几天股票经纪人，就上场演戏了，但演着演着就成真的了！""太有才了！佩服！那你索性就改行做股票经纪人得了。""哎，国家重任在肩，哪能说走就走啊。"两人又聊了一会儿，大少爷看看表，"我该走了。""你去哪儿？""回家。""回家急什么？再聊会儿！""不行，不行。""是因为我这个新身份让你不舒服了吧？""我约了一个大夫。不过你的身份也确实让我不那么舒服。""谁病了？""谁都没病，我们家以前的医生不干了，我又新找了一个。"大少爷看看他说："你是个做生意的材料，你不该干这个。"孙楚："我不是好赌成性吗！你也知道，这年月你没有点儿背景，能做成什么生意？""那倒也是。""哦，我听说你们搬家了？""是，房子让政府没收了。我爸的事，你听说了吧？""听说了，咳！那你们现在住哪儿去了？""一个老宅。是人家三太太家的房子。""义振，你愿意不愿意来帮我做事啊？""帮你？当特务？那活儿我可干不了。再说，我马上就要去北平了。""去北平？""我有个朋友在北平经营两家酒店，让我过去帮忙，我已经把船运公司的工作辞了。""去那儿干吗？留下来，留下来，跟我干。"大少爷摇摇头，"你就是杀了我，我也不去当特务。""你没懂我的意思，我说的是让你给我干，不是给政府干。"他走到门口关上门，来到大少爷面前低声说："海员俱乐部已经被我们接管了，但对外，它还是一家私人俱乐部，我现在私下有买卖，但都不能让外人知道……你明白我的意思吗？""你不是想用俱乐部洗钱吧？""你太聪明了！你脑子好，懂经营，我现在就缺你这种人，来帮我怎么样？亏待不了你的。""洗钱……那是犯法的事……我恐怕……""你就帮我盯着俱乐部，别的你什么都不用管。你先想想，先别急着拒绝，我给你三天时间想。""三天？""不，两天！就给你两天时间考虑。"

　　白老板在乐器店等着来买乐谱纸的大少爷，可左等不来右等不来，他正着急，大少爷来了，他带来的有关孙楚变身的消息，把白老板也吓了一跳，前段时间组织担心代号"罗杰先生"的廖义振工作太久了，怕有安全隐患，已经决定让其"静默"了，然而如今孙楚提供了如此重要的工作机会，岂有不接受的道理？白老板："你怎么想？"大少爷："我觉得还是先拒绝他一下比较好，孙楚这人生性多疑，接受得太快，他反而会起疑心。""那我们会不会失去这个机会？""我再考虑考虑，您也向上级请示一下。"

8

　　那天偶遇大少爷后，闫觉灵感觉心里的一个死结被松开了，他否认自己是廖义达那样的人，也就是说自己又可以去爱他了，当然，假如他也爱自己的话，对此她没有一点自信。大少爷和自己一样是个性格内敛的人，或许，他也和自己一样纠结于他们之间这种尴尬的关系？现在，他就要走了，自己究竟要不要像妹妹提醒的那样，抓住这个机会让他明白自己的心意？勇敢一回吧，不然会后悔的，闫觉灵插上门，找出笔纸写了起来："义振大哥，本来我是想本本分分地做廖家的儿媳妇，假如这个家里没有大哥你，我一定可以做到，可现在，我感觉不能了，我爱上你了。大哥，这种感情已经折磨我很久了，我自己也不知道该怎么办，如今大哥要去北平了，要离开这个家了，我用极大力量筑起来的那个抵御你的工事就要塌了。有你在家，尽管我的精神饱受折磨，但那之中还有甜蜜和希望，可一旦你走了，一切期盼就都没了，我难以想象自己将如何再在这个家坚持下去，大哥，我想跟你一起走，请带我一起走吧……"闫觉灵都难以相信自己会有如此大的勇气写那封信，竟然还勇敢地将它偷偷放进了大少爷屋里挂着的西服口袋里，整个过程中的她都像是梦游一般……

闫觉鸥走进院子时，大少爷刚好将廖义兴的自行车修好，擦得锃光瓦亮。"彻底改头换面了哦！"闫觉鸥眼馋地看着它，"我真想骑一下！""行啊！你会骑？""我不会。""很简单，来试试吧！"闫觉鸥放下书包，在大少爷的帮助下骑上了自行车，"啊呀！不行！不行！"大少爷："别怕！握住把！看前面！"院子里的嬉笑声吸引了闫觉灵的目光，眼前的情景，好像给了她当头一棒，我，我干了什么？她转身的速度几乎与脸色突变的速度一样快，她心里骂着，自己却朝大少爷房间走去。晚了！

她看见崔妮儿和紫陶走进他的房间去换床单了。闫觉灵忙转身回到了自己的房间,她火急火燎地等着,担心着她们会去翻大少爷的衣服口袋。廖夫人听见院子里的嬉笑声,感兴趣地来到窗前驻足观看,她一抬眼,见对面房间里的二太太也刚好在看着下面一幕,二太太冲廖夫人摇了摇头,对下面喊道:"义振啊,这车子不是给女孩子骑的,你别把人家二小姐摔了。"闫觉鸥听见二太太的声音,心一慌,把一歪,自行车朝墙角撞去,大少爷连人带车一起扶住。闫觉鸥慌慌张张地从车上跳下来,她从大少爷身边跑开,跟他拉开了距离后,又看了看楼上的两位太太,吐了一下舌头。廖夫人冲他们说:"这院子太小了,义振,你带她到外面空场去练,去海边,那里地儿大!"

　　紫陶和崔妮儿终于走了,闫觉灵快速地朝大少爷房间走去,这时,她身后传来大少爷和妹妹的说笑声。大少爷:"这个场地是太小了,骑不开,明天早上到门口去骑,我来帮你扶着。"闫觉鸥看见了姐姐,"姐?"闫觉灵不自然地问:"你们看见紫陶了吗?我刚才好像看见她去大少爷房间了,这会儿,她不知又去哪儿了?"大少爷:"她肯定是在厨房折磨厨师呢,这个馋猫。"闫觉鸥上前挽住姐姐的胳膊,"再见大少爷。"她拉着姐姐朝她们的房间走去,"姐,你还不承认喜欢大少爷,看你刚才那神态,傻瓜都能看出来。"闫觉灵狠狠地甩开妹妹的手,生气地说:"又胡说八道!我求你别一天到晚总开这种无聊的玩笑行不行?""怎么了?""你以后注意点自己的行为,跟大伯子嘻嘻哈哈、拉拉扯扯的，你让我的脸往哪儿放？你也这么大了，这点规矩还不懂？还总让人家说！""什么拉拉扯扯？他是在教我骑车。"闫觉鸥生气地反驳。"你没看见吗？全家的眼睛都在看着你们呢。你不觉得丢人啊！你怎么就不能稳重点、懂点事！""行，我错了！不就是骑了几下自行车嘛，有那么严重吗？""二太太刚才说的话你听没听见？人家那是什么意思，你听不出来吗？""她一向看我不顺眼，你又不是不知道，你怎么突然向着她说话了？""你觉得你自己一点儿问题都没有，是吗？""好，是我有问题！我走成了吧？"闫觉鸥说完气呼呼地去收拾自己的东西。"你就会来这个。"崔妮儿走来："夫人叫二小姐到客厅去一趟。"闫觉灵没好气地说："叫你呢，二小姐！"闫觉鸥："什么事啊？"崔妮儿："夫人想让你去唱一下大少爷新写的曲子。"闫觉鸥看了一眼闫觉灵。闫觉灵："夫人是叫你呢，还不快去！""我们一起去吧？""夫人是叫你，又没叫我。"她见妹妹不知所措地看着自己，缓和了一下语气："你先去吧，我过会儿再下去。"

大少爷正在房间里踌躇该如何处置兜里发现的那封信，忽听见敲门声，于是迅速将信压到桌上的一本书下面，"谁啊？"他开了门，见是闫觉灵，便装作若无其事地问："有事吗？"闫觉灵红着脸紧张地说："我，我想拿回我的信，我刚才放在你西服口袋里一封信，您看见了吗？""哦……"他从书下面把信拿了出来，"是这封吗？""哦，对，还给我吧。"她一把从他手里夺回了信。"我还没来得及看呢……""那太好了！我正希望您没看！我是一时冲动写了些傻话，谢谢了。"闫觉灵双手颤抖着把信折了一下，放进口袋里，转身就走。"闫觉灵！"他叫住了她，"你以前不是一直都想上大学吗？我觉得，现在也还来得及，你回去想想，我找人帮你联系联系，你还年轻，去大学读书不成问题，一切都会好的……""嗯，好的……"闫觉灵来到客厅时，闫觉鸥和廖义兴正在廖夫人的伴奏下合唱大少爷的新曲《岸》，大少爷在一边指导着他俩，廖夫人兴奋地说："这曲子简直就是为你写的！"闫觉鸥："它叫什么名字？""《岸》，海岸的岸。"闫觉灵在一边看着，感觉自己好像站在一个遥远的孤岛上。第二天，闫觉鸥下学后没再回廖府，闫觉灵心里有点儿不是滋味。

紫陶来邀请闫觉灵陪自己去一个诗人朋友家做客，"万一他们出题难为我，让我作诗什么的，有你在我就不怕他们了！你的底子好，文笔更没得说，看谁能难住我们。""我的文笔？"这话让闫觉灵心里一惊，不会是自己的"情书"被人看见了吧？"你不是女中的高才生吗？文笔怎么会不好呢？我出国出坏了，现在一说话，外文就跑来捣乱，害得我总也说不出个像样的句子。"听她这么说，闫觉灵松了一口气。

9

孙楚等了两天,大少爷终于来电话了,告诉他,他还是决定去北平,因为已经答应那边的朋友了,不好推掉,孙楚大为失望。的确,廖家曾经高高在上,是他的上帝,可时过境迁,眼下他们混得连老窝都没了,突然遇见他这么个大靠山应该庆幸才对啊,他肯定是害怕跟特务打交道的缘故,廖义振,胆子太小!孙夫人说:"你身边不是有那么多亲信吗?俱乐部既然是个肥差,你给谁不是给啊?干吗非要给他这个说远不远,说近不近的人呢?""只有这种说远不远说近不近的人才好用!太远的人,跟你不是一条心;太近的人,又太知道你的软肋,一旦有事,知道如何拿捏你。廖家正走背字,这时候用他,他会感激我,感激之心是最容易使人忠诚的。""要不我让妮娜跟他接触接触,找机会劝劝他?如果你不担心妮娜把他迷住,反而留在北平不肯回来。"

"姨妈呀!"妮娜撒娇地接着电话说:"干吗派我去认识这么个无趣的人啊?你是嫌人家身边无趣的人少啊?啊?睡衣?香水?"她一听姨妈让大少爷给她捎来的礼物立即来了情绪,"就是上次您说的那件苏绣?哦,姨妈,您真是太好了!我太期待了!就您知道什么能让我起死回生!那,您说的那个有趣度低于常温的大少爷什么时候到啊?好!好!满脸春风我会,能做到，放心吧。"她挂上电话，高兴地嘀咕道："总来麻烦我！"她想着即将到来的睡衣，好不惬意。她起身去打开了留声机，赤裸着双脚，随着《梭罗河》的音乐跳起舞来。这间小屋是她借口去医院实习方便逼着父母租的，但真正的理由是她想摆脱家人，过自由自在的生活，她虽然是个医生，但这与她同时还是个娱乐至上主义者并不冲突，而且医生的身份还让她在众多游手好闲的贵妇堆里增加了不少的亮色。她一边可以傲视有钱、没文化的人，另一边，她又可以傲视有文化、不懂享受生活的人；她就想让世人看到自己才是这世上活得恰到好处的女人。

10

薛来在操场角落里找到正用石子摆棋阵的廖义兴，"我到处找你，你跑这儿躲着来了，谷老师让我叫你去歌咏团。""不去。"薛来蹲下身，凑近廖义兴："你实在不愿意来，没必要勉强，我理解你，我只是传话，其实，要我说，不来也好，你不知道现在歌咏团这些人，没事就谈论政治，可烦人了！国家这个吧，国家那个吧，一个吃煎饼卷大葱的匹夫，左右得了国家？一帮没用的愤青！听他们说话就来气！就冲他们，我早想退出了……""廖义兴！"谷老师走了过来，"你怎么回事？怎么谁都叫不来你了！"薛来："谷老师，我把嘴皮子都磨破了，威胁利诱劝他来，您看，他就是这态度。廖义兴，你能不能振作些，整天蔫头耷脑的，哪像个年轻人？"谷老师："我已经把我们歌咏团的团歌儿写好了，叫《扬帆起航》，想让你来领唱，你什么时候来参加排练？"薛来："廖义兴！这可非你莫属啊！是吧，谷老师？"廖义兴站起身："呀，我忘了，付老师正找我呢，我得赶快去一趟。"他说着跑了。

薛团长高兴地得到了领唱的机会，但可惜他总是无法克制明显的换气声，谷老师郁闷得不行。这天，闫觉鸥她们在回家路上遇见了廖义兴和满图，几个女生冲上去，拦住了他俩。闫觉鸥厉害地说："廖义兴，你们那次让我去给你们当啦啦队，我们二话没说就去了，对不对？"满图："后来你二话没说就又把我们甩了，跟着我们的对手跑了！""想秋后算账啊！""这不是你们来找我们算账的吗！"两拨人剑拔弩张地吵嚷着。满图挡在廖义兴面前："为什么非要去歌咏团？不去怎么了？""你们太让谷老师失望了！"戴琼慧："你们不知道，今天排练的时候，是薛来领唱的，他快气死谷老师了。"满图："说话当心！这可是人命关天的事！"他搂着廖义兴的脖子，"廖义兴，走，别听她们的！"满图拉着廖义兴跑开了。

闫觉鸥她们感觉奇怪，满图和廖义兴怎么没过多一会儿又掉头跑了回来，后面还有两个警察连喊带叫地追着他们。他们经过身边时，闫觉鸥问："你们干什么了？"廖义兴："满图把墙上的通缉令给撕了！""往右拐，进灰色的大门儿，北墙有个洞！"闫觉鸥说着一把揪过吴婉玲逗闹起来，挡住了两个警察的去路。其中一个警察道:"故意捣乱是吧,想替那两个男孩儿打掩护?"另一个警察说:"他们肯定认识!他们是哪所学校的?叫什么名字?""不认识。"三人异口同声。"不说是吧?那跟我们去警察局吧。"闫觉鸥:"我们又没犯法,凭什么去警察局?""你敢跟警察这么说话!行啊!挺厉害啊!"吴婉玲真怕被他们带走,立即说道:"她叔叔是焦警官!""谁?""焦警官!"闫觉鸥惶恐地看着吴婉玲。"你叫什么?""我……""她叫焦娆!"吴婉玲坚决地说。"焦娆作乱"的事马上传到了她母亲的耳朵里,焦娆莫名其妙地被臭训了一顿不说,她一辩解,还不小心把自己跑去看杂耍的事给说漏了,又招来了禁闭惩罚,她真恨不得扒了那个假焦娆的人皮!

11

妮娜下午要去一个朋友家做客,可她还没想好穿什么呢。那可是她最不能马虎的事,她脱下白大褂就匆匆往自己的住处跑,她突然想起,今天应该去见"黑管儿"先生,姨妈给自己带的东西还在他那儿呢,为了去见胶城来的这位家运不济、兴味索然的"黑管儿"先生而耽误自己去朋友家寻欢作乐,太不值了!可今天不去,自己最近就没时间了,她盘算了一下,决定先去大少爷那儿取东西,跟他简单寒暄几句话后,回家换衣服,然后再去朋友家做客,这样正好来得及。她走进一个小四合院，满心希望大少爷正好在，可当她找到他租的那个稍微好一点的住处后，沮丧地发现门上着锁，她不耐烦地等了一会儿，正打算离开，一位绅士走了过来，因为他跟"家运不济、兴味索然"相差太远，妮娜并没把他往大少爷那儿想。"是妮娜小姐吗？我是廖义振。"妮娜听了这话，第一个念头竟是此身装束太不得体了。"没想到你这个时间会来，让你久等了。"他温和地笑着说。"是，我……"大少爷把妮娜让进房间，"因为我大多时间都在酒店那边，这里还没来得及布置呢，比较乱，你先坐，我去洗洗手，北平土太大，出去一趟回来就成土猴儿了。"大少爷一走出屋，妮娜一步来到穿衣镜前照着，怎么这副鬼样子？镜子里的她让她很是羞愧。大少爷将一杯咖啡放在妮娜面前："请用吧。"妮娜一怔："您怎么知道我爱喝咖啡？我姨妈说的？""是。""她还说我什么了？说我是个疯丫头？"她红了脸。"说你很喜欢热闹，大大咧咧。"大少爷把东西给了她后，跟她聊起来，妮娜感觉自己今天的表现很蠢，前言不搭后语，平时的自信不知都跑哪儿去了，她把这都归于她今天的衣服没有穿好，削弱了她的自信。她觉得该尽快扳回这惨局，于是说："义振哥，您今晚有安排吗？我们一起吃个饭吧，我姨让我给您接个风。只是我得先回去换身衣服，穿这身衣服，我是不敢进餐厅的。"她把餐厅地址给了大少爷，约好晚上在那儿见。从见到大少爷那一刻起，她就把去朋友家做客的事儿毫不惋惜地给删除了。这一晚上，妮娜感到前所未有的心烦意乱。

12

段哲文本来是想把玻璃窗当镜子照，看看身后那个女人是否还在跟着自己，可一不留神，他一头撞到商店的玻璃上，碰得生疼，还招来了讥笑，他赶忙离开了商店，一头扎进隔壁的茶叶店里去了。他走到柜台前，装作要买茶叶的样子。一个三十多岁的少妇也推门走了进来。"您买茶叶吗？"店员问段哲文，他还没回答，那女人已经来到他面前，冷冷地瞪着他。段哲文故作惊讶地说："诺爱！怎么在这儿碰见你啊？"被叫作诺爱的女士委屈地说："你躲着我吗？""我没躲你啊？我为什么要躲你啊？""你别装了，你早就看见我了。""哎呀，你乱讲什么啊？我真没看见你。""你来买茶叶？""我是进来看看……"外面传来教堂的钟声，他机警地说："我是要去教堂的……""去教堂？白小姐突然信基督了？""什么白小姐？你说什么呢？""你别以为我不知道，我告诉你，我现在连白小姐住在哪儿都知道，还有聂夫人，她也许还不知道你和白小姐的事吧？""你有毛病啊！"见茶叶店的伙计都看着他们，他很是尴尬，低头看看手表："哎呀，晚了！我真的有事，你别缠着我了。"段哲文一脸不耐烦地走出茶叶店。女人也跟了出去。段哲文边走边说："诺爱，今天我们说清楚了吧，我们结束了！你是有丈夫的人，我们不能总这样下去！求你了，请不要再缠着我了！""你终于把这无耻的话说出来了！你忘了，我们认识的时候，你就知道我有丈夫，你那时是怎么说的？"

唱诗班姑娘们看见段哲文走进教堂，身后还跟着个女人，都诧异地看着他们。段哲文待姑娘们的歌声一停，朗诵般的说："在这满目萧然、生灵涂炭、一片痛苦哀号的世间，能听到这么美妙的歌声，真让人感动得想哭。"吴婉玲："段先生，您为了夸一个人，顺便把我们大家都夸了。"姑娘们笑了。王妙云："您又是来捐款的？"见他被这话问得有点不自然，姑娘们笑得更厉害了。"我是特意来听你们唱歌的，圣洁的天使们，请你们为我唱一曲吧。"闫觉鸥："先生，我们是为上帝服务的，您不能让我们像服务上帝那样服务您。"段哲文："哦？"他走到闫觉鸥面前，热情地说："你这小嘴真厉害，那就看在我在上帝的感召下为慈善活动尽过微薄之力的分上，请你们为我唱一曲赞美上帝的歌吧，就唱那首《荣耀歌》！"那个跟段哲文一起来的女人转身走了，焦娆说："段先生，您的朋友走了！"段哲文耸了耸肩，头也没回。

有一天放学，闫觉鸥她们刚走出校门不远，听身后有人问："嗨，小姐们去哪儿啊？"段哲文坐着一辆马车来到她们面前，"真巧啊！遇见你们，算你们有福气！都上来，我送你们！"闫觉鸥："不会耽误您的事吗？""有什么事比送小姐们回家更重要啊？上车！"马车刚要离开，焦娆和王妙云喊着跑了过来，"段先生！等一等！"然后也敏捷地挤上了马车。马车带着一群"叽叽喳喳"的"小鸟"跑了起来。吴婉玲："段先生，听说您是个作家？那您肯定有笔名了？"焦娆："别告诉她们！"吴婉玲："凭什么？"段哲文："你们谁看过《嫁了》这个小说？"大家面面相觑。"《红袜子》呢？它们都在《城市晚报》上连载过，不过我猜你们都没看过，因为那都是写给成人看的书……""什么？"焦娆惊奇地叫道："《红袜子》是您写的？我看过！""是吗？""天哪！我可喜欢那本小说了！原来您就是作者啊？你的笔名是'风'，对吧？"段哲文高兴地："对！"闫觉鸥："哪个Feng？是高峰的峰还是丰收的丰，肯定不会是刮风的风吧？"焦娆："怎么不能是刮风的风！这笔名多棒啊！"她献媚地说："大作家在此，小女子这厢有礼了！"她冲段哲文拱拱手。闫觉鸥："您那小说讲的是什么？"段哲文："哪天有时间我讲给你听啊！"焦娆："自己买来看看不就知道了。"段哲文："哪天我送你们每人一本。"焦娆："我要有您亲笔签名的！""肯定都是有我签名的！"焦娆："先生，我劝您还是不要送她们为好，人家这些纯洁小女子，家里连《红楼梦》都不许看的，怎么能看您那些书？她们的爸爸妈妈知道了，都得骂您。"王妙云："我们家就不让我看《红楼梦》。""这样啊？"段哲文有点尴尬，他立即转移了话题问闫觉鸥："哎，闫小姐，我看，咱俩的相遇的故事也可以写本书了，就在你'啪'地从天而降时，我正好过来，好像天意，那情景给我印象太深了！你们都想不出闫小姐当时那样子，简直就是从天而降的女侠！可耀眼了！闫小姐，你说我们怎么就又见面了呢？这是不是缘分？"焦娆吊着脸听着，一肚子的无可奈何，这个段先生，现在好像只想说这事。女学生们陆陆续续下车回家了，马车上只剩下闫觉鸥、焦娆和段哲文。"下一站送谁？"段哲文问。闫觉鸥说："送我！"焦娆说："送她！"段哲文："还是先送焦小姐吧！我感觉还是焦小姐更想早点回家，是吧，焦小姐？"

13

妮娜来到大少爷上班的酒店，现在，她已经对这里算是比较熟悉了，她脚上的高跟鞋、身上的呢子西装和紧身长裙都是昨天才买的，而且是揣测着大少爷的眼光买的。她来到一个开着门的房间门口轻轻站住，拿好姿势，摆好微笑，等着里面的人把自己当成一个惊喜发现，"哎，你怎么来了？下班了？"大少爷发现了她，她自己感觉自己的确被当成惊喜了，甜甜地笑了，"我觉得今天这么好的天儿，如果不带你去护城河散散步，就没尽到地主之谊。"

护城河边，风和日丽，北平这独特的风景，让妮娜感觉好像在展览自己的画作一样自豪和愉快，但她感觉这一切并未感染大少爷多少，他像有满腹心事，"您工作不太顺利？别急！万事开头难！""酒店业务并不像我想的那么简单……""你刚接触这行,哪能一下子就通了?再说隔行如隔山!""嗯,只是……算了,我们别说这个了,你来找我,只是散步?没别的事吧?""没事,就是散步,让你换换脑子,放松一下。今天啊,我们医院来了几个斗殴的军人,个个头破血流的,真吓死我了。""你是学外科的?""是。跟屠夫差不多。"大少爷笑了:"那你不该害怕。""人家毕竟是女人嘛。大少爷,你动过手术吗?""不算是动过吧,我以前被鲨鱼咬了,缝过几针。""鲨鱼?""是。""啊?你竟然没让它吃掉?""你以为多大的鲨鱼?也就这么长,"他比画了一下,"不到三尺。""咬哪儿了?""胸肌上,缝了几针,那次可把我紧张坏了,那个医生的手艺还真不错。""留疤了吗?""挺长的一道疤呢。""让我看看。我想看看那医生的手艺!""不行,这可不行!这大庭广众的。""哪有人啊?就我一个人看!""不行。""你这人真是的!我是医生,每天都接触人体,在我眼里,那就是道具,不是什么男人、女人。""不行不行,这光天化日的!"妮娜瞪着他:"你让我摸一下,我闭上眼不看行不行?""那也不行!""你要不让我摸一下,要不让我看一下,否则,我只能认为你是吹牛,你从来没让鲨鱼咬过!""那你就当我是吹牛吧!"妮娜用恳求的目光看着他:"我是实习外科医生,求你给我这个观摩的机会吧。"她伸手去解他的西服,大少爷轻轻推开她,看看周围没人,把衣服解开一点,露出伤疤。妮娜伸手摸了一下。大少爷快速系上衣扣。妮娜:"怎么像个姑娘似的。"

孙夫人接到妮娜的电话，听她滔滔不绝地说着"义振大哥"，感觉她那边有情况，"你说了一个多小时'义振大哥'了。""是啊，姨，还是你们海边的小伙子有气质，这边我就没见过几个精神的，没一个像义振大哥这么有绅士气派的。""以前谁跟我说北平最好了，比哪儿都好，人也好，地儿也好，有趣得很，现在又都不是了？""我说过吗？""你呀，以前北平没有义振大哥，所以不好，现在有了义振大哥，所以好了。""那肯定是因为先前您把他说得太不好了，见到他后，反而觉得他还不错，这是主观与客观的落差产生的反弹效应。""话都让你说了。""义振大哥是说要永远留在这边工作了吗？还是临时的？我希望他永远留在这边。""我就说会这样。你姨夫欣赏他欣赏得不得了，很希望他回来帮着做事，可人家嫌你姨夫是替政府做事的，不肯答应。你姨夫就盼着他在北平不顺利呢，你倒好，巴不得他留在那边，怎么样，他跟你说没说在那边的新工作怎么样？""不顺。""你多跟他联系着点儿，有机会帮我们劝劝他回来，你可别跟你姨夫反着使劲……""我就跟你们反着使劲，我要他留在北平。""你非把你姨夫鼻子气歪了。""我开玩笑的。您以为我会喜欢上他？我不过三分钟热度，三分钟少点，五分钟热度吧。""好像你能掌控局面似的，以前我以为跟你姨夫也就几分钟热度，可我现在还糊里糊涂地被他牵着走呢。""哈哈哈！真希望有人能牵着我走，但可惜总遇不上啊！"

14

焦娆在学校门口发现了坐在马车上的段哲文,他又来了!她拉着王妙云朝他走去,"您好!段先生,您来找谁?""我,我刚好从这路过,顺便看看能有幸捎上你们谁。"他说着朝学校门口看了一眼。焦娆:"闫觉鸥她们班放得早,她们应该早走了。"王妙云:"她们班早都没人了!"段哲文:"是吗?那她们没福气了,你们俩愿意搭我的车吗?"焦娆:"当然!我还一直想问问您《红袜子》里那个巧燕儿的事呢,他到底爱不爱曾家少爷啊?我有点没明白啊!"段哲文跟她们聊了一路的《红袜子》,他从焦娆的眼神里看出,她已经崇拜自己了。王妙云:"段先生,您真厉害,都把我们焦娆小姐迷住了。"焦娆扑过去拧王妙云的嘴:"少胡说!就你聪明!"段哲文笑道:"你们这样闹,马会受惊的。"焦娆坐好,羞涩地瞥了一眼段哲文,他却好像想着别的事,"闫觉鸥她们为什么今天放学早啊?""不知道。""她平时就是那样的性格吗?天不怕地不怕的。"焦娆真怕他又絮叨那个"英雄救美"的故事。焦娆觉得脚底下踩到了一团软乎乎的东西,一看是个大布包。段哲文:"那是一些针织品样品,我要拿给朋友看看,让他们帮忙卖掉。""卖?作家还做买卖啊?""是给朋友帮忙。"

闫觉鸥发现那个戴礼帽的男人跟着自己半天了,刚才他是在自己的后面,现在又跑到自己前面去了,他靠着墙站着,用礼帽遮着脸,闫觉鸥有些害怕,装作若无其事的样子走了过去。"站住!"那人低声说,"听说你跟共产党有联系?""什么?"那人猛地摘下帽子笑了。"段先生?您,您吓死我了!"段哲文笑道:"对不起,对不起,跟你开个玩笑。""我说这人怎么一直跟着我啊!""看看你的胆子,"他收起笑容,"我有事找你。"他把闫觉鸥拉到路边,严肃地说:"我来找你,是想让你给我帮个忙,我手里有一批针织品,我想卖掉它们收回来点钱,买些药品……"他警惕地左右看看,凑到她耳边说,"是给那边的人买药,你懂吗?""那边?""共产党!解放军!这事不能让太多的人知道,传到特务耳朵里就麻烦了!你愿意帮我吗?""怎么帮?""我想让你叫上几个好朋友,以义卖的形式拿到街上把它们卖掉,但你不能跟她们说太多,不能提共产党半个字。""嗯,我懂了,我就说帮朋友忙,他需要钱看病。""嗯,你还是说这是我们报社发起的一次公益活动吧,一听'公益'两个字,很多人愿意出手相帮,特别是那些太太、小姐们。"

闫觉鸥拉着几个要好的同学上街搞"公益活动"了,那些东西虽说不那么好卖,但她们的热情还是很高。这天闫觉鸥正吃喝得带劲儿,身后突然传出一个熟悉的声音,"你在干什么?"这声音顿时把闫觉鸥的魂儿都吓跑了,"姜老师?"第二天,姜蓝欣当着众多学生的面狠狠地训了她们一顿,而在一旁看热闹的焦娆立即就想到了段哲文马车上的那个布包,他说里面是要找朋友帮忙去卖的样品,原来朋友就是闫觉鸥啊!"为了讨好男人,她们什么都肯干啊。"焦娆故意说给姜蓝欣听,她清楚这句话能引起姜蓝欣什么反应。"男人?什么男人?"姜蓝欣回头问道,"一个风流作家,一见钟情!"之后,焦娆便听说姜蓝欣让闫觉鸥到操场罚站去了。课间休息,焦娆和王妙云来到操场,焦娆看着罚站的闫觉鸥说:"是我让姜蓝欣叫你罚站的!你特别恨我吧?你上次冒充我,害我平白无故地挨顿骂,你以为没事了!这是罪有应得!记住,以后别惹我!"闫觉鸥淡淡一笑。焦娆:"你还笑得出来呢。"王妙云拉着焦娆,"走吧,别理她了,她哭也不会当着你的面!"焦娆看见旁边有个园丁在给旁边的树木浇水,就过去说要帮他浇水,接过水管子后,她故意让水溅到闫觉鸥身上。闫觉鸥斥责她道:"焦娆!我知道你是故意的!""没有啊,我是在浇花啊!"她浇水的动作更加过分,把闫觉鸥的衣服都弄湿了,闫觉鸥冲过去就跟焦娆抢夺水管子,两人都成了落汤鸡。

15

闫觉灵被叫到了客厅,廖夫人告诉她紫陶在朋友家喝多了,耍酒疯呢,让她跟崔妮儿过去把紫陶接回来。紫陶被接回家后,还是嘻嘻哈哈闹个不停,闫觉灵被她折腾得上气不接下气:"别闹了,我真弄不动你了!"紫陶:"你是不是以为我喝醉了?我清醒着呢，不信你问我知道不知道你的秘密？""我的秘密？我有什么秘密？""你喜欢大少爷对不对？"闫觉灵一惊，"别乱说！"她紧张地跑去锁好了门。"大少爷不会回来了，再也不回来了。""为什么？""他是共产党的人……"说着她一头栽倒在床上。闫觉灵像是被电了一下，"胡说！"紫陶打起了鼾，闫觉灵希望紫陶快点醒来，好把大少爷是共产党的事问问清楚，可时间过得好漫长，闫觉灵感觉她好像永远都不醒了。几个小时后，她终于醒了，闫觉灵给她端来了解酒的茶，看着她喝下后，便迫不及待地问："紫陶，你知道你刚才说了什么吗？一件很可怕的事！""啊？我说什么了？"紫陶惊慌地问。"你说大少爷是共产党！""Oh，My God！我这张破嘴！我发誓以后再不喝酒了！我还说什么了？""你说你知道关于我的一个秘密，说我喜欢大少爷。"紫陶调皮地笑了，"你就当我说的是酒话吧。""你的意思是，那其实是真话？""是酒话，当然是酒话。喜欢不喜欢他，你自己还不知道吗？""紫陶，求你以后再不要这么说了，你这是害我你知道不知道？还有大少爷是共产党的话。""我竟然，我竟然，真是罪该万死！但愿只有你一个人听到了这句话！""让外人听去，会出事的！""就是就是！""可你为什么会这么说呢？""实话说，我确实怀疑过他。"她告诉闫觉灵，有一次她和大少爷、华樱一起聊天，她开玩笑说大少爷的样子就像是一个秘密组织里的人，这话刚一出口，她就感觉华樱和大少爷的脸色都不对了，华樱特别严肃地责怪紫陶开玩笑没分寸，

"说得我都下不来台了,她好像当真了,谁都知道华樱喜欢大少爷,但如果大少爷要真是共产党……那天华樱走后,大少爷又把我数落了一顿,说我说话越来越没把门儿的了,信口开河。他当时的语气虽然不是很严厉,可他的脸色……"紫陶摇摇头,"那天,我感觉特别奇怪,他们平时都是很幽默的人,突然一下子都不幽默了!难道我当时的口气听上去不像开玩笑?""你刚才说大哥不会回来了,是怎么回事?"闫觉灵问。"那可真是胡说的,真的是酒话,不过,你觉得他还会回来吗?你以为他真的是去北平跟朋友经营酒店去了?""那他去干吗了?""如果要是为了这个家,义振哥是不会去北平的,凭廖家以前的家底,他也不必非扔下一家老小离开这里,跑到那个人生地不熟的北平去做事。我总觉得他去那边,肯定另有原因。""什么原因?""有件事,我告诉你,你可别对别人说,大少爷还是半大孩子时,他们家来了一位年轻的先生,是老爷的一个什么朋友,他在廖公馆住了几天,他是从巴黎留学回来的,知道很多外面的事,大少爷很喜欢他,老是追着他,听我表姐说,那人当时给大少爷讲了很多关于共产党的事,吓得家里人都要让那个人走,为这事,大少爷还跟他父亲大吵一架。后来大少爷也出国留学去了,我们有好多年没见面,等我再见到他时,他刚从国外回来。有一次,我主动跟大少爷聊起这个话题,我以为他还像以前似的喜欢谈论共产主义,但他变了,好像一点也不感兴趣了!""是怕惹麻烦?""但更像是有意回避……"

16

　　妮娜低头写着病历，有人坐到了桌子对面。"哪儿不舒服啊？"妮娜头也不抬地问。"郁闷。"妮娜不耐烦地说："这里是外科！"她一抬头见是大少爷，"是您在捣乱啊！你不舒服了吗？""不舒服。""怎么了？""郁闷，胸口堵得慌。""我给你拍个片子查查？""不用。你给我开点药就行。""开点什么药？""烧麦，或者……""哦，原来你是馋这儿的小吃了！好，一会儿我带你去个好地方。"一个男大夫走进来，"妮娜，下班后还跟不跟我们去跳舞啊？那些人还等着你呢。"妮娜娇嗔地说："没看见我男朋友来了吗？我哪儿也不去！"

　　路上妮娜关切地问大少爷工作怎么样，顺不顺心，这可是她姨父最希望得到的情报。大少爷："干是可以干，问题是，我这个朋友希望我投一部分资给酒店。""投资？人生地不熟的！你可别傻啊！""是，主要我也不太看好他这家酒店，风险太大，而且我们现在这状况，哪有钱去冒险啊？当然，我也可以不投资，继续在这里当个高层管理员，可是……""廖家公子去给他们当打工仔？笑话！""与其这样，那我还不如回去谋个差事呢。""那您下一步怎么打算？是想回去吗？""下一步，等吃了炸糕再说！"他大步流星直奔炸糕铺子走去。这晚，大少爷跟着妮娜吃完炸糕吃烧麦，吃完烧麦吃灌肠，几乎把整条街的小吃都吃遍了,"还郁闷吗?"妮娜问。"不郁闷了。""哈哈哈,不想回胶城了吧?"

　　大少爷工作不顺的消息让孙楚很高兴,孙夫人说:"你别太高兴,他只是对眼下状况不满意,并不等于他想回来了,他就是回来也不一定就非要跟你一起干。"是啊,他为什么非要跟我一起干呢?孙楚感觉他该去看看廖夫人了,自从他们搬出廖公馆后,他就没怎么露过面。孙楚来的这天很不凑巧,夫人们都去串门了,家里只有廖义兴一个人,看见老棋友来了,廖义兴十分高兴,他拉起孙楚就去他的房间码棋阵去了。不知过了多久,两人正聚精会神地下棋,客厅里突然传来尖叫声,两人急忙起身去看出了什么事。"耗子!耗子!""王师傅!快打!快打呀!"廖夫人、闫觉灵、二太太、紫陶、崔妮儿有站凳子上的,有坐桌子上的,都惊恐万分地尖声指挥着厨子王师傅捕捉一只耗子,"在哪儿呢?""在那儿!"那耗子在屋里来回溜达,激起阵阵尖叫,屋顶都快被那女士们的喊声掀掉了。志信被彻底吓懵了,哭相在脸上憋了好一阵子,才"哇"地爆发出声,女人们共同响起一片哄劝声。廖义兴刚走来就发现了敌情:"跑啦!往那儿跑了!"听他一说,女人们连看也不去看,直接惨叫。王师傅在女人们的叫声中举着大棒追过去、杀过来,比那只耗子还要晕头转向。紫陶笑得上气不接下气:"别再叫了,我们家耗子都被你们吓得不会跑了!""不行了,不行了,我要搬家!"廖夫人坐在桌子上,轻轻拍着胸口说,"活不了了,活不了了,我说什么也不在这儿住了！再住下去，我就得疯。"二太太埋怨廖夫人："耗子倒没吓着我，您那一嗓子，都把我吓没魂了！"闫觉灵抱着志信站在凳子上，她冲紫陶喊："紫陶，你们能不能想想办法，让它去该去的地方！"紫陶笑得更厉害了，"你以为它是我的宠物啊？它听我的吗？"女人们又都大笑起来。"这耗子可被你们养得够胖的！"听见孙楚说话，大家才看见他来了。这次拜访，让孙楚萌生了一个想法，去帮他们把廖公馆要回来，那大少爷再怎么不愿意沾他这个特务的边儿，也肯定得归顺自己。孙夫人听他说完这个主意，摇头说："廖公馆可不是一般的民房，现在指不定谁盯上了呢。"孙楚心里嘀咕，就是因为难办才要办！不然他们怎么会感激我？大少爷是个抹不开面子的人，到时候我看他怎么好意思拒绝我。

17

紫陶挥着手中的信跑进闫觉灵的房间，"信！信！济南来的！""济南？真的？"闫觉灵激动地接过信，一看上面的地址，眼睛一下子亮了，"天哪！是我姥爷，他终于给我回信了！"紫陶："你姥爷？""嘘！别声张！我不想让她们知道。""明白。"闫觉灵拆开信读起来。"觉灵孙儿，来信收到，前段时间因你姥姥身体不好，陪她寻医看病，辗转不定，在南方耽搁时间较长，故一直未收到你的来信，现返回济南，望及早相会为盼！"闫觉灵激动地抱住紫陶跳了起来，然后冲到志信面前，"志信！太姥爷来信了！我们终于找到他们了！"紫陶："哎，让我别声张，你干吗呢？"闫觉灵笑着，眼里闪着泪光。

　　从这天起，闫觉灵脑子里就一直盘算着要不要把与姥爷联系上的事告诉母亲，她担心母亲知道后，很可能会因为陈年旧账反对跟他们来往，这样就会限制自己下一步的计划。这天，崔妮儿陪她回了娘家，她让崔妮儿带着志信在院子里玩儿，自己跟母亲聊起了姥爷，问母亲那么多年不跟姥姥他们来往，想不想他们。"有时也想，不过，咳！"每次说到姥爷，母亲总是欲言又止。"我知道姥爷当年反对您和爸爸的婚姻，可都过去那么多年了，您想一辈子再不见他们了吗？""不知道，这样的问题我想都不愿去想。""妈，虽然我不是很清楚你们之间发生的事，可他们都老了，您就不能原谅他们吗？"闫夫人摇摇头："没那么简单。就算我原谅了他，他也不一定原谅我。""为什么？你们能有多大的仇啊？""咳，要说起来，也是怪我，我当时做事也是重伤了他们心，那时候，你姥爷的生意正走下坡路，几乎天天都能听到坏消息，银行不给贷款了，谁又从中使坏把本来谈成的生意给弄丢了，股市又赔了，各种坏消息，感觉那会儿倒霉的事一件跟着一件，做什么都赔。那个时候，你姥爷很想让我嫁给一个做烟草生意的南方商人，那家人非常富有，他的儿子来过我们家几次，很相中我，你姥爷觉得这是个机会，当时他有个很好的买卖，难就难在资金不足，如果我们两家能成亲，那就是天公作美，他就不用发愁钱了，可当时我正跟你父亲交往，我坚决不肯，你姥爷恨死我了，觉得我太不顾全这个家了。""我能理解我姥爷。""我也能理解他，可我真做不到丢开你父亲，去嫁给那个人。后来，你姥爷就跟我们断绝所有关系了！"闫觉灵："那么多年前的恩怨，也许姥爷已经……""不会的，你们姥爷把他生意失败、家业败落的原因全都归罪到我头上，他觉得如果我那时答应嫁给那个烟草大亨的儿子，他是有机会挽救一切的，我太让他失望了，他不会原谅我的。""也许是您不原谅自己吧？"闫夫人看看闫觉灵："你怎么想起问这事了？廖夫人他们又跟你提起你姥爷的事了？""倒也没有，是我自己这段时间总是梦见姥爷，我特别想见到他们。"闫夫人长长地叹了口气，"他们当初对你爸爸那样，让你爸爸很生气，为了你爸爸，我也没法跟他们妥协，这对你爸爸不公平。""爸爸最近有信吗？"闫夫人摇摇头，"咳，过得好好的，突然说分开就分开了，和你姥姥、姥爷他们是这样，跟你爸爸也是这样，我这一生真是……"闫觉灵端详了一会儿母亲，觉得她那么瘦、那么可怜，说话有气无力的，母亲却看了看她说："你脸色还是不太好，你得好好吃，要学会自己照顾自己！""我正想跟您说这话呢，你得好好照顾自己啊！"

回家的路上，崔妮儿一眼发现了闫觉鸥，她正在路上向行人推销什么东西。正好，闫觉灵正要跟妹妹说说姥爷的事，她让崔妮儿带着儿子先回府上去了，自己先下了车，来到妹妹身边:"你在干吗呢?""姐?我在帮一个朋友卖货呢,他想筹点钱办事。""告诉你一个好消息,我跟姥爷联系上了!""啊?真的?太好了!"两人激动地聊了起来。"闫觉鸥,这事我对妈和廖家的人都没说,紫陶和崔妮儿知道,我也让她们先替我保密。""为什么?""我是想带志信过去找姥爷他们,我怕家里人反对。""带着志信?""嗯,每天这么混日子,我待不下去了!姜蓝欣说得没错,我现在就是个没出息的家庭妇女……""小姐,你这帽子是要卖吗?"有路人指指闫觉鸥手里的帽子询问,"还有其他颜色吗?"他们正说着,一个男人走过来一把将闫觉鸥手里的钱袋子抢了就跑。"哎,钱包!我的钱包!抓小偷啊!"闫觉鸥喊着追了过去,闫觉灵也跟着追了过去,小偷的一个同伙一伸脚将闫觉灵绊了个跟头,抢钱的小偷三步两步上了房跑没影了。

二太太听崔妮儿说闫觉灵半路下了车,去找在马路上卖东西的二小姐了,顿时火冒三丈,"我说她妹妹就是个野丫头吧,我说得没错,她真就是个野丫头!一点教养都没有!"她一抬眼看见闫觉灵狼狈不堪地回来了,气不打一处来,"你,这是干吗去了?怎么弄成这个样子?""我妹妹的钱包被贼抢跑了,我去帮她追……""你帮她追?你忘了你是廖家的媳妇了吧?忘了自己的身份了吧?一个妇道人家在大街上乱跑,好看吗?丢了多少钱,值得你这么不顾丢我们廖家的人、现廖家的眼去追?""那是我妹妹帮朋友筹集的善款,丢了没法交代。""你还狡辩！哦？钱丢了，没法交代，丢了人有法交代，是吧？我们家的脸面一文不值是吧？""我没想那么多。""闫觉灵，你妹妹太不守妇道了、太没教养了，我看你是早晚要被她带坏！""我妹妹做错什么了？您不可以这样说她。"二太太一步跨到闫觉灵面前："嚯！你还指责上我了！"她提高嗓门儿说，"我告诉你闫觉灵，除非你自己当了婆婆，到时候你可以对你自己的儿媳妇发威，在我这儿，你永远都别想放肆！别想跟我大声说话！""可您在诋毁我妹妹！您损害她的名声就是损害我父母的名声！"二太太气得嘴唇哆嗦："闫觉灵，你这是在跟你婆婆说话？你现在眼里还有谁了！崔妮儿，去拿家法！"崔妮儿："什么家法？""家法，你听不懂啊？""我不知道您说的家法是什么？""那好，找根棍子来，你能听懂吧？""二太太！""去把你那根鸡毛掸子拿来！快点！我就不信了！"崔妮儿："二太太，您消消气儿，少奶奶也是……""你也想挨打啊！快点去拿！"崔妮儿看看闫觉灵走了。二太太狠狠地说："闫觉灵，高攀并不舒服，你这个丧门星！"闫觉灵："我知道您恨我，可你不能把失去儿子怪在我头上。""只有这件事吗？你对我儿子不忠，你以为我看不出来吗？你一直都想勾引其他男人，你以为我看不出来吗？""我勾引谁了？""这你我心里都明白，就别说出来令大家难堪了。""即便我有这个心，我也没有任何错！因为我是人！""有没有错不是你说了算，你既然享受了廖家的名望，你也必须遵守廖家的规矩！我不允许你败坏这家的家风！

崔妮儿！磨蹭什么呢！"崔妮儿拿着鸡毛掸子来了，"二太太！您没必要动那么大气！你还是……"二太太一把从崔妮儿手里夺过掸子，抡起来就抽向闫觉灵。"叫你横，叫你顶嘴！管不了你了！"闫觉灵缩着肩膀，咬着嘴唇，任凭那掸子一下下打在自己身上。廖义兴跑来："妈，你干吗呢？你怎么可以这样？"二太太吼说："闭嘴！你们谁也不许劝我！"廖义兴上前挡住闫觉灵说："妈！你不可以这样！"二太太："让开！"廖义兴对闫觉灵："嫂子快走！"二太太："你想干吗？让开！"廖义兴："妈！你这样不对！这太野蛮了！"二太太："你让不让开？"廖义兴："嫂子，你快走啊！"二太太："我看她敢！"闫觉灵冷冷地看了一眼二太太，愤然而去。二太太冲她喊道："闫觉灵！好！好！太好了！行啊！你走了今天，还有明天，我就不信我扳不过来你这个拧劲儿！"廖夫人从外面走来，看见二太太这架势，吃惊地问："怎么了？跟谁生这么大气？"二太太喘息着说，"还有谁？我真是后悔让义达找这么个丧门星！"廖义兴："她在打嫂子！""什么？她，她做什么了？"廖夫人听二太太说了闫觉灵的事，责怪道："那你也不能这么做啊。你这可真算是破了我们廖家的例了。"二太太："哼！该教训就得教训，不听话就得打！"廖夫人："哪至于啊？她不就是帮她妹妹去追小偷了吗？"二太太："姐姐，这个家再不管就太不像话了！您没看见她是怎么跟我说话的，我没用火筷子抽她，就算客气了！"廖夫人："说的什么话！"崔妮儿跑来，"夫人，夫人！二少奶奶带着孩子走了……""去哪儿了?"崔妮儿:"我问她,她不说。"二太太:"真是无法无天了!去叫个人把她追回来!"廖夫人:"叫谁啊?没人了。"崔妮儿:"她肯定是回娘家了!"

闫觉鸥听说姐姐挨打了,要去找二太太说理,不仅当即就被母亲说了一顿,还逼着她跑去廖家报信儿,说姐姐回娘家了,让他们别担心。闫觉鸥:"凭什么?急死他们活该!"母亲:"做了人家的媳妇,被婆婆打两下有什么受不了的?"闫觉鸥:"她那个婆婆整天鸡蛋里挑骨头!现在竟然还动手打人了!""闭嘴!我还正要问你呢,你们老师今天找人带话过来,说你最近天天上大街上卖货,我还怀疑他们看错人了呢,今天你还把你姐也拉上了,你要干什么?货是哪儿来的?谁让你卖的?""我那是在帮朋友筹集善款!""什么朋友?什么善款?一个女孩子整天在马路上吆喝成什么样子!我告诉你,你明天就把那些手套儿、帽子什么都退回去,我不管什么善款不善款!你姐姐要不是因为你,不会挨这顿打,都是你害的!你自己在外面疯就够可以的了,还连累你姐姐,她已经是人家媳妇了!她出点儿什么事,丢两家人的脸。"闫觉鸥无奈去廖府报信儿了,她路上就想好了,如果撞见二太太,她一定跟她大吵一架,非气得她翻白眼儿不可!她在廖府门口遇见了廖义兴,于是咬牙切齿地说:"告诉你那个狠毒的娘一声,我姐回自己家了!""我妈正说让我去你家问问呢。""问什么问?你去告诉你娘,闫觉灵除了浑身是伤以外都很好!你娘真是心黑手狠!真下得去手!"她又冲着大院儿里喊着说:"做你家儿媳妇真是倒霉透了!"说完,哼了一声走了。

闫觉灵没想到,刚刚回娘家两天,廖家两位夫人就找来了,她当时刚带孩子从海边儿溜达回来,快到院门口时,看见廖夫人和二太太正好坐上马车离开。"她们干吗来了?"她回家问母亲。"来道歉的!廖夫人一个劲儿说对不起,说不该对你那样,二太太也承认那天下手太狠了,但也顺便给你告了一状,说你一天到晚对她没有好脸儿。""那您说什么了?""我就听着呗,我也不能说您打得对啊,就该这样对我女儿。"闫觉灵:"您应该再硬气点儿!""行了,人家管教儿媳妇没错,我没检讨就可以了,还要我怎么硬气?你不打算回去了吗?我们不能那么不懂事理!人家来,就是希望你能消消气儿,早点儿回去。""我死不死的她们才不在乎,她们是怕他们的孙子在我们家生活受委屈。""人家有这个担心也没错,你也别那么较真儿,廖夫人那人是个很通情达理的人,换了别人做不到她们那份上,你就看在廖夫人的面子上早点回去吧,你们家也幸亏有她这样一位夫人!人家不仅一点儿没对你妹妹在街上卖货的事说什么,还说她开朗、热情、心地善良,把她夸了一通,也不知道她是真喜欢你妹妹,还是故意说给二太太听,二太太听着一脸不高兴,我都想制止廖夫人别说下去了。""妈,我现在觉得生活好没意思……""人生就是这样,有时候有意思,有时候没意思,如果你总想着它多没意思,它就真的没意思了。""我现在真羡慕闫觉鸥。""羡慕她什么？你嫁的人家够好的了，你该知足了，你妹妹将来未必有你这福气。""闫觉鸥一定会比我有福气。"闫夫人想起了什么说道："廖夫人说大少爷专门给她写了一首曲子，你说，大少爷可能喜欢上你妹妹吗？""不知道……"她感觉一阵心烦，不想跟母亲讨论这事了，"妈，这么久了，为什么爸爸一点消息都没有啊？""是啊，"母亲叹气道："我现在一听见打仗的消息，心里就特别不舒服……"她突然想起自己并没有告知她们的父亲是去当兵了，忙住了嘴。闫觉灵脑子里想着别的事，没注意母亲的话。

18

闫夫人是坚决不许闫觉鸥上街卖货了，说她如果还敢去，就不让她去上学了。闫觉灵怕妹妹为难，把自己的钱给了她，让她把被小偷抢走的钱补给段哲文，并将她手里一些没卖掉的东西也买了下来，但她嘱咐闫觉鸥不要再帮那个朋友卖货了。段哲文得知一切后，不肯收下闫觉鸥的钱，闫觉鸥说："您不是还要给那边买药吗？就别推脱了。""那好吧，这就算你们捐献的吧。"段哲文收下了钱，又说："这样一点一点卖也太慢了！要是有人能帮我把这批货一笔买下就好了。"闫觉鸥说："您可以去问问焦娆，她父亲也许能帮上忙，不过您可别说是我说的，说了，她肯定就不帮您了。"

焦娆看见乘马车出现在路口的段哲文笑道:"段先生,我怎么感觉您是特意在路上等我们呢?"段哲文也笑道:"我怎么感觉有天使在召唤我到这里来呢!我们真是心有灵犀啊!"他跳下马车,做了个礼让的手势:"既然我们那么有缘,就请让段某送两位小姐一程吧。"王妙云和焦娆笑着跳上马车。段哲文:"我们这马车跑得可快呢,两位小姐不害怕吗?"焦娆:"先生是在取笑我们胆小吗?我们就喜欢快!越快越好!"段哲文说:"听见了吧,师傅?跑快点啊!小姐们喜欢刺激!不听见她们尖叫,我可不付钱啊!"马车夫:"好嘞!驾!"马车跑了起来,没一会儿,路人就听见了车上发出的尖叫声和嬉笑声。"前面不远处新开了一家乳品店,两位小姐,愿不愿意跟我去尝尝俄罗斯奶酪啊?"能应大作家的邀请去吃俄罗斯奶酪,这是多美的事啊!哪有拒绝的道理?段哲文在请吃奶酪的时候,对焦娆蜻蜓点水地提了提想让她父亲给他的慈善活动帮点忙的事,还尽量不让她感到俄罗斯奶酪和"帮点忙"之间的关联。焦娆人虽不大,可她天生的小聪明已经足以让她听出奶酪不是白吃的,不过,对段哲文的事,她是绝对乐于帮忙的,人与人交往总要有一来二去的理由,否则反而让人不踏实,至于其他的,他怎么说,她就怎么听呗。

19

廖家人做梦也想不到他们这么快就重返廖公馆了,令他们欣慰的是,一切几乎都还是原来的样子,所不同的是,他们目前只是这个房子的临时住户,产权还在政府手里,孙楚承诺,只要他们不做什么让政府不满意的事,这房子的产权早晚会物归原主。另外,在孙楚的精心安排下,当初那些被辞退的人,包括管家刘老师、东柜儿、西柜儿他们也都回来了,这让廖家人十分满意,都赞叹孙楚真是会办事!廖夫人在给大少爷的电话里,把孙楚好个夸奖,说这个朋友没有交错,劝儿子好好报答他,无论如何要回来帮他,万万不可辜负了人家的一片好意。大少爷答应母亲回来,不过他另有理由。

"义振哥为什么要答应回去啊?再怎么说,北平这边也比胶城有发展,"妮娜不快地说,"上次你还劝我,让我好好在这里发展呢,可你自己却又退回去了!"妮娜今天请大少爷吃饭,本来是要代表姨夫谢谢他答应回去帮忙做事的,可说着说着,她就不由自主地劝他不要回去了。大少爷:"我真是盛情难却,你姨夫这样对我,我实在无法再拒绝他的好意。""义振哥,好男儿志在四方,北平是个什么样的世界,胶城又是什么样的世界,能比吗?""这话让你姨夫听见,非骂你不可。"妮娜笑道:"说真的,你到底有什么好啊?让他如此器重你,我从没看见姨夫对谁如此上心过,每次通电话都问你,还老嘱咐我劝你回去。""就是对脾气。""我们不对脾气吗?你这一走,失去的也许是更好的发展机会!""这我也想过,不过,通过这些日子,我感觉,我好像不太适应这里的生活,况且,我的家人都在那边,她们都需要我照顾,你不知道,他们每天给我打多少个电话……""借口!莫不是那边有个姑娘牵着义振哥的心啊?"大少爷一笑。"假如我挽留你呢?你肯为我留下来吗?""吃菜!吃菜!你想想啊,你姨父为我费了这么大力气,房子都给我们要回来了,我怎么能拒绝?我们家人也不干啊!坦白地说,我现在就担心你姨夫日后因为发现我不符合他的要求而后悔。""我姨夫是谁啊?特务头子!监视日本人那么多年,连我都不知道,我还以为他真是股票经纪人呢,他才不会做亏本儿的买卖呢,他想用你,肯定已经把什么都算得清清楚楚了!""实在是盛情难却。"妮娜喝了一大口红酒:"咳,你们男人多好啊,可以规划自己的人生,可我们呢,除了嫁个好人,这一生就没什么可图的了,遗憾的是,这方圆几百里就没一个我看得上的。""那方圆几千里总会有的。我倒是想跟你换换,做个女儿家,省得还要为一家的生计奔忙。""义振哥,你回到那边,可别忘了北平还有个孤零零的妹妹啊。""好的。不会忘的。""是情妹妹!"大少爷:"哎呀,我得多吃点东西,过两天就吃不上了。""义振哥假装听不懂我在说什么呀?""妮娜,有句话,我一直都想跟你说,但又怕冒犯,不知当讲不当讲。""快走的人了,恕你无罪,请讲吧。"大少爷清了下嗓子："你是书香门第出身的孩子,还上了大学,学了医,你本来是现代女性中佼佼者,可你呢,说话,举止,把自己弄得好像……对不起,你别生气啊,像个交际花,我不知道你是天性如此,还是你故意装成这样。""我有吗?那义振哥是因为这个才不肯让我做你情妹妹的吗?如果是这样,我可以做回大家闺秀,但如果义振哥是单纯看我不顺眼,不喜欢我,那我就不改了,交际花不是我的天性,但也许是我的爱好,做一种女人多无聊,万种风情不好吗?你说我要不要做回自己?全听哥哥一句话。""我跟你说的都是真心话,我希望你做什么样的人,我已经说明白了,想必你也听明白了,这还需要讨价还价吗?"妮娜看了他好一阵问道:"义振哥的女朋友是什么样的?是卓文君那样的呢?还是李清照那样的?"大少爷笑道:"不告诉你!"她噘起嘴说:"我明明听我姨说你没有女朋友,说你以前的女朋友已经……看来不是这么回事,我们俩还不如不认识呢。"她又喝了一大口酒。

20

闫觉灵兴奋地来到妹妹床边,"闫觉鸥,这简直是天意!姥爷有个学生今天来找我了,他过几天要回济南了,问我带不带东西,我突然冒出了个主意,我跟他一起走,去找姥爷!"闫觉鸥"腾"地坐起来,"什么?""我问他了,他说行!""真的?

他真的是姥爷的学生？不会错吧？""不会错！肯定是！我已经跟姥爷通过电话了。""廖家同意你走吗？""他们肯定反对，我不打算告诉他们，我想带着志信偷偷走。一路上有杨先生陪着，这个机会多难得啊！""他哪天走啊？"两人躺在床上嘀嘀咕咕商量起来。

经过几天的精心筹备，出逃计划正式实施。这天下午，下课铃刚一响，闫觉鸥和戴琼慧就冲出教室，准备回家接闫觉灵去火车站，两人刚出教室，闫觉鸥就跟姜蓝欣撞了个满怀，一下子把她撞了个大跟头，她的眼镜和抱着的作业本都飞了出去。"哎哟！干什么？"姜蓝欣两眼一抹黑地喊道。吴婉玲急忙上前扶起姜蓝欣。闫觉鸥快速捡起作业本，塞给姜蓝欣："对不起，姜老师！我没看见您！""怎么搞的？我的眼镜呢？我的眼镜呢？"吴婉玲冲闫觉鸥和戴琼慧使眼色让她们快走，然后才帮姜蓝欣捡回眼镜。"刚才那同学是谁啊？"姜蓝欣问，"是闫觉鸥吧？我就知道是她！她人呢？去哪儿了？把我撞倒了，也不道歉就跑了！什么学生！我们学校居然教出这么差的学生，真可悲！"

"您上班去了？"闫觉灵见母亲穿衣服便问。"是。我昨晚想了一晚上，我觉得你还是尽快回廖公馆去吧，人家两位夫人都亲自来家里给你道歉了，够客气的了，你就别较劲了！""嗯，我想想。""我的意思是你明天就回去吧？""回头再说，你快上班去吧，别晚了。"闫夫人走了没多大工夫，闫觉灵就和戴琼慧跑了进来，三人抱上志信、拿好行李冲出了门，直奔火车站。她们到站台时，杨先生已经等在那儿了，闫觉灵又跟妹妹嘱咐了一通后，匆匆别过，抱着孩子上了车。火车离站后，闫觉鸥才想到，她连那个杨先生长什么样都没顾得上细看，只知道他叫杨亨，是个戴眼镜的书生。

母亲见闫觉鸥回来，忙起身着急地问："闫觉鸥，你姐带孩子跑了，这事她跟你说了吗？""没有啊！跑哪儿去了？""鬼才知道！"她说着把手里的信拍在桌上，"你看看吧！"闫觉鸥拿起信，信上写道："妈，对不起啊，我带着志信走了，暂时离开胶城几天。最近一段时间，我的心情很不好，自从义达走后，一切都乱了，我不知道自己身在哪里，要到哪里去，不知道该如何面对周围的人。我想找个清静的地方，整理一下心情。我没有提前跟您、跟廖家打招呼，是担心你们会反对我的决定，只好不辞而别了。很抱歉我此刻先不告诉你们我的去向，不过你们别担心，有朋友在身边帮我，我们母子很安全，等我们到了目的地安顿下来后，定会与家人联系。女儿不孝，让全家人担心了，对不起。"闫夫人："你说说这叫什么事？这闫觉灵主意也太大了！这让我怎么跟廖家人交代？她没跟你说她去哪儿了吗？""没有。""真没说？""没有。她您还不了解，做事从不跟人商量！""胆子也太大了！自己走还不行，还把孩子也带走！还不说去哪儿了，这不把人急死吗！""你别着急！她不是说有朋友跟着吗？""朋友？什么朋友？我真不懂，咱们家的孩子怎么一个一个的都这么不让人省心啊！""我挺让人省心啊！""夫人在吗？"门外传来崔妮儿的声音，她笑嘻嘻地走进来："是我，廖夫人让我来告诉你们一声，大少爷回来了，明天要给大少爷接风，请你们全家一起到府上来用餐。"闫夫人："大少爷回来了？"崔妮儿："是啊。另外，还有件重要的事告诉你们，我们已经搬回原来的公馆了。""是吗？""明天家里来车接你们去原来的廖公馆，你们和小少爷就在家等着就是了。"闫觉鸥跟母亲对视了一下。崔妮儿："你们有话让我带回去吗？""崔妮儿，"闫夫人不知所措地看着她，"二少奶奶和孩子……""怎么了？"闫夫人站起身，"别等明天了，我现在就跟你过去吧。"

"您这个好女儿啊！您这个好女儿啊！实在太狠了！"闫觉灵带着志信跑了的坏消息一下子把大少爷回来的好消息给冲了。此刻，闫觉鸥母女坐在廖家客厅里跟两位太太说着这事，像两个受审的罪人。二太太手里挥着闫觉灵留下的信哭着问罪道："说离家出走就离家出走！还把孩子也带走！这不是戳我的心吗？而且连地址也不告诉我们，她真是要气死我们啊！"大少爷走了进来，他瘦了，老了，但显得比以前有精神了。二太太抖着手里的信："义振哪，你看看你不在，家里出的这些事啊？一件接一件的，还让不让人活了！""什么事？"大少爷接过信看着。二太太抹着眼泪说："闫觉灵，太狠心了！我就管教了她一下，她就这么报复我，早知道她这么个脾气，我惹她干吗？"大少爷看看闫觉鸥，对二太太说："她不就是说要找个地方去散散心吗？不必那么担心……"二太太："这是离家出走！我的大少爷！""你们之前闹什么矛盾了吗？"廖夫人叹气："咳！"二太太："义振，你给评评这个理儿，一个做媳妇的，把孩子扔一边不管，去大马路上帮她妹妹卖东西，而且衣着不整、狼狈不堪地回到家，说是追小偷去了！你说作为婆婆我问问她、教训教训她，有错吗？她就这么不依不饶的！""挨打对我姐来说是很大的羞辱！她在我们家从没挨过打！"闫觉鸥尽量用克制的语气反驳。大少爷："挨打？"二太太："对，是，我是打了她，可能是对她做的稍微严厉了一些……"闫觉鸥："那不是稍微！我姐身上都是伤……"闫夫人："闫觉鸥！这没你说话的份儿！"二太太："好吧，就算是吧，你们家孩子金贵，没有挨过打，可她也懂得起码的家规吧？不能说一不满意，抱着孩子就走，而且，回娘家几天消消气就得了吧，这都不行！还要……义振，为了让她消气，我和你妈亲自去她们家道歉、解释，我们也是头一回这么……可还不行，人家还索性就失踪了，让你们找不到，连地址也不告诉你们，急死你们！哎哟，这脾气是不是也太大了点儿！"廖夫人："你当时做得也是有些过分。"二太太："可我是她婆婆啊！哪个婆婆不是这样的。"闫夫人："对不住了，是我平日没有管教好孩子，的确，在我们家，我们确实没有动手打过孩子，加上闫觉灵这孩子自尊心强，可能一时接受不了，都是我们不好，我向你们道歉。对不住了。""道歉有用吗？"二太太又哭起来，"志信啊！我现在就想我的孙子！我太难过了，我造了什么孽,让我事事都那么不顺心。"大少爷问闫母和闫觉鸥:"除了留下这封信,她走前没跟你们说什么吗?"闫夫人摇摇头,"真是突如其来!"大少爷转眼看着闫觉鸥:"你也什么都不知道吗?"闫觉鸥使劲摇摇头,然后避开大少爷的目光。"明天要是再没有她们的消息,我就在报纸上登寻人启事!"二太太说。两天过去了,廖家并没有登寻人启事。

21

闫觉鸥因为替同学写作文,炫耀自己,欺骗老师,加上那天把老师撞倒就跑的错误,又被姜蓝欣叫到操场罚站去了。"你又怎么了?怎么又被罚站了?你可真是个糟糕的学生。"焦娆站在一边说。戴琼慧走了过来:"你别幸灾乐祸,换了是你被罚站,我们这样说你,你愿意吗?"焦娆:"我就不可能被罚站!"她看着一脸不屑的闫觉鸥,"你本来长得就黑,这一晒更黑了,真是没法看了!快去向姜蓝欣服个软吧?给她跪下,她会饶了你的。"闫觉鸥:"那是你的习惯,我可学不来!""你有骨气,向你学习!"焦娆微笑道,她想如果真告诉闫觉鸥,自己这就要去跟段先生约会了,闫觉鸥的表情一定让自己很开心。

焦娆曾经很喜欢打网球,也不知道段哲文是怎么知道这事的,这天竟然直接把她约到了网球场,这可让她心花怒放了一下午。焦娆心里隐约知道自己突然被宠的原因与段哲文的那批针织品有关，但只要能获得段先生的宠爱，什么原因并不重要。他们最近的几次接触，让焦娆又满意又意外的是，段哲文没再提他和闫觉鸥那段英雄救美的故事，他偶尔提到闫觉鸥，也都显得轻描淡写。"段大哥，您的网球打得那么好，是从小练的吗？""你的网球打得也不赖啊！""当然，从小，我就跟我义达哥哥打网球，他打得可好了，我现在退步多了，段大哥，以后你得多抽出点时间陪我打网球，不然我越来越不会打了。""好说。""哦，对了，你让我问我爸的事，我问过他了，我爸说让你把样品拿给他看看。""好啊！"正说着，焦娆发现有个年轻的少妇站在网球场外一直看着他们，"那个女人在看我们，是找你的吗？"段哲文回头一看，表情立即尴尬起来，"我过去一下。"段先生走到女人身边去了，焦娆感觉他们像是在吵架，段哲文似乎在极力跟那女人解释着什么，他回来后告诉焦娆，那是他的一个采访对象，焦娆开玩笑说："有点暧昧吧？""小姑娘想太多就不可爱了！"他的样子不像开玩笑。

22

重新装修过的海员俱乐部比以前更气派、更豪华了。大少爷在孙楚的陪同下来到他舒适的办公室，孙楚说："海员俱乐部还是那个海员俱乐部，宾客也还是那些宾客，不同的是你，不再是那个吹奏黑管儿的乐手了，而是帮我撑场面、管钱的总经理了。我让你做的一切，你一定要保密，对任何人都不要说，我的下属，我的上司，包括我的家人都不要说！""我只对你一个人负责。""对啦，就是这个意思。"孙楚把头靠近大少爷，"你如果听到有人想花钱买官这种信息，一定要让我知道！只要他不是共产党，只要他出得起钱，我都能安排。"他冲大少爷挤挤眼，"这钱来得快！"大少爷："可风险也大，不如你的老本行！"孙楚："未必，不过，义振老弟，人生啊，什么都不白学是真的，我就是在股票交易所那个时候才体会到，为什么有那么多人不惜血本儿地想走仕途了！干好了，要比做买卖捞钱容易得多。""捞钱只是你的副业，那你的主业是什么？""当然是抓共产党了！这事就跟你没关系了，你知道得越少就越安全。""你这里的水太深，让我有点害怕。我现在说不干还来得及吗？"孙楚大笑起来，"哈哈哈……"他拍拍大少爷的肩膀，"来不及了，你已经上贼船了！哦，在你楼下，有我一间办公室，但我不会经常来的，省得有人会多想。记住，凡是我交办的，你必须亲自去办！亲自！你明白吧？"大少爷回家后，廖夫人告诉他，孙楚帮他们物色了一个医术很好的私人医生，接着又顺便把孙楚好好夸了一通。

当秘密侦查机构"红顶楼"的新任头子袁队长接到孙楚命令他立即开启对大少爷24小时全方位监控的电话时，他还以为自己听错了呢，他记得孙楚跟自己说过好多次，大少爷是个很可靠的人，为了让他来当俱乐部经理，孙楚甚至大费周章地帮他们要回了房子,怎么他一来就先被赐了个"24小时全方位监控"的待遇?袁队长心里不由得咯噔一下,他以前就听人说孙楚为人奸诈,看来真是名不虚传啊!孙楚问:"对那几个组织地下宣讲团的高中生审问得怎么样了?你们不是说会不择手段地找出他们的幕后指使吗?这么久了,怎么不见效果啊?""什么?"袁队长还没回过神来。"地下宣讲团的幕后指使人,在哪儿呢?"

23

闫觉鸥在学校门口看见了等着她的大少爷和廖夫人,她立即就明白了他们是为什么而来的。三人一起来到了一家西餐厅,大少爷为两位女士点好饮料后,自己坐到一边看报纸去了。闫觉鸥那神色紧张的样子,让大少爷不禁觉得好笑,他早就从她那天的神态中看出她一定知道她姐姐的去向。

"我突然把你找到这儿来,你是不是有点儿紧张啊?"廖夫人看着闫觉鸥,和气地问。因为还没想好要不要继续隐瞒姐姐的去向,闫觉鸥心里确实很矛盾,但此刻,她所紧张的却并非这件事,就在刚才走进餐厅落座前,她不小心将一位穿棕色毛背心的男士搭在椅背上的风衣蹭到了地上,她忙捡起衣服跟那人道歉,可那人根本没听她的道歉,甚至连衣服掉在地上都不知道,他端着茶,眼睛紧紧盯着在窗前看报纸的大少爷,等闫觉鸥在廖夫人面前的座位上坐好，她发现那个穿棕色毛背心的男人竟然还在盯着大少爷。"你不用紧张，我也是趁义振今天有空出来转转，透透气，顺便找你聊聊你姐的事。"廖夫人笑着说，"你知道因为担心你姐姐和志信，我和二太太几个晚上都睡不着觉，我们非常担心他们母子，一个年轻女子，带着一个孩子，不知道去往一个什么地方，我们太不安了！二太太眼圈儿都黑了，我的胃病也犯了，我相信，你妈肯定也跟我们一样，你能告诉我点什么吗？我想你肯定能告诉我们一些事的。当然，站在你的立场上，即便你替你姐姐隐瞒什么，我个人也可以理解，可是，这世道那么乱，这一旦出点什么事，可就太危险了！你们毕竟年轻，考虑问题不周全……"闫觉鸥无意中看见大少爷从报纸上抬头看了她一眼，冲她笑笑，她又朝穿棕色毛背心的人看了一眼，他搓着手背，显得很无聊。"我，我承认，我是知道我姐姐去哪儿了，可我们说好了，这事由她自己告诉你们。""可我们没收到她的消息啊。""也许她是怕一联系你们，你们就会逼她马上回来，她会跟你们联系的，应该很快。""她是去济南找你姥爷了，对吗？"闫觉鸥一愣。"崔妮儿说，前些日子，她曾收到过你姥爷的来信，我向你保证我们绝对不逼她马上回来，你可以相信我。"

大少爷抬头朝穿棕色毛背心的那人扫了一眼，那人急忙低下头，大少爷起身朝吧台走去，他对服务生说："给我来杯朗姆酒。"他接过酒杯喝了几口后转身朝餐厅门口走去。穿棕色毛背心的男人抓起椅背上的西装"腾"地起身快步走到门口。大少爷在门前站住了,他抬头看着门外的天,对跟过来的男人道:"这天不会下雨吧?""好像不会。"男人胡乱应和一句。大少爷重新走回吧台去了。那人在门口站了一会儿,走出酒店。回家路上,廖夫人对开车的大少爷说:"义振啊,你觉没觉得,刚才餐厅里有个男人一直盯着你看?""对,我也发现了,"闫觉鸥说,"就是穿棕色毛背心的那人,他从我们进来就一直盯着你!"大少爷:"是吗?我没注意,也许是看我面熟吧。"两天后,廖公馆接到了闫觉灵的长途电话,她告诉他们,她和志信住在姥爷家,那边一切都好,让他们放心。

24

段哲文在那个永远带给他烦恼和怨气的小针织厂里见到了永远不会笑、永远没好气儿的父亲。作为这家的儿子,这家的好事有他的份儿,烦事更有他的份儿,可他觉得,这家似乎除了烦事儿就是没好事儿。"你怎么又好几天不露面?咱家的那批货怎么着了?你不是说焦会长答应帮你的忙吗?""还没回话呢,人家是官儿,事多着呢,你得给人家点时间。"他又嘟囔道:"您当时进货的时候想什么呢?进的都是什么破玩意儿!"这话立即点了父亲的火儿:"你说我想什么呢?我想自己坑自己呗!我想赔了钱,好让全家喝西北风儿呗!"哎!段哲文沮丧地想,自己这个出气筒的角色什么时候是个头啊!

　　焦娆从一个小孩儿那儿收到段哲文"恳请见面"的条子后,恨不得不等唱诗班活动完就冲去见他。她来到条子上说的小花园里,一眼看见了等在那儿的段哲文,欢快地飞奔过去。"你今天穿这么漂亮是知道我要来呢,还是穿给其他什么人看的?"段哲文用夸赞的目光看着焦娆说。"当然是……给其他人看的。""那我走了。"听她娇滴滴地叫了声"段哥哥"后,段哲文拉过她的手放在自己嘴上亲了亲,焦娆倒进他的怀里,让他顿时感觉一块热乎乎的"泥"糊到自己身上,感觉只要他一松手,那"泥"就会掉在地上,这还是他第一次搂着一个女人时想到的是"泥",他想他以后会把这个感觉写到书里去,"你真可爱。""真的?那你爱我吗?"焦娆搂住他羞答答地问。"我是作家,从来不用爱这个字表达这么高级、圣洁的情感,太俗气!""那你们怎么说爱?""我们以后再讨论这个话题吧,它会让我把一切该办的正事都忘了的,我们先说正事吧。"焦娆感觉那搂住自己的手臂松动了,她忙使劲儿地"糊"紧他说,"可我现在什么也不想听你说,只想听你说爱我。"他好好地吻了她一阵后,温柔地说:"上次我让你问你爸的事,你问了吗?你知道那些善款不马上筹集好,会耽误整个计划……""啊,那个……""怎么啦?""我爸,他最近很忙,我总看不见他。""我的好小姐!亲爱的焦娆小姐,你别不把你大哥的事放心上啊?你知道我可急着呢!"他的手臂又明显地一松。"我今天回去就问还不行？不管我爸回来多晚我都帮你问，段哥哥别生气了！人家一直惦记着你的事呢。""我没生气！"他生气地说。"你生气了！我知道！"等了很久后，焦娆感觉自己被重新搂紧，越来越紧，感觉他要把自己镶在他身上一样，她还感觉有只凉手伸进了她的衣服里，那是爱，她确定。

　　焦娆终于把在外喝酒应酬的父亲等回来了，她沏茶、倒水、端水果，忙不迭地讨好父亲。"今天有点儿反常啊？有事儿求你爸吧？"焦夫人嘲笑女儿说。"确有一事！"由于焦娆太过迫切，要说的话好似新手操弄琴键乱而无序，嘴拌着蒜把事情说了个大概，焦世迁不耐烦地摆摆手："甭听这些人胡扯！都是骗子！你一个小孩子什么也不懂，好好读你的书，少掺和他们这些乱七八糟的事！""爸爸！""哎哟！"焦世迁用一只手捂住头，"我这头……"焦娆："爸爸！"焦夫人："行了！没看你爸头疼？"焦娆气恼道："要不人家说你们唯利是图呢！"焦世迁："你说什么？"焦娆跑进自己的房间去了。

　　段哲文从焦娆电话里的语气里听出了不祥，他半开玩笑地说："我警告你哦，如果不是好消息，我可不听！""嗯，是个不好不坏的消息。我爸说，他想想……""想想？什么意思？不会是推托吧？""不是，不是，他的意思是，好好想想，看看怎么帮你好。他，他昨天喝多了，一下子也不知道该怎么去做。""真的？""真的。""他没说不愿意管？""没说！""他原话是怎么说的？""原话就是这么说的，起初他有点不愿意管，后来听我说你经常为慈善捐赠，唱诗班的人都认识你，都知道你是慈善家，我说，你不信的话，可以问问我同学，我爸就说，他想办法。""太好了！只要有他这句话就行！就是嘛，他就你这么一个宝贝女儿，还不是你说什么就是什么。""对。我爸什么都听我的，放心吧，为了我，他一定会帮助你的！""做得好！奖励一个吻！明天我请你吃俄罗斯奶酪！"

25

闫觉鸥、焦娆等人都被莫名其妙地叫到了操场上，姜蓝欣吊着一张吓人的脸，用吓人的语气说："看看，看看，昨天下午有多少人私自旷课啊？你们的胆子是越来越大了！"焦娆："以前不是说自习课是自愿上的吗？""你就这么跟老师说话吗？连'老师'两个字都省了？"姜蓝欣大声斥责着焦娆。"老师，以前……""以前谁说的？我在这个学校这么久了，怎么从来没听说过？"姜蓝欣咄咄逼人地问，"自习课不是课吗？学校哪个老师告诉你们自习课是自由课了？你告诉我说这话人的名字？"焦娆："可我们一直以为……"姜蓝欣："那是你以为！焦娆同学！你做了错事，还顶撞老师，是错上加错！"焦娆："可老校长……"姜蓝欣提高嗓门儿："你还说？你是想说是老校长让你们这么干的吗？太肆无忌惮、目无尊长了吧？你以为你是谁啊？焦娆，你敢再多说一句，我现在立即就把你父母请来！都给我站成一排！"姜蓝欣吆喝着大家排成一排后说："你们老老实实地站在这里接受罚站。我什么时候说你们可以解散了，你们才可以走，如果谁不等我发话就擅自离开，我会让她把惩罚加倍补上。我还要让你们知道的是，你们不要企图去找校长告我的状，因为这段时间他不在，他病了，去医院了，不知道哪天能回来，告我的状，只会给你们自己找麻烦！你们是知道我的脾气的！不要惹我生气！"她用威胁的目光扫视了一遍大家，准备开始计时，她听见乔怀芝咳嗽了几声，便问："你不舒服？"乔怀芝的回答被又一阵咳嗽代替了。"你跟我到办公室来！"焦娆见乔怀芝跟着姜蓝欣走了，也使劲咳嗽起来，大家都笑了。王妙云："这叫什么事啊？自习课不是一直都是自愿的吗？"焦娆："她这是故意整人！这是她的爱好！"吴婉玲："有人不是说自己永远不会被罚站吗？今天自己打自己嘴巴了吧？"焦娆："还不是你们中有人惹着她了。"王妙云："谁惹着她，她找谁算账去，干吗还拉那么多垫背的。"吴婉玲："谁惹着她了？她就是冲参加歌咏团的人来的，你们看看我们几个。"有个女学生说："啊？那我们没有参加歌咏团的可真成陪绑的了！"闫觉鸥："那你们还不如索性也参加歌咏团呢，不然就白罚站了。"几个姑娘又咯咯地笑了起来。焦娆："歌咏团怎么了？碍她姜蓝欣哪根筋疼了？她这个人就是见不得别人高兴！心里阴暗！"焦娆摆了个唱戏的姿势，唱了起来："苏三离了洪洞县，将身来在大街前，未曾开言我心好惨，过往的君子听我言。"

姜蓝欣对坐在对面的乔怀芝语重心长地说："我对你寄予那么大希望，你自己就没感觉出来吗？你怎么能跟她们混在一起？还去什么歌咏团？你说，你们在唱歌的事情上浪费了多少时间？坦白说，她们，我都懒得去管，管她们也不听，可你不一样啊，你是班长，而且你不是要考大学的吗？"乔怀芝："其实，我们一周才活动一次，如果没有义演的话。""那唱诗班呢？不算了？业余时间都唱歌了，你怎么可能把心思放在学习上？而且，你知道……"她往两边看看，身体往乔怀芝身边靠了靠，压低声音说："我有个朋友就是调查共产党的，他说你们歌咏团里肯定有共产党！"乔怀芝害怕地看着姜蓝欣，感觉她快把眼珠子瞪出来了。"前不久抓了几个外校学生，就因为他们跟共产党有来往，到现在都没放出来！听我的，别再去歌咏团了，那是是非之地！我知道你喜欢唱歌，你参加唱诗班就行了，没事在家好好学习吧，听老师的话没错。"

"我不行了，站不住了，我难受，我要晕倒了。"焦娆晃了晃倒在地上。大家都围了过去，"焦娆！焦娆！"焦娆睁开眼睛，笑了。"真讨厌！吓唬人啊！"焦娆站起身："我真的难受！站不住了！我走了！你们有走的吗？"王妙云："你走，她照样能去班里把你揪回来！"焦娆："我才不回班里呢，我回家了！我看她还敢跑我家里抓我去！"她又指指大家，"你们不走是吧？你们这叫奴性！拜拜吧，胆小鬼们！"她装着瘸腿，一拐一拐地走了。过了一会儿，王妙云说："不行了，我也站不住了，刚才真该跟焦娆一起走。"闫觉鸥哼起曲子来。"这是什么曲子？真好听！"戴琼慧问。"好听，你从哪儿学的？"吴婉玲也问。"这是大少爷写的一首无词歌。""他自己写的？真好听！""教教我们！""好啊！"大家跟着闫觉鸥学了起来。乔怀芝跑过来："闫觉鸥，姜老师说，只要你们去她那里承认错误，答应以后不再因为课外活动耽误上课，她就原谅你们。"王妙云："那我们快去吧。"闫觉鸥："不去！"王妙云："为什么？你们还没站够吗？"乔怀芝："去吧，不就是承认错误吗？"闫觉鸥："我们没错，干吗承认错误！这样，她会得寸进尺的！以后她什么都不让我们做了。""不会的！""她会！她就是这种人！"乔怀芝："闫觉鸥，别拧了！不唱就不唱嘛，又死不了。"闫觉鸥："不去！""我可走了，我腿都快抽筋儿了！"王妙云说完走了，另外两个非歌咏团的同学也走了。乔怀芝："闫觉鸥，你还看不出来姜蓝欣就是针对你？你不去找她，以后她还会找你更多麻烦的！""随便她！"

焦娆跑回家后，舒舒服服地躺在沙发上拨通了段哲文的电话，把刚发生的事讲给他听："姜老师恨所有男人，她是把对男人的仇恨都撒到我们身上了！我估计闫觉鸥她们现在快晒晕过去了，呵呵。""她们还在那儿站着呢？""嗯！这帮傻子！"

段哲文挂了焦娆的电话，拿起相机直奔学校，他骗过门房的大爷说是约好来采访的记者混进了校园，直接来到了操场上，"姑娘们！你们的救星来了，你们的苦难到头儿了！"他举起照相机对她们"咔咔咔"拍了几张,"都凄惨一点!你看我怎么让那个变态乖乖地把你们放了。"他手拿一个小本子推门走进姜蓝欣的办公室:"请问,哪位是姜蓝欣老师?"姜蓝欣抬头道:"我是。""哦,您好!您就是姜蓝欣!我听说您正在用罚站的方式惩罚您的学生已经几个小时了。"姜蓝欣一惊:"请问您是哪位?""我是报社记者。"姜蓝欣慌张地站起身,一下子将桌上的几个本子碰到地上:"报社记者?"她慌张地捡起本子,"哪个报社的记者?"段哲文从口袋中掏出记者证亮了一下:"请问那几位学生犯什么错误了?你们学校要用这么严酷的方法惩罚学生?""严酷?那不过就是罚站!""一站就站两个小时,而且还是在太阳底下,这不叫严酷,您认为怎样叫严酷呢?""她们旷课外出,而且去参加很不适合她们身份的活动……""您是指去参加为慈善活动排练合唱这件事?""您好像听说了不少,是谁跟您说的?""您能拿出您学校的校规给我看看吗?""学校的校规我们不对外……""哦,是不对外还是你们根本就没有这样一条校规?""我们当然有校规,但我凭什么要告诉一个陌生人呢?""是陌生的记者。你们学校的操场在什么地方?您可以带我去见见那几个女学生吗?"姜蓝欣冲旁边站着的一个女教师使了个眼色,又怀疑地看着段哲文:"您的出现很不寻常,我很想知道,您是从什么途径知道这些的?您不会是跟某个被处罚的学生有什么……什么,某种不寻常的关系吧,嗯?"段哲文笑笑:"这妨碍我了解事实吗?""呵呵,这还真不好说。"段哲文软中带硬地说:"您的语言很不得体,有一种很不道德的暗示……""您刚才说她们罚站几个小时了?""至少两个多小时了。""您能为您的这种道听途说负责任吗?""道听途说?""我不过罚了她们一节课而已。""哦?那您带我去看看她们现在还在不在。"姜蓝欣估计女教师已经把学生们放走,便被逼无奈地领着段哲文去操场了。她们刚走到半路,看见有什么人晕倒了,其他人正围着她,他们跑过去一看,是闫觉鸥!姜蓝欣气得直咬牙:她可真会晕!

第二天,报上登出了若干评论此事的文章:"女学生因未上自习课被学校罚站近三个小时!""凶狠女教师因女学生参加慈善义演罚站数小时。""女教师因罚站风波被记者围攻,无言以对。"这次姜蓝欣真是颜面扫地,这笔账她自然而然地记到了闫觉鸥的头上,要不是她晕倒的正是时候,"罚站"风波不会在社会上引起如此大的声讨,烦得姜蓝欣吃不下也睡不着。

26

大少爷为确定后面那辆车是否还跟着自己,来到报摊前买了份报纸,却意外读到了报上闫觉鸥晕倒操场的"剧情"和她们几个人的"剧照",以及赞扬作家"风"匡扶正义救女学生们于危难的文章。

大少爷回到家后,便坐在沙发上读起报纸来,这时,廖夫人和二太太陪着一个四十多岁的戴眼镜的先生从小客厅走了出来，她们对大少爷介绍说他就是孙楚介绍来的私人医生。"宋医生是吧，你好！"大少爷跟他握手时，打量了一下此人，他相貌斯文，目光和微笑都透着自信和精明。大少爷："这家人的身体都不太好，以后要经常麻烦您了。""应该的，有你们的麻烦，我就不会失业。""您真幽默。"宋医生又一脸俏皮地用德语说："我是个地道的现实主义者。"大少爷："您会德语？"他又用德语朗诵了一句《浮士德》："一个人有两只手，一只可以拿，一只可以给。"廖夫人："先生您的德语说得真好！您去过德国？""没去过，我的德语是跟我父亲学的。"二太太："您真厉害，我刚才跟您聊天就发现您真是见多识广，跟您聊天，太长见识了，您以后可得常来呀！""您过奖了。"大少爷："孙大哥介绍的人不会错，你和孙楚是老朋友了吧？""算是老相识吧。虽然，他也是个现实主义者，但我们并非同类人，我呢，按《浮士德》里的话说，'你就是出卖灵魂，也得卖给付得起钱的人'，哈哈哈……"他这是在撇清和孙楚的关系吗？大少爷想，如果是的话，这恰好说明他和孙楚的关系不简单，不然他不会心虚地想"撇"。"咣当"一声门响，大家看见紫陶风尘仆仆地走了进来，"哟，怎么都站在这儿？"她有些诧异地说。"这不是紫陶小姐吗？"宋医生说。"宋医生？"紫陶也认出了他。廖夫人："你们认识？"紫陶："我们在一个朋友家一起喝过酒。""虽然只是一面之交，但我对紫陶小姐印象深刻。"紫陶笑道："不会吧，您这是外交辞令……""哈哈哈……"宋医生突然爆发了一阵有点让人费解的大笑。

27

王妙云见姜蓝欣低头从她们身边快速走过，对焦娆耳语道："段先生可真厉害，一下子就灭了她的威风。"焦娆得意地说："那得说我厉害！我一个电话，他就来了！""是啊，段先生可真听你的啊！我开始还以为他是跑来救闫觉鸥的呢。""王妙云，你觉得段哥哥喜欢我还是喜欢闫觉鸥？""当然喜欢你了！""可那天我刚跟他一说闫觉鸥在罚站，他挂上电话就跑来了，我一想就后悔不该告诉他。""他对闫觉鸥也不错，她们前些日子不是一直帮段先生做事来着吗，但他肯定更在乎你，他还得让你爸帮他呢，他可不傻。""你是说，他就是在利用我！""怎么会！他喜欢你，我能看出来，他找你爸帮忙，肯定就是个借口，是为了找个理由接近你。"焦娆听了这话高兴起来。

"姜蓝欣真够狠的，罚站就罚站吧，一罚罚那么长时间，人都晕过去了！""你看报纸了？你不知道吧，罚站的人里也有你女儿。""啊？她也被罚站了？"焦娆听见父母在客厅里的对话，知道父亲回来了，于是冲出房间来到父亲面前："爸，您可不知道那天我们几个有多惨，那个姜蓝欣就让我们在太阳底下站着！"焦世迁："也太过分了！这是什么老师啊？就没人管管她？""老校长不在，没人敢管她。那天要不是段先生来救我们，我也得晕过去。""段先生？""就是我跟你们说的那个作家，找您帮忙的那个，这篇报道就是他写的！""那个'风'？"焦娆道："对！就是他！他当时去我们学校，正遇见我们几个被罚站，他二话没说就去找姜蓝欣说理去了。爸，段先生这人可好了，您一定要帮他一把！""就是想让我帮他把一些针织品处理掉的那个人？""是。爸爸，他这次可算得上是我们的救命恩人，人家为了我们，都跟姜蓝欣吵起来了，姜蓝欣差点都叫警察了！没有他，我们还不定受多少罪呢！爸，您如果不帮帮他，显得我们也太没良心了！"焦世迁："焦娆，你知不知道你爸我是做什么的？你让我一个堂堂商埠代理会长去帮助一个小商贩？""帮助他不是您举手之劳的事吗？再说人家是我的恩人！""我帮不了。""爸，那求您见见他行不行？帮不上忙，您也可以给人家出点主意呀。我已经答应人家找您帮忙了。爸爸，您可别瞧不起人家段先生，人家跟康有为还是亲戚呢。"

段哲文奖励了焦娆好几个吻，焦娆趁他高兴，追问他那天跑学校去闹是不是为了闫觉鸥，"是又怎么样？人家帮过我那么多忙，我能看着她倒霉见死不救吗？那又不费我什么事。""我们俩可是势不两立。""没那么严重吧？""你答应我，以后不许再帮她了。""我段哲文哪能这么做人啊？""你不答应？那你求我帮忙的事，我不管了！""别呀！好好，我答应你，以后再出现这种情况，我一定见死不救！""哼！""原来你希望我是个无情无义的人啊?""我希望你只对我一个人有情有义!""好好好,听你的,都听你的。"焦娆:"我爸说让你带上样品去他的办公楼见他呢。""真的?""记住啊,我爸如果问,你家跟康有为家是亲戚吗?你就说是,可别不承认啊。""康有为……"

段哲文独自坐在商埠大楼前厅的沙发上无聊地掰着手指,弄出咔咔声响,他盘算着等一会儿见到焦娆的父亲该怎么说,这些阅人无数的商场老手都老奸巨猾,肯定要追问募捐的事,万一自己在什么地方卡了壳儿,引起怀疑就完了,他想来想去,最后决定还是照直说,就说父亲进货进赔了,回头再跟焦娆说,为了"慈善大局",为了博得她父亲的同情,求得帮助,他只能隐瞒真实情况。这样一来,自己不仅可以在焦娆的父亲面前落得个诚实,还会因为他的"自我牺牲"给焦娆留下好印象,更重要的是省得自己故事没编好露了马脚。制定好了策略后,他坦然多了。又过了一阵子,见焦娆还不带他上去见她父亲,突然有种坐冷板凳的感觉,他妈的!又过了一会儿,焦娆跟父亲的秘书一起下楼来,"对不起啊,段先生,让您久等了,我是焦先生的秘书,我姓周。您的样品我们看过了,我们需要帮您找几个商家咨询一下,估计我们能帮您的,最多也只能争取到哪个商家帮你代销,卖掉卖不掉,全看您的运气了。您同意吗?"不同意又能怎么样?这跟自己被人家晾在一边,最终什么结果都没有的羞耻相比,已经够好的了,至少没有彻底回绝。段哲文想装作无所谓,但那被打脸的痛苦,让他怎么都装不出来。周秘书解释说:"现在商业不景气,您也知道……可您毕竟是小姐的朋友,我们不尽力相帮,过不了她这关啊,还请您多包涵啊。"离开商埠大楼后,焦娆立即挽住段哲文的胳膊,想用身体的热度暖一下他灰冷的心。

28

姜蓝欣接到电话通知让她去一趟市教育署,这个电话害得她整整一天都坐立不安,"罚站事件"闹大了?看来那个记者很有来头啊!姜蓝欣懊恼自己有眼无珠,冲撞了不该冲撞的人。第二天,她战战兢兢地来到教育署,可这里就没人提罚站的事,找她谈话的人不是教育署的人,而是一个姓袁的情报部门的人,他说找她来的目的是为了让她成为他们的秘密信息员,就是去发现学生中的共产党,这让姜蓝欣大大地松了一口气,她还以为她在女中的教师生涯结束了呢。袁先生向她承诺,只要她接受这个任务,她还可能捞到一个升迁的好处,姜蓝欣喜出望外,难以置信。几天后,老校长宣布因病休长假了,她成了代理校长。

"不好了!你们听说了吗?姜老师当代理校长了!"闫觉鸥向班里同学通报说:"那可就……"话才说了一半,姜蓝欣进来了,"那可什么?"姜蓝欣冷笑着问,"说呀?闫觉鸥同学,你是想说，那可就坏了吧？可就太可怕了？是吧？还是那可就完蛋了？啊？后半句呢？你为什么不说了？你是不敢说了？""我忘了。"同学们不禁发出笑声。"笑什么笑？"姜蓝欣高声制止道，"闫觉鸥，你别以为认识个记者就能把我怎么样，你也不想想我姜蓝欣是怕记者的人吗？""我没叫记者。""你没叫，那是谁叫的？""是他自己跑来的。"同学们又笑了。"谁再笑谁给我出去！"姜蓝欣走近闫觉鸥，"你现在说话那么硬气，是背后有人撑腰，对吧？我警告你，闫觉鸥，你小小年纪要懂得自重，懂得珍惜自己，要做个规规矩矩的女人，别一天到晚疯疯癫癫的，这个活动、那个组织的瞎折腾，把脑袋交给别人去管是很危险的事。"她又看着大家："我这话是说给她的，也是说给你们的，能进学校来上学的女孩儿都是有希望的，都有希望成为女学者、女博士！你们别不珍惜自己，别那么没出息，一心只想混成个有钱人家的太太、一个游手好闲的家妇！"这时门口出现了一个相貌堂堂的三十岁左右的男人，他戴副眼镜，穿着整洁，手里捧着书和教鞭，一脸温和，同学们的目光一下子都转向了他，姜蓝欣对他点点头，接着又对闫觉鸥说："以前的事我不想追究，我还是那句话，不希望你步你姐姐的后尘，但你要执意放弃你自己，我也没有办法，我只求你别拉着别人一起往火坑里跳。"男人冲闫觉鸥笑了笑，见姜蓝欣看过来，立即收敛了笑。"请进，孟老师！"姜蓝欣声音高亢地说。孟老师带着充满魔力的微笑走进教室，女学生们都看傻了。"我给大家介绍一下，"姜蓝欣说,"这位是新来的孟老师,是我们专门从外校请来的一位非常好的语文老师,对你们来说,尤其是对有考大学意愿的同学来说,孟老师可是你们的福音!而且孟老师还是位诗人,经常在报刊上发表诗歌,都很受年轻人的喜欢,他尤为擅长朦胧诗,希望大家好好听孟老师的课……"乔怀芝感觉自己一下子就恋爱了。

29

歌咏团的活动结束了,大家正走在回家路上,吴婉玲突然指着从身边过去的小汽车叫道:"石变男!石变男!那是石变男!""你看准了吗?""看准了!真的是她!肯定没错!她打扮得好漂亮!"乔怀芝:"我听焦娆说,她早不在棉花厂干了,去当歌女了!"戴琼慧:"歌女?"乔怀芝:"焦娆说这几天石变男就在海员俱乐部唱歌了。"闫觉鸥:"咱们过去看看。""好哇!走!"

海员俱乐部门口贴着一张"石榴小姐"的海报,上面那个女人性感艳丽,但仍能看出石变男的模子。几个人跟着人群挤了进去。小舞台上,一个油头粉面的男主持在调侃着:"《郎是春日风》《郎是春日风》!大家是不是都在盼着这首歌曲,别急、别急,石榴小姐还在更衣,哦,求你们大家可别一着急都跑去更衣室叫她,把我们的石榴小姐吓坏了,你们可就白来一趟了。"台下众人笑了。他又冲后台喊道:"亲爱的石榴小姐,您的衣服换到哪儿了？需要不需要我过去帮帮你？"众人大笑。"什么？不行？给你提提鞋总可以吧？我知道我不配。"台下的观众笑得更厉害了。随着一阵锣鼓音乐，主持人说道："现在，我们魅力四射的石榴小姐来了，有请！"被包装成石榴小姐的石变男走上舞台，她朝乐队轻轻点点头，《郎是春日风》音乐起。"郎是春日风，侬是桃花瓣，但等郎吹来，侬心才灿烂……"她风姿绰约地唱着，石变男已经不再是唱诗班那个石变男了，更不是工厂里那个石变男了，她脱胎换骨了。此刻的她，性感、妩媚、俏皮、光彩夺目，一举手一投足都让人心花荡漾，她的歌声充满磁性，让人魂牵梦萦，她已经成了地地道道的"石榴小姐"、一个让人疯狂的风流女神了。想起那个当女工的石变男，闫觉鸥目光中流露出惊叹，闫觉鸥："石变男好漂亮！"吴婉玲："你羡慕她吧！闫觉鸥，你要是像她这样装扮，也不一定比她逊色。"戴琼慧："她终于时来运转了！"乔怀芝说："哼！她妈妈如果还活着，绝对不会让她当歌女。"吴婉玲："当歌女挣钱可多可多了！"乔怀芝："哼！不羡慕！"吴婉玲："我羡慕！"闫觉鸥突然感觉有人戳了戳她的肩膀，回头一看是大少爷，大少爷指指门口，闫觉鸥跟着他来到舞厅外。"你跑到这儿干吗来了？""来看石变男！台上那个歌星，以前是我们唱诗班的，您怎么在这儿了？""我是这儿的经理。""哦？""赶快回家吧，这儿不是你该来的地方。"闫觉鸥："我们刚来……""你看来这儿都是些什么人？这不是什么好地方。""那您为什么来这儿工作？""我再说一遍，这儿不是你这种女孩儿来的地方！快点离开！现在就走！"闫觉鸥叫上几个人，从俱乐部里挤了出来，却发现吴婉玲没出来，过了一会儿，吴婉玲兴致勃勃地跑出来，"我去后台见到石变男了，她给了我一个她住处的地址，让我们去找她玩儿。人家现在住在金牛湾1号！"

几天后的一个下午，闫觉鸥她们按约定的时间一起到石变男的住处找她，她们刚刚走到那幢大房子的门口，还没来得及按门铃，房子里的门便开了，一下子从里面涌出几个凶汉，他们跟在一个戴墨镜的男人身后，咕噜着谁也听不懂的外地话蜂拥而去，看也没看她们，好像她们根本不存在一样。她们感觉石变男可能出什么事了，心神不定地走进客厅。一个女佣显得有些惊慌失措地来到她们面前："你们是找石榴小姐吧？"吴婉玲："对呀，我们跟她约好了。""真对不起，她有点急事出去了，一时半会儿回不来，她让我告诉你们，以后再请你们来。"吴婉玲："她什么时候回来？"女佣人："我也说不好。她说她回头再跟你们联系。"闫觉鸥："刚才出去的是些什么人啊？"女佣人："他们是……咳！"乔怀芝给闫觉鸥使了个眼色，不让她再问了，"走吧。"她们不知道，石变男这时就在二楼的房间里，躲在窗帘后，默默地看着她们，她刚因为得罪了人，挨了打，脸被打肿了，头发也弄乱了，她这样子没法去见她那些好朋友，而且这些道上的事儿跟单纯的她们也说不清，她只能流着眼泪看着她们走远。

30

几天过去了,闫觉鸥她们一直没有石变男的消息,这天放学后,她们几个便又去了一趟她家,想看看她是不是出什么事了,到门口后发现大门锁着,门上贴了张"房屋出售"的告示。

回家的路上,闫觉鸥的脑海中一直想着石变男的事,想着那天在她家门口遇见了那几个大汉……"闫觉鸥!"段先生闪了出来,他神色紧张地说:"我有件急事想请你帮忙!""什么事?""做一次我的女伴儿,陪我去看场电影。""啊?"他跟闫觉鸥耳语了几句,闫觉鸥马上兴奋地点了点头。闫觉鸥跟着段哲文走进电影院,电影已经开演了,两人摸黑找了个座位坐了下来,看了半个小时后,段哲文小声说:"坐着别动,我去去就来。"说完,他起身走了。大约十几分钟后,他回来了,告诉闫觉鸥事情办完了,"我们等电影散场再走,不然太惹眼。"他说着拉过闫觉鸥的手,"你的手怎么这么凉?"闫觉鸥把手抽了回来。"你忘了你现在的身份是我的女朋友,自然一点,别让人看出来,也难怪,你是第一次经历这样的事,这样的工作做多了就好了。"他把身体凑近闫觉鸥说:"知道吗?你的手虽然很凉,但从你脸上还真没看出紧张,你做地下工作很有潜力,以后要好好锻炼锻炼。记住,我让你做的事,对谁都别说!一定要保密,如果让人知道你在帮助共产党,那可就……""我明白!"

此刻，闫觉鸥想起了廖义达。

31

满图和廖义兴被两个手里拿着招生广告的学生拦住，说青年诗社正招生，这两天来报名的同学可以得到东洋布袜一双。一听东洋布袜满图就动心了，不知情的廖义兴把他拉走了，"你不是不喜欢诗歌的吗？"两人分手后，满图自己又转了回来，二话没说就填表报了名，他刚填完表，看见了走来的乔怀芝。满图上前拦住她说："喂，还认识我吧？"乔怀芝："你不是叫满图吗？""你记得呢？那你叫什么来着？你叫乔……""乔怀芝。""对，你好乔小姐，你喜欢诗歌吗？""诗歌？当然喜欢啊。""那你报名参加青年诗社吧，只要填了报名表，就能得到一双布袜，我弟弟妹妹多……"乔怀芝去填了报名表，满图对她好几个感谢。"别那么客气了。"乔怀芝说，"我正好喜欢诗歌，喜欢参加这样的活动，你也喜欢诗歌？""坦白说，不太喜欢。"几次活动后，乔怀芝终于知道满图有多么不喜欢诗歌了，他几乎次次听课都睡着，乔怀芝不解，问他既然不喜欢这里的课，干吗还要来？"是为了你，我把你拉了进来，我自己不来了，那多不够意思。""没事的，你不喜欢可以不来。""你来我就来，也许听着听着就喜欢了。""这可就轮到我过意不去了。""别过意不去，我愿意跟你一起来。"说完这话，他有点不好意思,"乔小姐,我发现你参加的课外活动真不少,唱诗班、歌咏团,这次又……""我已经退出歌咏团了。""哦,为什么?""我们班主任劝我别去。""为什么?"乔怀芝迟疑着,觉得把姜蓝欣说歌咏团里有共产党的话告诉他不好,便说:"可能也是觉得我参加的课外活动太多,怕我耽误功课吧。"

32

谷老师今天没有让大家练声,而是一口气让同学们唱了好几首他们以前练习的歌曲,然后才告诉大家说,歌咏团将协办一场拯救饥饿儿童募捐义演,而且他们是唯一受邀协办的歌咏团,承办方希望今天就能敲定义演的曲目,这时,同学们才明白了一直站在一旁的那位中年女士的身份。"钟女士,您觉得刚才那几首怎么样?"谷老师问。"很好,都很不错,但我想知道你们有没有无字歌?林先生是厦门华商里很有影响的人物,他很喜欢无字歌,你们有吗?""没有。"吴婉玲:"老师,闫觉鸥有!""无字歌?""是,闫觉鸥会唱一首很好听的无字歌!歌曲的名字也很好听,叫《岸》!"谷老师问闫觉鸥:"是吗?"闫觉鸥:"是,这是廖义兴的大哥写的。"焦娆:"什么?我怎么没听说?"钟女士:"你唱几句,我们听听嘛。"闫觉鸥哼唱起来,钟女士脸上露出笑容。闫觉鸥:"廖义兴比我唱得好听!"于是放学的铃一响,廖义兴就被谷老师堵在教室门口。

回家路上，吴婉玲突然说："闫觉鸥，我越想越觉得这歌有问题！""有什么问题？""大少爷为什么专门给你写一首曲子，还写得这么缠绵，这不奇怪吗？""你又想到什么了？""我想大少爷不会在追求你吧？"戴琼慧："真有可能！"闫觉鸥："你们真有想象力。"吴婉玲："说真的，要是真能嫁给大少爷这样的人可真不错！"闫觉鸥："不过是一首曲子！"吴婉玲："你敢说你没想过？""我没那么自作多情！再说，我喜欢谁，你们又不是不知道。"吴婉玲："谁啊？李恩年？可他……""是北平的大学啊！"她突然朝着霞光猛跑起来。

拯救饥饿儿童义演大会是在湖边的一处草坪上举行的，这天城里的重要人物来了不少。歌咏团一张嘴就引起了在座嘉宾的热烈反响，在他们自己的胶城里居然存在着一支如此厉害的少年歌咏团，真令他们震惊、意外和骄傲。下一个节目就是"无字歌"了，主持人介绍说，歌咏团的同学们从拿到《岸》的曲谱到今天演出，仅仅排练了六次，这话吊足了大家的胃口。大少爷虽是本次活动的特约嘉宾，但他有事来晚了，当他到场时，歌咏团正在演唱他的《岸》，闫觉鸥和廖义兴正在领唱，于是他就站在后排看了起来，他无意中朝嘉宾席上看了一眼，看见了孙楚和他太太，他突然惊讶地注意到他们身边坐着妮娜，她来胶城了！掌声响起，募捐时间到了，歌咏团下场休息。大少爷走到闫觉鸥面前小声说："跟我来一下。"闫觉鸥跟他走到一旁,"什么事?""麻烦你当一下我的女朋友可以吗?""什么?""临时当一下我的女朋友!""现在?""对。""为什么?""他们过来了。""谁?""看见朝这边走来的那三个人了吗?必须让他们认为你是我的女朋友……"话还没来得及说清,孙楚夫妇和妮娜已经来到跟前。"义振,你看谁来了!"大少爷故作惊讶地看着妮娜:"哟!这是谁啊?"妮娜羞涩地说:"你好,大少爷,您没想到我们这么快就又见面了吧?""没想到!没想到!""您是来捐款?"孙楚:"那还用问,大少爷一向乐善好施。""那是我妈她们,谁都知道我这人很抠门儿,我是来给我女朋友捧场来的。"他说着轻轻搂了一下闫觉鸥的肩膀,几个人都把略带惊讶的目光集中到闫觉鸥脸上。孙夫人:"刚才领唱的是你吧?""嗯。""真不错啊!好听极了!"大少爷:"她是闫觉灵的妹妹,你们没见过吗?"远处有人喊闫觉鸥,大少爷对她说:"你去吧。"闫觉鸥又冲大家点点头,转身跑了。看着大少爷目送闫觉鸥那一往情深的目光,妮娜的脸色灰了。"什么时候的事儿?怎么没听你说啊?"孙楚问大少爷,还没等大少爷回答,他却被一个熟人硬拉走了。大少爷转向妮娜:"妮娜,你准备在这儿待几天啊?"妮娜叹气道:"我现在就想走了!""为什么?""为什么,现在我连跟你挽下胳膊都觉得有人看着不舒服,再待下去,我不就剩下遭人白眼儿了吗?"大少爷笑了:"不会,没人不舒服。"他撑起胳膊,"来吧!""可以吗?"她凄然地问。"当然。"妮娜刚伸手挽住大少爷的胳膊,就听有人喊

"义振哥哥！"焦娆飞快地冲到大少爷面前，使劲推了大少爷一把，妮娜不知什么情况，忙松开了大少爷的胳膊。"义振哥哥，我对你有意见！我恨死你了！"焦娆一把挽住大少爷的胳膊拉扯着说："你为什么不把那首'无字歌'送给我？你这不是胳膊肘朝外拐嘛，我生气了！"大少爷："呵呵，我当什么大事呢。"焦娆："那曲子是你专门为闫觉鸥写的吗？是她自己吹牛吧？给自己脸上贴金！"大少爷："哎，哎，一个大小姐，大呼小叫的多不文雅！""义振哥！我问你，我是不是你妹妹？""当然。""既然是，你为什么不想着先把曲子给我，却直接给了别人？不行！义振哥，你必须也给我写一首，要不，人家心里不平衡。"大少爷笑道："你以为写首曲子那么简单？多费脑子啊。""不行，你必须答应！你不答应，我就哭！""那不好！""你瞧她那得意劲，就好像她是你女朋友似的。"她说完转身跑了。妮娜被她的话搞得有点懵，奇怪，她怎么称他的女朋友"别人"？孙夫人："我还不知道大少爷这么有女人缘呢！"大少爷："哪里，她们都看我好欺负！"孙夫人："瞧瞧现在这些女孩子们都厉害成什么样子了，哪有我家妮娜矜持。不过，人家是焦世迁的千金，身价高嘛！"妮娜："姨妈，矜持现在是呆板的近义词！这位千金看着可没义振大哥的女朋友温柔，义振哥的女朋友一定很温柔吧？""我可不是这么认为。"

33

段哲文看见穿着旗袍的闫觉鸥，差点没认出她来，她好像一下子长了两岁。他让人力车停了过去，伸手拉她上了车："你穿旗袍很好看嘛！""是吗？""紧张吗？别想太多，你就想我们今晚就是去跳舞的，没有工作，有事也是我的事。""嗯，我们去哪儿？""去了你就知道了。到时候该做什么、怎么去做，我会告诉你的，你一切都听我的！"目的地到了，竟然是海员俱乐部，闫觉鸥想，这下糟了，肯定会撞上大少爷！到时候怎么说呢？闫觉鸥刚跳下人力车，就听有人喊"廖经理！廖经理！"她忙躲在段哲文身后走进俱乐部里，她希望今晚宾客很多、灯光很暗，自己不会被大少爷发现。

身为海员俱乐部的大管家，大少爷总是这里最忙碌的人，可今晚，他再忙也得顾着全世界最失落的人妮娜。这会儿他已经跟她跳了好几支舞了，这让她感觉心情不错，尽管她知道他这样做不是出于喜欢自己，而只是为了给姨夫面子，那她也高兴，至少这一晚，她可以权当大少爷只属于自己。大少爷又应酬去了，这当儿，妮娜又拒绝了好几个邀请者，她就是要站在这里死等大少爷再来邀请她，她要让他知道，她对他依然认真地期待着。大少爷终于回来了，再度牵着她的手步入舞池。妮娜用忧伤的语气说："这音乐，哦不，这里的一切真让人伤感。""我可以让他们换首曲子。""只怕换什么曲子，在我听来都只有伤感。""如果是因为你要离开胶城，你大可不必，你可以随时回来，苦海无边，回头是岸。""不是所有的人回头就能找到岸，我现在的身后就没有岸了，所以我宁愿不回头。"她含情脉脉地注视着他，想把爱意通过目光注入他的心里去，但她捕捉不到他的目光，他们的目光似乎总没有焦点。

闫觉鸥在学校专门学过交谊舞，也参加过几次家庭社交舞会，但她从没来过这种地方跳舞，像段先生交谊舞跳得这么好的人，她还是第一次遇见，相比之下她感觉自己很笨，但没想到段哲文却夸她舞跳得好，"我还以为我得从头教你呢。""您是恭维我吧。""不是恭维，你跳得还不错，但话又说回来了，谁当我的舞伴儿，能跳得不好呢？我的舞伴儿永远都是人人羡慕的对象！你的舞姿不错，就是身体有点僵硬，再放松一些就好了。"闫觉鸥放松不了，因为她全部心思都在提防大少爷，她又朝小舞台上的乐队看了看，哪怕看到他在台上吹黑管儿也是好的，可他没在那儿，她真希望他整晚都在忙活其他事。这里那么多人，光线这么暗，她感觉他就是在这儿也不容易发现自己。"段先生，我们来这儿的任务是什么？你现在可以告诉我了吧？""我正要跟你说，你看见那边那个穿绿色旗袍的小姐了吗？记住她今晚都和什么人跳舞了！"她朝那旗袍小姐看去："她是谁？""别问那么多，现在还不能告诉你。"他搂着闫觉鸥的腰随音乐旋转开去。

"哎？那不是你……"妮娜朝大少爷的侧后方向看过去，表情十分惊讶，"是我看错人了吗？那位小姐很像是你女朋友。"大少爷："不会，她不到这种地方来，而且这个时间她早睡了。"他的话音未落就知道自己错了，他看见前方不远处，闫觉鸥正搂着一个男人在跳舞！音乐停了，闫觉鸥刚被段哲文的手松开，就看见大少爷朝自己走来，完了！她顿时慌乱了。"我们休息一下吧。"段哲文说完这话才发现闫觉鸥尴尬地看着什么人，他一回头，来人已经走到他们面前，段哲文虽然不认识他，却知道他是这个俱乐部新上任的廖经理。"你今天又是来看谁的？今晚这里可没有石榴小姐。"大少爷略显严厉地问闫觉鸥。"我们……""上次怎么跟你说的？这不是你该来的地方，当耳旁风了？"他的态度居高临下，语气完全不是平时那种。段哲文问："没认错的话，您是这里的经理吧？"大少爷："请问您是哪位？"闫觉鸥抢先替段哲文回答："他是我一个朋友。"段哲文："我叫段哲文，是城市晚报的专栏作家……""对不起作家先生，我要跟我女朋友单独说句话，可以吗？"大少爷一把拉过闫觉鸥的胳膊就朝一边走去。女朋友？段哲文站在舞者们中间迷惑着。大少爷把闫觉鸥拉到一边，"你知道现在几点了吗？你一个女学生大晚上跑到这种地方来成何体统！你是想效仿你那位当歌星的同学吗？""什么呀？我有事！""大晚上的有什么事？是这个男人叫你来的？是他叫你来陪他跳舞的？""是，是我们学校要和外校开联谊会，要跳交谊舞，我是让段先生来教我跳舞。""你妈知道你来吗？她同意你这个时候跟一个男人来这种地方跳舞吗？""你不能告诉我妈！""哦！你是偷着跑来的！你胆子可真大！"他随便一指，"这人你了解吗？""了解！""了解？好，先不说他，说你，你还记得你是我的女朋友吗？""那不是假装的吗？""那你也得装呀！""那天不是装完了吗？""谁告诉你完了的？""那你也没告诉我要继续装啊，也没说什么时候需要装，什么时候不需要装啊。""告诉你，知道你是我女朋友的那些人今晚还都在这儿呢，你让他们怎么看我们？""我哪儿知道会这样？段先生事先没说要带我来这儿！""你连人家要带你去哪儿你都不知道，你就敢跟着走？你也太……""没法跟你说清楚。""那你告诉我现在怎么办？我的女朋友大晚上跟别的男人跑到这种地方来跳舞，你告诉我该怎么跟他们解释？""如果穿帮，会出什么事？""会出大麻烦！""什么大麻烦？""要不我违心地把一个我不喜欢的人给娶回家，痛苦一辈子！要不因为我是个大骗子，而把他们都得罪了！这麻烦够大吧？"她看了看他，"要不，你打我一下，做给他们看？""我看也只有这样。"大少爷挽了挽袖子，闫觉鸥急忙改口："等等，当着这么多人啊！""不当着人，怎么演戏？"闫觉鸥犹豫了一会儿，"好吧，如果您下得去手。"她闭上眼睛等着挨打。"我还是去打他一顿吧！那更像真的。""别！他以前救过我，是我的恩人！""可他半夜三更把我女朋友带到这种地方来，作为男人，我不能什么都不做！""不行！坚决不行！再说，你也未必打得过他……""你说得对，那就太难看了，我看我还是找人做这件事吧，我手下有的是人。""不行！"妮娜远远望着他们，心里很是幸灾乐祸，这就是大少爷找的女朋友，没准就是个小荡妇！喝得半迷糊的孙楚来到妮娜身边，半闭着眼问："义振呢？他怎么把你一个人扔下跑了？""喏，那边！他女朋友来了！"她低声跟孙楚说了情况，但从他那僵化的表情看，他什么也没明白。大少爷看了看站在一边正担心地望着他们的段哲文，对闫觉鸥说："你去跟他说，我送你回家了。""这……""这什么？我总不能看着我女朋友大晚上跟一个男人走吧？我去跟客人打声招呼，我们门口见。"妮娜见大少爷回来了，问怎么回事，他告诉她闫觉鸥跟几个人约着一起来学交谊舞，结果人家都爽约了，结果只来了他们俩了。"段哲文站在俱乐部门口，眼看着闫觉鸥坐进大少爷的汽车走了，窘迫得都不会动了，他沮丧地想，倒霉！自己差点儿又踩了雷！

"就这样把人家一个人丢在门口，真不好！"车上，闫觉鸥不悦地说："人家还救过我！""你觉得我也该邀请他上车？把他一起送回家？那别人会怎么想？""可是……""这么晚你跟他来这儿真是为学跳舞还是有别的原因？"闫觉鸥沉吟半天："我不能说。""不能说？他不会是想拉你进某个组织吧？"他猜到什么了？闫觉鸥心里一惊。"比如'青年诗社'？""什么青年诗社？没听说过。""他没给你张表，让你报名参加青年诗社？""没有，人家是城市晚报的专栏作家，不是什么青年诗社的。""如果有人拉你参加这个社、那个团的，你可别去，特别是青年诗社！那些组织背景复杂没好来头，你要多加小心。""您是不是觉得我特别没脑子？""反正不聪明。""所以，您就选我来当你女朋友了？一个没脑子的傻瓜？""救急嘛！我当时来不及找别人。""既然我只是一个临时演员，您大可不必像管你真女朋友那样管我，我最不喜欢被人管了。""我不是管你，我是提醒你，怕你上当。因为我知道的事比你多，就说这个青年诗社，它其实就是国民党青年会办的，那是个特务机关，名义上是诗社，其实是用来给国民党招募人才的，这事我就只能跟你说到这儿，你应该知道我担心什么。还有，不管你未来的男朋友是谁，如果他知道今天我这么管过你，一定会感激我的。""那，我们的戏要演到什么时候？""到时候我会告诉你的。""追你的那个女孩儿不好吗？你找我就为了躲她？""她不适合我。"

妮娜和孙夫人坐在海边的露天茶座上，与其说是享受着海风和阳光，不如说是在享受着关于廖义振的话题。"您有没有这种感觉，义振哥和那个所谓的女朋友之间的关系有些……怎么说呢，有点怪！"妮娜说："那个闫觉鸥就好像是义振哥为了拒绝我临时拉来的一个替身。"孙夫人："妮娜！你的小聪明又作怪了！""您以前听说过她这个女朋友吗？""她肯定不是刚冒出来的，但她是他的女朋友，这我还是头一次听说。不过，你说，大少爷为了拒绝你，临时弄个女朋友来，我觉得不会，他事先可不知道你要来，他都不知道你到胶城了，你把他想得也太能掐会算了。"妮娜笑了,"要不他就是顾虑我们的关系,换作我是他,我也不愿意跟特务头子的亲戚沾亲带故。""嘿,大小姐,你是在说人家拒绝你是因为我们?是你姨夫把妮娜小姐的情人吓跑了的?""您真是,人家就是想找个台阶下,这您都看不出来!不管怎么说,我还是觉得他和闫小姐的关系有点可疑,您记得那天那个焦小姐说大少爷的话吗?'好像她是你女朋友似的',记得吗?"

34

乔怀芝低头看着一张纸傻笑,"太有意思了!戴琼慧你来看满图写的诗。""满图?"戴琼慧感兴趣地凑过来,两人一起轻声念道:"乌云下面的沙滩上,有几只小龟在行走……"戴琼慧:"这是满图写的?他还会写诗呢?哎,我记得你们并不熟啊?""我们一起参加青年诗社了,他觉得自己写得不好,让我帮他修改一下。我笑的是他下面的署名,逗不逗?'新捣蛋派诗人满图。'"两人都笑了,戴琼慧笑得酸酸的,她在想,是满图拉乔怀芝去的诗社呢?还是乔怀芝拉满图去的呢?总之,自己以后别再去喜欢满图了,人家已经有喜欢的人了,而且,他肯定也喜欢她。

孟老师遇见乔怀芝,热情洋溢地说:"你作业本里的那首《小舢板》写得不错呀,你很有天赋啊!"乔怀芝被他夸得不好意思起来。"你平时经常写诗吗？""有时候写。""下次上课，你在班上给同学们朗读一下你的《小舢板》吧，让大家都学习学习。""您过奖了，哪儿有那么好。""不，你真的很有才气！""真的吗？老师，我，我还写了几首诗，我能请老师有空时帮我指点指点吗？我觉得老师对诗歌很有研究，我最喜欢上您的课。""你拿来吧，也不叫指点，我们互相交流吧。""看老师说的，当然是指点。"乔怀芝害羞得眼睛都不敢抬。

在青年诗社的课堂上，社长施民伦见满图又是一副无精打采的样子，于是叫他道："满图！你写的诗呢？给我们大家朗读一下。"满图："啊？那个，可以！"他展开一个本子，念了起来："酒未开樽句未裁，寻春问腊到蓬莱。不求大士瓶中露，为乞嫦娥槛外梅……"施民伦："这是你写的诗？我记得，这好像是一个叫曹雪芹的作家写的。"有人道："班长，他把他自己当成贾宝玉了。"大家哄笑。乔怀芝跑进教室来，"对不起，我来晚了！"她坐到满图身边。"我以为你不来了。"满图小声说。"孟老师在帮我分析我写的诗，我不好意思走。"她满脸喜色地说。施民伦："满图，你喜欢诗歌吗？为何每次让你写诗都这么费劲！"有人道："人家不是为诗歌而来的，是来陪读的。""你说得不对，他明明是为袜子来的！"大家又大声哄笑起来。"他当然喜欢写诗，他的诗写得很好，你们看他写的……"乔怀芝说着，要从书包里拿出他写的诗，满图忙按住乔怀芝的手。乔怀芝："满图，给他们看你写的诗歌！孟老师都说好！"满图双手在胸前一插，"他们说的没错！特别是那个长得跟'鸵鸟'似的同学说得没错，我就是为袜子来的！而且为了对得起它，我一直假装跟你们一样喜欢诗歌，现在我看出来了，你们这些号称喜欢诗歌的人，骨子里没有一点诗意，我没有兴趣和你们这些家伙为伍了！老子走了！"满图起身朝门口走去。施民伦拽住满图胳膊："哎，别呀！大家跟你开玩笑呢，别当真啊！"他用手指指大家，"你们乱讲什么？大家都是来学习的？君子要嘴下留德！"他拍着满图的肩膀，"我们学诗，并非非要成为诗人，学会欣赏，这也是一种修养，对不对？满图，回到座位上去，我还有件高兴的事要告诉大家呢。"满图只好坐下。施民伦对大家说："同学们，我们诗社过几天准备组织一次篝火诗歌联谊会，联谊会的地点将选在桃儿岛，希望大家多多动员你身边的人、你的同学、你的朋友来加入我们的青年诗社，凡是在这次联谊会前后加入诗社的，都将获得我们赠送的礼品……"

闫觉鸥见乔怀芝手里挥着几张表格动员班里的同学参加青年诗社，她一下子想起大少爷提醒她不要参加青年诗社的话，说道："我不报名，我劝大家也别报。"乔怀芝一脸不悦地说："没事，这本来就是自愿的，报不报都无所谓，不过每个人做什么事都应该自己拿主意，别什么事都听别人的。谁愿意报名，来呀！"闫觉鸥："乔怀芝，我不是针对你，你别不高兴。我是听说这个青年诗社背景不太好……""怎么不好？请你说明白，你不能凭空败坏人家名声啊？我已经在那儿参加过很多次活动了，我觉得挺好的，他们的师生都很正派。"吴婉玲："闫觉鸥，你是不是知道什么？""是啊。""青年诗社什么背景啊？"姜蓝欣来到教室门口，瞪着眼问闫觉鸥："你是怎么知道它的背景不太好的？谁告诉你的？"上课铃响了，大家各自回到座位上。

课间，乔怀芝被姜蓝欣叫到了教师办公室，她惊恐地说："我错了，老师，我错了……"姜蓝欣不解地问："你怎么错了？""我不该动员同学们去参加青年诗社，我……"乔怀芝紧张地说，"我，我是……"姜蓝欣一拍桌子："你做得很对啊！乔怀芝！青年诗社是青年诗人的摇篮！是年轻人起航的风帆，我们就该让同学们参加这样的团体！你何错之有啊？你看你的诗现在为什么写得那么好？当然有孟老师指导的因素，但也与你去青年诗社分不开啊！你才参加他们的活动几天啊，你看你现在写的诗，看看你那首《问沙滩》写得，啊？"乔怀芝："是《看沙滩》。""是啊，就是那个'沙滩'写得多好啊！我都被它感动了！如果你不去青年诗社，能有这样的进步吗？"她停顿了一下问，"可有些人却宁可把时间花在没用的事情上，唱歌、跳舞、闲逛。闫觉鸥今天是怎么回事？她为什么反对大家报名青年诗社？这不正常！她背后是不是有人挑唆才值得怀疑呢！看她说话那个狂劲儿！你是班长，平时要多注意她，她别不是跟共产党有什么瓜葛吧？""那不会。"乔怀芝感觉姜蓝欣的眼镜片闪着阴森的光。

青年诗社那个被满图称为"鸵鸟"的学生终于用"袜子"的言辞把满图激怒了,满图跟他动起手来,接着,帮满图的少数派和帮"鸵鸟"的多数派打成一团,在回家的路上,满图告诉乔怀芝他再也不去诗社了,"与其跟这里瞎混,还不如去你们歌咏团唱'娘娘腔'呢。""别去歌咏团!"乔怀芝说。"为什么?歌咏团怎么了?"满图问,乔怀芝不语,"对了,你说你退出歌咏团了,究竟为什么呀?你真的怕耽误学习吗?"她沉默了一阵,小声说:"那里有共产党。""有共产党?谁说的?"满图很早以前就从廖义达那里知道一些共产党的事,自从认识虎子和他那个海牛哥后,更加敬佩共产党。要不是因为弟弟妹妹需要他照顾,他也许早投奔过去了。乔怀芝今天提供的这个信息让他有点喜出望外,他回到学校里就去找谷老师要求参加歌咏团了,"谷老师,您以前可是希望我参加的!我这嗓子多好啊,正经八百的男中音。""你不死活不来吗?为什么突然改主意了?""因为,因为宜阳、廖义兴他们都在歌咏团啊,再说,我其实也喜欢唱歌,老师,您不知道,我最近几次做梦梦见跟大家一起合唱,可高兴了!您收了我吧!"看见满图来了歌咏团,闫觉鸥她们以为看错人了,"山东汉子也来唱娘娘腔啦!太阳打西边出来了!"

35

段哲文这次让闫觉鸥参与的地下工作，是去音乐厅听一场音乐会，他们的任务是要从一个情报员手里接手一份重要情报。起初，段哲文一直泰然自若，可当音乐会进行到一半时，不知出现了什么情况，他突然坐立不安、神色大变，闫觉鸥看见他紧张得双腿直抖，呼吸急促，"怎么啦？"她问。"有人盯上我了！"他的嗓音里像是有根绷紧的弦。"啊？""别怕，他们是冲我来的，不会对你怎么样。"又过了一会儿，他坐不住了，说道："焦娆，我得出去一下，你坐着别动。"他紧张得甚至叫错了名字，"如果音乐会结束前我还没回来，你就自己回家……""我现在需要做什么？""什么都不需要，我也许要避一避，我们最近先别见面了。"他弯腰往外走，脚下被什么绊了一下，几乎扑倒在她身上，那一刻，她看到了他额头上的汗和目光中的恐惧。他走后，闫觉鸥想象着他被人抓走的情景，心一直怦怦地跳，如果说在这之前闫觉鸥曾因为那些显得过于轻松的"地下工作"怀疑过段哲文的话，这次她不怀疑了，因为他的惊慌失措太真实了，绝对不是装出来的。

人力车已经跑出一段路了，坐在人力车上的段哲文紧张地回头看看，见无人跟着，稍稍放下心来，他叫停人力车。人力车刚走，他就后悔了，他觉得在这么僻静的地方下车可能是个错误。果然，段哲文没走两步，就见一个戴毡帽的男人横站在他面前不远的地方,他急忙转身往回走,就听见那人说:"段哲文,你躲得了和尚躲不了庙,你的一切我全知道!"段哲文转过身问:"你是谁?我不认识你。"毡帽男人走上前笑笑:"可我认识你!你和聂夫人的事,我全知道。""什么聂夫人?""你这样就没意思了,你像仓鼠一样从音乐会跑了,还问为什么,你当世人都是瞎子吗?你听好了,我不想评论你的人品,你玩完人家,跟没事人儿似的拍拍屁股走了这事我也管不着,她又不是我的女人……""我们俩是你情我愿……""无耻!您可是作家啊!是文明人!""你要干什么?""聂夫人的哥哥聂冲是做什么的想必你是知道的。""他做什么干我何事?""他可是个杀人不眨眼的人,聂夫人的丈夫张寒是他的手下。因为我跟张寒的关系比较特殊,所以,你如果掏点钱,给个封口费什么的,咱俩从此再不见面,不然,不管是张寒还是聂冲,都得要你的命。""你受雇于谁?"毡帽笑而不答。"你要多少钱?""这话问得还在行,表明你还是珍惜生命的。""我是个穷文人,没有钱。""怎么会?你老爹是做买卖的,怎么可能没钱呢?你可别告诉我你们的生意很不好,我没有时间听废话。"段哲文明白,他必须尽快了断此事,他急火火地去找父亲借钱了,得到的是一个飞过来的茶杯和一脸茶水。

36

廖公馆几天前收到了赵老先生的邀请信,邀请二位夫人去济南做客,二位夫人非常高兴,赵老先生既然能邀请她们过去,至少表明他们的日子过得还不错。可这段时间,廖夫人的膝盖总是有水肿,宋医生认为她这状态不宜出远门,建议她调养好后再去,可那要调养到什么时候?廖夫人见二太太想见孙子心切,便跟她商量让伙计西柜儿陪她走一趟,自己这次就不去了。二太太他们一走,廖夫人就派人去闫家送口信儿,希望闫觉鸥能去廖公馆住几天陪陪她。

闫觉鸥一来便被刘老师挡在走廊里,说廖夫人正在自己的房间里接待朋友,"请二小姐先回二少奶奶的房间休息,等客人走了,会有人去叫你。"不一会儿,刘老师端着一托盘大小毛巾和布单子走进来,"二小姐,这是你在这里要用的东西,需要我帮你换上吗?""不需要。"刘老师那样笑笑说:"这家虽然佣人少了,但规矩还是要遵守的,二小姐肯定不用我帮忙吗?"得到回答后,她又那样笑笑走了,闫觉鸥刚要关门,她又用脚抵住了门,"慢着,二小姐请务必关门轻一些,像这样。"她从外面轻轻地关上了门,闫觉鸥冲着门做了个鬼脸儿。

闫觉鸥觉得三少爷是这个家目前她唯一可以呼来唤去的人,见他回来了,便立即把他拉了过来,"你们家破规矩怎么那么多啊?""怎么了?""刘老师刚才送来一摞被单什么的,让我都换上。"廖义兴:"这都是给来我们家留宿的客人用的,他们谁来就给他们一套,走后就都拿去洗。""哦,那就是说,我现在是你们家的客人?""你不用管那么多,想用就用,不想用就不用。""我姐不在,我怎么觉得我来的是个陌生的人家啊,你们家人还有什么忌讳?比如,吃饭不许吧唧嘴什么的?""你吃饭吧唧嘴?""你没发现啊?""没有。""那吃饭的时候,你好好注意一下。""我们家人就是看不了有人张着嘴吃东西,上次我们家来了一个客人,他就那样吃东西,我妈她们差点儿晕过去。""你们家人还监视着别人怎么吃东西?这是什么爱好啊?""主要是因为那人吃东西动作太大,没法不引人注意,他那样子好像吃了皮筋儿似的,刘老师当时差点吐了。""哈哈哈……""她这人很讲究,看不了这个。"

  与姐姐一起在廖公馆住的时候,闫觉鸥不觉得怎样,可如今姐姐不在,她觉得自己像是大观园里的刘姥姥,调个洗澡水,差点把喷头儿给拆了,更可气的是,每当她表现得很糟糕的时候,都正好被刘老师看见,她就会用那样的眼神和语气让闫觉鸥难受,刘老师和二太太可真是像。大少爷很忙,不怎么回家,少了一个爱挑刺儿的家伙,闫觉鸥觉得轻松了一些。自从她和大少爷之间有了那个恋爱协议后,她感觉,他给她的压力增大了,感觉自己好像真的被准丈夫看管起来了,她甚至自己都觉得自己变笨了,什么也做不对了,活该被批评!怎么搞的?

这天下午，廖夫人在琴房给闫觉鸥表演，穿着睡衣的大少爷走了进来，看见闫觉鸥，他"哎呀！"一声转身就走了。廖夫人不解地问："他怎么了？""不知道。"不一会儿，见他穿着板板正正的衬衫回来了，廖夫人看看他，皱着眉头说："我怎么看你有点儿别扭啊？"闫觉鸥心里暗自发笑。这天是闫觉鸥第一次听大少爷唱歌，起初他是跟着廖夫人哼唱《玫瑰三愿》，后来就放开嗓子跟着唱起来，大少爷的声音居然这么好听！真是太意外了！廖夫人对闫觉鸥说："义振唱歌好听吧？他可是会用气、用嗓子、用横膈膜。""横膈膜你知道在哪儿吧？"大少爷问闫觉鸥。"不知道。""在这儿，胸腔与腹腔之间。"他指着自己横膈膜的位置说。"哦！"闫觉鸥瞪大眼睛看着，像是要过去摸。"你看的是我的横膈膜，你的横膈膜在你自己身上。"大少爷的话逗得廖夫人一阵大笑。

半夜，闫觉鸥发现自己的经血弄脏床单了，她惊慌失措地拽下床单就给洗了，就在她到凉台上晾床单时，一阵风刮来，凉台的门"砰"地被风撞上了，坏了，她进不去屋了，糟糕的是她的睡裤刚才也一并洗了，此刻她下身只穿着条内裤，她这下傻眼了，她看了看凉台周围，没一点办法能让她逃离这个困境，时间很快就过去了，难道自己就这么站在凉台上等着天亮被人发现吗？就在这时，院子里传出汽车声，是大少爷从俱乐部回来了，虽然她不想让大少爷看见自己的窘相，可也没办法，眼下他是唯一的救命稻草！大少爷停好车，朝客厅门口走去，他的步伐好像有点晃,像是喝多了。"大少爷!"她压低声音叫道,可他没听见,"大少爷!"闫觉鸥着急得猛喊了一嗓子,大少爷发现了她,"谁呀?谁站在那儿?""是我,我凉台的门被风刮上了,我进不去了!""什么?你说什么?"他脚步有些踉跄。闫觉鸥不得已再次提高嗓门儿:"请您去帮我开一下门!我进不去了!""是闫觉鸥吗?你说什么?我听不清!""我被关外面了!"这时,闫觉鸥惊慌地发现,有好几个房间亮了灯,真可气,大少爷,你难道是来落井下石的吗?不一会儿,刘老师打着手电走来,当她照到凉台上的闫觉鸥时,一脸错愕的表情令闫觉鸥不忍目睹。"您这是在干什么呀?"回到房间后,刘老师一一换上各种单子,没好气地说:"你真是个不让人省心的小姐,二太太真没说错!让你换上单子,你就是不听!"

这天吃早饭时,大家都对闫觉鸥吃饭的样子感到别扭,她竟然张着嘴吃东西!刘老师想说她几句,被廖夫人用眼神制止了。闫觉鸥仿佛对大家看她的复杂眼光毫无觉察,自顾自地吃着,她咬了一大口馒头,只见那面团好像在她的嘴里打起滚儿来,就是不往下走,刘老师看着看着,捂着嘴离开了餐厅。廖义兴看着闫觉鸥,她显得若无其事地冲他一笑。这天早上大少爷没来吃早饭,闫觉鸥希望他昨晚醉得厉害,最好什么都不记得了。

37

焦娆父亲这边一直没有好消息，因此焦娆一看见段哲文闷闷不乐的样子，就满心惭愧。"你不高兴了？是因为那批货的事？"她小心翼翼地问。"不是。""那你怎么心事重重的样子？""嗯。是有件事，我思想斗争了好久，不知该不该告诉你……""什么事啊？你不会是想告诉我你是共产党吧？"她开玩笑说。"你怕吗？""什么？你真的是共产党？说着玩儿的吧？"段哲文："那你觉得我做那些慈善是为了什么？""是为了他们？段大哥，这是真的吗？""你还肯帮我吗？""我帮的是你！你帮助谁又跟我没关系。""你不怕受牵连？""只要你爱我，我什么都不怕。""真的？""嗯。""也就是说我可以把你当自己人，你永远都不会出卖我？""当然啦！"段哲文把焦娆拥入怀中："好姑娘！我就知道我找对人了！现在，我有件事想请你帮忙，一件非常紧急的事。""什么事？""我们有个同志被抓了，我急需一笔钱买通监狱的关系，将他救出来，我已经筹到了一些钱，但还不够，你有办法弄到钱吗？""我？""我们的同志在里面待的时间越长，危险就越大，而且，他每天还要受酷刑的，我们必须尽快将他救出来！"焦娆为难地说："可我没钱啊，我爸那人，你知道的，精透了，我很难从他那里要出钱来。""是，是，我明白……"他松开焦娆，"没关系，我再想其他办法，我也是有病乱投医……一想到他在监狱里受罪，我就吃不下、睡不着，心急如焚。这样吧，你明天上学的时候，去找一趟闫觉鸥，让她明天放学跟我见一面。""找她干什么？她又没有钱。""我不是说了吗，我现在是有病乱投医！"一看焦娆的表情，就知道她的醋劲儿上来了，"闫觉鸥为了我的事，一定会竭尽全力、想方设法去做的。""哼！只怕她心有余而力不足！""人家身后有廖公馆！那可是一棵大摇钱树！""廖公馆？我跟他们的关系比她熟多了，他们家上上下下，我全都熟！""那太好了！那你去找他们想办法啊。""我没这本事，谁都没这本事，如果义达哥哥在还好说，可他们家现在是义振哥管家，他那么抠门儿，谁要是能从他手里要出钱来才怪了呢！""你看，让你去，你又说不行……""闫觉鸥更不行！别看她姐是廖家的儿媳妇，""可闫觉鸥是大少爷的女朋友，那情况就不一样了。""什么？女朋友？你别听她胡吹牛了！""不是吗？她现在每天都在廖公馆住，你不知道吧？"

姜蓝欣站在学校门口盯着进进出出的学生，她一眼看见了马路对面站着的段哲文，接着，又看见闫觉鸥从学校里走了出来，跑过马路去见他，两人说了一阵子话后一起离开了。好一个记者！姜蓝欣远远地注视着他们。

开车回来的大少爷看见闫觉鸥到了廖公馆门口没有进，却低着头继续朝前走，就喊住她，"怎么晕头转向的，考试没考好？"焦娆正在客厅和刘老师讲话，看见闫觉鸥和大少爷一起走进来,便高声说:"义振哥!你答应给我写的曲子呢?写没写好啊?人家还等着呢!"然后上前拉住大少爷的胳膊,"义振哥,来,我要跟你说句悄悄话。"她把他拉到一边,故意用闫觉鸥能听见的声音说:"有人一直在冒充你女朋友,你知道吗?义振哥可别上当了!"她见闫觉鸥上楼去了,又小声对大少爷说:"她为什么住这儿?她姐不是走了吗?""这你也要管啊?""她来是有目的的,你不觉得吗?""别瞎猜,是我妈叫她来的。""她跟你要钱了吗?说要慈善啊,救人什么的?""没有啊。""告诉你,她要找你要钱,你可千万不能给她啊,无论她说什么,都别答应,否则你会惹上麻烦!你知道她要钱做什么吗?帮助共产党!""什么?""总让人以为是你女朋友,哼,那些想利用你的人不找她找谁?到时候,她就可以从中渔利了!""这事你怎么知道的?""我什么不知道啊!"

焦娆跟大少爷嘀嘀咕咕的样子,给硬着头皮伸手要钱的闫觉鸥增添了不小的压力,尽管那个要钱的理由并不丢人,但她还是鼓了半天的勇气才走进大少爷的书房,她对正在翻书的大少爷说:"您忙吗?我找您有点儿事……""什么事?"要向一个很抠门儿的人开这种口太难了,她正用力推开所有顾虑准备开口,电话铃响了,他接起电话:"喂?要买什么?买椅子?怎么又买椅子?咱们俱乐部是有人吃椅子还是怎么的?怎么三天两头买椅子?不行!没钱!谁答应了?谁答应了也不行,我没答应。我就不信你们说的话,前几天你们非说好几个桌子不行了,我一看，完全不是你们说的那样，行了，行了，回头我看看再说。我告诉你，这几天你们谁都别再跟我提钱！"大少爷挂上电话，"真能败家，把我当傻瓜！"他这话，是不是说给自己听的？闫觉鸥很不自在，想跑掉。"说你的事吧。"他说。"我，我有个朋友出事了，被警察抓走了……"她鼻尖都冒汗了。"为什么？"电话铃又响了，他又接起电话："喂？打起来了？什么人啊？好，好，我马上过去。"他站起身，放下电话，"俱乐部那边有人打起来了，我得过去看看。你的事等我回来再说。"电话铃再次响起……这天接下来的时间里，大少爷就没再出现。第二天早上，大少爷没跟大家一起吃早饭，刘老师说他晚上喝了酒，不让叫他，闫觉鸥感觉他在有意躲着自己。

  第二天晚饭后，闫觉鸥被大少爷叫去了书房，"你昨天找我说什么事？""焦娆那天跟您说我什么了？她是不是说我冒充你女朋友，我别有用心？"她没想到自己最先脱口而出的是这些坏事的气话。"你不用在意她的话……""做您女朋友，那可不是我的主意！""当然……""尽管如此，我也从没想过要利用您，您别以为我求您办事，就是在跟您讨价还价。"她突然委屈起来，眼泪在眼睛里打转。他诧异地看着她，"让你做我女朋友这事，那么让你委屈吗？如果这样的话，你可以不用继续扮演了，这样可以了吗？我没想到这事给你那么大的压力，好吧，那现在说你的事吧，我不会把它当作讨价还价的。"闫觉鸥感觉他误会了自己的意思，更不知该如何说明一切了。电话铃响了，她看了一眼电话机。"不用管它，说你的事吧，你说你的一个朋友被抓了……""铃——铃——"电话铃响个不停。这种氛围让她无论如何都没法正确表达自己的意思，她一扭头跑出了房间。

这天课堂上，姜蓝欣发现闫觉鸥一直在发愣，生气地将手中的粉笔头朝她扔了过去，"你如果没心思上学，就请不要到学校来！"放学后，闫觉鸥给姐姐打了个长途电话，把救人的事告诉了她，"找大少爷要钱？不行啊！坚决不行！他操持那么个大家，已经够难的了，你不许动那个念头！救人这种事，可是要花很多很多钱的！""那怎么办？段先生以前曾经救过我的命，我们做慈善的时候，人家还倾囊相助。""这样吧，我卖两件首饰吧，你也算是尽力而为了。我一会儿告诉紫陶，让她先把钞票给你，我回头给她钱。记住，千万别向廖家人伸手！否则我永远也不理你了！还有，你以后别再掺和他们这些乱事了，钱是一回事，你傻乎乎的别再把命给丢了！妈不是说让你离那个作家远点儿吗？"

为了不让闫觉鸥在段先生这里占上风，焦娆去找母亲要钱了，说同学王妙云的母亲病了想跟他们家借钱看病，焦夫人一听就一肚子气，"这世界上的事还有你不管的吗？你又不上班，不挣钱，还整天那么慷慨大方！我们家是印钞票的啊？""你们基督教徒不总说大家都是兄弟姐妹吗？原来都是假的！虚伪！""王妙云的母亲是基督教徒吗？她要是基督徒，我可以考虑!"焦娆在母亲这儿碰了一鼻子灰很是生气,万一闫觉鸥真找来了钱,那他不就向她靠拢了吗?那可不行!她想到了母亲的首饰……

毡帽男人从段哲文手里接过钱揣进怀里:"剩下的那些什么时候给?"段哲文没好气地说:"成为别人的噩梦对自己没什么好处,差不多就行了!"男人笑道:"你不也是别人的噩梦吗?可我看你活得挺好啊!"

38

"姨妈,我出去转转,您别等我回来吃饭啊。"妮娜在屋外喊了一声。"好,早点回来。"孙夫人看着妮娜走出院子,心里有些替她伤感,虽然她对大少爷的态度嘴上说得那么轻,带着以往与男人交往那种玩儿的成分,但她能觉察出,妮娜这次"玩儿"有些不同于以往。

闫觉鸥正跟大家一起练声,看见妮娜走进教堂,坐在祷告席上,她是来找自己的?闫觉鸥心里不禁有些紧张。排练结束了,妮娜果然叫住闫觉鸥,"我马上要回北平了,今天想耽误你几分钟,说几句话行吗?"闫觉鸥让戴琼慧和吴婉玲先走了,然后在妮娜身边坐下。妮娜开门见山地说:"我想向你坦白一件事,我也爱上大少爷了!""是吗?""你没看出来吗?""没有。""他也没跟你说过我们吗……""没有。""就是说,你不知道我的存在。""不知道。""从他刚到北平,我们第一次见面的那个时候起,我就喜欢上他了,也许是因为我很少接触他这种类型人的缘故,我一下子就被他吸引了,随着我们俩接触的机会越来越多,交流得越来越多,我就陷进去了,我自己都不敢相信,我们认识的时间那么短,感情怎么会来得那么快。我这次来胶城,本来是想跟他明确恋爱关系,没想到他已经有了你。假如他早点告诉我你的存在,也许我就不会来了,可他从没跟我认真说过你。"闫觉鸥用手指在椅背上乱画着,仿佛在以此掩盖某种情绪。妮娜:"我找你是想问问你,你真的爱他吗?你对他是认真的吗?有没有可能……""没有。"她快速地回答,又用近乎愤恨的目光看了妮娜一眼。妮娜愣了一阵说:"你们俩是如何开始的,能给我讲讲吗?""我们俩?我不知道……"妮娜怀疑地:"不知道?""以前,他经常来教堂做礼拜,那时我对他印象很好,感觉他这人温文尔雅的,但后来,我姐嫁到他们家后,我发觉他这人并不是我想的那样,他不仅爱挑剔,还爱教训人,待人冷冰冰的,那时对他的印象不太好,很糟糕!但……""你是从什么时候开始爱上他的?""对不起,我不喜欢跟人谈论这些。""你没有把我当朋友。我今天跟你这么直截了当地谈了这么多我自己,我感觉我们一见如故,可是……"她看了看闫觉鸥:"好吧,我不多问了……"她稍稍沉吟了一下说,"但如果我告诉你,大少爷并没那么爱你,没有你想象得那么爱你,当然,你允许的话,我可以给你讲几个例子证明我没有说谎,如果这样,你还会继续爱他吗?"闫觉鸥看着她,眼神显得有些不安。"你对他的爱没什么自信,我看得出。要知道,他可比你大很多,你们并不合适,因为你弄不懂他。所以,当他见到我时,当他感受到我的爱时,他就动摇了。我并不是说,他一点都不爱你,我只是说不像你想象中的,所以他会因为别的女人而动摇。你太年轻,不懂男人,他们是很善变的,他甚至可能因为某种追求而抛弃你,你这样的女孩儿是没有能力驾驭这种男人的,有一天,他会突然告诉你,你和他之间只是一场误会!""你说的不是大少爷!他是个单纯的人,没你说的那么复杂。""那是你太幼稚了!闫小姐,怎么才能使你明白目前的状况?我们,我们已经……你难道还不明白?""已经什么?不明白。"接着,妮娜从她眼眸中渐渐看见了泪光。妮娜愣了一下:"你是真的在乎他吗?如果是,那天你为什么还要跟其他男人去跳舞?还专门到他的地盘,难道你不顾及他的感受吗?不怕他难过吗?你是故意想刺激他吗?"她气愤地说,"你的眼泪真让我无法理解!"闫觉鸥孩子气地辩解道:"我去那儿跳舞有其他原因,我已经跟他解释清楚了……"妮娜:"你们两家地位悬殊,你不觉得你的爱太自私、太贪婪吗?"闫觉鸥:"我从来不去想这些没用的。""哦,是吗?那只能说明你对他并不那么认真,闫小姐,我劝你还是放弃他吧,我不仅比你爱他,也比你更懂他!""那他爱你吗?""那你以为我凭什么千里迢迢地从北平跑到这里来找他？你信也好，不信也好，我们俩非常相爱，我们的共同语言很多，兴趣爱好也一致，但我知道，义振是个心软的人，他不肯亲口说那些伤害你的话，所以，只能我来把话说明白。""是他让你来跟我说这些的？""闫小姐，我很可怜你，也不想伤害你，但假如你能离开他，其实，对我们大家都好，算我求你了……"妮娜又一次愣住了，她又一次看见了她眼里转动的眼泪，闫觉鸥哽咽地说了一句："我不相信你说的！"然后站起身跑出了教堂。

大少爷听完闫觉鸥的汇报，问道："那最后你是怎么回答的？""我，我，我就说，既然这样，那你们就好去呗。""啊？你真这么说的？""那我怎么说？""哎呀！糟了！糟了！你这是硬把我往她那儿推啊！""听她一说她那么爱你，我觉得，再争下去，我就是犯罪了！""犯罪？犯什么罪？""犯棒打鸳鸯的罪啊！""但你现在犯的是乱点鸳鸯谱的罪！""那不是我点的！是您自己点的！她说，你其实很爱她！其实，你们很相爱！有共同语言，家庭啊什么的，各方面也都很配！""那干吗要拉你来挡驾啊？""是啊，为什么呀？""你就这样完成我交给你的任务啊？""您那天在书房不是说，我可以不装了吗？"见大少爷一脸无奈地看着她，闫觉鸥突然笑了："我骗你的！我哪能这么说啊！我对她说，你别想跟我抢大少爷！我很爱他，你别做梦了！""我不信。""反正就是这个意思。""那她怎么说？""她恨不得立即把我吃了！说我癞蛤蟆想吃天鹅肉！""不会吧？""反正就是那个意思。"见大少爷笑了，她问："我今天的表演打多少分啊？""我还没弄清你哪句话是真的，哪句话是假的，怎么打分？""您不信任我？""不是不信，我在想你会不会漏掉了哪些细节？你是把整个经过都告诉我了吗？""是呀……""实话告诉你，你们见面的事我已经知道了！""啊？""她详详细细地都跟我说了。""啊？她都告诉您了？那您干吗还问？"闫觉鸥生怕他提起自己被说哭的事，赶紧溜了。

39

路灯都亮了焦娆才坐着人力车回家，她从车上下来，又朝车上人挥挥手。"你在跟谁招手呢？"焦夫人从黑影里闪了出来。"哎哟，您吓死我了！""那人是谁？""是段先生啊，爸爸见过的那个。""你一个学生整天在外面都接触些什么乌七八糟的人啊？""怎么就乌七八糟啦？人家是作家！您干吗在这儿站着？""等你啊！"焦娆忽然感觉衣服哪儿不对，用手一摸，发现胸衣带儿垂到衣服外面了，她一阵慌乱，如果进屋后被母亲看见就出大事了，她慌乱地把胸衣带儿往衣服里掖。"我问你，我的手镯怎么不见了？"两人一进客厅，焦夫人便正色发问，焦娆正紧张地忙乎着那胸衣，没顾得上听母亲的问话。"问你话呢？""啊？你说什么？""手镯！我那对儿青兰色的翡翠手镯!""怎么啦?""怎么变成一只了!""我没看见。"她用怀疑的目光看着焦娆,"那可是我台湾的表姐送我的,很贵的!""您不会又怀疑是我拿的吧?"她终于凑合着把胸衣带儿掖住,脸都急红了。"您自己好好想想把它放哪儿了吧,别一丢东西就赖我!""你脸红什么?""谁脸红了,我要去上厕所。""站住!""人家要上厕所!""焦娆你说对了,我就是怀疑你拿了!看你现在这副样子,更觉得你可疑了!""妈!我抗议!你那些宝贝平时您让我碰吗?而且您也知道我最讨厌您那对手镯了,难看死了,我要拿也不拿它啊。""那你可以拿去卖掉啊!""这家一丢东西您就怀疑我,我是您女儿还是贼啊?我不是您亲生的吧?是您从大街上捡的吧?""当初是谁把家里的画偷出去给廖义达的?我不该怀疑你吗?""那您快叫警察来把我抓起来吧!像上次那样!快叫吧!""你别以为我不敢!""有您这样的母亲,我宁愿住到监狱去!"焦娆说着跑进自己的房间去了。闫夫人一肚子气没处撒,只好拨通了廖公馆的电话,她要找二太太好好诉诉苦。接电话的是大少爷,他说二太太还没从济南回来,焦夫人只好跟大少爷诉起苦来,说她的一只很贵重的手镯不见了,怀疑是焦娆偷走了,说她觉得现在焦娆满嘴都是瞎话,就知道要钱。大少爷记起焦娆让自己别给闫觉鸥钱的事,这两件事之间是不是有联系啊?还有,前两天,他看见紫陶突然跑来找闫觉鸥,两人在花园里嘀嘀咕咕半天,不会是闫觉鸥没好意思找自己开口,又去找紫陶借钱了吧?"您刚才说焦娆逼她爸帮助一个作家？""是啊，谁知是真作家还是假作家啊？""他姓段？""你认识他？"

大少爷放下焦夫人的电话，就径直来到花园，廖夫人正在教闫觉鸥剪花，他把焦娆母亲的电话给两人学了一遍，廖夫人："焦娆那孩子被惯得太厉害，可惹不得，你就是瞪着眼看她把东西拿走了，你都说她不得，就别说你没看见了！""是，陈阿姨说一问她，她就又哭又闹的。""那么贵的手镯丢了，你陈阿姨要心疼死了。"大少爷："陈阿姨说焦娆最近找各种借口跟家里要钱，一会儿是捐善款，一会儿说同学母亲病了要借钱用，她担心焦娆是遇上骗子了。"他转向闫觉鸥，"你们这些女孩子特别容易上当，人家几句好话就把你给说信了。你认识的那个段先生现在跟焦娆走得也很近，还让焦娆的父亲给她帮什么忙，我感觉那人不太对，你得提防着点他。"廖夫人笑道："闫觉鸥是聪明姑娘，不像焦娆那么任性、没脑子。"崔妮儿走来对廖夫人说，紫陶来电话问宋医生今天来不来，"她说宋医生答应给她带什么药来。""你告诉他，宋医生下午来。"廖夫人随后笑着说，"这个宋医生啊，现在被紫陶指挥得团团转。"大少爷纳闷地问："紫陶？指挥宋医生？这又是什么情况？"廖夫人笑道："从他们那次在我们家遇上，我就感觉宋医生对紫陶热情得有点过头儿。"大少爷："难道他们俩……""说不好，感觉他也不是紫陶喜欢的类型啊？等她来我问问她。"闫觉鸥正担心大少爷还会再继续唠叨段哲文的事，自己不好解释，大少爷不知突然想起什么转身走了，闫觉鸥这才松了一口气。

40

歌咏团缺席的人数一天比一天多，这让谷老师很不满。乔怀芝不来了，闫觉鸥最近也不知何故不是迟到就是缺席，即使人来了，脑子也不在。今天，都到这个时候了，还不见闫觉鸥的人影，谷老师不满地问："戴琼慧，闫觉鸥怎么没来？"戴琼慧："我也不知道，我在路口等了她半天……"谷老师又问廖义兴："廖义兴，你知道吗？"廖义兴："不知道。""兵兵去哪儿了？"有个同学回答："他可能病了，昨天就没来上学。""都是怎么搞的！"他不悦地对焦娆说："焦娆，闫觉鸥那个领唱部分今天你来唱！""OK！"

此刻，闫觉鸥正在电影院里与段哲文一起等着跟什么人"接头"呢。段哲文把脑袋靠在闫觉鸥的肩膀上睡着了，闫觉鸥见他睡得那么香，那么放松，心里不禁又开始怀疑起来，他真的是在做地下工作吗？真的是共产党吗？不会像大少爷怀疑的那样，是个流氓骗子吧？她想起有那么几次他看自己的眼神让她感觉很不舒服，有点儿……如果说，他纯属那种想占女孩子便宜的骗子，那上次在音乐会上他那表现又是怎么回事？那种状态是装不出来的！不管怎样，自己还是应该多加小心。"段先生，段先生！"闫觉鸥推醒了他，"都什么时候了？您别把事情耽误了!""耽误不了,我实在太累了。"他看了看手表,"时间正好!"然后起身朝电影院门口走去。

戴琼慧和吴婉玲把谷老师生气的事跟闫觉鸥讲了,闫觉鸥踢着沙滩上的沙子,满腹心事。戴琼慧:"你最近怎么了,为什么总缺席啊?"吴婉玲:"不会是跟哪个少爷约会去了吧?"闫觉鸥:"没有。"戴琼慧:"那你为什么心事重重的?从实招来。"闫觉鸥:"要说,也可以算是去约会了吧。不过,不是谈恋爱。"吴婉玲:"什么意思?"戴琼慧:"和谁呀?"闫觉鸥又长长叹了口气。吴婉玲:"叹什么气啊?"闫觉鸥:"我在想,我可能受骗了?"吴婉玲:"受骗?受谁的骗?"戴琼慧:"闫觉鸥,究竟怎么回事啊?你别支支吾吾的行不行?"闫觉鸥:"我问你们,你们觉得段哲文这个人怎么样?是什么样的人啊?"吴婉玲对戴琼慧说:"看看,我猜对了吧,她真是去跟段先生约会了。"戴琼慧着急地问:"你让他给骗了?"闫觉鸥:"不确定,我也说不好。"吴婉玲:"他怎么骗你了?"闫觉鸥犹豫着。戴琼慧:"闫觉鸥,都什么时候了,你还不告诉我们?你是想被人家骗到底啊?"吴婉玲:"是啊?难道我们俩还不如骗子可靠吗?"闫觉鸥:"可我答应人家了,我们的事不告诉任何人。"吴婉玲:"你逗死我得了!答应骗子不说出去?遇见你这种人,我都想骗你!"三个人都被这话逗笑了。闫觉鸥跟她们讲了段哲文找她筹款救一个狱中共产党的事,吴婉玲和戴琼慧越听下去心里越怀疑。戴琼慧："你真把你姐的钱给他了？你也太糊涂了！"吴婉玲："那是什么让你起疑心的？""我后来听大少爷说，段先生从焦娆那里也弄到一些钱。"戴琼慧："焦娆？她那么精明的人也会做这么傻的事？"吴婉玲："你看不出来她疯狂地迷上那个作家了？可我不明白的是，闫觉鸥，你凭什么信他的话啊？你难道被他迷住了？""我只是为了帮他，他以前救过我，现在人家需要我帮忙，我怎么能推辞呢？"戴琼慧："段先生为什么要管共产党的事啊？他难道是共产党？我看是个骗局吧！"吴婉玲："那他说要救的那个人救出来了吗？""不知道。"吴婉玲："闫觉鸥，段先生肯定看出你喜欢共产党了，所以他就是利用你这点！"戴琼慧："对。"闫觉鸥："他究竟是真君子还是伪君子，现在还不好说。"戴琼慧："他以后再让你做什么，你能不能先跟我俩商量商量？他万一是骗子，你一个人怎么斗得过他？""对。"吴婉玲说："他看你这么好骗，以后还得打你的主意。"

再见到段哲文，闫觉鸥对他的戒心一下子就被他感觉出来了，"哎，口气不对啊？你好像不想见我啊？""没有。""如果我说带你去个地方，我猜你肯定推辞。""去哪儿？""去打麻将。""我不会！""知道你不会，找个地方，教教你！""我不碰赌。""你以为我想让你学赌博？你把我看成什么人了？这是工作需要。"他看见她的目光里流露出明显的怀疑，"我带你去个朋友家，跟他们学学麻将，一点儿都不复杂，你那么聪明，一看就会。""不行，我现在住在廖公馆，不能晚回去。""闫觉鸥，我怎么觉得你今天好像有点儿不对劲啊？哦，我知道了，是不是你跟我在一起有人说闲话？""是，好多人问起我们的关系，他们都在怀疑。""闫觉鸥，你不是说你喜欢共产党吗？可怎么才让你付出这么点代价，你就退缩了？你说你崇拜那个二少爷，想像他那样追随共产党，像他那样奋斗，那你就该拿出勇气来，告诉我，是谁问你我们的事了？戴琼慧？吴婉玲？肯定是她们，那你跟她们是怎么说的？你没跟她们说我是共产党吧？"闫觉鸥摇摇头。"很好，对谁都别说，别人问起来，就是我们在一起做慈善，知道我们事的人越少越好。""对了，那段先生，您救的那个人，后来救出来了吗？""哪个人？"他打了下磕绊儿，闫觉鸥的心"咯噔"一下，"就是我们筹款营救的那个共产党啊？""啊？啊，哦！那个……"段哲文先是恍然大悟，然后一板脸，"我不是说过，不该问的不要问吗！"他压低声音说，"当然，我们已经成功地把他营救出来了！""真的？""而且已经将他秘密转移到他该去的地方了。这件事，你做得很好。""焦娆是不是也参与这事了？"段哲文："谁说出来的？你怎么知道的？我好像没告诉过你吧？是她说的？""不是，哦，我瞎猜的。"

　　段哲文真感觉自己脑子越来越不灵光了，跟谁说过什么话或没说过什么话都横七竖八地交错在脑回路上拎不清，他极力地想想清楚，自己是不是跟谁说了什么不该说的话，由于想得太专注，连姜蓝欣跟他擦肩而过都没发现。姜蓝欣朝一个走过来的男人微微点了点头，段哲文便被三个男人紧紧跟上了……

41

廖义振正在海员俱乐部应酬,调琴师小尚送来了一份紧急情报,一支队伍正在莫邪岛集结完毕,准备偷渡解放区,但他突然发现一场暴风雨尾随而至,出发时间必须提前了。事发突然,他必须今夜前将这个情况发送出去,就在大少爷要动身回廖公馆时,孙楚的车队突然到了,车上呼啦啦地下来了一大帮人,孙楚拦下正准备离开的大少爷说,"老兄,我重庆方面过来几个朋友,你今天必须给他们干趴下,我已经不行了,废了,就指望你了!""我今天不行,感冒了,浑身疼……"大少爷此言并非完全是托词,他今天的确浑身乏力,头昏脑涨。"不行,我不许你感冒,更不许你回家!"孙楚搂住大少爷的肩膀醉熏熏地说,"必须喝!这么重要的客人,你这个俱乐部经理不陪可不行,那是不给我面子!一个小感冒,死不了人!"只得另找机会脱身了,大少爷咬牙跟孙楚的客人喝了起来,这边喝,那边找机会偷偷抠嗓子,把喝进去的酒再倒出来……

半夜,闫觉鸥被沉重的脚步声吵醒,那是大少爷吗?脚步声如此重?一定是在俱乐部应酬时喝多了,"咣!"她听见大少爷的房门被重重地关上了,便转身睡去。不知过了多久,"咣当""哗啦",好像有人摔倒了,同时还把什么东西摔碎了,闫觉鸥再次被惊醒,她穿好衣服要出去看看,这时刘老师来敲她的门了,"大少爷摔了,你过来帮我搭把手!"两人一起来到大少爷的房间,见大少爷脸色煞白地倒在地上,椅子也被他拽倒了,两人使出吃奶的劲儿把他架到床上,他浑身上下都散发着酒气。刘老师摸了一下他的额头:"发烧了!他下午就不舒服,我说不让他去俱乐部了,可他非要去,你先看着他,我去给他熬药。"刘老师走了。闫觉鸥弄了块湿毛巾盖在大少爷头上,她坐了一会儿,无意中看见写字台上的书挡中夹着的一本《七侠五义》,她顿时想到了教堂里的那个共产党伤员落下的那本书,也是《七侠五义》。"闫觉鸥?你怎么在这儿?"大少爷用微弱的声音问道。"您醒了?您发烧了,摔在屋子里了!刘老师去给你熬药了!""几点了?""三点半了!"他下意识地抬眼看了一下小阁楼。"您要什么?""什么也不要。你回去睡觉吧,明天还要上学呢。"刘老师端着药进来了,"你回去吧,这儿不需要你了。""那您……""这儿不需要你了。"他又重复了一遍。闫觉鸥回房间后,很快就睡着了,还做起梦来,她梦见大少爷告诉她他是共产党,早上醒来,她心里有种说不出的高兴。

吃过早饭要去上学了,闫觉鸥见崔妮儿端着托盘要去给大少爷送鸡蛋羹,便接过托盘说替她去送,她走进大少爷的房间问道:"您今天感觉怎么样?""没事了。"她把托盘放到桌上那会儿,目光又一次触碰到了那本《七侠五义》,"您也喜欢看武侠小说吗?""喜欢。"她兴奋地说:"这本书让我想起一件事!"她跟大少爷讲起教堂遇见共产党伤员的事和因为那本《七侠武义》认识的那个年轻人。大少爷问:"你一个女孩子也喜欢看武侠小说?""以前不喜欢,我当时把它拿走,是觉得……""很多武侠小说是值得看的,像《三侠五义》这类的。你知道《七侠五义》是根据《三侠五义》改编的吧?三侠五义是四侠:南侠展昭、北侠欧阳春、双侠丁兆兰、丁兆蕙,七侠又增加了小侠艾虎、东方侠狐智化、小诸葛沈仲元;五义还是原来的钻天鼠卢方、彻地鼠韩彰、穿山鼠徐庆、翻江鼠蒋平、锦毛鼠白玉堂这五鼠……""大少爷,我不是想跟您聊书的内容……""我知道,你是想借我这本书看,没问题!""不是,我要说的不是这个!我要说的是那个年轻人,就是在我把那本书还给他的时候,他告诉了我一个秘密,他说他是共产党!我这才意识到,那本书里面一定夹着什么重要情报!"他笑笑:"有可能!""您别不信,后来他还告诉了我一个秘密,他说他马上要去解放区了,就是共管区!"他又笑了:"人家那是不想再见到你了,故意这么说的。""您喜欢共产党吗?"大少爷看着桌子问:"托盘里的那个鸡蛋羹是给我的吗?我肚子都饿得'咕咕'叫了。""哦,那是给您的。""你看看表几点了,上学迟到了!"闫觉鸥一看闹钟,大叫一声跑了。

乐器店的白老板告诉大少爷组织上在考虑给他配个帮手,说如果他身边有合适的人也可以向组织推荐。有个名字在大少爷的嘴边转了好几圈儿,但最后他还是没有说出来,他知道这个帮手的含义是什么，那就意味着她很快就要成为他的未婚妻了，并在需要的时候嫁给他，他们的工作实在太危险了，她还那么年轻，一旦加入了他们的工作，她就要牺牲很多她的梦想去过另一种生活，他忍心这么做吗？况且，她还那么不成熟、那么脆弱，因为几只猫跑丢了，她还会哭鼻子、去跟人打架，她这样能胜任那些需要巨大的耐心、严谨、压力的谍报工作吗？"你自己好好考虑考虑吧，"白老板看着他说："我是希望这个帮手由你自己来选，你知道该选什么样的。"

42

二太太从济南回来了，虽然路途劳累，但一回到家就在廖夫人面前把闫觉灵数落个痛快，又哭了几次，这才恢复了元气。此刻，当她跟廖夫人一起欣赏赵老先生送给她们的那些精美的水晶杯具，看着那些昂首挺胸地站在圆桌上晶莹剔透的宝贝，同时品着赵老先生送的好茶时，闫觉灵执意不肯让她把志信带回来的怒气和旅途的累消退一半，她自我安慰地想，就冲他们廖公馆这样的条件，任何一个聪明的女人都不会轻易离开，闫觉灵到头来还是会乖乖地带着孩子回来的，除非愿意自讨苦吃，可即便她愿意自讨苦吃，她也绝对不会让自己的亲生儿子自讨苦吃的，她姥爷那边虽然已经恢复了元气，但跟廖公馆比，还是逊色得多。而且二太太这次还看出，赵老先生对廖家人的印象非常好,他是不会劝闫觉灵离开廖家的!廖夫人:"赵老先生真是会送礼!可惜,闫觉鸥回去了,应该让她看看她姥爷送的礼品。"二太太:"我不在的这几天,你们玩得很开心吧?那个二小姐肯定把你哄得美滋滋的,她可是个有手腕儿的丫头。""她有手腕儿吗?我可没看出来!""怎么样?这段时间你发现什么情况了吗?""发现情况?""你叫二小姐来这儿住,只为了让她陪你玩儿?就没别的想法吗?你没看出来两人有没有意思?""好像……""别好像,我可提醒你啊,人家义振如果没那个意思,您可别非把他们硬往一块儿捏!""那当然,义振喜欢谁娶谁,我不会逼他,他也不是能听你摆布的人啊,是的话,他当年就不会去学什么航海了,而且,这个时候也早就娶妻生子了!"

43

姜蓝欣在教师办公室窗前,看着外面不远处的孟老师与乔怀芝,他们说话的样子直让她恨手里拿的那杯水是故意烫自己的,想陷害她的嘴!他们那不是暧昧才见鬼了!孟老师今天还穿了件那么显得他朝气蓬勃的运动服,她越看越不舒服,推开窗户喊了声:"孟老师!"孟老师看见她后,便朝窗前走来,姜蓝欣表情带笑,语气僵硬地说:"您今天怎么穿这身衣服来上课了?您不知道学校对老师的着装有规定吗?""哦,是吗?我们以前的那学校……""这不是您以前的那学校！孟老师！这是女中！是市里最有名的女中。"孟老师面露尴尬。"您也别尴尬，不知者不为过。明天可别穿成这样了啊。""哎，我知道了。"姜蓝欣目送着孟老师走远，耳边响起一个温柔的声音，"蓝欣，你别生气了，听我给你读一首我刚写的诗。"这是那个曾经背叛了她的男人的声音，孟老师的身影竟然让自己想到了他，这让她更加生气了。孟老师回到自己的办公室，开始批改作业，当他翻开乔怀芝的作业本时，发现里面有一张纸，上面写着一首诗《微笑的梧桐树》，题目下写了一行小字：送给亲爱的孟老师。

44

段哲文没有音讯已经好几天了，焦娆每次给他们报社打电话，都说他没来，有个喉音很重的人还在电话里说段哲文不是天天到报社来，他不是去采访就是去写作，不定什么时候来一趟。"那我到哪儿可以找到他？""去他家。"喉音很重的人语气生硬地回答了一句后，就"咔嚓"挂了电话。"段先生是不是得重病了？"王妙云说。焦娆："闭上乌鸦嘴！""也许他去什么地方写作了，不愿意被人打扰。反正，我相信他不是故意躲着你。""他干吗要躲着我？是他求我帮忙，又不是我求他！""我是觉得段先生也许是被某个女人缠上了，那他可就不方便跟你联系了。"焦娆使劲地推了王妙云一把："去一边儿去！你今天说的话没一句我爱听的,我不跟你说话了!"这一天里,焦娆是怪完勺子、怪筷子,最终怪到了米饭的头上,"呸呸呸!"她狠狠吐出嘴里的东西,发着脾气说,"这是什么破饭,怎么那么牙碜啊!还让不让人吃了?"她一摔碗筷,起身要走。焦世迁瞪着眼呵斥道:"坐下!"焦娆看了看父亲的脸色没好气儿地坐下了。"你都多大了?父母还在这儿坐着,你说走就走,一点规矩都不懂吗?我问你,那个段先生是怎么回事?这几天怎么老找不到他人啊?""我哪儿知道?""你告诉他,他的那堆破东西我都给打发出去了,赶快让他来结账。""什么?都卖了!哎呀,爸爸,您可太伟大了!"她的情绪顷刻阴转晴。焦夫人:"人家不好意思驳你爸面子,你以后少给你爸找这种麻烦!"高兴归高兴,可焦娆眼下上哪儿去找他呢?第二天,焦娆也顾不上脸面不脸面了,让王妙云去问闫觉鸥知不知道段哲文行踪,如果不是王妙云来问,闫觉鸥竟然没注意到段先生已经有好几天没露面了。

又过了两天,失踪多日的段哲文突然出现在闫觉鸥回家的路上,"段先生!您怎么好像失踪了?焦娆好像急着找你结账呢。"她发现段哲文脸上还增添了两道明显的伤痕,人也瘦了许多。"我进警察局了。"他低声说。"啊?您被抓起来了?为什么?""还不是因为上次救人。""他们打你了?""是啊,要不是我们的人及时把救我出来,我差点就见不到你了。先别说这个了,我找你有事,在你认识的人中,倾向共产党的人多不多?""好像有一些,但平时大家不怎么敢聊这个话题。""最近我们要吸纳一批年轻人壮大我们的队伍，你尽快帮我留意一下有共产主义思想倾向的年轻人……"

焦娆依偎在段哲文的怀里，听他讲述了他被抓、挨打的英雄故事，对他的怨恨一扫而去，"段哥哥，我是你出来后见的第一个人吗？""那还用问吗？""你没先去见闫觉鸥？""你怎么一上来就是闫觉鸥！你这样，我走了。"焦娆撒娇地拉着他说："如果我是你第一个见的人，我就告诉你一个好消息！""什么好消息？""你猜！""猜不出，我刚从警察局出来，脑子还关着呢。""真笨，我爸帮你把那批货卖了！""真的！太好了！""哎，这可是我爸逼着人家买的啊！""那你替我谢谢你爸！""那是我逼着我爸这么做的。""好，那我好好谢谢你！"他在她的嘴上亲了一下，她忙抓住他还回去了一个长长的吻，然后说："我爸说让你尽快去找小周秘书结账呢，这几天总见不到你人影，我都快急死了！"她又温柔地抚摸了一下他脸上的伤，"亲爱的，你别再做那些危险的事了好不好？你要是死了，我也不活了。""小姐！求你不要这么爱我！""讨厌！你听见我说的话了吗？我说你别去给这党那党的做事了，我不想失去你。不想让你像义达哥哥那样为人家当殉葬品。那天，谷老师还和我聊起义达哥哥了，我们俩都特别伤心。""谷老师？你们合唱团的老师？""对啊，他以前也是义达哥哥的老师，他可欣赏义达哥哥了！"谷老师？他默念了一遍这个名字。"人家跟你说话呢，你听见没有！""你们歌咏团里一共多少人来着？"

45

谷老师突然被警察抓走了，歌咏团活动也被叫停了，团员们在小礼堂前议论纷纷，有人说谷老师被抓是因为歌咏团的兵兵跑共管区去了，警察怀疑谷老师有共产党"嫌疑"。戴琼慧沮丧地对闫觉鸥说："本来我以为今天还能最后唱一回呢，真没想到！"闫觉鸥："怎么是最后一回？"戴琼慧："我爸失业，他没钱给我们了，我以后就要找工作自己养活自己了，不能来唱歌了，我现在真想哭！""你爸总会找到工作的。""他现在身体不好，也没人要他，他也需要先养病，咳！""不是还有你妈呢吗？她不是很能挣钱吗？""她？哼！是能挣，可一没事就去打牌，挣多少钱也不够她输的。""那你能做什么呀？""我妈让我跟邻居去学做买卖，让我自己挣学费，不然她就让我早早嫁人。""她不是认真的吧？""是认真的。""让你嫁谁？""一个斗鸡眼儿！很有钱！"戴琼慧做了个斗鸡眼儿的样子，两人笑起来。戴琼慧："要是能像兵兵那样逃走就好了！"闫觉鸥："兵兵也真行啊，平时不言不语的，说跑就跑了，也不知道是什么人帮助他走的。"戴琼慧："你说会是谷老师吗？""谷老师？不像，上次因为兵兵没来，他还生气了呢。"闫觉鸥看看戴琼慧："如果现在能帮你去共管区，你去吗？"戴琼慧："你去我就去。"闫觉鸥:"真的？那你舍得离开满图啊？""哎，你可是答应过的，出来不再提这事！"闫觉鸥见她那么紧张，笑了:"下不为例！喂，我小声问一句，你现在还喜欢他吗？""不喜欢。""为什么？""不喜欢就是不喜欢，没有为什么。""我才不信呢。"

46

乔怀芝还没进教室，就听见里面传出孟老师和同学们嘻嘻哈哈的说笑声。"你们告诉我，怎么样才能写好诗歌？"孟老师问大家。"多背呗，背多了，就可以照葫芦画瓢了。""说得对啊，吴婉玲！熟读唐诗三百首，不会作诗也会吟。"闫觉鸥:"写诗最关键的是激情！"孟老师答道:"对！激情是一首诗歌的灵魂，更是诗人的灵魂！"吴婉玲看见乔怀芝走进来:"我们班的李清照来了。"大家都笑起来。乔怀芝:"你们不拿人开开心，心里就不舒服！"孟老师:"乔怀芝，你的底子很好，好好发展下去，也未见得就超不过李清照。"乔怀芝:"孟老师！您也跟着她们逗！"女学生们叽叽喳喳地说:"孟老师刚才表扬你半天了！""你的诗写得真不错！"孟老师:"安静！安静！你们来听听这首诗！'搁浅的小船啊，不要忧伤，我将用我的歌声去呼唤海浪，用我的舞蹈去感动海风，我会凝聚起一切力量，把你送回到海上……'大家说，好不好？""好！真好！"女同学们都鼓起掌来。孟老师:"这就是我们班的'李清照'写的。"乔怀芝脸颊绯红,她感觉孟老师为自己披上了袈裟,又扶她上了战马,让她像女神一样被仰视、被爱、被崇敬,她的爱在胸中激荡起来。乔怀芝不敢用眼睛去看孟老师,心却痴迷地看着他。两天后,乔怀芝又拿来了一首"诗"请孟老师指教,她放下本子就跑了,孟老师翻开作业本,就看见一封折叠整齐的信夹在里面,"亲爱的孟老师……"他看了第一句就确定那不是诗!

乔怀芝又兴奋又忐忑地走在海边的路上,猜想着孟老师看见自己那"诗"的反应,紧张?害怕?欣悦?纠结?她相信他是喜欢自己的,可他毕竟是她的老师,这种关系……"乔怀芝,去诗社啊?"满图从廖义兴自行车后座上跳下来,"我去歌咏团了,你知道了吧?""听说了。歌咏团不是出事了吗?听说兵兵跑到共管区去了,谷老师也被抓起来了。""谷老师昨天被放出来了。""放了?歌咏团又活动了?""还没有。不过谷老师说,他正想办法呢,歌咏团肯定会没事的。到时候你也回来吧,我现在发现大家一起唱歌很有意思!""满图,你是不是傻啊?干吗非要这个时候去歌咏团啊?我不是告诉你不要去吗?""我就是突然特别想跟大家一起唱歌!"廖义兴骑车兜回来了,满图重新蹿上他的自行车,"乔怀芝,等歌咏团一恢复,我就通知你,歌曲也是诗歌,是有音乐的诗歌!"乔怀芝笑了,满图怎么会知道写诗现在对她意味着什么,如今,诗歌就是燃烧她生命的薪柴,她用激情和热爱构思出的每一个佳句都是走近孟老师的阶梯，孟老师对她的每个夸奖都是对她爱的回应，诗歌就是一座她和他的鹊桥。

47

戴琼慧在集市上学着跟邻人练习做小买卖，先卖些方巾、枕套什么的，来过几次，她觉得自己实在做不来，什么也卖不出去。这天另外一个邻人告诉她，这两天海螺卖得特别好，很赚钱，他劝戴琼慧从他那儿进些海螺去卖，说很快就会被抢光。到市场后，她才觉得自己上当了，不仅一下子被抢光的局面没出现，反而发现大家都在卖海螺，谁的海螺都不比她的差，她觉得自己赔定了。闫觉鸥着急地跑来了，"哎呀，你在这儿啊？我已经来回找你三遍了，你不是说你在西边卖吗？""那边我有熟人。""你怎么样，开张了吗？""只有两个人买。""你吆喝了吗？你得使劲吆喝，你看他们。你不能不好意思！来，看我的。"她扯开嗓子喊了起来："海螺！海螺！新到货的海螺！快来买啊！新到的海螺！可新鲜了！"戴琼慧笑了，她刚要学着她的样子喊，突然发现了什么："闫觉鸥，别喊了！他们来了！""谁？"廖义兴和满图溜达过来。戴琼慧："糟了，糟了，糟了，怎么办啊？我不想让他们看见我。"晚了！廖义兴和满图看见她俩了。满图："你们在干吗？怎么做起买卖了？"戴琼慧看着闫觉鸥。闫觉鸥："我有个朋友要过生日，我做点小生意，换点儿钱,给他送个生日礼物。"满图:"真有办法!聪明。"廖义兴:"好卖吗?""不好卖,"闫觉鸥说,"你们俩来得正好,快帮我们一起吆喝,海螺卖不掉,明天就不新鲜了,我们就赔了。"廖义兴对满图说:"满图,吆喝!"满图撩开嗓子叫道:"海螺!海螺!又便宜又新鲜的海螺,快来买啊!"闫觉鸥也喊:"海螺!海螺!新鲜的海螺!"闫觉鸥对廖义兴说:"你别光看着呀,快喊啊!你嗓子那么好,别光站脚助威啊。"满图也对他说:"你不是会唱《卖布歌》吗?来两句!"廖义兴:"在这个地方唱歌剧?"满图:"怎么?你嫌舞台不够大啊?别啰唆!快唱!只当练练嗓子。"廖义兴刚唱了一个字"卖……"就不好意思起来。闫觉鸥大声唱起来:"卖布,卖布嘞!我交了好运气,我交了好运气,我为幸福唱歌曲。"几个人一起唱起来:"像那斟满的酒杯一样,快乐充满我心里,来吧,我的朋友,来吧!我的鲜花。我爱你啊我爱你,我的生活离不了你!"满图大声吆喝:"卖海螺,卖海螺!"

戴琼慧一回家便对母亲说:"我以后不想再去卖货了,今天刚一去就碰见了同学……""碰见同学怎么了?我的女儿脸皮还真薄啊!"她边对着穿衣镜整理着帽子边说,"我还是那句话,你可以不去卖货,你可以选择嫁人,不然我们俩都得喝西北风。"她看噘着嘴的戴琼慧:"焦警官你还记得吗?就是你们同学焦娆的叔叔,你跟他交往交往吧。""什么?""我看他挺喜你的，他要愿意娶你，你可就享福了。"戴琼慧瞪大眼睛："焦警官？""你用不着把眼睛瞪得那么大！他又不是怪物！""可他，他是您这辈儿的人！""那又怎么了？这有那么重要吗？你去给我领一个又年轻又有钱、有地位的人回来给我看看，你有这本事吗？我倒巴不得你有这命呢，我不知道在家坐着什么都不干，什么都有好啊？咱不是没那个福气吗？你别学闫觉鸥好高骛远、异想天开，你也没有那样运气好的姐姐，你早晚都得嫁人，焦警官要真能看上你，我们就烧高香吧！"

48

一个服务生跑来找大少爷去前台接电话，说有个小姐找她，听声音像是喝醉了，他接起电话一听是焦娆，她喝得说话好像缺了半个舌头。"我喝多了，你能来送我们回家吗？我们在维纳斯酒吧……""你们？"大少爷走进维纳斯酒吧时，被眼前的情景吓了一跳，光线昏暗的酒吧里，几乎没有什么客人，在角落的一个座位上，焦娆正和一个男人靠在一起坐着，他走近一看，认出那被乱发遮住半张脸的男人正是作家段哲文。焦娆敞胸露怀，头发蓬乱，段哲文闭着眼睛半躺在她身上。大少爷上前叫着焦娆，段哲文醉眼蒙眬地睁开眼，"倒酒啊！你！"焦娆认出了大少爷："义振哥，来了？""你怎么喝成这样？"焦娆嘻嘻笑道："我是想叫我男朋友，不，是我，我未婚夫，见识，见识我的酒量。他帅吧？"大少爷一把拉起焦娆，帮她整了一下衣服，"走！"段哲文看看大少爷："这傻小子是谁啊？"大少爷拉着焦娆朝门口走去，段哲文醉醺醺地跟在他们身后，焦娆晃晃悠悠地说："知道吗？他已经答应娶我了。"段哲文："乱讲！是你逼我娶你的，你们这些女人，来不来就结婚，结婚！真受不了你们！"焦娆："义振哥，你，你必须把，把我未婚夫送回家，他醉了，我没醉……"大少爷按照段哲文说的地址把他送了过去，车上段哲文看着大少爷："我怎么看着你有点眼熟啊？""到了！下车。"大少爷催促道，段哲文下了车，晃晃悠悠地走到汽车窗前，想跟大少爷说什么，汽车突然朝前蹿了一下，把段哲文带了个屁墩儿，"当心点儿！"大少爷探头说了一句，开车而去。焦夫人被女儿的样子吓坏了，听大少爷说她刚跟那个姓段的作家喝酒去了，差点儿晕过去，焦娆兴奋地补充道，段先生已经答应娶她为妻了。

　　段哲文走进办公室，有个同事告诉他楼下有位女士找他，"是位夫人，说话挺横的，说是焦娆小姐的母亲。"段哲文顿时大惊，"她走了吗？""我让她在门口会客室等你，你没看见？怎么？是不是又'采访'出乱子了？"同事讥讽地笑道。电话铃又响了，段哲文忙对同事说，"等等，说我没来！说我不来了。""你不见她？"段哲文一连串地说："不见！不见！"
　　焦娆听段哲文说她母亲去报社找他了，也吓了一跳："那肯定是去问我们俩喝酒的事,那天我酒一醒,她就开始审问我,问我为什么跟你单独喝酒。""她怎么知道你是跟我一起喝的酒?""那天不是大少爷把我们送回家的吗?你忘了?""哦,对,那天大少爷是怎么来的?谁叫的?""是我。""你有毛病啊?""哎呀人家不是喝多了,糊涂了吗,我都想不起来是怎么回事了。""你可真行!""你干吗这么生气啊?""那个大少爷肯定跟你妈说不了我好话,你妈准是找我算账去了。""义振哥是好人,他不会的!""你怎么跟你妈解释的,我们俩为什么一起喝酒?""我说你是我的男朋友!""我说我爱你,你也爱我!我要跟你结婚。""你疯了!""怎么了?这不是事实吗?""我可没答应过结婚的事!"焦娆瞪起眼睛:"你再说一遍!你敢赖账!""小姐!结婚这种事,不是儿戏,酒话不可以算数的!""我不也是被我妈逼的吗?要不我说什么理由跟你一起喝酒啊?""你就说,我是为了谢谢你在生意上帮了我的忙,请你喝酒的,随便找个理由都行。""让我妈知道了更好,反正你早晚也得去见我妈,我都跟她说了,我爱你,要做你太太。""小姐,我们是为这个喝酒的吗?我是去向你求婚的吗?我那天怎么跟你说的,你还记得吗?我是说让你知道自己的酒量,一旦需要你喝酒,你不至于一下子被人灌醉!""你的意思是说你就没打算娶我?""没打算。""你敢再说一遍吗?""我真恨不得把你扔海里去!""那我就拽上你!"

焦夫人对女儿的严管提升了好几个级别，焦娆联系不了段哲文，段哲文也不联系她了，焦娆找的所有外出的借口都能被母亲戳穿，这天她终于发起脾气来："妈，你别跟看犯人似的看着我行不行？能不能给我点自由？"焦夫人直接就将手里的小说朝她丢了过去："我们给你自由还少吗？可你看看自己的表现！跑去跟男人喝酒，把自己喝得不省人事，跟人私定终身，一个小姐，一点都不知道自重！还跟我要自由？你以后少跟我提这两个字！你以为那个姓段的是真的爱你？他就是耍你玩儿！他就不是个好东西！""你胡说！""胡说？那他知道我在找他，他干吗躲着不敢见我？""这世界有你这样的母亲吗？把自己的女儿说得那么坏？段先生根本就不是你说的那种人！""好，那你现在就让他来，让他告诉我，你们俩究竟是怎么回事？他为什么要把我女儿灌醉？""好，我现在就把他叫来，看您还能说什么。"焦娆心想反正也找不到他，于是拨起电话。"喂？"那边有人接了，"喂，请您帮我找一下段哲文段先生。""他不在，他出差了。""出差？去哪里出差？""上海。""那他什么时候回来？""不知道。""咔嚓"对方挂断了电话。焦夫人一脸嘲笑地看着女儿。焦娆："他去上海出差了。""是吗？那是出远门儿了哦，这么大的事，他也不提前告诉你一声，你不是都快嫁给他了吗？""妈！"她一跺脚走了。段哲文挂上焦娆的电话后，长长地出了口气，他早听出是她了，他庆幸自己那么果断地伪装了声音，还说自己去了上海，这个理由至少可以让自己一个月远离她的纠缠。

49

闫夫人让闫觉鸥趁下午没课去邮局看看有没有她父亲的来信，可都快到晚饭时间了，还不见女儿回家，眼看天就要下大雨了，闫夫人担心起来，她先去邮局问了问，然后又去了女中。学校里已经没几个人了，闫夫人找了一圈，正准备离开，却遇见了姜蓝欣。看见闫夫人，她的脸上立即爬满怨恨，不等闫夫人问，她便滔滔不绝地给闫觉鸥告起状来，说她整天跟乱七八糟的人混在一起，唱歌、跳舞，哪儿热闹上哪儿去，"您家这个二小姐啊，我说了您可别不爱听，是一点女孩子样儿都没有！""她们歌咏团被叫停的事您知道吧？团里有人跑到共管区去了！您还不信，当初闫觉灵嫁的那位少爷是共产党，您想到了吗？算了，别提闫觉灵了，一提她我就……哼！"

在昏暗的威尼斯酒吧里，段哲文手拿着一杯白酒，对坐在对面的闫觉鸥说："女孩子做不做地下工作都要对自己的酒量心中有数，关键时候才不至于乱了阵脚，对做地下工作的人而言，那就更是至关重要的了。"不知道是酒精的作用还是太过紧张了，闫觉鸥感觉头发晕。见闫觉鸥用手扶了一下额头，段哲文关切地说："你不必勉强自己，不舒服就停下来，但你不能因为害怕不敢喝，怯懦会为你日后埋下隐患。以前有个跟我一起做事的人，就是因为喝酒差点误事，那个人非常能干，可从没碰过酒，他以为自己一个大男人肯定很能喝，谁知那次执行任务，他一沾酒就失去了控制，在酒桌上胡说八道，差点把一个卧底的事给说出来，要不是别人及时岔开了，那个埋伏多年的卧底就性命难保了！"男服务生又走过来给闫觉鸥加酒了。

大少爷心里有种莫名的不安，他合计着去俱乐部前，应该先去趟闫觉鸥家，跟她讲讲段哲文灌醉焦娆的事，让她小心点，他也想从她那儿再了解一下段哲文，闫觉鸥太轻易相信人了。他刚开车驶出大门，就见闫夫人匆匆走来，他立即停了车，听说闫觉鸥一下午不知去向，大少爷的心立即提了起来，自己慢了！

闫觉鸥从段哲文今天约她出来喝酒那一刻起就担心段哲文居心不良，她本想推脱，但又改了主意，或许她可以利用这个机会看看段哲文究竟是什么人，酒吧，毕竟是个公共场所，一旦看出他有图谋不轨之意，她相信凭自己的能力可以逃脱，而且，她喝过几次酒，熟悉她的人都知道她轻易不醉，段哲文倘若真是大少爷怀疑的那种人，那从此以后，她就跟他彻底决裂。这个时候，她已经好几杯酒下肚了，虽然还没醉，但她心里却越来越紧张，她怕自己突然上来酒劲，一下子醉倒。服务生要给闫觉鸥倒酒，被段哲文拦住，"先别给她倒，让她慢慢喝，"然后，他又对闫觉鸥说："你觉得不舒服就别喝了。"段哲文这一举动，让闫觉鸥放松了一些，人家没有要灌醉自己的意思，是自己想多了，误会他了。"你知道我是怎么认识共产党的吗？"他轻声细语地说。"怎么认识的？我想听，我早就想问您。"见她对这个话题如此感兴趣，他马上来了精神："我有个很好的朋友叫老桑，是做丝绸生意的，走南闯北，见多识广，看他外表像是黑社会老大，其实他脾气特别好，这个人爱聊天儿，喜欢结交朋友，我很喜欢跟他一起喝酒。有段时间，他不知跑哪儿去了，几个月都没露面，有一天，他突然跑来找我，问我能否帮他尽快搞到一批棉布。那次见到他真让我惊讶，他虽然人瘦了很多，还蓄起了胡子，但整个人却比以前精神多了，我真快认不出他了，我突然感觉他魅力四射，开始我猜他一定是恋爱了。后来，他偷偷告诉我，他是在给抗日军队筹集物资。我当时二话没说很快就帮他买到了他要的棉布。""他是共产党？"闫觉鸥问。"我想是，我也就是那时通过他了解的共产党，也是那个时候跟他们有了接触，之后我渐渐明白，老桑突然变得那么有精神，是因为他找到了灵魂伴侣。以前我觉得能使人产生这样魔力的只有爱情，但从他那儿，我看到灵魂伴侣所产生的魔力不亚于爱情。"闫觉鸥还是第一次看见段哲文表现得那么正直和坦率，他说的那种魔力仿佛正在他自己身上显现，闫觉鸥被感染了，不知不觉地跟他干起杯来。"焦娆见过老桑，我们俩第一次认识，就是在一家酒店，当时我和老桑正在房间里等着一位共产党大人物来跟我们谈一次大行动，焦娆进酒店来找她的父亲，敲错门了，敲到我们的房间来了，哈哈，你不信的话可以问焦娆,哦,对,你不能去问她,我们的事你不能对她讲……"醉意渐渐上了头,段哲文在闫觉鸥眼里一阵清楚一阵模糊,忽而重影,忽而单影,说的话也似乎听不懂了,闫觉鸥隐约感到面前的人变成了廖义达!"二少爷……""你叫我什么?哈哈,我不是二少爷,是段哲文!你已经喝到极限了!绝对不能再喝了!""不,我没醉,我真的没醉,我知道自己的酒量……"她手中的酒杯掉在地上摔碎了。"还说没醉,走走走!我们不喝了,我送你回家了!好姑娘,你今天的表现很好!"段哲文从椅子上扶起晃晃悠悠的闫觉鸥,他相信,从今天起,闫觉鸥一定会打消对自己的怀疑,心甘情愿地听命于自己,甚至爱上自己,"闫觉鸥谢谢你这么信任我,不把我想成坏人。""您不是坏人,我现在相信您了,来之前我还怀疑您呢。"闫觉鸥抓着段哲文的胳膊,脚底下像踩着棉花一般踉跄地走出酒店。外面在下雨,闫觉鸥走到墙边"哇哇"吐起来。段哲文说:"雨大了,你在这儿等我两分钟,我去取把伞来。"他说着转身去了,等他拿着把雨伞再跑回来,发现闫觉鸥不见了,透过雨雾,他看见前面好像有个人背着闫觉鸥朝一辆汽车走去,"闫觉鸥!闫觉鸥!"他喊着追了过去,"喂,喂,你是谁啊?"他不客气地问,那人将闫觉鸥扶进汽车,然后一转身对准他的下巴就是一拳,段哲文被打得重重地摔倒在雨地上,"大少爷?"他认出了了他,他脑子里第一个闪过的念头就是幸好今天自己没做什么,他爬了起来,还没等站稳,就又挨了一记重拳。一辆警车开了过来，车上下来了两个警察，"什么事啊？"有个警察认出了大少爷："廖经理？怎么啦？""这人喝多了，找麻烦！你们得好好教训教训他。"大少爷开车而去。段哲文见两个警察转向自己，尽管他立即报上了记者身份，但他们似乎也刚喝过酒，什么也不想听他说。

　　车身一颠，闫觉鸥醒了，"我在哪儿啊？"她惊慌地问。"在车上，前面就是你家了。""我怎么会在你的车上？""是啊，怎么回事，你自己不知道吗？你刚才跟谁去喝酒了，还记得吗？你被人家灌醉了！""你妈都急坏了，四处找你！"大少爷不满地看了她一眼："你闻闻你自己身上的酒味儿，想想等会儿怎么跟你妈说你去哪儿了吧。"闫觉鸥把头扭向一边。"现在你还觉得他是好人吗？单独带一个女孩子去喝酒还把她灌醉的男人？""酒是我自己同意喝的。""俱乐部是你要去的，酒是你要喝的，二小姐！你这是要干吗？"他气愤地说。"我知道您想说什么，可他真不是你想的那种人！""我想他是哪种人？""流氓。""他不是吗？就因为他救过你一次，你就觉得自己把他了解透了？了解一个人那么容易？你知道如果今天你真的喝得不省人事了，会发生什么吗？你可能会失去一个女孩子的贞洁！""大少爷，您可以把我看成一个傻子，但不要这么说段先生！我们只是喝酒，他没对我做任何不该做的事！""他带你去喝酒就是不该做的事，如果我没及时赶到的话，什么结果真就不好说了！我这不是吓唬你！你知道，几天前的下午，就在刚才你们喝酒的地方,这家伙也把焦娆灌醉了,他告诉你了吗?焦娆醉得回不去家了,给我打电话,让我开车送她回家,你以为我今天是怎么找到你的?如果我那天没有去接焦娆回家,今天我根本找不到你!还好他今天没带你去别处!""那他对焦娆做什么了吗?""我不想描述,这对焦娆不公平,不过,她告诉我他们正在谈恋爱,而且那个作家已经答应娶她了!我是真搞不明白,你们为什么都那么信他?他究竟给你们灌什么迷魂汤了?你妈刚才去学校找你,遇见姜蓝欣了,姜蓝欣怀疑他是共产党……""是共产党又怎么了?二少爷也是共产党,他们……""你不要把那个混蛋和廖义达相提并论!他们不是一回事!"汽车"吱——"的一声,像是替大少爷发着怒气,"闫觉鸥,我现在问你,你和他是什么关系,也在谈恋爱吗?""没有!""那你就别再理他,如果他再纠缠你,你就告诉他我是你的男朋友,是未婚夫!别再让他纠缠你!你要知道,二小姐,你并没有自己想得那么聪明,所以,千万不去要做自作聪明的事!别谁说什么你都信。"那天,闫觉鸥猜大少爷一定乐于看见自己挨母亲一顿教训,但他却告诉母亲,她是跟紫陶到朋友的聚会上唱歌去了,人家让她喝酒,盛情难却,她便喝了两杯。大少爷竟会为自己不被挨骂而说谎,这让闫觉鸥感到意外,更让她心里充满感激,毕竟他是为自己好,而且他也不知道段哲文其实是共产党啊,她被他骂了一路,但她心里没有一点儿怪他。

"你好，我们能聊两句吗？"段哲文听见说话，一回头，见大少爷的汽车停在自己身后，一腔怒火顶了上来，那天他把自己打进水坑里，又让警察把自己暴捶一顿，他制造了那么大的仇恨，居然还敢亲自上门来。"聊什么？""去您的住处聊吧，屋里好说话。"段哲文虽不情愿听命于他，却还是按他说的做了，他的习惯是绝不跟有来头的人为敌，况且也许他是想证明一下自己不是一个来无影去无踪的江湖骗子吧。他住的小屋不大，屋里杯盘狼藉，就一个有着如此光鲜亮丽的名声和外表的作家而言，大少爷觉得，他这日子过得也真是够能伸能屈的。段哲文希望从大少爷脸上看到富人的同情心和大人不记小人过的宽容，但他却什么也没看到，"廖先生，我想我们之间可能有点误会。"他说。

50

段哲文走出红顶楼后，一头扎进小酒馆，喝起闷酒，他感觉红顶楼那帮人让他做的每件事都是要不不要命、要不就不要脸的难题。那次对方把他抓进去，硬说他是共产党，还让打手"三鞭子"用他那根"地狱皮鞭"恐吓他，让他亲眼目睹那些嘴硬的人是如何受用那根皮鞭的，他本来也没敢嘴硬，看了那情景后就更没有什么脾气了，虽然他凭着巧舌如簧和"坦诚"使对方相信他不是共产党了，没想到对方还是不肯放过他，又逼着他去学生中刺探共产党的活动,他后悔不该吹追女学生的事给自己挖坑,现在倒好,对方还真把他当回事,天天找他要信息,弄得他苦不堪言,可他又能怎样?本来,从他答应大少爷不再骚扰闫觉鸥后,他也是这么打算的,可现在红顶楼的那些活儿就得找她们去干啊。

在海边,段哲文一脸愁云地对闫觉鸥说:"组织上怀疑有人装成我们的人在骗取学生的信任,帮特务机关钓鱼,引诱那些想逃到共管区去的学生落入他们的圈套,你们歌咏团的兵兵就是前车之鉴!""兵兵?他怎么了?""你没听说?他被人出卖了,半路被官军打死了!""什么?兵兵死了?"闫觉鸥难以置信地看着他。"组织上现在高度怀疑你们的谷老师。""谷老师?""他极有可能是特务机关的奸细?""什么?可他不是因为共产党嫌疑才被抓起来的吗?怎么又是……""那很可能是敌人放的烟雾弹,你想,他们真要认为他是共产党,能那么轻易放了他吗?有些情况我不方便告诉你,总之你现在需要做的就是密切注意谷老师以及跟他接触的人,我们要防止那些人被谷老师出卖。""谷老师?奸细?我有点不信……""这就是你不成熟的表现,总是先入为主,记住,从一个人的脸上是看不出他究竟是什么人的!还有,我觉得你一个人做这些工作力量太弱,你能不能动员戴琼慧和吴婉玲跟你一起做?""行啊,那太好了!我本来就希望能这样!""但要嘱咐她们一定要保密!""那我可以告诉她们我是在为你工作吗?""是为地下党工作,不是为我,你可以告诉她们我是联络人!需要做什么,你交代给她们。""好的。"段哲文看看闫觉鸥突然问:"你跟大少爷是什么关系啊?""前天他来我家找过我。这事他没告诉你吗?他说他是你未婚夫,警告我不让我跟你接触。""是吗?"闫觉鸥可真没想到,"他去找你了?这人真是……""你喜欢他?我觉得你不应该喜欢他这种类型的人啊,一副高高在上、冷若冰霜的样子,哦,你没把我们工作的事告诉他吧。""没有。""但我看他知道的也不少,不然他怎么会找到酒吧去了?""您不是前两天带焦娆去那儿喝过酒吗?焦娆还打电话把他叫过去接你们,您忘了?我妈让他去找我,他马上就想到了那儿。"段哲文支吾道:"是啊,是啊,他还什么都告诉你,焦娆也是,没事叫他干什么?就好像……不懂事!闫觉鸥,我提醒你一句,我跟焦娆说我现在在上海呢,过些日子才回胶城,你千万别让她知道我们见面了,我们什么事都不要让她知道,我发现这孩子嘴不严,容易坏事!我得跟她有点距离。"他从本子里扯下一页纸递给闫觉鸥,"你一旦得到什么消息,就马上联系我,如果我不在报社,你就打这个电话。"

吴婉玲在集市上找到了戴琼慧和闫觉鸥,"一个惊悚的新闻,有人说谷老师是奸细!说是谷老师把兵兵他们去解放区的消息出卖出去的,所以兵兵他们才被打死的。"戴琼慧:"我也听说了,这可能吗?我不信。"吴婉玲:"我也不信!"闫觉鸥低声说:"我正想跟你们俩说这事呢。"她把段哲文让做的事转述给了她们,见她俩一脸困惑地看着自己,说道:"我知道你们俩在想什么,没错,我是怀疑过段先生,但我现在知道,是我错了!"她把段哲文被抓,在狱中受到严刑拷打的事告诉了她们,"你们看见他就知道了,他脸上现在还留着伤疤呢。他那天给我讲了很多事,我很后悔,不该怀疑他。"吴婉玲有点激动地问:"他真的是共产党?"闫觉鸥点点头。戴琼慧也兴奋地问:"他真的同意我们俩也跟你一起干?""嗯,这是他主动提出来的!"吴婉玲:"我怎么感觉有点激动啊?做那些事有危险吗?""柿子椒多少钱一斤?"三人被这突然的问话吓了一大跳,一看是焦警官。"你们这是做买卖,还是跑这儿聊天来了?"焦警官说,"天快黑了,收拾收拾回家吧。"他看了戴琼慧一眼走了。"哎,戴琼慧,你脸怎么红了!"吴婉玲不解地问,"闫觉鸥,你看是不是?"闫觉鸥一看戴琼慧,也叫道:"是啊!戴琼慧,你是不是发烧了?"

51

星期日下午,闫觉鸥和吴婉玲到集市上来找戴琼慧,却遇上了谷老师,他走得很快,像是有什么急事。闫觉鸥和吴婉玲悄悄跟上了他,集市上人很多,跟着跟着谷老师就没影了,她们俩也走散了,闫觉鸥前后左右地找着谷老师,身后却传来谷老师的声音:"闫觉鸥!我看着就像你,你在找人吗?""我在找吴婉玲,她跟我一起来的,一转眼就不见了,您干吗来了?""我来给母亲买点草药,她腿不好。""哦。老师,我们歌咏团还有可能恢复吗?不会被彻底取缔了吧?""我在想办法,兵兵一出事,大家怕是都不敢来了吧?""没有,我们都盼着它恢复呢。老师,人家说我们歌咏团有共产党!是吗?"谷老师说:"你别听人说。草木皆兵!我去买药了。"谷老师走了,一转眼就消失在人群中,吴婉玲走来问:"他跟你说什么了?"不一会儿,她们又看见了谷老师,他在一个货摊儿前跟小老板说着什么。"我过去听听他们说什么吧。"吴婉玲说着朝货摊走去。"我在前面等你。"闫觉鸥朝前走去,心里想着谷老师,他刚刚被警察放出来,还想着歌咏团的事,那么执着,只是为了歌咏团能生存下去吗还是另有目的?"还没找到吴婉玲啊?"谷老师又从闫觉鸥旁边冒了出来。"是啊……""她在那儿呢!"谷老师用下巴一指,"对了,闫觉鸥,我有个想法,大少爷关系广,说话有分量,我想请他帮忙疏通一下上面的关系,让我们歌咏团尽快恢复活动,我想给他写个条子,约他谈谈,你能帮我转一下吗?""不用写条,明天就是礼拜天了,他会陪家人去教堂做礼拜,您去那儿肯定能见到他。"闫觉鸥说完这话就后悔了,现在,有人怀疑谷老师是共产党,有人怀疑他是国民党奸细,他不会给大少爷惹麻烦吧?她希望他只是说说而已,不会真的去找大少爷。

礼拜天，闫觉鸥去唱诗班前，一眼就看见谷老师、大少爷、廖义兴、宜阳站在教堂门前的树荫下说话，她后来问廖义兴他们谈得怎么样，廖义兴说没谈成，他大哥说他跟这方面的官员不熟，说不上话，说他们家出事后，以前的那些关系都不买账了，"我大哥就是怕事！不愿管！"这件事要不要汇报给段哲文啊？闫觉鸥犹豫了两天，见到他后还是把这事跟他讲了，"廖义兴说大少爷是怕事不想管。"他有些幸灾乐祸地说："原来我还以为天底下就他最能呢，以为他能呼风唤雨呢，原来他这么怂啊。看来，我高估他了，开个玩笑，你别生气。闫觉鸥，这次你做得很好！继续努力！听我们社里的同事讲，廖公馆最近要举行一个Party，这事你应该知道吧？""有这事，廖夫人要宴请什么朋友，她还让我们过去唱歌捧场呢。""哦？廖公馆真是今非昔比了，以前他们要办酒会，报纸上早早就有报道了，而今他们真是低调得几乎没人知道了，顶着个汉奸家庭的名字，我都怀疑他们的Party还有人去吗？"

段哲文说得也没错，自从廖公馆被政府没收后，廖公馆的Party也就成历史了，因此，此次的Party的确引起了人们的好奇，人们纷纷猜想这该不是他们要东山再起的信号吧？从听说这消息时起，从前的那些座上宾就陷于矛盾的情形中，既怕收到邀请，又怕收不到邀请。在情况不明朗的形势下，他们觉得可以拒邀不来，但不能不被邀请，这会让他们的自尊心受不了，但他们等来等去还是没等来邀请，一打听才知道，被邀请的宾客大部分都是跟廖府交往较多的外国人。他们猜测一定是廖夫人西洋歌瘾又犯了,但又没那么多银子撑起太大的场面,一个小小气气的 Party,不去就不去吧。

这"小小气气"的鸡尾酒会如期举办了,在热烈而愉快的气氛中,那些业余歌唱家们轮流上前过瘾,中间穿插着闫觉鸥她们的几个小合唱,他们优美而动听的歌声,赢得了嘉宾们的阵阵掌声,丝绸商人格尔顿一直站在大少爷身边,他不住地说:"她们唱得太好了!我非常喜欢!我听说他们都是歌咏团的,我要邀请他们为我们的商团演出!"大少爷:"来不及,你的商团后天就到了吧?""后天到,为什么来不及?""官方给他们下禁令了,不许他们活动。""禁令?给歌咏团?为什么?"不等大少爷回答,《好一朵美丽的茉莉花》小合唱响起,一下子就把格尔顿的注意力吸引过去了,之后,廖夫人唱了《可爱的一朵玫瑰花》。格尔顿还想再跟大少爷讨论"邀请"的事,只听有人大声说道:"古诺的小夜曲还没有唱吧?要是错过了,我可不答应。"宾客们的目光都转向说话的人,原来是孙楚到了,他满脸绽放着笑容。廖夫人:"你可来了!这首歌我专为你留着呢。""那我真是受宠若惊了!"廖夫人:"不过,今天我要请路易斯女士来唱,我听过那么多人唱这首小夜曲,就是我们的路易斯女士唱得最好!我是甘拜下风!她不在的时候,我可以卖弄一下,她在,必须由她来唱!"大家鼓起掌来。路易斯女士走到钢琴边,用拐弯儿中文说:"谢谢!谢谢廖夫人,我唱得没有那么好,女主人过奖了,如果我让你们失望了,不要怪我,只能怪她,是她让你们对我希望过高的!"掌声过后,路易斯用法语唱起了古诺的《小夜曲》。格尔顿把大少爷拉到一边问:"你刚才说歌咏团的活动被禁止了?为什么?"大少爷趴在他耳边回答:"失踪了一个学生。""失踪?""跑了,他们怀疑是跑共产党的地盘上去了。""哦,这理由太奇怪了!他自己有腿,想跑去哪儿,别人也管不了啊!""一看你就不懂政治。"格尔顿撇撇嘴,"这太遗憾了!就没有办法疏通一下吗?"大少爷耸耸肩。"如果我想办法找找政府的人呢。""可以呀,你可以去试试,你的本事大,也许可以呼风唤雨。""办这事需要那么大本事吗?还要能呼风唤雨?"焦娆跑过来说:"义振哥,一会儿我要唱《苏珊娜》,你得用黑管儿给我伴奏!你不能拒绝。"格尔顿:"这位小姐是……"焦娆:"我是他的女朋友!""女朋友?"等焦娆走后,格尔顿凑近大少爷问,"真的吗?""开玩笑,她怎么可能是我女朋友呢?一个小疯丫头!"大少爷这话被经过的闫觉鸥听见,她以为大少爷说的"疯丫头"是指自己。"她不错啊!又漂亮,又会唱歌……"格尔顿接着说。"No!她可不适合我!"大少爷回答。格尔顿:"我给你介绍一个姑娘吧?我认识很多漂亮姑娘。""行啊,你知道我喜欢什么样子的吗?""我猜,你一定喜欢安静的。"闫觉鸥发现在接下来的时间里,大少爷一直都在跟格尔顿说笑,她们的表演,他似乎没怎么看。

段哲文听社长说,廖公馆的这次酒会搞得很神秘,将所有记者都挡在了门外，据此，外界推测一定有神秘大人物到场，这下反而吊起了人们的胃口，记者们争先恐后地来到了廖公馆门口抢新闻，可谁都进不去。段哲文告诉社长，说他一定能搞到一手的信息。

焦娆自我陶醉地唱了《苏珊娜》，她相信此刻这个世界都因她而安静了，所有人都在关注着她，只可惜，在她最美、最耀眼的时刻，她最希望能关注她的那个人却在遥远的上海！焦娆刚唱完歌曲，王妙云就告诉她一个让她心碎的消息，闫觉鸥刚才收到了一张字条后就跑出去了，她听戴琼慧和吴婉玲说，那字条是段先生写来的。焦娆脸色大变："不可能！他没在胶城，他在上海呢！"

闫觉鸥收到段哲文的字条后，便跑到海边儿去见他，"有什么急事啊？"她上气不接下气地问。"你能帮我个忙吗？给我描述一下酒会的情况，主要是来宾，他们都是什么人？我们队伍里有人叛变，要投靠重庆方面，他想借出席酒会与重庆方面的人接触……""今天的来宾可几乎都是外国人，好像大多数都是生意人，没见有什么官员……"他们正说着话，身后传来焦娆的声音："哎，这两位我好像都认识啊！"她的脸色与嘲笑的语气拧成一股杀气。段哲文："你怎么来了？""我怎么不能来？吓着你们了？"段哲文："你胡说什么？我们在说正事儿。""当然，不会是婚姻大事吧？那你们俩在一起就不对了，段哥哥，你可说了你爱的人是我！""你别胡闹啊！""我胡闹？您不是去上海出差了吗？怎么突然出现在这儿啊？"闫觉鸥："段先生，要不我们改时间再说？"段哲文："行，先这样，你先走吧。"焦娆："跑什么啊？正事说完了吗？你们的正事还见不得人啊！""就不说给你听！真没见过你这么厚脸皮的，跟着别人！"闫觉鸥转身要走，被焦娆一把拉住。"你说谁脸皮厚？这话是我说你才对！"段哲文上前拽住焦娆的胳膊："你能不能别胡闹了！"焦娆："你听她说什么了吗？""神经病！"闫觉鸥甩掉她的手跑了。焦娆叫道："你才神经病呢！"焦娆又嚷起来："你为什么这样对我，为什么骗我？"段哲文揽过焦娆又搂又抱地安慰，王妙云觉出自己碍事，也转身跑了。焦娆哭闹着："还在电话里说你在上海，你是在上海吗？""我这是为你好。我不说我在上海呢，你还不得不停地找我，你知道我做的事有多危险吗？身边那么多双眼睛盯着，那不是把你也给牵连进来了吗？""说得好听。你是这么想的吗？""我真是这么想的，我对天发誓！你知道我心里对谁好！我都说过娶你了，你还要我对你怎么好啊！""你认账就行。"焦娆终于有了笑模样。"可我说想娶你有用吗？你们家能干吗？""你又找理由推！一说这事你就那么不情愿，我知道你就是不喜欢我，你就是利用我！""行了，行了，我还有事问你呢，廖公馆今天的酒会来的都是什么人啊？为什么不让记者进啊？真的都是些外国人吗？"

52

"手里拿的什么?"孙楚放下电话,问走进来的大少爷。大少爷:"给你送的礼。""给我?等等,让我猜猜是为什么事。"孙楚神秘地笑着。"你肯定猜不到。""是为海韵歌咏团的事!""厉害啊?!怎么猜到的?"孙楚得意地点上雪茄:"我怎么猜到的?自从你们家那个酒会之后,我接的电话都是这事,我真没想到,我身边竟有这么多歌咏团迷。""你明白,那些学生唱得是确实不错!""嗯,我承认,我就说我手底下这帮干活儿的,让他们暗中去摸摸共产党的地下活动,他们惊动全世界不说,还让所有的人都知道那个叫孙楚的蠢货在幕后指挥这一切,真服了他们了。""真的是你在幕后……""胡扯,连这我都管,我没事干了。"他看着礼品盒:"什么礼物?领带?""法国的。""你是借花献佛呢?还是专门买给我的?""我只是邮差,这是人家格尔顿先生亲自交给我,让我送你的!他是想请你高抬贵手,等他的商团到了后,批准海韵歌咏团为他们商团演出。""他们从哪儿知道我能办这事?""是我说的,我觉得你能办,不管你能办不能办,这领带你都可以收下。"孙楚打开包装盒看了看,又用手摸了摸领带:"不错!""留下吧。""当然留下!你送的礼,我岂有不收之理,至于别人想干吗,我就不管了。""白收啊?""你要的结果不是得到了吗?""啊?""你告诉他,他让你办的事办了。""啊?""老兄,你来晚了一步,禁令已经撤了。""已经撤了?""可不,市府命令撤,我敢不撤?市长已经收到外国商贸团要看歌咏团演出的请求了,我估计现在他的桌上也有一条这样的领带!你们也是,把酒会搞得那么神秘,你看把那些记者急得!""都告诉他们了只是普通聚会,可他们不信。""我们最棒的歌咏团都去捧场了,怎么可能普通呢!"

海韵歌咏团代表市政府的酬宾演出,在各路媒体集体叫好声下名声大振。

音乐会堂的招待演出就要开始了,段哲文掐着表、踩着点儿来到街上,从一个卖花姑娘手里买了两束鲜花,又让她帮自己将两束鲜花捆在一起,他合计,等一会儿到了献花那个环节,是给一个人送花,还是给两个人送花,他要根据现场状况见机行事。在商店门口等着人力车这工夫,他对着一处玻璃窗拢了拢头,又双脚交替着在裤腿儿上蹭了蹭皮鞋,他感觉今天自己穿得怎么看都像个新郎官。人力车来了,他不紧不慢地坐了上去,今天他故意迟到,这样便可以躲过人们的关注,避免遇上突如其来的尴尬。

谷老师指挥的歌曲结束了,他伸手请出了安妮修女。全场肃静了,亨德尔的《哈里路亚》随着安妮修女挥动的手在大厅响起,全场观众纷纷起立,同声合唱《哈里路亚》,神圣的歌声响彻大厅。歌声一完,台下掌声、欢呼声响成一片,献花的人和拍照采访的记者纷纷朝台前涌去。坐在大少爷身边的孙夫人催促他说："还不快上去献花！"大少爷："这几天刮台风，今天鲜花全都涨价了，比昨天足足翻了一倍……""所以你就没买？"孙夫人惊讶地看着他，"哎呀，我可爱的大少爷，我可真没见过您这么抠门儿的！"

看着手捧鲜花朝自己走来的段哲文，焦娆高兴得直蹦高。然而此刻，段哲文心里却在不停地打鼓，他不能让聂夫人看出自己和焦娆的关系，那样她会让她的打手们变本加厉地敲诈自己，向他索要更高的"了断费"，那他可真就苦海无边了，他瞥了一眼来到台前的聂夫人，发现她正斜睨着自己，他心一慌，上台时腿一软"咣当"跪在台上，旁边有人急忙去搀扶段哲文，却又不小心把他抱着的花束打落在地上，台前一阵小骚乱。段哲文狼狈地捡起花束，站起身机械地朝前走去，他感觉自己好像是被聂夫人的目光推到闫觉鸥面前的，完全是身不由己。焦娆见此大惊失色。而闫觉鸥呢，当她觉察到一脸怪笑的段哲文硬将一捧大花束塞给自己时，一脸错愕。台下坐席上，一些认识她们的人被台上眼花缭乱的景象搞得晕头转向。焦夫人对二太太说："是他！那不是那个流氓作家吗？一直躲着我的那个！""什么？他不是在追你女儿吗？为什么给闫觉鸥献花啊？""市长来了！在后面接待室呢！"有人喊了一嗓子，台上的人一窝蜂地朝后台涌去，慌乱的段哲文也被人群卷走了，大少爷担心的是被花束挡着脸的闫觉鸥会不会绊倒在台上。

53

段哲文正要走进报社大门，焦娆蹿了过来，她憔悴得好像经历过一场生死。"段哲文！你不用害怕，我不是来听你解释为什么给她送花的！我是来跟你结婚的，我们今天就结婚吧！订婚也行！反正今天你别想跑！"段哲文把焦娆拽到人少的地方，点上一支压惊烟："我说大小姐，我先问你，我一个穷作家，你看上我什么了？是不是连你自己都不知道？告诉你，大小姐，就冲你爸你妈对我的态度，咱俩的事你想都别想，他们死也不会同意。""为什么非要他们同意？""他们不同意，我们怎么在一起，难道我们私奔吗？""对！私奔！我们可以自己找个教堂结婚，上帝答应了的事，我妈他们不同意也得同意。"她不等他反对，搂住他说："段哥哥，你如果不肯娶我，我就不活了。""别这样，快放开！"焦娆搂得更紧了："我不！""松手！"焦娆松开他掩面而泣。段哲文道："坦白说，焦娆，我是真不敢娶你，首先，我有我的事要做，我需要接触很多人，需要很大的自由空间，就这一点你就接受不了！""如果所有条件我都答应你，你能马上跟我订婚吗？""焦小姐，你知道你在说什么吗？我接触那么多女人，你还是第一个这么不把婚姻当回事的！"焦娆满脸是泪地看着段哲文，"人家都这样求你了，你还不肯答应，你也太狠心了！""你这么小的年纪，为什么这么想结婚啊？相信我，这对你没好处！"焦娆哭着说："你难道看不出来我有多爱你吗？你真的不明白这种爱吗？求你答应我吧，我肯定不干涉你跟别人交往……""这可是你说的。好，订婚的事我可以考虑，可你得给我时间想，不许逼我！""我看出来了，你真的不爱我，你就是在利用我！那好，以后你的事别再来找我，什么事也别再找我！我们一刀两断！""一刀两断？你能做到？""那也比现在就被你气死好。"他笑笑说："要不，等你再帮我办两件事以后，我们再一刀两断？""段哲文！"焦娆气愤地喊道："你混蛋！""你答不答应？"他替她抹掉眼泪，"宝贝儿！别生气啊，我都答应考虑娶你的事了，你要再闹，我可就改主意了！看看这么年轻美丽的焦小姐，谁不想娶啊？谁不想娶谁是傻瓜！"她疑惑地看着他。"我说的可是真心话，只要你家里人不反对，我巴不得成为你们家的女婿呢。焦娆，你是富家小姐，不是普通的女孩儿，做事要得体，不能那么简单鲁莽，会被人瞧不起的，还有，你得慢慢说服你父母，我不是关键，他们才是。""是真心话？""当然，那我的事，你管不管？""什么事？""我有个在文德女子中学上学的表妹，她歌唱得很好，很想加入你们歌咏团，你能跟谷老师说说吗？"几天后，歌咏团来了个叫巧莉的新成员。

54

乔怀芝站在教室门口的围栏边，目光痴迷地望着楼下，连她手里摆弄着的手帕不小心掉在地上她都没注意。姜蓝欣走来，从地上捡起乔怀芝的手帕，顺着她的目光朝楼下看去，又是孟老师！楼下院子里，孟老师在跟闫觉鸥学着交谊舞步，其他几个女孩子在一旁拍手叫好。"你的手绢儿！"姜蓝欣走到乔怀芝面前，把手绢儿放到乔怀芝手上。乔怀芝如梦初醒，尴尬地说："姜，姜校长！""孟老师简直像个孩子！"姜蓝欣嘴角挂着一丝冷笑说，"他以为自己是大观园里的贾宝玉呢。"乔怀芝举足无措地笑笑。"乔怀芝，你的诗写得真好，真有情，孟老师都给我看了。""给您看了？"乔怀芝迷惑地看着姜蓝欣。"是啊，我还跟他说，让他多辅导辅导你，因为你是我最得意的学生，也是最有才、最听话的学生。他不是经常辅导你吗？"姜蓝欣意味深长地笑笑走了。孟老师经常辅导自己写诗，是姜校长让他那样做的？乔怀芝脑子乱了，她朝楼下看去，正好跟朝楼上望过来的孟老师目光相遇。

乔怀芝又写了一首令自己满意的小诗，她迫不及待地要拿给孟老师看，让他好好点评一下，分享一下自己创作的喜悦。乔怀芝轻轻敲了敲孟老师办公室的门。"进来！"孟老师不在，另一个老师告诉她孟老师去图书室了。乔怀芝来到校图书室，里面却也没见到孟老师，她刚走出图书室，忽听旁边的屋里有说笑声。"这下我可见不得人了。"是孟老师的声音。"有什么见不得人的？这看着多舒服。"是一个女人低而温柔的声音。孟老师："不好吧？""我看着好！""咣当"门被风弄出一阵声响，乔怀芝回头看见姜蓝欣和孟老师一起探出头来，"乔怀芝！"孟老师叫了她一声，乔怀芝受惊似的转身跑了。她回到教室，抄起书包就往外跑，书本"哗啦"掉在地上，她划拉起来胡乱塞进书包里，跑出教室。教室里的同学被她的样子吓到了。闫觉鸥："乔怀芝？怎么了？出什么事了？"闫觉鸥和吴婉玲追了出去，她们追了半天，终于在校外的一个马路边看见了乔怀芝，她正坐在那里哭呢。"没事，什么事也没有，"她狠擦了一把眼泪，受伤地笑了一下："我刚才突然想起了一首牡丹亭里的诗，就难过起来，我真傻！"她站起身走了。闫觉鸥和吴婉玲望着她的背影，感觉她有事。

　　第二天，乔怀芝在小院里与孟老师不期而遇，她想低头走过去，被孟老师叫住："你昨天找我有事吗？怎么突然跑了？""就是，就是作业的事……""我，我和姜校长……她在帮我理发。""我什么也没看见！您不用解释……""我该早点让你知道，我们俩在交往……"他突然大声说，"你就按我跟你说的改改，改好后再拿给我看！写得不错。"几个同学从旁边走过，原来他是在说给她们听。等同学走远后，孟老师靠近乔怀芝急促地说："请你不要再给我写那样的信了，对你不好。""孟老师！"又有同学经过，跟他打招呼。"你去上课吧。"他说着要走。"孟老师！您能把我给您写的信还给我吗？""关于这首诗，整体构思不错，"他不知又看见了谁，答非所问地说："我想说的就这些，其他的就靠你自己慢慢悟了！"他朝乔怀芝身后瞥了一眼，然后逃跑一样地快步离开了。乔怀芝转过身，跟姜蓝欣来了个对脸，她笑着说："孟老师已经告诉你了吧，他再把最后几节朦胧诗的课上完，他就不再教你们了，这个学期结束，他就不在我们学校任课了，你们可要好好珍惜这最后的几节课哦。"乔怀芝目光呆滞，感觉好像刚演了一出戏，本以为自己是剧中的女主角，演到一半才发现，原来自己不过是个过场演员，自己那些激情的表演都演给了空气，无人在意。

闫觉鸥在路口看见乔怀芝，她在等她，她支吾了半天才说出想让闫觉鸥帮自己去找孟老师，要回自己所有"诗"和一些文字的东西。"别告诉别人我让你做的这件事，请你务必为我保密！""我保证。""你让他马上就把信给你，最好是今天，最迟明天，反正越快越好！"她见闫觉鸥要开口，忙说"求你，什么都别问我，我现在不想回答你的疑问，等以后……""我不问，你放心吧，我会照你的意思去做的。"

"她让你来取信？"孟老师有些尴尬地看着闫觉鸥，"她跟你说什么了？""她没说什么，只说让我来帮她取信，因为她家有事，她好几天都不能来上课。""哦……"他摇摇头，轻叹了口气，"她哪天能来上课？我还是把这些东西直接给她本人好。""但她很着急要这些东西，她希望您今天就能把东西还给她。""今天不行，我还要整理一下，我明天给你吧。"乔怀芝听到孟老师的回话，心情似乎好多了，"闫觉鸥，我看了歌咏团演出的报道了，真棒！我真为你们骄傲！""那你回来吧，我们都很想你，大家在一起唱歌多高兴啊！我们一唱歌，就什么烦心事都没有了，是不是？"乔怀芝微笑地点点头。

孟老师发现自己放在抽屉里的信件纸包不见了，顿时脸色大变，忙问屋里的同事是否有人动过他的东西，同事说姜校长来过一趟，说头疼，在他的抽屉里翻阿司匹林来着。孟老师走进姜蓝欣办公室，问她是不是动过他抽屉里的东西，"什么东西？"姜蓝欣笑道："看你紧张的。"她拉开抽屉，取出一个牛皮纸包："是这个吗？"孟老师接过牛皮纸包，脸"腾"地涨红了。"我刚才头疼，想去你抽屉找片药，看见这包东西，说跟你开个玩笑。哎哟，哎哟，看你脸红得，这是什么呀？是情书吧？""是学生的作业。""作业干吗包成这样？我猜那一定是乔怀芝的作业？""是她写的诗，她让我帮她修改……""你这人的毛病就是说话只说半句，后半句还得别人去猜。好了，我也不问了，要知道，乔怀芝可是我一手抓的苗子，我是要把她送进大学的，前段时期，你们俩一来二去的，我也不是不知道，我不过是睁一只眼闭一只眼，你也知道我为什么宽容你们，因为……"她声音哽咽了一下，"算了，我的心太苦了！说了你也不懂！"她摘下眼镜，擦了擦眼泪。孟老师慌张地说："你别……一会儿来人了！""好了，孟，我们俩在一起很不容易，你要好好珍惜！不要再打女学生的主意了，那样不好！""我没打谁的主意，是你自己想多了！"孟老师走了出去。姜蓝欣心里狠狠骂道：混蛋！

乔怀芝打开了纸包发现那堆东西里偏偏少了自己写给孟老师的那封情书，是他留下了吗？他想留作纪念？忐忑中，她心里浮起一丝甜蜜。完成了乔怀芝交给的任务，闫觉鸥心里很是舒畅，她正独自往家走着，突然发现前面有两个熟悉的身影正拉着手散步呢，天哪！是戴琼慧和焦警官！她赶紧拐弯儿跑了。

姜蓝欣想象乔怀芝受了如此重大的感情挫伤一定痛苦不堪，一定会跟鲜花遭到风吹雨打一般一蹶不振，但她看到的乔怀芝似乎并未像自己预想的那样，相反，她似乎还轻松许多，以前她一直对自己唯唯诺诺，现在却完全变了，那天，她们在校园里碰上，乔怀芝边跟自己说话，还边跟闫觉鸥她们做鬼脸，她这不仅是不把自己放在眼里，而且还想惹恼自己。更可气的是，没过几天，姜蓝欣听说乔怀芝又回歌咏团了，她这是要联合闫觉鸥造反啊！

这天上课，乔怀芝从第一眼看见姜蓝欣走进教室的表情就有种不祥的预感。"你们班这次考试的成绩果然比我想象的要差多了，可以说一败涂地！没有一个满分！但我要说的不是成绩，而是你们的态度，你们做学生的操守德行！"姜蓝欣把卷子摔在讲台上，"乔怀芝！"乔怀芝惊恐地看着她。"你的成绩应该说不坏，90分，但只可惜，这并非你的真实成绩。"她挥了挥手里的卷子，"你这是抄别人的！"乔怀芝愤怒地站起身："我没有抄别人的！您为什么这么说？"姜蓝欣凶狠地看着乔怀芝："你没有抄别人的，为什么有两道题你跟闫觉鸥错得一模一样！"闫觉鸥惊愕地说："不可能！""我没有叫你说话，请你闭嘴！"她转向乔怀芝，"而且，这两道题恰恰都是你不在的这两天学的内容！你怎么解释？"乔怀芝："我自己学了！""好，我们暂且把你抄袭的事放在一边。先来说说你不好好学习，上课时间胡思乱想，勾引男老师的事。"她从口袋中掏出乔怀芝写给孟老师的情书拍在桌上，乔怀芝感觉是自己的心、尊严被拍在桌上，她面无血色。姜蓝欣咬牙切齿地说："其实，对于你给男老师写情书的事，我早就知道了，那位老师也早就向我反映了，我一直想给你留个面子，你毕竟是我们班的班长，是我们学校的好学生，我希望你能在老师的提醒下幡然悔悟。可你没有，你一次一次地给老师写诗写信，以至于我不得不把老师调离你们班！乔怀芝，我对你寄予那么大厚望，而你却把心思都用到这件事上了，你实在太让我失望了！"她眼里闪着泪光，她展开桌上的信，"你们听听，她都写了什么！"乔怀芝突然情绪失控，冲到姜蓝欣面前去抢信，姜蓝欣死揪着信不放，两人扭打在一起。"乔怀芝！乔怀芝！"同学们喊起来。乔怀芝对着姜蓝欣抓信的手就是一口，"哎哟！"姜蓝欣松了手。乔怀芝扯下信就往教室门外跑，姜蓝欣一把揪住乔怀芝的头发，闫觉鸥冲过来掰开姜蓝欣的手："放开！放开！您不能这样！"乔怀芝在闫觉鸥的帮助下挣脱了姜蓝欣的手，冲出教室。姜蓝欣"咣"地关上了门，声嘶力竭地喊道："让她去！谁都不许去追她，我看她有没有脸回来！"闫觉鸥趁姜蓝欣转身的工夫，拉开门跑了出去。闫觉鸥怎么找也找不到乔怀芝，晚上，她也没回家。两天后，她的尸体被冲到了一处沙滩上。

55

女中的学生们群情激愤，校园里抗议标语随处可见。"姜蓝欣滚出学校！""让老校长回来！""迫害学生的人必须受到惩罚！"这天闫觉鸥又在教室的黑板上写标语，被赶来的校警拽到校长办公室，姜蓝欣上前就给闫觉鸥一记耳光。"校长打人了！""闫觉鸥挨打了！"这消息激起了学生更大的愤怒，都跑到校长办公室门口声援闫觉鸥。姜蓝欣被气坏了，她推开窗户喊道："你们要干什么？"她的话音未落，"哗啦"一声，一个石子飞来击碎了玻璃，姜蓝欣"哎哟"一声捂住耳朵，鲜血顺着手指缝流了下来，她歇斯底里地对跑来的校警喊："快去报警！快去报警！有人行凶了！学生暴动啦！"

乔怀芝不能就这样死了，姜蓝欣必须要为她的死负责！闫觉鸥、戴琼慧、吴婉玲找到段哲文，希望他能通过他们的报纸为"乔怀芝之死"发声，段哲文摇头道："登报又能解决什么问题?""可以让大家知道真相,通过舆论压力让姜蓝欣低头认罪!"戴琼慧:"就像您上次支持我们那样。"吴婉玲:"你上次声援我们的文章就起了很大作用。"段哲文:"可最终姜蓝欣受到惩罚了吗?她反而当上代理校长了不是吗?你们再这么一闹,搞不好,她就不是代理校长了,而是正校长了。"几人被他说得泄了气。闫觉鸥:"那这事就这么过去了,我们什么都不做?"段哲文:"姜蓝欣这个人不能惹!她是红顶楼的人!你们绝对斗不过她!""红顶楼是干什么的?""是个特务机关……"闫觉鸥:"您怎么知道的?"他用责怪的眼神看了看闫觉鸥,她意识到自己问了不该问的事,"那乔怀芝就白死了?"段哲文:"肯定不能白死,你们先等等,沉住气,看他们后面怎么处理这件事再说。"闫觉鸥:"他们肯定是息事宁人,不曝光的话,这事肯定就不了了之了!"段哲文:"这么大的事没那么容易息事宁人,总之,别冲动!我还有事,要出去一趟。"他走后,三个人很不甘心,闫觉鸥说:"我们去找大少爷问问,他认识人多,应该能找到记者什么的,这事必须曝光!"戴琼慧:"大少爷那么怕事,更不会管了。""去试试!他心软,等会儿我们一见到他就哭。"

大少爷在接待厅里接见了三个泪人,然后将三人带到了自己的办公室。"你们是想通过媒体公布事实真相?""对!""然后呢?让全世界都知道姜蓝欣是个多么坏的人!再然后呢?"闫觉鸥:"让姜蓝欣下台!不让她做我们的校长!"吴婉玲:"对,让特务滚出我们学校!"大少爷:"特务?"三个人告诉大少爷,姜蓝欣是政府的特务机构红顶楼的人。"这是谁告诉你们的？"三人异口同声："是段先生。"闫觉鸥："我们刚去他们报社找过他，想让他帮助把这事登报，但他不肯，说我们斗不过姜蓝欣，因为她的后台是红顶楼。"大少爷："那小姐们，对不起啦，我恐怕也帮不了你们这个忙。坦白说，我确实认识几个报社的人，如果姜蓝欣没有红顶楼的那种身份，我或许可以介绍你们去找找他们，但也不过是曝曝光而已，起不到轰她下台的作用，因为媒体不是司法部门，也不能妄下结论！但如果真像段哲文说的，她是红顶楼的人，那我就不能介绍你们去找人家了，因为这等于是在跟当局对抗，谁敢啊？而且，我也不能让我那些媒体朋友因此受到牵连，丢了饭碗啊！"戴琼慧和吴婉玲都看着闫觉鸥。闫觉鸥不满地看着大少爷，"真没想到，这世上的人都这么胆小怕事，就没人敢为公平、正义做点什么吗？"他倒了杯水递给闫觉鸥，她没有接，"不渴。"大少爷分别给戴琼慧和吴婉玲每人倒了茶后，又给自己倒了杯茶，他看着茶水说："说到正义感，确实是每个国民应该具备的，但不顾一切地去以卵击石，也不可取吧？"闫觉鸥："明白了，您不敢帮我们。""是不能！我不能对我的朋友说，你去把这个女学生的事报道出来，你可能因此招惹了红顶楼，可能会坐牢，你的家人会被特务威胁，我能这么请人帮忙吗？"闫觉鸥："您是担心您的朋友，还是担心您自己啊！"吴婉玲忙跟大少爷解释说："她不是那个意思……""我就是这个意思！我们今天真不该来这儿！"闫觉鸥站起身，朝门口走去。戴琼慧和吴婉玲忙放下茶杯，也跟着走了过去。"你们求人办事这么没有耐心吗？"大少爷不紧不慢地说，他再次将一杯茶端到闫觉鸥面前，"即便我没帮上你们的忙，你也不该这种态度，让我觉得自己好像做了什么昧良心的事。你这样走了，是不是也显得太用人朝前，不用人朝后了？""您都说了不肯帮忙，我们还等着您下逐客令啊？"大少爷举起茶杯，对她说："这是一碗神茶，可以帮人醒脑，喝了它准会有好主意，喝一口看看。"闫觉鸥迟疑地接过茶杯，一口喝空了杯里的茶。"怎么样？是不是感觉脑子清楚点儿了？如果我是你们，我就不去费劲儿地找什么报社，我会去找个说理的地方，比如市政府、教育署去请愿，呼吁司法部门介入调查，这样一来，所有媒体都会跟过来采访，毕竟这是桩牵扯人命的案子，如果媒体知道这里面还有红顶楼什么的爆炸新闻，那肯定更兴奋，这样做，我想总比把我们自己人推到风口浪尖要好！"三个人高兴起来。

　　姜蓝欣得知学生们闹到市政府那里去了，又看到报纸上每天对她口诛笔伐，感到有种要被下锅烹般的恐惧，她每天不把自己包成个"粽子"都不敢上街。此刻她感觉在与乔怀芝的这场对决中，输的人不是乔怀芝，而是自己，连从来不敢反抗自己的孟老师看她的眼神都不对了，充满了鄙视和怨恨，她感到如果自己再不反击，自己都要把自己看成狗屎了。她拨通了警察局的电话质问为什么还查不到那个射杀她的歹徒，为什么就看着对方伤害老师却束手无策！电话铃响了一遍又一遍，都是问乔怀芝之事的，她把电话摔了一次又一次，最后终于暴跳如雷："姜校长不在！你们别再找她了，她住院了！快被你们逼死了！"孟老师鬼影般地走了进来，一脸菜色，好像不堪一击了。姜蓝欣生气地问道："又怎么了？"孟老师声音沙哑地说："事情越闹越大了，你还是出面道个歉吧！""道歉？道什么歉？你以为道歉媒体就能饶了我，告诉你，这事都是因你而起！要不是你……哼！现在这个时候，你越怂，他们越欺负你！"她突然想到了红顶楼，怎么把他们忘了？他们当初承诺过会帮助自己的！她抓起电话就拨通了红顶楼，极力放轻声音说："喂？我找一下袁队长，我有很重要的事要汇报，是关于共产党鼓动学生的事……"突然注意到孟老师惊异的表情，她才意识到自己不该当着他的面打这通电话！孟老师转身走了出去。

56

段哲文感觉跟袁队长一起吃饭，就从没觉得饭菜对胃口过，此刻，他的注意力都在窗外的女学生身上，他对她们又是挤眉弄眼，又是飞吻。袁队长说："这些孩子看着一脸稚气，可如果恨上你，他们举起弹弓就能把你的脸打烂，毫不手软。""他们正是天不怕地不怕的年龄，姜蓝欣已经算是万幸的了！可话又说回来了，姜蓝欣平时对学生心黑手狠，遭学生报复也不奇怪，只是该着满图那小子倒霉，得罪了这个女人。"袁队长问："谁？满图？""就是用弹弓打姜蓝欣的那个学生！""他是哪儿的？""启明男中的。"

满图被警察抓走了！这个消息在学生中炸开了，警局前立即站满了来要人的学生。焦警官出面回应："找我们要人？我们还不知道跟谁要人呢！我们的人那天是去抓他了，可他翻墙跑了，至今没他的下落，你们中如果有谁知道他藏身的线索，请立即通知警方，家有家规，国有国法，他打伤老师，我们必须依法办事。"离开警察局后，闫觉鸥拉住戴琼慧问："你现在究竟是喜欢满图，还是喜欢焦警官？"戴琼慧脸红了，"什么啊？""我看见你和焦警官在海边儿手拉手散步了，我当时怕你不好意思，没喊你，你答应跟他交往了？""都是我妈！是我妈逼我跟他约会的，我才不愿意呢，他又是焦娆的叔叔！可我实在不想做小买卖。""那你能不能去找焦警官打听打听满图的消息？看看他是不是被他们关起来了。"

戴夫人见女儿给焦警官沏茶时，放了一大勺砂糖，真是又惊又喜，她这么快就接受焦警官了？焦道忠正口渴，这糖茶喝得他爽极了。"这孩子还行吧？"戴夫人小心翼翼地问焦警官，"她小，不懂事，您得多担待些。"焦道忠："挺好的。""茶怎样？""也挺好的。""甜吗？戴琼慧可真舍得放糖啊。"焦道忠笑笑说："以前我认识个做买卖的小媳妇，她一求我办事就给我的茶里放糖,没事求我了,就不放了,后来,我一喝她的茶是甜的,就知道她有事要求我了。"戴琼慧母亲笑道:"那是聪明啊还是傻啊?焦警官您放心喝吧,我们可没事求您。"两人都笑了。戴琼慧走进来奇怪地问:"怎么了?笑什么?茶味不对吗?"焦道忠:"茶很好喝!"戴夫人问女儿:"琼慧,你有事求焦警官吗?"戴琼慧结结巴巴地说:"是,是啊?你们怎么知道?"戴夫人脸上有些挂不住。焦警官:"什么事?讲来听听。"见母亲瞪着自己,戴琼慧胆怯地说:"没事,没什么事……"焦道忠在戴琼慧送他离开时问:"你求我办什么事?""嗯,是满图的事,他是真的跑了吗?还是在你们那儿关着呢?他是我们歌咏团的,他人很好,他是替乔怀芝抱不平才打伤姜蓝欣的……""你就为这个才放的糖啊?他真的跑了,千真万确!"说完,他骑上车走了,骑了一圈又绕了回来说:"希望下次你给我茶里放糖,不是因为有事求我。"

有件事让姜蓝欣很是纳闷儿,自己替红顶楼工作的事学生们是怎么知道的?而且有人还把这事印成传单到处散发,为此师生们非常气愤,感觉自己每天都在特务们的监视之下,媒体也跟着煽风点火,说姜蓝欣如此嚣张,拒不道歉,都是因为有特务撑腰。这样一来,乔怀芝事件的热锅刚欲冷却,满图失踪事件的锅又热了起来,反对特务统治学校,姜蓝欣必须下台的游行开始了,各个学校的学生们举着标语,喊着口号来到市政府门前请愿、抗议。姜蓝欣无论走到哪儿都被记者追着、围着，几天后，她终于被勒令辞职了，而孟老师在此之前就已经不辞而别。

第三部

1

　　焦娆跟段哲文约好在电影院门口见,直到散场也没见到他人影,焦娆只好气哼哼地回家了,他一定去找闫觉鸥了!她没想错,他确实是被闫觉鸥叫去了,她想让段哲文设法把满图送到共管区去。满图从学校跑掉后,便钻进了地下水道,在里面熬了两天后,便偷偷跑去找廖义兴了,他已经在廖公馆的地下室躲了几天了,好几次差点被廖家人发现。"请您一定要想办法尽快帮帮他!"段哲文跟闫觉鸥分手后,满脑子想的不是怎么帮助满图,而是要不要把他交给红顶楼,满图虽说不是什么要紧人物,交不交给红顶楼关系不大,可不把他交出去,闫觉鸥他们就会不断地来逼自己想办法送他走,自己这个冒牌共产党哪儿有这路子?即便有,自己也不会去做这等作死的事,目前来看,把他交给袁队长是笔更合算的买卖,至少可以表明自己不是什么都没干,只是满图一出事,闫觉鸥他们肯定第一个怀疑自己,他决定先躲两天再说。

两天过去了，段先生不仅没来消息，连人也找不到了。这天，闫觉鸥在校园里遇见焦娆，明知会碰钉子，还是拦住她问是否有段先生的消息。"我怎么会有他的消息，可能又去上海了吧？"王妙云对焦娆说："你们昨天不是还……""多嘴！"焦娆制止了她，然后，拉着她有说有笑地走了。段哲文看电影那天爽约后，焦娆第二天就根据他报社同事提供的信息，在一个网球场找到了他，他解释说，这两天他正躲着闫觉鸥呢，还嘱咐焦娆别把自己的行踪告诉闫觉鸥。

这夜，满图不知吃了什么，肚子疼得厉害，廖义兴怕他出事，偷偷叫了辆人力车将他送去了一家私立医院，闫觉鸥知道后越发着急了，情急之下，她跑到俱乐部找大少爷想办法，她想他认识那么多人，说不定谁有这方面的路子。正在顶层的凉台上吹风的大少爷，看见闫觉鸥气喘吁吁地爬上来找他，以为出了什么事。"没出事，我就是想……等我喘口气，再说。""不急，不急。"大少爷担忧地看着她。"您今天，您今天的这条领带真好看！"闫觉鸥路上想好了，为了满图，今天一定要拣好听的话说，"蓝色很适合您。""是吗？其实我更喜欢暗红色。""我说为什么总看您戴暗红色领带呢。""他们洗衣服时，不小心把我最喜欢的那条暗红色领带染黑了，所以只能凑合戴这条了。""这条也好看！"大少爷看着她，"二小姐，你爬那么高上来找我，不是来谈论我的领带吧？""我，我其实是为了满图的事来的。""他不是去医院了吗？""您知道了？""他们这两个傻瓜，还以为我们谁都不知道呢，我已经让人把他送到教会医院去了。"他看了看手表，"他们应该到了。""那太好了！可我来是想求您……"她迟疑一下说，"他想去共管区这事您知道吗？""不知道。""可他不知怎么过去，我想您也许……""这事我可无能为力！"他沉下脸说，"你为什么以为我能帮这个忙？""您不是认识的人多吗，所以我想……""对不起，这个忙我帮不了！""您是不愿意吧？"她有些尴尬。"是谁告诉你我有这种本事的？""是我自己想的。"他见她一脸不悦，语气缓和了些说："小姐，你把我想得太有本事了，其实不仅我自己什么本事也没有，我身边要么是一些胆小怕事的生意人，要么是一些居心叵测的人，信不过的……""但我觉得，主要还是您不想帮这个忙，对不起，打扰您了！"她失望地看了看他说："我刚才骗了您，其实您今天戴的这条领带一点都不好看！这个颜色不适合您！"她说完转身离去。

段哲文终于露面了，并给闫觉鸥带来了一个好消息，他不仅为满图安排好了一切，而且还要亲自把他送到接头地点与地下党接头。听见这个消息，满图激动坏了，他请求段哲文允许他带黑子和水獭一起走，他们是他在医院里结识的两个新朋友。满图与黑子、水獭悄然离开医院的两天后，闫觉鸥他们在报纸上读到一条骇人的消息，巡逻兵在鸽子岛上打死了四个"逃共"的人，时间、地点、人数都明确地指向满图他们，难道他们又跟兵兵一样惨遭厄运了？这消息简直如晴天霹雳，他们在志忐中又熬过了一天后，宜阳来找闫觉鸥，告诉她满图没死，他领着闫觉鸥在一个破寺院的墙外见到了满图和段哲文，听他们讲述了死里逃生的经过。他们是在鸽子岛等待接头时，跟巡逻兵遭遇的，在逃跑的过程中，段哲文帮满图他们仨分别藏好后，自己吸引着巡逻兵跑去，最后，他在一堆渔网下面躲过了一劫。巡逻兵走后，他回来找满图他们，发现黑子和水獭已经被官兵打死。"如果不是段大哥救我，我也完了！"满图难过地说。段哲文："别说了，我已经够惭愧的了！没把你送走不说，还搭上了两个小兄弟的命！""我当初不答应带他们走就好了，是我害了他们……"他伤心地哭了起来。分手前，段哲文告诉宜阳和闫觉鸥说，他先让满图住在城外的一个朋友家避避风头，同时再好好策划策划下次的行动。"你们先别跟满图联系，需要找他的时候，先跟我联系一下，免得引起注意。""您要不要也躲一躲吗？"宜阳问。"我问了一下我们的同事，好像没人知道我这次的行动，社里的人都以为我是去采访了。我突然消失了，反而容易引起怀疑。"

2

焦夫人做完了礼拜，马上拉着二太太到一边聊那倒霉女儿去了，说前几天她是天天不着家，没事就惦记着往外跑，还打扮起来没完，后来有几天不出门了，天天坐家里发愣，也不知出什么事了,这两天,又打扮起来了,还有说有笑的。"那肯定是恋爱了呗。"二太太说,"跟谁啊?还是那个作家?""我担心的就是这个!焦娆现在嘴里没实话,你问她,她也不说。""那你想怎么着啊?"焦夫人突然有些难为情地说:"我的意思……我还是觉得你们家大少爷好,我还是希望我们焦娆嫁到你们家去。""可您家小姐不干,我们也不能生拉硬拽啊!""我和她爸爸都觉得就得生拉硬拽,不然管不了她!别的事我们可以由着她,但婚姻这事可不是她一个人的事,无论如何不能听她的!这牵涉着我们全家的幸福,不!是我们全家的性命!""我同意你的说法。""焦娆那孩子缺心少肺的,谁跟她说点甜言蜜语,她就跟谁跑,我的意思是……""劝大少爷跟她说说甜言蜜语?""就是这个意思!""哎哟,大少爷的脾气你又不是不知道,我就没见过他跟谁说过甜言蜜语,他就不会这套!""事在人为,素萍,你那么聪明,就帮我策划策划吧,我是没主意了。"二太太想想说:"我可以帮你策划,但你可不能三心二意啊,现如今我们家的情形怎样,你也知道,虽然我们搬回老房子了,但那是人家用得着大少爷,我们是跟着受惠,眼下,无论从哪方面讲,我们都不是从前了,这你们可得想清楚了,别我费了半天劲,好不容易说通大少爷了,您那边又改主意了。""不会,不会,我保证不会!""还有,你们家焦娆那脾气,我们能左右得了她吗?""放心,我们绝对不能由着她的性子来,你不知道,我找人打听过姓段的那小子了,可不是什么好人!

到时候我拿证据给焦娆看,我看她还有什么话说。焦娆这边你别担心,你就帮我想想怎么说服大少爷吧。"

段哲文和焦娆刚喝过酒,晃晃悠悠地走在街上,段哲文感觉头重脚轻,焦娆在一个劲地笑,她看见一个女孩儿骑着一辆漂亮的自行车,叫道:"那辆车好漂亮!""送你一辆!"段哲文一挥手说。"说话算话?""不就是辆自行车吗?""我只要那样的!""没问题!"他迷迷糊糊地看着周围问:"我们走到哪儿了?我怎么不认识啊?""别转移话题,你什么时候给我买自行车?""我现在手头儿没钱,有了就买。""可别变卦!"不远处传来教堂的钟声,焦娆说:"前面是个教堂,咱们进去坐会儿吧,我累了。""好啊,那儿的座位多。"教堂里空空的,两人在后排挨着坐下,焦娆说:"段哥哥,咱们今天就在这儿结婚吧?""别胡闹。"焦娆扳过段哲文的脸:"你看着我!我没胡闹!我是认真的!"段哲文吃吃笑着:"我们走吧,在上帝面前胡说八道,会倒霉的!"焦娆紧拉着他的胳膊说:"你其实心里完全明白我根本就不是开玩笑,你知道我想成为你的妻子!我一想你可能会去娶别人,我就想去死……""你这个小狐狸,又趁我喝多来套我话,我不会上你的当。""段哥哥,今天在上帝面前,你跟我说句实话,你究竟爱不爱我?在上帝面前,谁要说谎谁就会倒霉!""爱你,当然爱你。""那咱俩现在就结婚!""别逗了。""你什么意思?你不是说爱我吗?""哎,别闹,我们今天就是出来玩儿，我也没准备戒指啊，结婚不能没有戒指啊。"焦娆不知从哪儿掏出一个戒指盒，"这儿有，我可以先借给你，以后你再给我买个好的换上。"看着焦娆手中那枚精致的银制戒指，段哲文一阵惊慌，"你好像是有备而来啊！"他碰都不敢碰那枚戒指，好像是怕碰到它会出什么乱子似的，"这是哪儿来的？是偷你妈的吧？""你别管！""我越来越觉得，你今天叫我喝酒是个圈套！""就是圈套！你跳不跳？我今天就是要跟你订婚！""逼婚啊？你这丫头太可怕了！我躲你远点儿！"他往旁边坐了坐。"你口口声声地说你爱我，一说让你娶我，你就往后缩，我看你从头就是在骗我！""把一个大男人灌醉，然后拉着他到教堂结婚，这种事也就是你焦小姐能做得出来！真可怕！爱你也得让你吓跑了！好了，好了。我们走吧。"焦娆："我不走！""你不走，那我可走了！""你敢？今天，你如果不跟我结婚就走出教堂，哼！""威胁我？去找你那个当警察的叔叔说我欺负你了？""不，说你是共产党！"段哲文愣了一下。"害怕了吧？告诉你我可什么事都能做得出来！你敢骗我，我就敢去告发你！""哈哈哈，可笑！我怕你告发吗？你真以为我是共产党？那不过是哄你们玩的！你还当真了。""说什么？哄我们？"段哲文起身朝门口走去，焦娆也起身跟了过去，"好啊，我这就把这话告诉闫觉鸥去，说你一直是在骗她玩儿呢！"说着快步超过了段哲文。段哲文一把拉住她的胳膊："你敢？""试试看！"她一甩胳膊朝前走去。段哲文追上她哀求道："焦娆，别闹了！

好吧，我刚才说的那些都是跟你闹着玩儿的，你千万别去跟闫觉鸥乱说！""你怕了？""焦娆！听我说，你如果一说，满图就危险了！整个计划就……你别耍小孩子脾气啦！我错了行不行？我们和好吧。"焦娆站住脚："和好？行！现在就进去结婚。""这么大的事……我真的不想这么草率结婚！你总归要先去跟你父母谈谈，争得他们同意，他们要实在不同意，我们再怎么做，那谁也说不出什么了，你说对吧？而且我相信，就凭你焦娆小姐的三寸不烂之舌，你肯定能说服你的父母的！"焦娆站住脚看着段哲文："真的？如果最后我没能说服父母，你也答应跟我订婚？这行吧？"

3

闫觉鸥撞见廖义兴从一间当铺出来，好奇地拦住他要做什么，廖义兴从口袋里掏出一块金表。"你要当了它？为什么？你又不缺钱？"廖义兴小声对她说，"是宜阳他们要用钱，他们跟段先生正谋划拉一支队伍去共管区。""你也参加？""我不去，我只是给他们提供点赞助。"闫觉鸥当天就把这事告诉了戴琼慧和吴婉玲，她兴奋地说："我也想跟他们一起走，你们呢？"戴琼慧："他们要女生吗？"三人一商量，决定去找宜阳问个明白，又研究了半天如何说服宜阳让她们加入。第二天，她们跟宜阳一说这事，没想到他立即就答应了，"我还正想去动员你们呢。"

宜阳把行动计划大致向她们做了介绍，告诉她们此次行动代号为"珊瑚行动"，嘱咐她们严格保密，不能走漏半点风声。这天，闫觉鸥她们兴奋极了，畅想着大家一起奔赴解放区的情景，并没意识到她们刚做了一个影响未来一生的重大决定。

在教堂得罪了焦娆后，段哲文心里总担心焦娆真会像她说的那样告诉闫觉鸥自己是假共产党，自从闫觉鸥她们报名加入了"珊瑚行动"后，他的焦虑更重了，"珊瑚行动"真正的策划人是红顶楼，这是他们猎捕共产党地下党和"逃共"学生精心设计的一次"钓鱼行动"，总导演是袁队长，如果因他而使计划有闪失，他的下场会比姜蓝欣更惨，学生们不弄死他，红顶楼也饶不了他，他想来想去觉得必须得赶在焦娆闹事之前给闫觉鸥打个预防针，让她别去相信焦娆的话，但专门跑去对她说别相信焦娆似乎不妥，反而会引起闫觉鸥的怀疑，有了！他突然想起社里刚搞了一个新专栏叫《女学生》，专栏编辑跟他说过几次让他找人投稿，正好！

段哲文在路口等着放学回家的闫觉鸥，两个小时过去了，等得腿都快抽筋儿了。"段先生！"闫觉鸥不知什么时候来到近前，"您是在等我吗？""是啊，你今天怎么回来这么晚？""去同学家了。你等半天了？""没有。"他跺了跺发木的脚，"我们社里专为女学生搞了个专栏，需要组织一批投稿，这是我建议他们搞的，我希望你也加入进来。"听他具体说了专栏的事后，闫觉鸥高兴地说:"太好了!有这个专栏,下次再有乔怀芝这样的事,我们就能直接发声了。""对!以后投稿的事还要多多仰仗你们,这样一来,我们也不必担心周围的人对我们俩来往说这说那的了。哦,焦娆最近没跟你打听我吧?"他终于把话题转到了实际主题上。"没有。""我再嘱咐你一遍,我们的事一定别让她知道,她叔叔是警察,她情绪又不稳定,我有时真不知道她能做出什么事来。她现在疯了,你知道吧?你知道那天她做了什么,她居然把我哄去教堂逼我跟她订婚!我不答应,她就威胁说要去报警,说要告诉警察我是共产党!""啊!那怎么办啊?""我已经把她唬住了,我告诉她,我本来就不是共产党,我让她做的一些秘密的事都是我为了写作故意闹的故事。""她不信吧?焦娆可不笨!""将信将疑,她说要来找你,告诉你我不是共产党,是个骗子,万一她真来找你,你别理她,别跟她争吵,就当她疯了。"

4

焦娆经过一番哭闹,终于从父母那里为段哲文争得了一个陈述他要娶自己的机会,她迫不及待地将这个消息通知了段哲文。

见面这天,段哲文进门前就做好了像上次那样坐几个小时冷板凳的准备,不过这回他坐的是沙发。不多时,焦娆的父母便出现在客厅,都是笑着出来的,只是那笑脸都像是临时改版的，不太自然。段哲文按下了心里的不屑,"腾"地站了起来，鞠了鞠躬，伪热情地说:"伯父！伯母！上次服装的事给伯父添麻烦了！"焦世迁"嗯"了一声，挥了下手让他坐下:"呃……"他刚发出要说话的信号，焦夫人先发言了:"段先生，我是应该这样称呼您吧？您今天想跟我们说什么呀？如果是求婚方面的事，就免谈了！女儿还小，还不到谈这个的时候。"焦娆着急地说:"我都十八了，跟我一样大的女孩儿结婚的多了。我为什么不可以？"焦世迁:"焦娆！你怎么跟母亲说话呢？没规矩！""您听她说什么呢？"焦世迁目光转向段哲文:"您是来说这事的吗？""也是也不是。""哦？""事实上，您二位对我的看法，我已经猜到一二了。"焦世迁:"你既然知道，为何还非要来碰这个钉子？"焦夫人:"你是不是觉得，您是作家，说话技巧很高，当着面，你说服我们很容易？段先生，如果您是这样打算的，就别麻烦了，花言巧语的人我们见多了。"焦娆生气地说:"妈，您怎么这样说话啊！""我这样跟他说话已经算是客气的了。"焦夫人冷着脸说:"您不要以为，我们帮你把你家那堆破烂儿处理了，就是表示我们在向你示好，表明你有资格追求我女儿了，你如果真是这样想的，那您可真是不知天高地厚！""妈！"焦娆气得眼泪一串串地掉了下来。焦世迁拦住夫人的话:"你少说两句，不同意就说不同意，说那么多话干吗？"段哲文难堪地笑着说,"您说完了吗？""没完！"焦夫人有些气愤地说:"段先生，请你千万别打我女儿的主意，求你离我们远点儿！从地位上说，我们两家门不当户不对，从人品上说，您太不合格了，如果我们把女儿嫁给你，我就是把女儿往火坑里推。"焦世迁："芙赢！"焦娆实在听不下去了，跳起来对段哲文说："段哥哥！我们走！"段哲文笑笑："夫人，恕我直言，您这样说话，真让我对您的做人不敢恭维！我以前真是太高看你们了。"焦世迁声色俱厉道："段先生！"段哲文冲他做了个手势，拦住了他的话，"你们不愿意我成为您家的女婿，这已在我意料之中，也在情理之中，但你们这种势利小人的表现，却让我大跌眼镜！实事求是地说，我虽然对您家的千金颇有好感，但我自己也觉得我很不适合做您家的女婿！""段哥哥……"焦娆吃惊地看着他。段哲文看也不看焦娆，继续道："我真愧对她对我这么、这么执着，这么不管不顾、穷追不舍。告诉你们，我今天来，并非是来争取让你们答应我娶您的骄横、不懂事的女儿的，我就是来告诉你们，我心里另有所爱，不能娶你们的女儿。"焦娆猛地站起："段哲文，你说什么呢！"段哲文继续道："请你们二老劝劝自己的女儿别再缠着我了，要不是她非逼着我来见你们，就是八抬大轿抬我，我也不会来的。"焦娆大哭着喊："你混蛋！"焦夫人气得浑身哆嗦："你今天是来羞辱我们的，啊？"焦世迁："很好，这回我们没什么可担心的了！"他走到段哲文面前："段先生，你敢当面对我们说这样无耻的话，也算你有胆量，你好自为之吧，现在你给我滚吧，滚得越远越好！"

5

"廖夫人！我把二小姐给拽来了，我让她教我唱《岸》！我终于抓住她了！"紫陶拉着闫觉鸥的手大声说着直奔廖夫人的房间。"一听这嗓门儿，就知道是紫陶仙女儿驾到了！"廖夫人放下手里的歌本儿调侃道。紫陶："那首无字歌真的是好听，我一直想找时间让闫小姐教我，嘿，就这么巧，刚才在路上正好遇见她。"廖夫人："我的关节疼，弹不了琴，让大少爷给你们弹吧？""行啊，他在吗？""正好在。"

二太太从外面回来，听见琴房里有歌声，换好衣服后便凑了过来，见大少爷在给闫觉鸥和紫陶弹琴伴奏，就说："我说谁唱得那么好听呢！原来是我们的紫陶大小姐啊，你的嗓子可真好！"紫陶："您别羞臊我了，是人家闫小姐唱得好，我是滥竽充数的那个。"廖夫人说紫陶："你的嗓子没问题，但你不会用，老掐着脖子唱。"二太太："义振的歌儿写得好，怎么唱都好听。"廖夫人："您这话说得外行，同样一首歌儿，会唱的和不会唱的，唱出来大不一样，闫觉鸥唱歌好听，主要因为她会用嗓子。"紫陶有点不服："这歌儿是大少爷给她量身定做的，她当然唱得好。你如果是给我量身定做一首，那我也一样能唱好。"二太太转向闫觉鸥："二小姐，你那位 Lover 一定很喜欢听你唱歌儿吧？"紫陶："Lover？您说谁啊？"二太太神秘地笑笑："就是上次在音乐厅给她献花的那个作家！作家一般是有一定艺术素养的。""二太太,您搞错了,段先生只是我的一个朋友。"二太太:"朋友?是哪一种啊?二小姐,这里没有外人,你不要害羞,讲给我们听听你们的恋爱史,我们也分享一下你们的快乐。"闫觉鸥:"我为何害羞?我们只是朋友,没有什么恋爱史。"二太太:"是吗?可是你的脸红了!你们看,是不是?"被她的话气得,闫觉鸥的脸真的发起烧来。大少爷弹了一段快节奏的旋律后猛地停住,"二太太,是你搞错了,段先生是人家焦娆的未婚夫!焦娆说他们马上要订婚了。""不可能!"二太太反驳道,"一定是你搞错了!焦夫人跟我说,他们是绝对不会同意的,那人是追过焦娆,那也是因为看上焦家的势力了,当着闫觉鸥,我本来不该讲那位作家的坏话,但今天不是说到这儿了嘛。"廖夫人:"行了!不该说就别说了!"二太太:"不说了,不说了,谁都有自己的秘密,崔妮儿!"崔妮儿应道:"哎,二太太!""把我刚拿回来的点心拿过来,那是焦夫人给的,是焦娆在新开的那家西点店买的,说是专门买给大少爷吃的。"二太太从崔妮儿手里接过点心盒,"我只给你们看看,才不给你们吃呢,焦娆交代过,是专门送给她义振哥哥的。""哟!"紫陶撇撇嘴。二太太把点心盒子打开,给大家看里面的点心,"很馋人吧?"大少爷:"你们快吃吧,我可吃不了这么甜的东西。"大少爷接着弹起琴来,边弹边对闫觉鸥说:"闫觉鸥,你知道你有个地方唱得不好吗?"闫觉鸥走了过去,终于摆脱了二太太的纠缠了,大少爷低声说:"等会儿我送你回家,我有件事请你帮忙……"二太太面带喜悦地走了过来:"义振啊,商会最近要招待一批客商,焦娆的父亲说就用你们俱乐部的场地,人家这可是明摆着给你们俱乐部送钱呢!"大少爷:"那太好了!孙楚要乐坏了!"二太太:"人家把这么好的生意给了你们,冲的可不是他孙楚!懂吧?"紫陶:"连我都听明白了,他们这是在撮合大少爷和他们家那位千金小姐呢!哎呀,焦娆那是什么脾气啊,伺候得起吗?换了我,两天就得被她气死!"二太太不满地看着紫陶:"紫陶啊紫陶,你是真不会看事儿啊!"紫陶:"他们俩就是不般配嘛!娶她这样的,还真不如娶我们闫小姐呢!"这话说得人面面相觑,紫陶觉出自己失言了,冲闫觉鸥挤挤眼睛:"举个例子,别怪罪!"

　　车上,闫觉鸥抱怨说:"二太太这人,说段先生就说段先生,还嫌不解恨,非要捎上我,不把我贬够了,她心里就不舒服!这可不是我反应强烈,我已经够克制了,你们廖家人也号称都是斯文人,可我一点都没看出来你们的温良恭俭让呢。""如果她一个人说的话就代表全家,那我一个人替她们给你道个歉,也能代表廖家全家了吧?""一次还行,总这么欺负人就是虐待了!""二太太那样说话是不好,不过,你跟段先生走得那么近,也难怪人家说三道四。""看看,您最终还是向着你们家人吧?您的道歉作废了!"大少爷:"我们说正事吧,我想请你帮个忙,应该说是我一个朋友想请你帮个忙。""什么忙?""他们想了解一下段哲文,他们怀疑他在帮特务机关做事。""啊?""我理解你的反应,我那个朋友的朋友曾经跟一个叫'段哲文'的人关押在同一个地点,但不是同一间牢房,那是位女士,她听特务们审问过那个'段哲文',他们劝他为特务工作,他答应了。""不会是同名同姓吧?""有可能,所以才想让你帮忙约他出来,辨识一下,因为这位女士只隔着墙听过段哲文的声音,没见过他的脸,她只能通过他的声音判断是不是那个'段哲文',你愿意帮这个忙吗?""您的朋友是干什么的?是共产党吗?"她忽地瞪大眼睛看着大少爷问:"您不会是共产党吧?""满脑子都是共产党!你喜欢共产党,这我知道,但也不能看谁都像共产党。我这个朋友曾经在生意方面给过我很多帮助,他求我的事,我要尽力帮忙,他们有笔生意准备跟段哲文做,又担心他不干净,所以……你愿意帮这个忙吗?""我能做什么?""他们想让你周六把他约到尚文书店去。那天,书店楼上有个售书会,谁要是上台朗读他们销售的书,书店就赠送新书给他,你最好能说动他上去朗读……""尚文书店?"

周六下午,闫觉鸥跟段哲文见面后,离参加发布会的时间尚早,段哲文建议先去旁边的咖啡馆坐坐,他们刚坐下不多时,一个穿旗袍的女子走了进来,段哲文看见她后一愣,闫觉鸥感觉他被她的美貌吸引住了,她真的很美,黑黑的眼睛、挺拔的鼻梁、仿佛随时要发问的嘴唇,旗袍勾勒出她那优美的身体曲线,经过她身边的人,谁都不禁对她望上一眼。她向老板确认了一下尚文书店的位置后,找了个位子坐了下来。闫觉鸥跟段哲文继续着焦娆的话题，但她感觉他有些走神。过了一会儿，穿旗袍的女士起身朝门口走去，闫觉鸥没有注意到段哲文的目光完全被那移动的双腿拉了过去，闫觉鸥更想不到，此刻段哲文的脑海里正重温着另一个画面：两个特务拖着一个被打得遍体鳞伤的小姐从他面前经过，她满脸是血，眼睛也被血水糊住了，但她那双几乎全露在破烂旗袍外的修长美腿让他感到无比震动，他竟然湿润了眼眶。"段哲文！快走！叫你呢！看什么看！"看守一个劲地冲他喊。"时间到了，我们该走了吧？"闫觉鸥的声音使他回过神来。两人刚走出咖啡馆，段哲文又说："你在这儿等我一下，我要给家里去个电话，有件事……"他又返回咖啡馆里去了。

尚文书店里的活动进行得很顺利，朗读者们一一朗读了新书中他们喜欢的段落，段哲文也朗诵了一段，闫觉鸥如愿得到了新书，她看着与会的男男女女，真想知道那个来辨识段哲文声音的女人长什么样子，就在他们领了书准备离开书店时，有人说有个漂亮女人在街角被人杀了。

段哲文用人力车把闫觉鸥送回家时，天色已经暗了，她刚要跑进院里去，大少爷在黑暗中叫住她。闫觉鸥问："怎么样？你们的人去书店了吗？听出他的声音了吗？"她突然被大少爷拉入怀抱，"你没事！谢天谢地！"他的声音有些异样。"怎么啦？""陶小姐，就是去辨认的小姐被人用刀刺死了！""啊？"她惊讶地看着大少爷，"我不明白，是谁干的？段哲文一直跟我在一起啊？那个小姐长什么样？是穿着件浅色的旗袍，个子高高的吗？""你看见她了？"闫觉鸥把在咖啡馆见到那女人的事告诉了大少爷，他声音低沉地说："也许问题就出在他最后去打的那个电话！""那就是说，段哲文真的是监狱里那个人？哎呀！糟了！满图他们……""他们怎么了？""他们正跟段哲文一起筹划'珊瑚行动'呢？我是不是马上告诉宜阳他们段哲文这人不可靠啊？""不！先不要说，不能惊动他，让我先想一想，他联络了多少人？""至少十几个了！"这次"帮忙"后，闫觉鸥基本坚定了自己的判断，大少爷肯定是共产党，不像他说的只是那些人的朋友，她相信明天，或者后天，反正很快，他定会告诉自己这个秘密。

6

第二天，闫觉鸥看见大少爷等在学校门口，"我要带你去一个叫小龟礁的地方转一圈儿。"他显得很轻松，跟昨天的他判若两人，"为什么去哪儿？""你去过吗？""没有。我只听说那儿有个大沙坡很好玩。""从今天开始，你就不只是听说了，等会儿你就看见它了。你帮了我朋友的大忙，今天算是一个小小的回报吧。"闫觉鸥预感到要有不寻常的事情发生，也许等会儿他就要告诉自己那个秘密了，他其实是……闫觉鸥不由得激动起来。

一个小时后，汽车在大沙坡前停了下来。退大潮了，一片大大小小的礁石在夕阳下犬牙交错，被礁石隔断的片片水洼，像一面面小镜子，在夕阳下熠熠发光。"这里风景是不是很美？""太美了！""那就是大沙坡吧？"闫觉鸥指着旁边一面大大的石头斜坡问。"是。"大少爷看了看手表，"快跟我来！"他率先登上大沙坡，回身把闫觉鸥拉上了坡："我们现在到那边去，脚下当心啊！上面都是沙子，很滑，别着急，慢慢走。"闫觉鸥跟在大少爷身后，用身体找着平衡，慢慢朝对面移动，沙坡真的很滑，闫觉鸥没走几步就紧张得冒汗了。大少爷："别怕！踩稳了！记住，在这种地方走，尽量不要互相拉着手，那样，一个人脚下一滑，就把拉着的人也扯下去了。鞋上如果能绑上一圈绳子就更好，能防滑。"两个人在另一头下了沙坡，大少爷看了一下手表："我们用了 35 分钟。"闫觉鸥擦了擦脸上的汗："好吓人！""休息 10 分钟，我们往回走！""这就回去了？""怎么，累了？""我们好不容易过来的。""你看见下面已经开始涨潮了吗？15 分钟以后，大沙坡将被潮水淹没，那我们就回不去了。""什么？那我们赶快走吧！""别怕，还来得及。"他用手指指前方一个岛礁，"看见前面那个有航标灯的岛了吗？它叫莫邪岛，那儿有很棒的避风港。"

  汽车往回开了，闫觉鸥始终没有听到那个"大秘密"，心里有些纳闷儿。"闫觉鸥，你上次帮了我朋友的忙，他们很感激你，"大少爷说。这是开场白吗？"有件事，我，我真不好张口。"他顿了一下说："我那个朋友，就是你上次帮助的那个人希望你能再给他们帮点儿忙。""再约段哲文一次?""不是,他们是想让你盯着段哲文,我没替你答应,这太危险!我不想陶小姐那样的事发生在你身上,我的朋友想跟你见面谈谈,你愿意见他吗?""可以。"他看看她问:"不用再想想?""不用。""那我们现在就过去。""现在?""你先听听他怎么说,不必马上答应。"汽车在一家酒店门口停了下来,大少爷将闫觉鸥带到了二层的一个房间门口,他轻轻敲敲门,一个年轻人来开了门,一见他,闫觉鸥愣了,年轻人也愣了。"是你啊!"闫觉鸥惊喜地喊道。年轻人:"你叫闫觉鸥!对吧,我没记错吧?我叫彭湃,你好!"他伸出手有力地跟她握了握。大少爷很诧异:"你们认识?那太好了!"他让两人先聊,说过一会儿来接闫觉鸥。这段时间里,彭湃跟闫觉鸥谈了许多他在解放区的经历,听得闫觉鸥热血沸腾,之后彭湃说到正题,从上次陶小姐遇刺的事情看,他们基本可以断定段哲文跟红顶楼有关系,但关系究竟多深目前还不好判断,因此他们想让闫觉鸥盯着段哲文,特别要注意他跟学生们接触的情况,"我是你的单线联络人!有什么事,你就去海边我画画的地方找我,没有什么特殊情况,我都在那儿。茶苑巷的咪咪花店你知道吗?""知道,就在我家附近。""对,如果发现上面有锁头的标记,就是我找你呢,你就去海边找我,但万一我没在海边画画,你就在咪咪花店的北墙上画个小月牙,我就知道了;你每天经过那里时,都要去花店北墙看一看。""大少爷也是你们的人吧?我们的事可以跟他讲吗?""不能！我正要跟你说这事，我们的事不能跟任何人讲，包括大少爷，他是个好人，还是廖义达的大哥，但他仅仅是我们的朋友，而不是我们组织里的人，我们的事一句都不能跟他说，这对他、对我们都好，他这人很明智，不会多问。"果然，大少爷接闫觉鸥回家的路上，什么也没问，只是嘱咐她做事别马虎，她在心里叹了口气，他要是共产党该多好啊。

7

当风和日丽一切顺心的时候，焦娆可以忘了段哲文，但不定什么时候，他就会从心里的某个角度跳出来折磨她，防不胜防。焦娆从叔叔焦道忠那里听说，在尚文书店看见了段哲文和闫觉鸥，她的怒火霎时就被点燃了，第二天，她到闫觉鸥的班上通知她放学后去下面的海边等段先生，说他有急事找她。可闫觉鸥按焦娆说的去了，等半天也没见段先生人影，却把焦娆等来了。"段先生呢？"闫觉鸥问。"路上呢，快到了。"焦娆的表情让人怀疑。"他找我什么事？""我不知道，你等会儿问他吧。我听他说你们俩约会儿都约到尚文书店了？"闫觉鸥笑笑问："他怎么还不来？""快了，急什么？你还没回答我的问题呢？""我为什么要回答你的问题？""你们一直在约会是吗？你真喜欢段先生？""焦娆，是段先生让我来的吗？我感觉好像是你叫我来的，你想知道段先生的事，可以去问他，干吗找我?""恰好相反,我不是想问他的事,而是想告诉你一些关于他的事。""你告诉我?""对,他根本就不是共产党,你不知道吧?那都是他编出来骗你的!他拉着你去这儿、去那儿,让你参加所谓的秘密活动,他那是在耍你呢!当然,我也被他耍了!我今天就是想告诉你,他就是个骗子。""你说什么胡话?段先生从来没告诉过我他是共产党。""别装了!你们没一起去看过电影,没一起去跳舞、划船什么的?他没让你去监视谷老师?我就知道你不相信我的话,因为你中的毒比我还深,你比我还幼稚!"她笑着说,"你一定想不到他把你跟他一起做的事都告诉我了吧?你要是知道他还告诉了我什么,非气晕过去不可!""焦娆,你一定是把他说的玩笑话当真了,我们俩到底谁傻啊?我再问你一遍,段先生没说要见我,是你把我骗到这儿来的对吧?你想说的也说了,我可以走了吧?"她转身就走。焦娆:"闫觉鸥!我是为你好才对你说这些话,你要非把我的好心当成驴肝肺,吃亏的可是你自己!""求你别再胡扯了!我不可能因为听了你这番疯话就跟段先生断绝来往,你就别枉费心机了。"她说完转过身跑了。"你就是个大傻瓜!天底下最大的傻瓜!"

8

宜阳的表妹领着一对中年夫妇来找宜阳,说是从老家来的,那先生姓唐，夫妇俩原本是在乡下开诊所的，因为得罪了地头蛇，在当地待不下去了。他们听宜阳的表妹说了"珊瑚行动"后，也想加入。这两人的消息很快传到了袁队长那里，在这么关键的时期，突然出现了这么两个人，袁队长怀疑他们是共产党的探子，怕夜长梦多，这计划一旦被共产党获悉，那他们精心策划的这个钓鱼圈套就要打水漂了，他决定提前收网。

闫觉鸥收到周三下午三点到湛山寺的小凉亭开"同学会"的通知后，马上告诉了彭湃，地下党立即作出决定要阻止这个会召开，但如何将危险通知发送给所有与会人成了难题，因为那个最先发出通知的人，肯定会陷入危险之中，而且，此时离开会时间只剩下不到两天了，让消息慢慢扩散出去的可能已经没有了，综合考虑，似乎只有让段哲文成为消息源头，通过他们的联络网告知大家，才是最快、最安全的途径，唯一值得担心的是这个"消息源头"装聋作哑，按下不表。

街上有个小报童在报社门口拦住段哲文，递给他一张报纸："先生，里面有张给您的字条。"不等段哲文问话，报童扭头就跑了。段哲文打开报纸，果然发现里面的字条，上面写着："危险警报！湛山寺周三聚会消息已被泄露，请相互转告，不要赴会！""段先生！"他听见马路对面有人喊他，抬头一看，闫觉鸥、戴琼慧、吴婉玲神色慌张地朝他走来，他忙把字条揣进口袋里。闫觉鸥紧张地说："吴婉玲刚才在书包里发现了一张字条，不知道什么人放的，您看看。"吴婉玲把字条递给段哲文，他一看内容跟报童给自己的一样,"我也收到了一张这样的字条,一个小孩儿把它给了我就跑了。"闫觉鸥:"我们怎么办啊?上面说的可信吗?不会是有人搞鬼吧?"吴婉玲:"我觉得宁可信其有!万一是真的就危险了!"戴琼慧:"我也觉得是,还是快点通知满图宜阳他们吧?不然就来不及了。"闫觉鸥说:"搞不好,他们也收到这个消息了!"

为了阻止大家落入圈套,几个人分头行动,都成了疯狂信使,宜阳把从廖义兴那里借来的自行车都快骑散架了,然而到了晚上,还没有通知到唐先生夫妇,宜阳去了他们的临时住处好几次,也没见到他们。廖义兴看见被宜阳还回来的自行车如此惨不忍睹,非让他说清楚去干吗了,宜阳只好说了实情。廖义兴:"明天我帮你去湛山寺找那两个人,那儿有个和尚是我的棋友。""你万一被抓了呢?""我什么都不知道,抓我也没用。""可你不认识他们,也不好找啊,只能我们俩一起去。"

湛山寺这天的气氛很不寻常,空气中都飘浮着肃杀之气。穿着僧人服装的廖义兴和宜阳在香客中寻找他们要找的人,他们不时跟那些便衣擦肩而过。终于,宜阳在香客中发现了唐先生,宜阳迅速凑到唐先生身边小声说:"唐先生,是我,宜阳,今天的会取消了!您赶紧离开这里!您夫人呢?""她在后面,我去找她。""别过去,您先走,我去找她。"唐夫人看见丈夫顺着原路朝山下走去,正要跟过去,一个特务来到她面前问:"夫人,您是来开会的吗?"唐夫人正要回答,抬眼看见了对面的宜阳,他正朝自己使劲摇头,特务回头看去,宜阳忙低头"念经"。"夫人,您是来开会的吗?"特务又低声发问。"什么?"她又看见宜阳在冲她摇头。特务:"夫人,开会的请往这边走。""你说什么?奇怪!"唐夫人转身走开了,她看见宜阳向北去了,也跟着朝北走去。塔台上,很多人在围塔转经。宜阳看见唐夫人过来,紧走两步来到她身后:"会议取消了!快走!您先生已经走了!"廖义兴快步走到宜阳面前:"正门关了!他们正在盘查往外走的人,你们跟我来!"三人来到寺院一面高墙下,墙很高,自己根本爬不上去,别说唐夫人了,宜阳正发愁,一个小和尚拖着一把梯子走来支在墙边,然后转身跑了。宜阳和唐夫人顺着梯子上了院墙。"那边有人爬墙!"听见喊声,墙头上的宜阳冲下面的廖义兴焦急地喊道:"廖义兴快上来!""你们快走吧,别管我!""廖义兴!""你们快走!""站住!""下来!"远处喊声越来越近……

9

文书官向孙楚汇报说袁队长来过电话,说廖经理的弟弟廖义兴因参与了"投共"行动被抓了,因为他当时正帮助逃跑的人扶梯子。"廖义兴承认了?"孙楚问。"没有,他说,他只是为了象棋比赛能取得好成绩而跑去烧香的。""那他怎么解释扶梯子的事?""他说有人喊他过去帮助扶下梯子,他就去了,这明显是撒谎!""袁队长怎么说?""到目前为止,袁队长一直假装不知道他是廖经理的弟弟。""廖义兴自己没说?""没有。袁队长来电话的意思是想看看你打算怎么做。""看我干吗?是他们办案,还是我办案?难道说我用了他哥哥,他弟弟参加了共产党,我就要网开一面吗?""那,您的意思……""我的话还不够明白吗?我还要说得多明白?""我理解袁队长的意思,他是怕对他弟弟下手狠了,让您难做。""替我想是吧?那我是不是应该对廖义振说:对不起,我抓了你弟弟,还让他们对他动了刑?"文书官表情茫然,"我,我理解了……""我看你根本没理解!告诉你们,我非常希望廖义振是个完全值得信任的人,可他万一有事,我们还是尽早知道的好!"电话铃响了。"估计是袁队长打来的。"文书官说着要去接电话。"等等,你告诉他,我去开会去了。处置廖义兴的事,让他自己拿主意,只要他自己能对处置结果负责就行。"说完他快步走出办公室。文书官接起电话:"袁队长啊?孙处来了一下又走了。""你跟他讲廖义兴的事了吗?""讲了,他说,让你自己看着办!说,只要你能对处置结果负责就行。""我负责?这话是什么意思啊?""这话的意思就是……咳,就是你该怎么审怎么审,就只当处长根本不知道他被抓的事。我感觉,他似乎好像希望你能通过他问出一些事情,那样大家心里都踏实。""什么意思?我怎么越听越糊涂?我倒是唱红脸还是白脸啊?""大概是红脸吧?""咱们处长跟廖经理究竟是什么关系啊?""你也甭管那么多了,一句话：该怎么问就怎么问！"袁队长一头雾水地挂了电话，他以前听人说过孙楚是个大滑头，没想到他滑头得这么卑鄙，跟这种人共事，就等着被他出卖了。袁队长命令下手最狠的"三鞭子"对廖义兴用刑，逼他交代幕后指使人是谁，第一鞭子下去，廖义兴便知道，如果不承认他们想让他承认的事，今天此命休矣，他让自己拼命地去想二哥廖义达，想他们小时候一起玩耍的事，想他的勇敢和勇气，现在唯一能让自己咬牙忍受的力量就是把自己想成他，因为他是绝对不会屈服的，廖义兴昏过去几次了，他似乎听见二哥在对他说，"义兴，你会挺过去的！不要当懦夫！"有二哥在身边，廖义兴感到那"啪啪"的鞭子声并非是抽在自己身上发出来的，它们仅仅是一种空洞的回声……

大少爷悲愤地走进孙楚家，对孙夫人说："孙大哥在哪儿？您能马上联系上他吗？我妈听我弟弟的同学说，他被抓了！""啊？什么人抓的？""我现在还搞不清楚，刚才我给孙大哥办公室打了好几个电话都没人接，只好跑来这儿了！"孙夫人一边叫人看茶，一边打电话四处联系丈夫。正在这时，门口响起了汽车喇叭声，"他回来了……"不一会儿，孙楚一脸轻松地走进来："义振？嘿，我正说要找你一起去老画舫看一幅画呢，你就来了，我跟你说……"孙夫人："还看画呢，我们俩都快急死了！你兄弟廖义兴被什么人抓走了！你快帮助找找啊！你们的人今天不是在湛山寺有行动吗？你给袁队长打电话问问啊？"孙楚立即拨通了电话："喂？你们袁队长呢？马上把袁队长给我叫来！你们今天是不是把廖义兴抓啦？"他看着大少爷说了句，"别急啊！"袁队长来接电话了，孙楚问："廖义兴怎么啦？你们为什么抓他？你说哪个廖义兴？廖经理的弟弟！廖府三公子！那可是我兄弟，你不知道他是廖经理的弟弟？他什么？'通共'？别扯淡了，他是我从小看着长大的，通个屁！他除了下棋就是下棋，哪儿"通共"去啊！告诉你啊，廖经理就在我旁边拿枪指着我的头呢，眼睛都红了，我限你两小时之内用车把人给我送回他家去！他有什么事，回头我亲自管教他！你就先放人吧！"

廖义兴被特务架着来到关押处大门口，身后传来一阵清脆的口哨声，他看见一个留着长发、胡子拉碴的年轻"犯人"被特务押送着走来，他破旧的衣衫上沾满血迹，身上却散发着一种艺术家的气质，"今天天气不错，如果能去洗个海澡就好了。"他说着在廖义兴身后站住，冲他笑笑说："你好，同学，请你记住，好汉我是一名共产党！我们伟大的事业一定会成功！"然后他吹着口哨，拖着伤腿朝囚车走去，他被人推上车坐了进去，他又吹起口哨，身体满不在乎地随着囚车晃悠着，囚车走远了，那口哨声却被空气留了下来……

宋医生在给趴在床上的廖义兴上药，他昏昏沉沉的，耳边一直响着口哨声和他那句话："好汉我是一名共产党！我们伟大的事业一定会成功！"

闫觉鸥提着母亲熬的药走上楼，看见大少爷和宋医生表情严肃地讨论着什么，她心里一紧，廖义兴的状况不太好吧？看见廖义兴的样子，闫觉鸥哭了，"他们怎么把你打成这样啊！真是群畜生！你很疼吧？"廖义兴："不疼了，你这么一哭我就不疼了，因为我觉得自己快死了。"闫觉鸥破涕为笑，"宜阳让我告诉你他们都好，让你好好养伤！你这次表现太棒了！让我刮目相看！""哎哟，你还是哭吧，我宁愿听你哭。"

　　孙楚看过廖义兴后，难过地用手绢拧了拧鼻子，走到大少爷身边："这帮混蛋，回去我就毙了他们，下手也太狠了！"大少爷愤懑地说："他还是个孩子！即便他真有什么嫌疑，你的人也不至于把他打成这样吧？更何况，我们认识多少年了，廖义兴是什么人，你不清楚吗？要不是我知道得早，再晚一点，他就被你们打死了！""袁队长这人好大喜功！他不想别的，只想抓抓抓！你不知道，我多烦他！""他说不知道廖义兴是我弟弟，我不信，你们红顶楼抓人，连谁是谁都不问清楚？"孙楚："他们只知道他叫廖义兴，不知道他是咱家这个廖义兴，廖义兴也傻，他自己倒是说清楚啊，上来就说是你弟弟，谁还敢把他怎么着？""孙兄，我很生气，我不想再给你们干了，你们这些人太无情无义，个个都是冷血动物，我真怕有一天你们有谁怀疑我是什么党，或因为什么事莫名其妙地记恨上我，会伤害我的家人的。""义振兄，想哪儿去了？不可能！我要连你都保护不了，我就不死乞白赖地拉你来了！这次纯属意外！义兴要不是正好在那个时间出现在那儿，也不会发生这事！你呀，也别想那么多了，我保证以后再不会发生这事，除非我突然死了，只要有我活着，我保证你们全家平安无事。廖义兴只要他不加入共产党，谁要再敢动他，我先杀了他！义振兄，你也别那么大气，不错，我是党国的人，必须要为党国做事，可这对你、对你全家有坏处吗？我如果只是那个股票经纪人，我有能力让你们搬回来住吗？事情都是两面的！我的大少爷，您也想想我的好，拿它们跟我的失误相互抵消一下，行吧？廖义兴也是我弟弟！我平时怎么待他你可都看见了，消消气儿。对了，我们上次说的那两只股票可有要涨的迹象，得转笔钱过去了……""不管！先把我弟这事办明白了。""义振！我保证下不为例，但这次，你知道，情况复杂……"

10

到了去跟宜阳碰头的日子了，满图决定借这次进城的机会去问问他弟弟妹妹的情况。他和段哲文先一起到了棚户区，来到大碗儿家后窗下把大碗儿喊了出来，聊了几句后，段哲文说要去银行办点事，跟满图约好一小时后在小教堂会面。满图和大碗儿找了个僻静处聊了起来，两人聊着聊着聊到了廖义兴被抓被打的事，满图要马上给廖义兴打个电话问问伤势，便和大碗儿去了邮局，他让大碗儿等在邮局门口看着，自己进去打电话了，他拨了一遍又一遍，可廖公馆电话一直占线，忽然，他听见旁边隔间传出段哲文的声音,还提到了"廖乂兴","下一步、下一步,我怎么知道?"段哲文带着不满的腔调说,"反正人家已经怀疑有奸细了,搞不好已经猜到我头上了……"满图一惊,他把耳朵紧紧贴在墙隔板上仔细地听着。段哲文说:"闫觉鸥倒还不至于怀疑我,她始终把我当她的救命恩人看,可我演得再好,也禁不住你们接二连三地拆台啊!"过了一会儿,满图从门缝里看见段哲文从旁边的隔间走出,朝门口走去,满图怕他在门口遇见大碗儿后,猜到自己在里面可能听到他的电话,于是迅速地换了一个电话间。果然,段哲文很快就又返回来了,他挨个拉开隔间门查看,这时,廖乂兴家电话通了,满图立即紧张地问:"喂?廖乂兴在吗?"电话那边是二太太:"你是谁?""我是他的同学。我叫,我叫大波儿!我听说义兴受伤了,他好些了吗?""他伤得很厉害,这才刚刚能下地,一时半会儿上不了学。"满图从门缝里看见段哲文正朝他的电话间走来,他焦急地说:"麻烦您让他告诉宜阳,当心段哲文!他是……""什么?"二太太没听清最后一句话,"当心谁?"电话挂了。廖乂兴走来问母亲:"谁来的电话?"二太太:"是你们同学大波儿。""大波儿?他说什么了?""说让你告诉宜阳当心什么。""当心什么?""哎,我还没听清,他就把电话挂了,这孩子说话紧紧张张的,好奇怪!"宜阳听廖乂兴说了这件事后,意识到段哲文出了问题,满图怕是出事了,所以他们俩都没在约定的时间和地点出现。

11

地下党摸准了段哲文的行踪后，委派游击队队长徐童前往抓人，段哲文却意外失踪了，难道是走漏了消息？第二天，闫觉鸥来找彭湃，说段哲文被宜阳他们秘密绑架了。徐童与宜阳取得联系后，在仓库里见到了躺在地上哼哼的段哲文，他的手脚都被捆着，眼睛被布蒙着，那狼狈的样子跟当初帮助徐童他们筹集抗日物资的那个年轻人大不一样了。徐童让人扯下蒙住段哲文的布，问道："段先生，好久不见了，你还认识我吗？"段哲文眯着还没完全恢复视力的眼睛看了半天，"是徐队长？"他可是自己帮助过八路军的见证人啊！段哲文心里一阵激动，"见到你太好了！这些孩子……徐队长，您是知道的，我可是好人啊！""可你怎么一转身成了红顶楼的人了？""红顶楼？""你别以为我在诈你，陶小姐被你们杀害之前已经认出你了！她是你让人杀的吧？""陶小姐？哪个陶小姐？""行了，你就别再耍滑头了，你很清楚你是蒙混不过去的，我们要算的账多着呢，你先说说，满图现在在哪儿呢？念你以前帮助过我们，或许你还有一次活命的机会，你不老老实实地说，这些学生饶不了你。""我……"段哲文突然呼吸急促起来，他大口大口地喘息着，四肢痉挛。

袁队长觉得为了"珊瑚行动"的安全，应该立即除掉满图，他的人好不容易才把不知躲哪儿去的段哲文找来商量此事，段哲文立即提出反对："不能杀！""为什么？"袁队长不解地问："他可已经知道你是谁了！也知道'珊瑚行动'是个圈套了。""'珊瑚行动'是个圈套已经不是秘密了，可学生们还不知道我跟你们的关系，满图一直跟我在一起，你们杀了他，他们第一个就会怀疑我，失去了学生们的信任，我们前边做的那些铺垫就都白做了！""留着他可后患无穷！""放他走。""什么？放他？""不，不是放了他，是让我把他救出去！""你？""对！就是我。"

满图被特务押到一间提审室，不一会儿，段哲文走了进来，他支走了看守的特务后，走到满图面前，低声说："关于我是谁，我没时间跟你解释了，你认识海牛是吧，徐童身边的那个半大小子？"听见海牛的名字，满图一愣。段哲文："现在你必须相信我是来救你的，你必须听我的！"

米勒神父接到红顶楼大夫打来的电话，说关押处有个年轻犯人，希望跟牧师谈谈，以求得到拯救，他曾经是个基督徒，后来"迷失"了方向，红顶楼这边已经同意他们派个神父来见见这个年轻人。这天米勒神父按照约好的时间，骑着自行车前往关押处，谁知刚一拐弯就和一个从侧路上猛跑出来的学生撞到一起，那学生似乎摔得不轻，神父只好先送他去了附近的诊所了。满图等的"神父"终于来了，开始了对他的"劝导"，忽然"哗啦"一声,旁边房间里传来玻璃被打碎的声音,门口的看守急忙跑去查看,发现窗玻璃被一个飞进来的篮球打碎了,几个穿着运动衫的男学生纷纷冲看守喊道:"长官!看见我们的球了吗?""长官,能把球还我们吗?"看守没好气儿地说:"玻璃都打碎了,还想要球?先赔玻璃吧。"看守跟楼下的学生们吵了一阵后回到谈话室,发现屋里已经没人了,这时米勒神父来了,并把自己来晚的原因告诉了看守,看守一听,忙追下楼去,他看见那群穿着运动衫的学生们已经走远了,他大声喊道:"快抓住那几个学生!别让他们跑了!"

12

"让我去当段哲文的联络人?你说的是这个意思吗?"闫觉鸥问正在画画的彭湃。"你不愿意?""那,那我就走不成了……""是暂时走不成了。""我可以拒绝吗?""可以,但我会感到很遗憾,因为目前想要接近他,没有比你更合适的人了,这工作毕竟有一定危险性,我不会强迫你,一切由你自己定。"他笑笑说,"你让我想起我这次回来的事,当组织上刚告诉我要派我回来时,我跟你现在的反应一样,可不情愿了,我知道这里需要我,但就是不情愿,可现在我很庆幸我来了,因为对大局而言,我在这里的作用更大。我知道你很想去解放区,恨不得马上就走,我特别能理解你的心情,你这次留下,我们也一定会在合适的时候安排你过去的,只是现在我们很需要段哲文帮我们获得红顶楼的情报,你真的是最合适的人选。""那,好吧。"彭湃笑了:"我知道你会答应的。我提醒你,你不知道什么共产党不共产党的,你只是一个给段哲文跑腿儿的,因为他救过你,所以你愿意帮他做事。你也不用太紧张,段哲文很明白,出卖你,就等于出卖他自己,他不会那么傻。""我紧张的是怕我自己脑子不够用。""你一个脑袋肯定不够用,有我呢,有我们大家,勇敢一点!这张画喜欢吗?"他看看指指画板上的画,上面有只海鸥在海面上展翅翱翔,"送给你了!"

闫觉鸥走回家,一进院儿,便发现家门前放着一辆漂亮的自行车,她惊奇地看着自行车问:"妈?这哪儿来一辆自行车啊?""是大少爷送来的。""啊?送的?""他说是人家送给他的,他觉得你骑合适。""太好了!""我还想问你呢,你是不是跟人家说过你想要辆自行车?""没有!绝对没有。""我们可不能随便跟人家张嘴要东西啊!""我脸皮有那么厚吗!要不我给他送回去?省得您闹心。""那多驳人家面子!""话都让您说了。"闫觉鸥高兴地摸着自行车:"太漂亮了!妈,我出去骑两圈儿啊!"她扔下书包就推车走了。

段哲文坐在编辑部的一间会客室空房子里,等着来"送稿"的闫觉鸥,心里说不上是一种什么滋味。不久前他还是她的救命恩人，现在，他该用什么面目对待她才能保住面子呢？他从窗户里看见了骑车而来的闫觉鸥，心里越发紧张了。"段先生，让您久等了。"闫觉鸥走进屋。"坐吧。"他笑着说，感觉自己一下子矮了半截儿，"他们都跟你说清楚了吧，以后由你来，来，来……""不就是帮你们跑腿儿、送送信儿吗？""对，哦，他们一定跟你说了不少关于我的事吧？""说了一些，说您现在在为他们做卧底呢！"她的态度又轻松，又调皮，他的心情不那么沉重了，"你真是个孩子，什么事都看得那么轻松，哦，你跟徐队长他们以前认识吗？""不认识，您跟他们认识吧？""对呀，你还记得我曾经跟你讲过，老桑他们给抗日筹集物资的事吧？我就是那会儿跟徐童、海牛他们认识的。他们跟你说了吧，没想到，如今又打起交道了。"这之后没几天，段哲文让闫觉鸥传送了一条重要情报：胶城大部分中学里都有红顶楼的"暗礁"。

13

段哲文看见几个人围在一个征兵告示前争吵，争论着要不要去给国民党当兵当炮灰，他的目光无意中与一个正说话的"学生"对在一起，他不是红顶楼的"扇风耳"吗？许多关于"暗礁"的机密都是由他透露给段哲文的，段哲文还盘算着哪天请他喝顿酒，再从他那儿探听点儿情报给徐童呢。很明显，"扇风耳"此刻正在"工作"，于是段哲文低头走了过去，几分钟后，一阵摩托车声由远及近，接着就是"砰砰砰"的几声枪响，街上的人惊慌而逃，段哲文忙躲进一个门洞里，等摩托车离开后，他才敢出来，这时他看见一个人影晃晃荡荡走来，强烈的阳光下，那人看上去好像一个会走路的木炭，哎呀！那木炭突然就在离他不远的地方一头栽倒，段哲文忙上前观瞧，是"扇风耳"！他满脸是血，眼睛凸着，嘴巴微微动着像是要说什么，然后就挺在那儿死了。

情人夜怡铃半天不见段哲文从浴室里出来，便走进去看，天哪，这位大作家正手握着一杯酒在浴盆里哭呢。"你怎么了？哭什么呀？"夜怡铃问。段哲文垂头丧气地说："我这是什么命啊，我现在每天都在拿自己的命跟他们玩儿！'扇风耳'一命呜呼了，都不知道是什么人杀的他！我真是交了狗屎运了！""哎呀，原来你不想这样啊？我看你每天乐此不疲的，还以为你乐在其中呢。""你真会想！我一个文人，怎么可能喜欢干！而且，脚踩两只船这是技术活，掉河里的可能性占百分之八十！""所以你得选定一头儿，两头儿维着，你至少得有四个脑袋跟着转。""你这全是废话！我做得了自己的主吗？""你去找找袁队长，就说满图被抓后，学生们都不信你了，玩不下去了！""那共产党这边呢？""一样啊，告诉他们，因为你失去了学生们的信任，红顶楼觉得你没用了，不理你了。你想脱身，就得让他们所有人都认为你废了，没有利用价值了，你越显得能干，就被套得越紧！"段哲文看着夜怡铃："会唱戏的就是厉害！什么都知道！"

段哲文跟闫觉鸥边走边说着"扇风耳"被杀的事，听得闫觉鸥毛骨悚然。"没有他，现在我真不知该找谁去了解'暗礁'的事了。"段哲文说，突然，他站住脚，眼睛紧盯着墙上的一张"通缉"令，闫觉鸥也注意到了，"通缉"上的那个人不是别人，正是"共产党嫌犯段哲文"！段哲文一把把闫觉鸥拉到一边，"情况不妙，我们分头走吧！""好！""哦，你跟他们说一声，为了安全起见，这几天我们先不联系了，过了这阵子再说！"他又嘱咐了闫觉鸥几句，两人便匆匆分手。

段哲文因"共产党嫌疑"被"通缉"了！听到这个消息，焦夫人高兴得多吃了两碗饭，要不是他们当机立断地制止了女儿跟姓段的交往下去，说不定现在还得跟着受牵连呢。"这种人，早该抓！"焦夫人得意地说。饭后，她高兴地拿着一条明黄色领带问女儿好不好看，"爸爸有那么多领带，您又给他买，他又要怪您乱花钱了！""谁给他买啊？我这是给你义振哥买的！那可是讲究人。"

14

从彭湃那儿回来后，闫觉鸥高兴得直唱歌，他突然告诉她，她可以跟这批青年去"那边"了。那夜，她做了好几个梦，先是梦见了父亲，父亲责怪她把母亲一个人扔下自己跑了，她哭醒了；重新睡着后，又梦见了姐姐和志信，志信抱着她不让她走；最后是大少爷，他难过地诉说他那条暗红色的领带被家佣给洗坏了。起床后，她第一件事就是从橱柜里翻出一块暗红色的缎子，拿到镜子前比量，见它做领带很合适，高兴地笑了，但她又忽然想到，莫名其妙地送人家一条领带，别人不会多想吧？比如吴婉玲、戴琼慧她们、廖公馆的那些人、还有大少爷自己。管他呢！随他们猜去吧，反正自己要走了！

这天闫觉鸥放学回家发现门上夹着一张母亲留的字条，让她到六月街3号院去找她。去那儿干吗？闫觉鸥找到那个地址，发现它是幢旧别墅，这是谁的家啊？她走进院子，见大少爷从房屋正门探身出来招呼她进去，她更好奇了，她进屋一看，一屋子的人！第一眼看见的就是闫觉灵，"姐！"她激动地扑过去。"闫觉鸥，没看见姥姥、姥爷！"母亲在一旁说，闫觉鸥这才看见沙发上坐着的两位老人，忙上前鞠躬施礼。姥爷大声问姥姥："你看看这是谁啊？认识不？"他的嗓音那么洪亮，跟他高大健壮的身体很配套。"是良舒。"姥姥回答。"不对，她不是良舒，是小鸥，是你外孙女儿！""是良舒！"姥姥固执地回答。闫觉鸥后来知道姥姥病了，不认识人了，姥爷这次决定到这边来住，主要是想让她回到旧时环境，帮她恢复记忆，跟大家热络一番后，闫觉鸥问："这房子是谁的？""是大少爷帮着租的，我们回来的一切都是大少爷安排的！"闫觉鸥看着大少爷说："这么大的事，你们一点都不跟我透露？""嫌你麻烦呗。"母亲笑道。

"志信呢？他长个了吧？"闫觉鸥问。"在外面跟杨亨玩儿呢！"姐姐回答。"杨亨？就是带你去姥爷那儿的那位先生？他也来了？"闫觉鸥高兴地跑出屋去找志信了。这天，姐妹俩见母亲没因为旧事和姥爷别别扭扭，都松了口气。之后，大少爷带着闫觉灵和志信回廖公馆了，说他们要在那边住上几天。闫夫人让闫觉鸥先住这边跟保姆一起照顾姥爷他们。这次全家团圆真是喜从天降，闫觉鸥感觉跟做梦一样，只可惜，她很快就要走了，也许明天，也许后天，姥爷他们为什么才来呀？这会儿，她真希望出发的通知晚点到。

15

焦娆发现闫觉鸥放学后改了回家的路线，这还不说，居然还骑了一辆崭新的自行车！而那车怎么看怎么像段哲文当初要送自己的那款。王妙云道："不一定是段哲文送的，说不定是大少爷送的！焦娆，要我说，你快把段作家忘了吧！他即便不是通缉犯，你找他也太折本儿！你看闫觉鸥多滑头，装作对嫁人啊、找婆家这种事很看不上眼，一心就想上大学，其实不然，脑筋都用在大少爷身上了，一上来就对外宣称自己是大少爷的女朋友，先断了别人的念想！""她别做梦了！大少爷不可能娶她！""未必，我听说闫觉鸥的姥爷来了，在六月街的一个别墅里住着呢，好像很有钱，现在的闫觉鸥可不一样了！""那能怎么样？有我在，他们就好不成！"她嘴很硬，却并不自信，跟王妙云分手后，她直奔廖公馆，她倒要看看那辆自行车究竟是谁送闫觉鸥的。大少爷没在，府上的一个伙计说大少爷确实送给了闫觉鸥一辆自行车。

中午的时候，闫觉鸥她们接到了出发的通知，让她们第二天上午到大桥下集合，闫觉鸥突然感到走之前还有一大堆事情要办，首先，她要去趟廖公馆看看姐姐和志信，顺便找机会把给大少爷做的领带给他，下午一放学，她就骑车匆匆往家赶去取领带，感觉那个下午的时间就好像飞起来了一般，有人"嗖"地从她身边骑了过去，原来是焦娆，她回过头大声对闫觉鸥说："看你那副笨样子，这车是你的吗？不会是偷的吧？"闫觉鸥瞥了她一眼，使劲蹬了几下超过了她，焦娆也使劲蹬了几下又超了过去，两人在马路上，你追我赶地较起劲来，她们来到一个拐弯处，焦娆故意一打把，别了闫觉鸥一下，闫觉鸥一慌，自行车朝旁边的砖头压了过去，然后狠狠地摔在地上，焦娆笑着溜走了。闫觉鸥忍着疼，从地上爬起来，她马上就后悔了，真不该跟焦娆较劲，这个时候要是摔坏了腿脚可真就耽误大事了！

大少爷正和赵老先生在院子里说话，闫觉鸥一瘸一拐地推着掉了链子的自行车走回来，听说她是跟焦娆斗车才把自己搞成这副狼狈样子的，两人都忍不住笑了起来。见大少爷要回家，闫觉鸥赶快提出要搭他的车过去看看姐姐和志信,她准备在路上找机会把领带交给他。由于光顾盘算如何开口提送领带的事,闫觉鸥上车后一直没说话,她突然发觉,自己很紧张,送领带的事似乎并不那么简单。大少爷问:"今天这么话少?是有什么心事吗?""没有……"她看向车窗外,天边那旖旎的夕阳弥漫在广袤的大地上,那道道金光,都像是在追随着自己,她吹起口哨来,听她吹起了《岸》,大少爷惊异地看了她一眼,接着,他也跟着一起吹了起来。闫觉鸥把手伸进书包,抓住了那条领带。大少爷说:"我以前也认识一个口哨吹得这么好的女孩儿,当时她也让我很吃惊。"她去拿领带的手不自觉地停住了,"是您女朋友吗?大家都说,您一直都忘不了一个女孩儿,她叫赞冥鹤对不对?华樱跟我说过她,奇怪的是,她和大家说的不一样,她觉得您从来没喜欢过那个女孩儿,您对她只是一种愧疚,她好像很了解你们之间的事。"大少爷沉默了,他的表情让闫觉鸥感觉赞冥鹤这个名字好像牵着一个很长很曲折的故事。大少爷在国外留学时认识了一个上海女学生,有一天,这个女孩让人转告大少爷,说她喜欢上他了,问他是否愿意跟她交朋友,那时大少爷刚参加了一个反战组织,社会活动十分繁忙,根本无暇去应付这种事,加上他对这女孩儿也没什么印象,便婉言拒绝了,但后来,不知是谁把赞冥鹤遭到拒绝的事传了出去,他感觉这让她在学校里有点抬不起头来,心里有些内疚。不久,大少爷在他参加的反战组织聚会上遇见了赞冥鹤,她说她是为了接近他才报名参加这个组织的,虽然以后她没再提过跟他交朋友的事,但他知道她始终爱着自己。留学结束后,赞冥鹤先于大少爷回了国,在上海的一家银行做职员,一直保持着与大少爷的通信联络。大少爷回国后,她来胶城看过他几次。她最后那次来,实际上,是他请她来的,当时有一批关于日军预谋掠夺资源的情报要送到上海地下党手里,大少爷觉得让赞冥鹤来做这件事不容易引起怀疑,赞冥鹤没有犹豫就同意了,没想到,就在她来胶城的火车上,遭遇了日军的炸弹袭击,不幸身亡。"华樱说得不对,"大少爷声音低沉地说,"赞冥鹤是个好姑娘,我永远都不会忘记她!"廖公馆不知不觉到了,闫觉鸥一直没能找到送出领带的机会。

闫觉灵见到妹妹突然过来了,而且还是跟大少爷一起,有些意外。"大少爷去姥爷那儿了,我就搭车过来了。""他又去找姥爷了?""是。"她看了一眼姐姐的表情,补充了一句:"真奇怪,他们俩好像很投缘。"闫觉灵:"下午妈来过了。""来干什么?""看看志信,没什么事,妈说老校长觉得你有几篇作文写得不错,他拿两篇去中学生报发表了。""谢天谢地不是骂我。"闫觉灵小声说,"你知道姥爷跟妈说什么?""什么?""他问妈为什么不给你和大少爷撮合撮合,妈准是让姥爷说得动心了,跑来想跟我念叨念叨。""姥爷想起什么了?""妈说姥爷可欣赏大少爷了,说了一大堆他的好话。""大家都是怎么了?好像我除了马上嫁人,就没有其他更好的人生选择了。""我跟妈说过，闫觉鸥才不急着结婚呢，她目前只想考上大学，我说的没错吧？""没错。""语气不太坚定啊，莫非……""没有'莫非'，我就是只想考大学！你说的对！""真的？""当然是真的！不过，姐，假如我上不了大学，只能嫁人的话，你觉得嫁大少爷怎样？""他跟你提过了？""没有！我不是说假如吗？"闫觉灵："我，坚决反对！你别那么看着我，不是你想的那样，不是我想跟他怎么着！我反对你和他走到一起，有我的理由！""什么理由？""不安全！""不安全？从何说起？他又不是姐夫那样的人。""我说的不安全，是他这人心机太深，太复杂，你那么傻，跟了这种人，不踏实了。你要知道，嫁人就是一场赌博，一旦嫁错，你的人生就满盘皆输！闫觉鸥，你务必要听我的，必须考上大学，千万别忙于嫁人，至于未来嫁给什么人，那是未来再考虑的事！闫觉鸥，你知道我为什么非要今天这个时候跟你说这事，我就要离开这里了！""啊？去哪儿？""我准备去香港上大学，姥爷有朋友在那边，答应帮我。""什么？"闫觉鸥被这个意外惊呆了，"你要走？""对，我不能在这儿，和廖家这样的关系让我感觉很不舒服，闫觉鸥，我离开后，这边可就全靠你了，你要好好照顾父母、姥姥、姥爷。""不行！"闫觉鸥脱口而出的话让闫觉灵一愣："什么？""我，我是说，如果我也离开了呢？""你去哪儿？""去……我，我要是考上大学了呢？""那不还早吗？到时候再说。"闫觉鸥鼻子一酸，喊了一声"姐！"扑到姐姐的肩膀上。闫觉灵："你干吗？我又不是明天就走！"可我明天就走了！闫觉鸥的眼泪扑簌簌地掉了下来，她很想告诉姐姐自己明天就将离开，此刻就是最后的告别，可她什么也不能说，她忽然看见志信已经从自己的书包里把那个装领带的布包拽了出来正准备拆开，忙喊道："志信！别动那个包！"她冲过去从志信手里拿过布包。闫觉灵："什么东西啊？""是，是妈给大少爷做的领带，我刚才忘了给他了，回头你给他吧。"闫觉灵打开布包，"这是妈做的领带？她来怎么没说啊？"闫觉灵望着那可疑的针线活儿嘀咕着。

16

清晨，闫夫人发现昨晚新蒸的一盖帘儿馒头只剩下三个了，她猜准是闫觉鸥拿去做慈善了。此刻，闫觉鸥正走在去大桥下集合的路上，前面就是咪咪花店了，每天经过时，她都要过去看看有无信号，她相信今天不会有，因为彭湃知道他们今天出发，可她想错了，咪咪花店的灰墙上有个清晰的"月牙"！她担心自己看错了，盯着那个月牙看了又看，难道是彭湃在找我？可如果这个时候去他那儿，她一定会错过集合的时间，宜阳说过没准时到达的一律视为放弃此次行动！迟疑了两秒后，闫觉鸥还是拔腿朝彭湃画画的地点跑去。

还在睡觉的吴婉玲猛地睁开了眼，自己起晚了吧？她看向闹钟，真的是晚了，但她躺着没动，这似乎是她希望的结果，她早就做好了出发的一切准备，除了心理准备之外，她原以为对去解放区的向往会让她离家出走很容易，直到真的要走时，她才发现，她并没有准备好，离开爸爸、妈妈、弟弟、妹妹，这实在太难了！而让她更难割舍的还有父母从小给她选定的那个丈夫，以前她只见过那人小时候的照片，前不久，他们偶然见了一面，他太让她心动了，她如果就这么走了，就再与他无缘了。她又看了一眼闹钟，感觉是它在看着自己，像是在笑自己假装没听见叫她起床的铃声，吴婉玲忽地用被子蒙住了头。

大桥下，宜阳等八九个同学已经等在这里，"那不是闫觉鸥吗！"大家都看见了闫觉鸥正骑着一辆男式自行车向这边猛蹬过来，一到大家面前，便气喘吁吁地说："我们今天走不成了！警察局贴出告示了，以前办的通行证一律作废！他们要重新审查。"

二太太满面春风地走进家门，兴奋地冲二楼喊道："义振啊！义振！"大少爷和崔妮儿从闫觉灵的房间里走了出来。二太太："义振，快下来！告诉你个好消息！我刚从你焦叔叔家回来。"大少爷回身跟闫觉灵说了句什么，走下楼来："什么好消息？"二太太："你焦叔叔让我告诉你，他们商会要在你们俱乐部开一次盛大的招待会，招待那些做生意的大老板。这下，你们俱乐部可有钱赚了。你焦叔叔让你给他去个电话，具体时间、安排，他回头电话里跟你说。""好。""哎，那么大的好事，你不高兴吗？""高兴，当然高兴！""不像啊。义振，这儿还有个你喜欢的东西。"她从手提包里取出一条领带，"看，这是焦夫人让我给你的，漂亮吧？"走下楼来的崔妮儿笑道："今天什么日子？大家都送大少爷领带？"二太太："啊？还有谁送你领带了？"崔妮儿："闫夫人刚送了一条暗红色的，是她亲手做的！"二太太轻蔑地说："亲家还有这本事呢？手艺怎么样？能戴得出去吗？"廖夫人走过来问："在哪儿？拿来给我们看看啊。"大少爷："不给看！不让你们评头品足的，好坏是人家一片心意。"廖夫人笑道："看样子，你挺买账。"二太太不屑地摇摇头，打开手中的盒子，拎出一条金色花纹的领带说："你们来看看人家送的这条领带！不愧是跟丝绸打了半辈子交道的，眼光就是不一样！义振啊，你现在就去给你焦叔叔打个电话，把招待会的事说说，顺便谢谢人家。"

17

看见大少爷走进教堂，正跟唱诗班一起练歌的闫觉鸥莫名地心慌起来，把歌词都给忘了，他不会是来问送领带的事吧？姐姐怎么跟他说的？早知道走不成就……休息了，焦娆兴奋地奔向大少爷，一把拉住他的胳膊，"义振哥！你怎么来了？来看我们唱歌吗？"大少爷："我有事找闫觉鸥。"焦娆撇了撇嘴："一会儿你能让我坐你的车走吗？""没问题！"他朝台上的闫觉鸥招了下手,闫觉鸥忐忑地走了过来,她一眼就看到大少爷脖子上戴着的领带,正是自己做的那条,脸不由得红了。大少爷:"前些日子我跟你姥爷定好请你们全家来我家吃饭,可日子正好和商会的招待会时间重了,你告诉你姥爷,我们得重新定个日子。我刚才去你家,你家上着锁呢,路过这儿时,听见你们的歌声,我就进来了,就劳驾你把请柬带给你姥爷吧。"焦娆:"是我爸爸他们的招待会吗?"大少爷:"是。"他从怀里掏出请柬递给闫觉鸥,"那天来的客人里有很多你姥爷的熟人,他们听说他回来了,都想见见他,所以请赵老先生务必来参加。"焦娆:"怎么?他们邀请了很多外人吗?"大少爷:"都不是外人。"焦娆看着大少爷脖子上的领带:"哎,义振哥,你今天戴了条新领带啊!"大少爷:"是啊。"焦娆:"我记得我妈说她也送你了一条领带,是明黄色的,名牌!你收到了吗?""收到了。""您喜欢吗?这条看着可没有我妈送的那条高级!"闫觉鸥正担心大少爷把送领带的事说出来,他只说了句"请柬的事别忘了"后就走了。

在这么动荡的年代,能在一个俱乐部里见到众多军界、政界人士参加的商业酒会,可见东道主的面子有多大。谁不这么想,这种各方面大人物都愿意推开繁忙事务亲自到场捧场的酒会,那肯定是各种利益的聚宝盆,从这儿多半能发现各种金钥匙。今天,在音乐、美酒和盛装出席的男女宾客交相辉映下,这个俱乐部好像也竭尽全力蓬荜生辉,表现得像这个城市中的盛世画卷了。至于宾客们,从表面上看,谁都不觉得自己是这幅画中的局外人,而其实大部分人的心思却都在局外。无须说今天这里的主角是焦世迁,而有了大少爷陪伴的左右逢源,它似乎还增加了一些贵气和怀旧感。焦世迁才发现,大少爷的好处在这种场合格外明显,他不商而商,不政而政,谦和、低调,给人一种既置身于名利之外,又涉身于利益中心的感觉,他的魅力还因为人们对他那位落魄父亲的同情而有增无减。用他的人真是聪明!焦世迁这样想。"齐老板来了!走!"焦世迁拉着大少爷就过去了,这晚,他这种一惊一乍的惊喜一直都没断。

焦娆认为自己今天穿得第一漂亮,她一会儿被这个叫住,一会儿被那个叫住,比蝴蝶还忙。"焦娆!"有个穿制服的军人抓住机会叫住了她,"薛来?"她也一惊一乍地说,"好久不见!你这讨厌的家伙怎么也来了?你怎么穿着这身衣服?当兵了?""是啊!""天哪!你突然失踪了,我们还以为你是'投共'去了呢!""呵呵,你真抬举我。""薛来,你穿这身衣服是想把姑娘们的目光一网打尽吧?""在这个场合,我只想吸引焦小姐一个人的目光!""哎哟,几日不见,你酸不溜秋的毛病又严重了!""这样不好吗?""我倒宁愿你变回原来的样子,你这样子,我感觉不伦不类。"薛来发现焦娆的目光被什么吸引过去,也跟着看过去,只见穿着一身校服的闫觉鸥挽着赵老先生的胳膊走了进来。"那不是闫觉鸥吗?"薛来问。焦娆:"天哪!

她这是要吓死我啊！再没的穿，也不能穿着校服来参加聚会！他们竟然放她进来。""很特立独行，不是吗？"薛来说。"呸！下里巴人！"一看见赵老先生，立即有几个人走上前去打招呼，焦娆看见大少爷也走了过去，他可是今晚她要抢夺的制高点，怎么能把他让给闫觉鸥呢？于是她丢开薛来，走了过去，焦娆没等大少爷走到闫觉鸥他们身边，就一把挽住他的胳膊道："义振哥，你快救救我吧，那个人老缠着我！"大少爷："谁？"焦娆朝薛来那边努努嘴，"就是那个穿军装的，正看我的那个。"她趴在大少爷耳边小声说了几句什么，然后说："你装得跟我近乎一点，让他觉得我们的关系不一般，他就不敢放肆了。""在这儿他还敢放肆？""敢！"焦娆紧紧挎着大少爷的胳膊，并一脸挑衅地朝闫觉鸥看过去。

就在大少爷把一位女士领到闫觉鸥他们面前介绍姥爷跟她认识时，闫觉鸥注意到大少爷脖子上戴的明黄色的领带，很显然就是焦娆先前提到的她母亲送的那条！焦世迁走向大少爷，满脸堆笑地跟他说着什么，闫觉鸥把目光转向一边。

焦娆又跟到大少爷身边，拉着他的胳膊说："义振哥，你来，我给你介绍一个好玩的人，他说见过泰戈尔，张嘴闭嘴都是泰戈尔，可逗了！"大少爷被她生拉硬拽走了。"焦会长，您上台讲两句吧！"有人冲焦世迁喊道。"我还讲吗？大家就尽情玩儿吧。""讲吧！讲吧！"焦世迁在大家的掌声中朝台上走去。"你这身打扮很好！真心话，不是恭维。"大少爷不知什么时候站到了闫觉鸥身后说。闫觉鸥:"我来是给我姥爷当拐棍儿的,只能穿成拐棍儿的样子。""拐棍儿女士,我今晚戴的领带怎么样?你不是喜欢评论领带吗?""您喜欢就好。""实话告诉你我不喜欢!没法跟你妈送我的那条比。""我妈?她送您领带了?"她装糊涂地问。"是条暗红色的,你那天不是看见我戴了吗?""不记得了。""女士们,先生们!欢迎大家光临今晚的招待会!"台上响起焦世迁的声音:"你们大家都是我的亲朋、我的至爱,是我今生今世都要仰仗的人,在此招待大家令我感到荣幸之至!"众人鼓掌。焦世迁:"但我也必须老实地向大家透露,我在这个时间举行招待会并选择在这个俱乐部召开,我是有点私心的,那就是我要借此机会支持一下自己人的俱乐部,支持一下我们廖经理的生意!当然了,也因为这是我们胶城最好玩的地方,不选这儿,我们还能选哪儿呢?对吧?今晚大家可要尽兴啊!"

舞曲响了起来,焦娆说:"闫觉鸥,你今晚想要谁做你的舞伴儿,跟我说,只要不是我的义振哥,我都能给你叫来。"薛来走了过来:"你好,闫觉鸥!"闫觉鸥:"薛来?"焦娆:"薛来,今晚闫小姐交给你了,她没有舞伴儿!""荣幸之至!"焦娆:"今天我可要一醉方休,反正有我义振哥送我回家呢。"薛来:"请吧,闫小姐!""对不起,我得陪我姥爷去了。"闫觉鸥回到姥爷身边:"姥爷,咱们走吧。"赵老先生:"你不想跳舞吗?""不想。我们回家吧,姥姥还在家等我们呢。""有二嫚在，没事，你好不容易出来玩儿一回，义振呢？去找他跳舞去！""不！我不想跳舞，我，我的脚崴了！""脚崴了？什么时候崴的？"大少爷扭头看见闫觉鸥挽着姥爷朝门口走去，正要过去询问，被焦娆拉住，"我要跟你跳舞。""我得先过去一下。"大少爷说着朝门口跑去，焦娆气哼哼地看着他，然后抓过薛来手中的酒杯一饮而尽。

18

廖夫人为给赵老先生接风的饭局推了好几周才实现。二太太虽然不喜欢这亲家，但赵老先生的面子她还是要给的，只不过，她出于担忧其中一位闫家小姐会跟大少爷好上的心病，对两家人走近总是心有不安，这样一来，她想表示出的礼貌和友善就总显得跑偏。席间，廖夫人又把曾经的赵老先生赞美了一番，说他这人敢拼敢闯、为人仗义，二太太便也跟着赞美道："您这点真令人佩服，不仅勇于胜利，还勇于失败。""机会来了，不能瞻前顾后，"赵老先生看看闫觉鸥，"是不是，小鸥？""嗯。"闫觉鸥敷衍地应了一声。"哎，奇怪，咱们百灵鸟今天怎么这么沉默啊？"廖夫人说。二太太："是不是这几天照顾姥姥、姥爷太累了，看这小脸儿黄的。"赵老先生："她这年龄哪知道累，我看八成是有什么心事。"闫觉灵也感觉妹妹今天话很少，笑道："你不说话，我们大家还都有点不适应了。"闫觉鸥:"你们到底是愿意我话多,还是愿意我话少啊?"大少爷用筷子夹起一只螃蟹隔着老远放进闫觉鸥的碗里,笑道:"她肯定是在生螃蟹的气,嫌它们离她太远,故意不让她吃,来来来,我把螃蟹运过来了!"大家都笑了。赵老先生:"还是大少爷了解小鸥的心思,好了,我们接着聊我们的,都别看她,看她她就不会吃了。"他转头问大家,"哎,三少爷怎么没在?"大少爷:"他去参加象棋比赛了。"二太太:"他现在就不是这家的人,这家的什么活动都不参加。除了比赛就是比赛。比不比赛,我们也不知道,反正人家说是比赛去了,嗨,孩子大了,都想自己飞……"廖夫人见闫觉灵也不动筷子,便说:"闫觉灵,好好吃啊,你们这姐俩今天是怎么了,都心事重重的样子。""没有。"廖夫人:"你是不是想回你姥爷那儿住了?不好意思开口?"闫觉灵笑笑,没有回答。二太太:"我以为什么大不了的事呢,不用把气氛弄得那么吓人,好像要宣布出嫁似的,想回去就回去住几天好了。"廖夫人称是。闫夫人责怪女儿道:"你回来没几天,别总是惦记着回去。"闫觉灵:"没有……"闫觉鸥在桌下踢了姐姐一脚:"姐,两位夫人都答应让你回去住了,你就回去住几天呗。你回来那么多天了,我们还没好好聊聊天呢。"廖夫人:"是啊,一会儿吃完饭,就让义振开车送你们回去啊。"赵老先生:"对,都是自己的家,这边住住,那边住住,挺好,也省得让一边儿的人太劳累!"廖夫人:"是这话。闫觉灵,你别活得那么小心翼翼的,你该学学你妹妹,我们廖家不是老古董，从我这里就讨厌死板。"

19

老校长见闫觉灵登门拜访，十分高兴，她曾是自己最赏识的学生，还是他女儿余章可最要好的朋友，他了解她的性格，没有特别重要的事，是轻易不会来求见的。果然，一番嘘寒问暖后，闫觉灵表明了来意，她想知道妹妹最近的学习情况，想知道她是否还在做上大学的努力。"她的学习成绩不是主要问题，可她的精力好像没有放在学习上，我找她谈过，她倒是告诉我她想上大学，可我总感觉不像……"闫觉灵："我也是这种感觉，她嘴上说想上大学，可总显得心不在焉。老校长，您帮帮她吧，她太贪玩了，我真怕她把自己耽误了。您也许不知道，那会儿要不是担心我们俩都去上大学家里负担太重，我绝对不会选择结婚的，她如果也放弃上大学，那我当初的牺牲就一点意义都没有了，那我真后悔死了！""现在有这么个机会，学生要是平时考试成绩不错，还参加过市级的学科比赛并取得过好成绩，这样的话，即便大学考试时成绩差一点儿，学校也可以保送她上大学。关键就是她自己必须有这个意愿，得参加比赛。过些日子，市里就要举行一次作文比赛，我跟你妹妹提过，让她报名，可她最后也没有去报名。""现在报名还来得及吗？""来得及。如果她想去，你叫她来找我。""好，我一定让她去找您。我听说，章可姐回来度假了？是吗？""是啊。""太好了，章可姐不是在北平当过辅导老师吗？能不能让章可姐在比赛前辅导辅导闫觉鸥？""那没问题。""其实辅导她倒不是最主要的，我主要是想让章可姐好好开导开导闫觉鸥，给她加大点压力，让她别把时间都浪费在别处！闫觉鸥一直很崇拜章可姐，她的偶像，章可姐的话，她一定能听进去。"

"什么？让章可姐给我补课？"闫觉鸥这才知道，姐姐叫她来海边散步，是为了谈话。"你不是很崇拜她吗？让她给你讲讲比赛的事，省得胡思乱想浪费你时间！老校长可是对你的表现很不满意。""那是因为他们总是喜欢拿我跟你比，所以满意不了，这是他们对我的期望值太高的原因。""别强词夺理！我跟余章可已经定好了，不能变了！嗯，还有件事，我本来不想告诉你的。""什么事？"闫觉灵停顿了一会儿，说："以前你问我喜欢不喜欢大少爷，我没承认过，现在我跟你说实话，是的，我喜欢他！""哦……""我怎么也没法让自己忘掉他，我想来想去，觉得还是应该让你知道，而且不论年龄、性格，我觉得我们俩好像还适合，你说呢？""是，我也这么觉得。""我知道廖夫人喜欢你，也许她有想让你跟大少爷好的意思，还好，你不喜欢他，你要也喜欢上他，那就麻烦了，我可真不知怎么办了！这话在我心里憋了很久了，斗争了半天跟不跟你说……"姐姐的坦白让闫觉鸥有些意外："姐，你终于敢说实话了，看来廖夫人那天的话对你真起作用了！你跟大少爷都说了吗？""我还没跟他说。""还没说啊?你怎么不说呢?你如果不好意思,我去帮你说。""我们之间不用那么直白,他心里肯定什么都明白,这是心照不宣的……""你心照不宣不够!你不快去说,他就有可能被焦娆抢走!""别理她!"闫觉灵停住脚看着妹妹:"闫觉鸥,这会儿是你最好的年龄,无论你遇见什么吸引你的人,你都不要被感情绊住,你要去见识更大、更好的世界,过更自由、更幸福的生活,就像余章可那样,我敢打赌,有一天你会遇到更好更让你喜欢的人的,我现在逼你考大学,都是为你好,你相信吧?""我当然相信!"两人看着对方笑笑,又都背过脸去。

那几天,闫觉鸥下学就去跟余章可约会,准备作文比赛。余章可话不多,但很带权威性,闫觉鸥不敢有半点怠慢。

20

余章可的假期刚一过,她就登上回北平的火车,她刚一落座,就看见闫觉鸥气喘吁吁地跑了过来,她急忙从车窗探出头:"嘿,你怎么跑来了?你姐他们刚走。""比赛成绩出来了!我得了第三名!""真的!太好了!"余章可高兴地说,"我刚才还跟你姐说呢,我这次回来,好像是专为你而来的,你比赛完了,我也该走了。祝贺你!努力没白费!你姐还不知道吧?她肯定高兴坏了。""我还没来得及告诉她。""继续努力。""一定!""哦,对了,闫觉鸥,我发现你姐好像又在恋爱了!""你发现了?""我还问她了呢,她开始不承认,可我一看她那笑就知道我猜对了,我感觉出不了半年,他们就会结婚。真高兴看见你姐走出心理阴影了再去恋爱,你姐跟了他,肯定会很幸福。""是。""闫觉鸥,好好学习啊!不要辜负我们大家对你的期望!你姐最怕的就是你会走廖义达的路,你不会吧?""我……"火车开了。余章可:"不管怎样,我祝愿你所有美好的梦想都能相辅相成!再见!""再见!"

21

嘉怡乐器行已被特务盯上了,彭湃刚刚接到一份让其立即终止一切活动的紧急通知,他必须在黄昏前将它送到美琳达饭店去,可就在这个节骨眼上,他被两个酒鬼军官缠上了,他们非说彭湃给他们画的像不好,用枪逼着他马上修改,彭湃一边应付他们,一边按捺着心里的急火儿想着脱身之策,嘿!救星来了!他远远看见闫觉鸥骑车过来了。这段时间闫觉鸥已养成了一种习惯,隔三差五有事没事她都要到彭湃这儿一趟,跟他说几句话。彭湃把她叫到一边,将一幅用报纸包着的画儿塞进她手里,"马上把它送到股票交易所旁边的美琳达酒店去,交给前台服务员,请他转交贝特金先生。"

闫觉鸥来到酒店前台把"画"交给服务员后,就离开了,她刚走出酒店大门,就看见一群记者前呼后拥着一个女影星走进酒店,她好奇地隔着窗玻璃看着酒店里面的热闹,她突然看见大少爷从酒店二楼走下来,不紧不慢地朝前台走去,他不会就是那个来取画儿的"贝特金先生"吧?她踮起脚看着,想看看服务员是否将"画"交给了大少爷,如果是的话,那他就是共产党!想到这,她的心跳都加速了,然而,她的眼前都是动来动去的人头、照相机和闪光灯,当她终于再看见他时,却是他走上楼去的背影。

22

"真逗死我了!"焦夫人呵呵笑着从外面走进来,她边脱外套边对躺在沙发上翻杂志的女儿说:"焦娆,你猜我刚才听到了一件什么可笑的事?太好笑了!""怎么啦?""你素萍阿姨说,她看见你叔叔跟你的一个同学手拉着手散步呢。""我们同学?谁啊?""是闫觉鸥那个最好的女朋友,戴什么?""戴琼慧。"焦娆跳起来说,"不会!她肯定看错了!她们家穷着呢,她不是富家小姐!我小叔怎么可能找她呢?""是啊,我也不信,但她说肯定没看错。哎呀,假如这事要是真的,以后你小叔带着那个丫头来我们家做客,那,那可是太可笑了。"焦娆气愤道:"那不行!我是绝对不同意这种事情发生的!我现在就给小叔打电话问他有没有这事!"她很快拨通电话:"喂,我找焦警官。""找我干吗？"焦道忠说着走了进来。"叔叔！你来得正是时候！我正要问你呢！你是跟戴琼慧交朋友吗？""是啊，怎么了？""叔叔！你疯了！你怎么能找她呢？"焦道忠："她怎么了？"焦娆："你就是不能找她！我不许你找她！他们正准备往共管区跑呢！她不会跟你好的！""你开玩笑？""我没开玩笑，是我们歌咏团巧莉告诉我的，如果不是因为通行证出问题了，他们可能已经离开胶城了！"说到通行证，焦道忠信了，因为前不久他们发现了很多伪造通行证，警局上司决定对通行证全部重申，还把复查的活儿交给了他。"叔叔您怎么看上她了？你难道看不出来她跟你交朋友就是个幌子！"他想起她的乖巧面容，她看着那么温顺，像只可怜的小猫，自己对她那么好，她竟然这样对自己！他真是又窝火又伤心。

戴琼慧在校园里被焦娆拦住，"听说你在跟我叔叔交往，是吗？玩美人计啊？"戴琼慧的脸"腾"地红了。"你别以为我不知道你们打的什么主意，你们是为了通行证去的！"王妙云："也许顺便再骗点路费。"焦娆："小骗子！以为别人都是傻子吧！告诉你，离我叔远点儿，他可是警察！给我当心点儿！"焦娆一脸凶相地走了。戴琼慧急忙找到闫觉鸥，"糟了！我们的事暴露了！"她拉着闫觉鸥跑到校门口的海边儿，两人正商量着怎么办，戴琼慧一眼看见焦道忠走来，她神色大变："我的天！他怎么来了？"焦道忠虎着脸走到戴琼慧面前："我有话问你！"戴琼慧心慌地看着闫觉鸥，焦道忠对闫觉鸥说："你先走吧，我不会吃了她的！"闫觉鸥背着焦警官冲戴琼慧摇了摇头，然后退到了一边。

23

又一笔买官款进账了，孙楚兴奋地跟大少爷通着电话，"我运作得不赖吧？最近我的手心一直痒痒，这就是要进钱的征兆！"袁队长手里拿着一份档案走进来，他那默哀般的表情让孙楚的心"咯噔"一下，他立即结束了跟大少爷的通话，忙问袁队长什么事，袁队长："我们的人在整理日本宪兵队遗留档案时发现了一份关于廖义振的侦察档案，日本人怀疑他是共产党，曾对他进行过相当一段时间的调查！""廖义振？"孙楚打开了档案，从里面掏出两页纸，"就这么两页？"袁队长："目前只发现了这份对他实施调查的申请报告，其他内容正在查找。监狱里有个犯人，以前是给加藤做事的人，叫裴中升，我昨天对他进行了审问，他证实加藤确实一直在调查大少爷，可如何调查的，他不知情。"孙楚："谁知道？"袁队长："只有当时调查他的日本人知道。"孙楚寻思着说："他弟弟廖义达是共产党，那时候，我曾经也注意过廖义振一段时间，并没有看出他们是一伙的，加藤会不会也是因为廖义达才调查廖义振的？"袁队长："有这可能。另外，据裴中升说，日本人当时怀疑嘉怡乐器行是共产党的联络点，廖义振经常去那儿。""我知道那儿，店老板好像姓白，快查查他们。""我们去了，它一个月前就关了，听说是因为生意不好做，一直赔钱。""一个月前？这里怕是有事。上次让你们调查廖义振，你们怎么什么都没发现？为什么不去翻翻日本人留下的档案？""这是我的失误……""失误？是失职！""我当时觉得，您和他的关系那么好，调查也不过……""不过什么不过？所有事情都是表面上看着那样，我还让你查他干吗？没脑子啊？""那……您打算……"孙楚烦躁地说："你别管我怎么打算，我怎么打算关你们屁事，你觉得该怎么办就怎么办，别事事都来问我！我不是专门负责给人擦屁股的处长！更不是派来为你们背黑锅的！现在的当务之急，就是设法把日本人关于他的档案全部找到！看看他们究竟查到了什么。我告诉你，廖义振这边一旦出了差错，你可担不起！"我担？袁队长没好气地想，大少爷是他找的，查不查都听他的，还背什么黑锅？恐怕周围的人都是他找来替他背黑锅的！这满肚子的气把袁队长修炼的忍功都破了，面部肌肉都要失控了。这个老狐狸，日后他真要甩起黑锅来，自己可不是他的对手，离开孙楚后，袁队长直接去找孙楚的上司图局长了，他是孙楚的宿敌，很熟悉孙楚的为人，他一定能明白自己的处境。果然，图局长听了袁队长的汇报后，立即明白是怎么回事了，他孙楚嘻嘻哈哈、大大咧咧的外表后面全是算计！图局长笑道："你知道为什么我算不过孙楚，却还能成为他的上司吗？因为我的上司也怕他，所以把我放在他们中间，让我替他挡着，哈哈哈，你说多有意思!"图局长让袁队长放手调查大少爷,并且不必事事请示孙楚,这就是说,图局长不仅给了他一副防身盔甲,还给了他一把尚方宝剑,他当即表态一定会认真查办此事,然后说:"您是不知道,我跟孙处交流好像有障碍,我总感觉听不懂他话的意思。"图局长哈哈大笑起来。

24

大少爷已经跟"乐器店"的人联系好了,一会儿就把"留声机"给他们送去,他正抱着纸箱子下楼,正巧遇见二太太和宋医生来到客厅。"您这是什么?怎么不让伙计来搬?"宋医生问。大少爷:"咳,就是一个留声机,出毛病了,我去找人修修。""咳,这可真是有福之人不用愁,我正好有个朋友是修留声机的,你开车,我带你去。""我已经跟这边打好招呼了……""那不是还得花钱吗,去我朋友那儿,他技术可好了,还一分钱不收你的。"二太太:"那正好,义振,宋医生就交给你了,你负责送他回诊所去,一举两得。"见没法再推脱了,两人一起坐进大少爷的汽车,开车前,大少爷想起了什么,让宋医生等一会儿,自己去打了个电话。

闫觉灵一接电话就听出是大少爷了。"听我说,有件急事,要你帮我一下,二十分钟后,我开车到你家,我车上后座有个纸箱子,里面有很重要的东西,你想办法帮我把它替换下来,宋医生和我一起呢，换的时候，千万别让他看见，你家有留声机吗？""没有。""那你找几本书装个纸箱……"闫觉灵从大少爷的口气里听出了"危险"二字，她挂上电话，飞快地跑去二楼找书，紧张得手脚都要抽筋了，她自己也不明白，为什么总是这么不假思索地替大少爷做那些危险的事。杨亨走进书房，见闫觉灵正忙乎着往箱子里装书，问："你在干吗呢？""大少爷要几本书。""我帮你。""不用。"

"对不起，宋大夫，我要拐个弯去趟赵老先生那儿，我答应给他的茶叶一直忘了给他，您现在不忙的话，我还想麻烦您顺便检查一下他的膝盖，他总是觉得膝盖不舒服。"大少爷道。"不忙！不忙！"

杨亨听见门外传来"嘀嘀"的汽车喇叭声，跑去开了大门。闫觉灵见大少爷带人进了客厅，便搬起事先放好的箱子朝汽车走去。大少爷趁宋医生给赵老先生看病时来到窗前，只见站在院子里的闫觉灵冲他点点头，这才松了口气。就在给赵老先生看完病，大少爷和宋医生刚发动汽车离开的时候，闫觉鸥骑车回来了，她看见杨亨抱着个纸箱子追着汽车大喊："大少爷！你的书忘拿了！"闫觉鸥也跟着大喊："大少爷！你的东西忘拿了！"大少爷感觉不好，"轰！"地一脚油门，汽车向前冲去。"放下！那不是大少爷的东西！"闫觉灵拼命冲过来，一把从杨亨怀里夺过纸箱子，她脸色煞白，感觉马上就要虚脱了。宋医生和大少爷来到修理留声机的小店，打开箱子一看，三人都愣住了。大少爷："哎呀，我拿错箱子了！"宋医生怀疑地看着他说："您可真粗心！"

跟袁队长分手后，段哲文脑子好像一直都不能正常运转，大少爷是共产党"嫌疑"，这是真的吗？他们让他通过闫觉鸥去获取大少爷的情报，难道说这回该轮到他大少爷倒霉了？他手里把玩着一枚硬币，独自走在洒满月色的大街上，他心里一阵喜悦，他突然想到，大少爷该不会就是闫觉鸥的那个联系人吧？对！差不多！这回可轮到自己报仇雪恨了！问题是……他又一想，凭他这么个小作家，一个大少爷他都惹不起，他怎么敢去惹大少爷加共产党呢？他使劲抛起硬币，看着它从空中掉在地上，骨碌到一边去了，他低头找过去，一个戴眼镜的男人挡在他面前，客气地问："先生，丢什么了？""一枚硬币。""是这个吗？"他伸开手，那枚硬币就在他手上，"想用这枚硬币算算凶吉吗？我可是很会算的。"他似笑非笑地说，"万一算出凶来又当如何？""不用了。"段哲文拿走硬币转身走了，并神经质地想，那人也许也在做着选择：他若回头，他就一枪送他上西天；他若不回头，便放他一马，命运之事，回头之间！他想忘了这会儿陷自己于麻烦和危险的恨，但他又觉得忘不了，当初大少爷为什么对自己那个态度，为什么要那么羞辱自己？本来他是可以放自己一马的，可事到如今，自己若不利用这个报复他的好机会，天理难容！自己必须尽快去证实大少爷就是共产党！

段哲文用报纸挡着脸走到闫觉鸥面前,"你好,小姐!为什么你身上有股茉莉花的香味儿啊?""段先生!""哈哈,被你认出来了,我昨天去你姥爷家找过你,他们没告诉你?""没有,你知道我姥爷家地址?""当然,我是谁啊?"他笑着说,"我的通缉令撤了,我自由了。""真的?怎么撤的?""钱呗,有钱就能搞定一切!闫觉鸥,我有件急事找你办!"他把闫觉鸥拉到一边,"最近有几个准备往共管区的学生被捕,你听说了吗?我了解到一个消息,出卖他们的是一个代号为'三号礁'的特务,也是学生。""哪个学校的?叫什么名字?""这还不知道,我也正找人打听呢。'三号礁'的情报很重要,你能马上联系上我们的人吗?""能!""太好了!你要联系的人不是大少爷吧?他可被红顶楼盯上了!""什么?""他是共产党你知道吧?""什么?""不会吧?你好像不知道似的?""我不知道!""是吗?糟糕!那我不该告诉你这事,我还以为你早就知道呢。""红顶楼在怀疑他?""不是怀疑,他们早就知道他是共产党。听说是日本特务透露给他们的,他们一直没动他,我也猜不出为什么,但肯定有原因,他真不是你的联络人?还是你想对我保密?""真不是!我就不知道他是共产党!""是吗?那我这下泄密了,你可千万别乱说出去啊!""那我该怎么办?""赶快把我告诉你的事告诉你的联络人啊,提醒大少爷当心!"闫觉鸥的脑子乱了,离开段哲文后,她直奔彭湃画画的地方。彭湃已经出现在她的视线里了!闫觉鸥忽然想到自己可能犯了个大错误,可能把尾巴带过来了,她的头一阵眩晕,放慢了脚步。彭湃远远看着闫觉鸥走了过去,他意识到情况异常。傍晚,他装成一个收破烂的老头儿,直接来到了闫觉鸥家。

25

崔妮儿告诉大少爷有他一封信放桌上了,他在房间里看到了它,那上面邮票、邮戳层层叠叠,似乎辗转很多地方才到达这里。他拆开信,看到了一个男人的笔迹,字体很漂亮,但写得不工整,笔者似乎没有力气了,大少爷先看了看信的落款,是闫先生写来的。"廖义振大少爷,我给您写信,有些唐突,但我想来想去,还是觉得给您写信最为妥当,因为我要将一件非常重要的事托付给一个我信任的人。我去的那家电业公司不久前解散了,我的一个同学拉着我一起参加了国军,这个情况我太太已经知道,长话短说,在昨天的战斗中,我负了重伤,可能活不了几天了,所以想恳求您在我离世后,帮我照顾我的妻子和孩子。虽然我们打交道不多,但我感觉您是个可信赖的君子,我的家人也都相信您的为人。我的大女儿闫觉灵心地善良,但十分要强,性格倔强,什么事都放在心里,请您和您的家人体谅她的感受,尽量别难为她;我的小女儿闫觉鸥,喜欢扮演英雄,喜欢装出天不怕、地不怕的样子,但其实,她胆子很小,却总爱惹麻烦,请您像对待小妹妹一样对待她!大少爷,她们就拜托您了!最后,我还想求您不要现在就把我的事告诉她们,晚一点儿再说……"廖夫人走了进来,她看见儿子的脸色,都忘了自己来干吗了,"谁来的信啊?"

礼拜天,教友们都散去,闫觉鸥看见大少爷还坐在椅子上看着自己,有些纳闷儿,他今天是怎么了?为什么总是盯着自己看?"您怎么还不走?"她来到他面前。"我在回味你们的美妙歌声。来,坐我身边来,我们俩在这儿说会儿悄悄话。"他的目光异常和蔼。"什么悄悄话?"她笑着在他身边坐下。"彭湃把段哲文跟你说的那些话转告我了,看来他是恨死我了,你可别信他的!他巴不得把我说成共产党,看我进监狱!"闫觉鸥投过来的目光那么迷茫,让他心里隐隐作痛,他别过脸去,喃喃地说:"宁得罪君子不得罪小人,真是这话……但愿,我不会给别人带来麻烦。"

闫觉灵见母亲做事心不在焉、心事重重的样子,不由得想到爸爸那边是不是有什么坏消息,她跑到邮局查询了一下最近寄到她家的信,一位了解她家情况的邮递员告诉她了一件蹊跷的事,一个星期前,邮局收到了一封寄给廖公馆大少爷的破破烂烂的信,一看它就是历尽千辛,邮递员因为很欣赏寄信人的笔体,就特别留意到了它,没过两天,他们又收到了一封有着同样外观的信,信封上的笔体与寄给大少爷的那封很像,但这次的收信人却是闫夫人。听了这话,闫觉灵马上给大少爷打了个电话询问此事,大少爷约她到咖啡馆见面说。在咖啡馆里,大少爷把她父亲写给自己的信拿给闫觉灵看了,闫觉灵泣不成声。大少爷说:"我本来想按照你父亲的要求,先不让你们知道信的事,不过,听你一说这些情况,那不用猜了,你母亲肯定也收到你父亲的信了。既然你母亲怕你们难过,不想让你们知道你父亲的事,那我觉得,你们还是先装不知道比较好。""嗯,我妹妹要是知道了这个消息,不定要哭成什么样,还是让她觉得我爸爸还会回来比较好。""对。你也要往好处想一想,虽然你父亲在信里说他不行了,可毕竟这是他的亲笔信,也许,他又恢复健康了呢,这也不是完全没有可能。"闫觉灵眼泪汪汪地点点头。

26

琴房里,紫陶和闫觉鸥趁廖夫人去接电话的工夫聊起天来,紫陶问:"总跟在你姐身边的那个书生,叫杨亨的那个,怎么样啊?我觉得那人怪怪的?那天我去斐德里街买东西,突然遇见他,他好像在跟踪大少爷!刚看见他时,我以为他也看见我了,就想上前打招呼,人家没理我,直眉瞪眼地从我眼前走了过去,好像在追着什么人,我往前一看,那不是义振吗?杨亨朝他走过去,没打招呼,却闪到一个小店的门后看着义振坐上人力车走了。""你没看错?""没有!义振我还不认识!然后我、杨亨走进一家商店去了。我想,算了,也别跟他打招呼了,万一他真是跟踪义振,我一过去,不是让他难堪吗?""你告诉大少爷了?""没,还没来得及呢。""奇怪,他跟着大少爷干吗?""说的是啊,该不会是跟你姐有关吧?""我姐?""你没看出来他跟你姐在……"她笑着挤挤眼睛,"该不会他怀疑你姐和大少爷,于是……"廖夫人拉着焦娆走了进来,"又来一位歌唱家!我们可以开一个小音乐会了。"焦娆:"我才没时间跟你们唱歌呢,我要跟大少爷一起去看电影!"紫陶:"哟,什么电影啊?为什么只请大少爷一个人?"焦娆:"你猜!""收买人心呗,还猜什么呀?"紫陶说。焦娆:"算你答对了,那你再猜大少爷愿意被我收买吗?"大少爷走来,对焦娆说:"小姐走吧。"焦娆挽着大少爷的胳膊,得意地说:"不必回答了,显而易见,不是吗?你们继续唱吧!"然后挽着大少爷走了。

在人力车拐弯的当口,大少爷猛然发现闫觉鸥骑着自行车远远地跟在后面,人力车在王妙云家门前停下时,他发现闫觉鸥不见了,等焦娆下了车,人力车带着大少爷刚一拐过弯时,他又看见了闫觉鸥。闫觉鸥跟着人力车刚一拐过弯来,就被大少爷叫住,她一慌差点把自行车扔出去,"吓我一跳!"大少爷:"你在跟踪我吗?""没有啊。""没有?我早就看见你了!""好吧,是的,我在跟踪你。""为什么?""也不为什么,就是怕您有危险……""有危险?""我怕有人跟踪你。""谁跟踪我?""杨亨。""杨亨?""紫陶说,她那天看见杨亨在跟踪你……""你神经过敏了吧?闫觉鸥,你还是相信了段哲文的那些鬼话了吧?我再跟你说一遍,我不是共产党!我什么党也不是,段哲文是胡说八道!""好好,我懂了,我不跟着你了。"她骑上车就跑了。其实,大少爷早就发现了杨亨在跟着自己了,上星期他去了三次俱乐部,尽管他这人似乎对什么都感兴趣,经常好奇得像个孩子,可他这么个书生,突然频繁地光顾俱乐部这种地儿有点让人匪夷所思,尽管他曾跟大少爷说,俱乐部小乐队的演奏特别吸引他,可大少爷总感觉不太对,感觉他的注意力并不在小乐队,而在其他什么地方。

27

闫觉灵从报上看到一条关于香港船票的消息,急忙拿着去给杨亨看,杨亨正在打电话,见闫觉灵进来慌忙挂断了电话。"谁来的电话?"她疑惑地问。"是找你妹妹的。""谁呀?""一个姓段的先生。""什么事?""他没说。""段先生?他怎么知道这儿的电话?""肯定是你妹妹告诉他的。""这个闫觉鸥啊!告诉她别跟这种人交往,她就是不听,居然还把家里电话告诉他!可气!你不许告诉她段先生找过她!""那好吗?"他看了一眼她的表情,"知道了。"

闫觉鸥一回到家就问闫觉灵她跟杨亨是怎么回事,"你们是在交朋友?""怎么想起问这个?""紫陶说你们在恋爱,但她觉得杨亨这人很奇怪,他在偷偷地跟踪大少爷。""什么?""是紫陶亲眼看见的。"听妹妹讲了紫陶说的"跟踪",闫觉灵心中的疑惑被勾了起来,最近这段时间,她也觉得杨亨有些怪,总一个人往外跑不说,每次问他去哪儿了,他的回答总像是编的。有一天闫觉灵看见杨亨从外面回来,问他出去大半天去哪儿了,他说是去医院看老朋友了,可阿姨却说,那个时间她在香槟街那边正巧看见他进了一家图书馆,去图书馆有必要隐瞒吗?还有他偷偷打电话,看见自己进来就慌忙挂了……

"姐,你和杨亨究竟是不是在交朋友?""是。""真的啊?那大少爷呢?你不是说……""那是骗你的,其实我早就跟杨亨好了。""骗我?为什么?""因为我不想让你喜欢上大少爷!我担心……""你担心他是共产党?你怕我重蹈你的覆辙?姐,大少爷根本就不是共产党,我以前也跟你一样怀疑过他,现在我想清楚了,那都是误会,你想想,姐夫什么样,他什么样?哪像他呀!他可不像有那种信仰的人。""你不是在说他很安全吧?你难道打算……""不是!我没打算什么,你怎么听不懂我的意思?姐,我有我自己的人生目标,我们志不同道不合,不会走到一起的。""真要如此,那就阿弥陀佛了!""更何况人家大少爷有自己喜欢的人,不是我这种类型的!""但他对你送的那条领带却很在意,酒会那天他本来想戴它,但我把它藏起来了。""啊?""闫觉鸥,我也许是真没看懂他对你的心意,也许……但不管怎样,我还是要提醒你别去爱他,假如你已经爱上他了,立即终止!""怎么说起我了?我们还是回到杨亨的话题吧,你决定嫁给他?""是,过些日子,我们就准备到香港他父母那边去办事,姥爷答应资助我到那边上大学。""你觉得他可靠?紫陶猜他跟踪大少爷也许是怕你们之间有什么事,因为吃醋,你觉得呢?要是这个原因,就不用太担心了,讲清楚就好了。""这事你们告诉大少爷了吗?""是,姐,我对杨亨并无恶意,我就是怕……""你做得对,应该让大少爷知道。""你准备怎么问杨亨跟踪的事?""我还没想好。"

这天下午,二嫂正陪志信玩儿,闫觉灵突然从屋里跑来紧张地问她:"大少爷呢?""刚走。""那杨亨呢?""也刚走了,去集上买点膏药了。""他们走多久了?"闫觉灵乘人力车来到商业街,一眼便发现了走在前面的大少爷,她从车里探出头叫他道:"大哥。""闫觉灵?""上车!"见她那紧张的神色,大少爷没再多问便上了车。"我是来找杨亨,他到集市来买东西,却看见了你。"闫觉灵说,大少爷能觉察到她是故作轻松。"哦。""您去哪儿啊?""去前面那家医院,找我一个医生朋友给姥姥抓副药,一拐弯儿就到。"他做着下车准备。"等一下,让车拉您过去吧,我在这儿下车了,你如果看见杨亨,告诉他我在这儿等他呢!"她欲言又止地看了看大少爷,下了车,没走几步,她就看见了杨亨,"你怎么也跑来了?"杨亨看见她后很是意外。"二嫂说你来买药，我也正想买些防晕船之类的药备着，一旦我们定到船票，也许就来不及买了。"一路上，闫觉灵一直想问"跟踪"的事，几次话到嘴边都没说，在闫觉灵看来，人的心扉是一座神秘的圣殿，谁都不可能也不应该一下子闯入，就别说一下子看清楚了，此刻，她担心的是在什么都弄不清楚的时候就去问他，不知会发生什么事，搞不好还会给大少爷带来危险，他可是……闫觉灵想，眼下能避免大少爷受到伤害的最好办法就是尽快把杨亨带走，先让他俩分离开再说，于是她对他说："我们去看看船票吧？我想早点离开。"

近段时间去香港的船票已经售罄，闫觉灵很是失望，她感觉杨亨的心情完全跟自己相反。两人在海边的一条长凳上坐下，各想各的心事。杨亨已经感觉出闫觉灵对自己的怀疑了，但他不能向她做任何解释，因为他向段先生郑重承诺过，绝不把他们之间的秘密协议泄露给任何人。这秘密协议，以及他最近那些在外人眼里的"怪异行为"都起因于他和段哲文的一次偶然相识。那天段哲文来赵老先生家找闫觉鸥，当时家里只有杨亨一人，于是两人便攀谈起来，当段哲文向杨亨泄露了自己是共产党的秘密后，杨亨非常激动，段哲文讲的那些惊险经历听得他热血沸腾。杨亨曾经有个朋友认识廖义达，给他讲了很多关于廖义达的事，他没想到有一天，自己竟然结识了廖义达的妻子闫觉灵，还对她一见钟情，从她那些对廖义达的抱怨里，杨亨又知道了更多廖义达的故事，因此对他的敬佩与日俱增，当闫觉灵觉察这个情况后，就再不跟杨亨提起廖义达了。"我太佩服你们这些人了！今天有幸遇见您，太好了！"杨亨对段哲文说。之后，段哲文又约他到外面秘密聊了几次，并向他透露大少爷也是共产党，身份比廖义达重要得多，他告诉他，目前地下党一直在找一个企图刺杀大少爷的人，他姓白，曾是乐器行的老板，以前是自己人，后来叛变了，由于大少爷知道很多对他不利的事，所以他要除掉大少爷。"那我能帮什么忙？"杨亨热切地问。"不能！这事太危险了！让你家人知道……""我不会让她们知道的！""即便是大少爷也不能知道，他知道了，容易暴露目标。""我保证。"杨亨得知白老板的乐器店虽然半个多月前关了，人也消失不见了，但最近有人看见他在海员俱乐部附近出现过两次，试图接近大少爷。"你如果肯帮助我们的话，就请您多注意大少爷的行踪，和他身边的可疑情况。"段哲文说，"这人身材不高，宽肩膀，头发浓密。"那天，他给他看了一张白老板的画像。"天色不早了，我们走吧。"闫觉灵和杨亨起身往家走。"晚霞多美啊！"有个过路人指指晚霞说，"是啊！哟，是您啊！"闫觉灵跟那个路人攀谈起来。闫觉灵一个劲地催自己走，段哲文交给自己的事怎么办？杨亨走在后面继续想着自己的心事，自始至终都没有注意那个跟闫觉灵说话的人，直到闫觉灵走来挽着他的胳膊，他才注意到那路人已经走了。"白老板变化真大，头发都白了，看样子乐器店也不好干。"闫觉灵说。杨亨猛地站住脚问："刚才那人是谁？""乐器店的白老板啊。"杨亨焦虑、懊恼、沮丧地四顾着。

28

闫觉鸥将几件晾干叠好的衣服放到母亲的枕头下,她发现枕套里面有纸的声音,伸手一摸,从里面摸出一封信,打开一看,是爸爸的来信,"良舒,你看到信时,我可能已经不在这个世界上了……"闫觉鸥刚看了一行就哭了,爸爸不是做生意去了吗?怎么又去打仗了?她流着眼泪看完信,把它放回原处,直奔姥爷家。姥爷一看见她,就焦急地说:"小鸥,你怎么才来啊?你姐姐他们走了!"姥爷告诉她,有人帮他们搞到了两张去香港的船票,他们已经去码头了!

闫觉鸥冲到码头时,大少爷正在船下为闫觉灵和杨亨送行。"姐!姐!"闫觉鸥冲过来,上气不接下气地说:"你们,怎么,说走就走……""我们也是突然搞到的票……"姐妹俩拥抱在一起。闫觉灵哭着说:"志信我来不及带走了,你要帮我好好照顾他!""嗯!"闫觉鸥流泪满面,一句话也说不出来。"我没来得及跟妈打声招呼就……你替我跟她,跟所有人说声对不起吧!我到了那边就给他们写信!我已经说服妈来姥爷这边住了!互相有个照应,这边一切都交给你了。""姐,爸爸要知道你又找到了自己的幸福该多高兴!""是啊,爸爸回来,你替我好好照顾他……""嗯……""呜——"汽笛催促着。闫觉灵和杨亨提着行李上了船,几人挥手告别。闫觉鸥遥望着姐姐远去的身影哭着对大少爷说:"您知道吗?我爸爸可能已经不在了!他可能已经死了!""你说什么?""我刚才看见了他给我妈写的信了,我们再也没有爸爸了!……"大少爷搂住她的肩膀,"他还能写信,怎么就证明死了呢?有我在呢!别太难过,我们不是一家人吗?""幸好我姐不知道这封信,她要是知道我爸已经……会难过死的!""呜——"汽笛呜咽了一遍又一遍。

29

天黑下来了,大少爷在包子铺窗前买了几个包子,刚咬了一口,白老板也手里拿着包子走过来:"真没想到在这儿碰见您,是廖夫人又想这口了?""是啊,您知道她。""你真是个孝子!她们没催你赶快娶个媳妇进门?家里有个媳妇也多个帮手。"两人一边聊一边朝大少爷的汽车走去。白老板说:"像你们这种大家,找媳妇可是大事,家境要好,人要靠得住,还得聪明能干,找自己喜欢的,家里不认可;家里中意的,自己又看不上;想两全其美、皆大欢喜真不那么容易啊。"大少爷点头称是,明白他这话所指,最近,他已经几次说到这个话题了。"怎么样?你是不是已经有目标了?没有的话,我帮你介绍一个,这年龄了,该抓紧了!"那夜大少爷睡得很不好,脑子里一直想着那个"两全其美"妻子和闫觉鸥,她能成为这个角色吗?她还那么年轻,又那么强烈地想去解放区,或上大学,她甘愿放弃她所向往的一切留下跟自己一起……坦白地说,让她作出这样的牺牲,他心里也不情愿,他很担心她会遭遇陶小姐、赞冥鹤那样的厄运,她应该有更好的生活才是,他也许应该先跟她谈谈……

唱诗班活动这天,大少爷让崔妮儿先去教堂找闫觉鸥,一小时后去阿黛尔咖啡厅见面,崔妮儿找了一圈没找到,却遇见了焦娆,她把崔妮儿问个底朝天后,答应由她转告闫觉鸥,因为安妮修女正给闫觉鸥训话呢。唱诗班活动结束后,焦娆一脸坏笑地告诉闫觉鸥:"义振哥让我告诉你,现在去阿黛尔咖啡厅找他。""何事?""不清楚。""他让你来告诉我?""对呀!""你是什么时候见到他的?""你管呢。"闫觉鸥想起上次她打着段哲文的旗号把自己骗到海边去的事,便说:"谁信啊!""爱信不信,反正我可告诉你了!"焦娆说完转身走了。"别理她,一听就是瞎话。"戴琼慧说,吴婉玲也说:"就是,大少爷有什么话还非要把你约到那个半山腰的咖啡厅去说?而且还让她转告你?这个小骗子指不定又要什么花招!"于是三人便一起去戴琼慧家玩儿了。

闫觉鸥回到家,姥爷告诉她大少爷来找过她,"来这儿?""对呀,他说有个很有名的外国爵士乐团要来演出,说要带你一起去看,他原本是来送票的,但发现忘带了,说等到那天他来接你一起去。"那么焦娆说的可能是真的?闫觉鸥想,他真是在找自己?但她感觉他一定还有别的事,不会只为送票这点事那么大费周章,还约自己去半山腰的阿黛尔咖啡厅!"他本来还要多坐会儿,后来二太太来了个电话把他叫回去了,说焦小姐找他,后来崔妮儿又来了个电话,问你见没见到大少爷,问焦娆传没传话给你,我问她传什么话,她也没说,然后说焦小姐刚刚不知去哪儿喝了酒,然后跑去找二太太哭去了,说大少爷怎么冷落她,对她不好,说都是受了你的挑唆,据说哭得可伤心了,还吐了一地……"

30

大少爷接到通知说南方的一个朋友来看他了,还特意给他带来一种新口味的"年糕",大少爷知道是新的密码本到了。这个南方朋友叫洛佩,是位女士,他在船上工作时见过她一面。"新口味年糕"的到来和孙楚这边的一堆杂事缠住了大少爷,他只好把找闫觉鸥谈话的事推到听音乐会那天。

取"年糕"的时间快到了,大少爷正为去约会对着镜子整理自己,突然接到了孙楚的电话,说袁队长请了一个会相面的人吃饭,据说那个人一眼就能看出人的前世今生,孙楚邀请大少爷一起去见识见识,看看他究竟神到什么程度。"真不巧,我约了朋友。"他推脱说。"推了,推了!义振,我跟你说啊,见这人一面,可是不容易,多少人花多少钱都请不来他,而且他就在这里待一天,明天就走!不来看看太可惜了!袁队长特意嘱咐我，让把你拉来，他说我们几个的脸都太挂相，容易让他看破，你这人不喜形于色，他不容易抓住特征，能考验出他的水平。"孙楚又放低声音说，"你知道，我为什么想让你来吗？我想让你帮我看看这个人能不能用，如果他真那么神，懂风水，识人心，我们的生意不就可以仰仗他了吗？我听说军统以前还用过这人呢，相当厉害！""孙大哥……""你要是再推三推四的，我可生气了！""咳，我去！这个人我也听说过，人称'识相太老'，是很厉害，听说他最厉害的本事是破谎。""你也听说过他？""是啊，我也有兴趣见识见识这位高人，你们定的什么地方？""五洋馆。""几点？""六点半。"挂上电话后，大少爷查看一下地图五洋馆和与洛佩见面的咖啡厅的地址，两个地方不是很远，或许，自己可以打个时间差，只是那边的路太窄，不好走汽车，要打时间差，他只能骑自行车。他提前来到跟洛佩约会的咖啡厅，坐在一个靠边儿的座位上，翻看着一本杂志，他真希望，洛佩此刻就到，那样一切就都解决了。但他还不知道，洛佩不可能提前到了，因为他们遇上了修路绕行，这一绕把人力车夫绕晕了，怎么也找不对路了，洛佩已经急得不行了。

"五洋馆"这边，"识相太老"刚刚就座，孙楚就感觉他那看人的目光能把人看得现了原形。太老很瘦，眼睛不大，但因为脸庞太过消瘦，给人的印象反而是那脸上只有一双目光猎物的眼睛。袁队长发现，太老的眼睛正盯着自己的手表看，便问："您为什么盯着我这块手表？"太老："因为你不是这块手表的主人。""开玩笑,我不是它的主人,谁是它的主人?"太老目光转向孙楚。孙楚:"您什么意思?您不会说这块手表是我的吧?那他可不干!"太老:"我正是这个意思。"孙楚:"怎么可能?这您可猜错了。""好吧。"太老谦让地微笑着。孙楚又看了看袁队长,他双手一摊认输,孙楚笑了:"好吧,袁队长,换回来吧!"桌上客人一片惊叹。孙楚:"您真是有一双慧眼啊!"袁队长:"您是怎么看出来的?"太老微笑着仰了仰脖子。

大少爷对走来的侍者说:"如果有一位小姐来等廖先生,请您告诉她在这儿等我一会儿,我去办点事就回来。"他走到咖啡厅门口,骑上自行车,顺着胡同穿了过去。他走进五洋馆时,大家正说笑,"对不起……"孙楚:"嘿,我们正说你呢!你先别说话,坐下,坐下。""说我?"大少爷笑着入了座。太老的眼睛马上转到他身上,全场顿时安静了,眼睛也都盯着大少爷。"先生是家里的老大,这毫无疑问。"太老声音不高地说。场上一阵小骚动。"嘘!"袁队长制止大家。"您母亲有风湿吧?""的确。""你们家人都是过敏体质,那是家族遗传的病。""完全正确。"太老又仔细看了看大少爷问道:"对不起,我冒昧地问一句,您家有人在坐牢吗?"一阵尴尬的安静后,孙楚:"没有。他们家情况,我了解,绝对没有,这您可猜错了,当然您说太远的亲戚……"太老:"不远,等一下。"他头向后仰,眼睛看着屋顶,像是算了一算,"他应该已经逃过这一劫了。"他的目光回到大少爷脸上,"您父亲他老人家安好吧?他应该不在国内。"

大少爷笑了："我服了！"孙楚翘起大拇指："厉害，您真的太厉害了！别说，他父亲要不是病在国外，说不上还就会有牢狱之灾！"太老端起茶杯："逢凶化吉！您家有福星啊！"大少爷："我很好奇，您这功夫怎么练的？"大家跟着奉承道："是啊！真神！""真是名不虚传！"袁队长："别问！天机不可泄露！"孙楚兴奋地说："喝酒！喝酒！"袁队长："太老，外面可传说，您曾帮助军统查过共产党地下党，可有这事？"太老："讹传！我不过是帮朋友辨识了一些事情，这跟军统不军统的没关系。"孙楚："您给我们讲讲是怎么回事。"太老摇摇头："讲这些，我就越界了。"大少爷似听非听地想着什么，然后起身走出房间。袁队长的一个手下立即跟了出去。大少爷走进咖啡馆，洛佩还没有到，大少爷便又骑车返回了五洋馆。

　　大少爷回到餐厅时，孙楚正兴奋地侃着什么。袁队长见大少爷回来了，悄悄跟太老耳语了一句什么，大少爷只装作没看见，默默坐下，给自己夹菜吃。不一会儿，他又去了一趟咖啡厅，还是没有见到洛佩，于是再次回到五洋馆。"廖经理怎么了？是吃坏肚子了吗？"袁队长看着他问。大少爷略带痛苦的表情："是。"孙楚："没见你吃什么呀？怎么会……""我也不知道。"大少爷忽然看见太老将目光落在自己的右手上，他的右手正如发报般下意识地点击着桌子。太老跟袁队长耳语了一句什么，袁队长也看了大少爷一眼，两人的目光中都闪着杀气。大少爷端起酒杯道："今天与太老相识，幸会幸会！来，我敬太老一杯！"他一饮而尽，然后他放下酒杯，"哎哟，对不起，我又得去厕所了。"他说着离席而去。

大少爷推门走进咖啡馆，终于看见了洛佩。"对不起，让你久等了，人力车夫迷路了。"洛佩抱歉地解释道。大少爷快速地说："我不能久待，那边还有其他应酬，'年糕'带来了？""带来了。""我今天不方便拿。我们另找个地方见面吧。""好。""旧的什么时候停用？""后天晚上十二点。""你现在住哪儿？""表姑家。""什么时候离开？""等待指示。"她还有话要说，可嘴动了一下，没有出声。大少爷看了看门口："记住，我们几年不见的老朋友了，你这次是来这里看亲戚的……一会儿有人过来……他们过来了！"他看见了袁队长他们。袁队长笑着走到大少爷面前："太老又说对了，廖经理还真的另有应酬。"大少爷："介绍一下，这是洛佩小姐。"袁队长："您好。"然后对大少爷说："这您就不对了，您怎么同时赴两个约会啊？"大少爷："事情就是这么巧，有什么办法？都已经约好了，推哪边都不合适，只好我辛苦点儿了，你们先回去吧，我这就过去。""你可不能半道儿溜了！我们还等着您揭谜底呢。""放心，我们说几句话我就过去。"袁队长对洛佩说了几句抱歉的话，便带人离去。

听完袁队长的汇报，孙楚对太老说："您觉得大少爷这个人怎么样啊？是不是个靠得住的人啊？"太老："那要看他服务于谁了，如果他服务的对象，是他心甘情愿的人，那他就靠得住，反之……"袁队长对孙楚说："太老说，他的手很像是接触发报机的手。"在场的人表情骇然。大少爷走进来："还在说我吗？"孙楚："不说你说谁？义振，那女人是谁啊？""我电话里就想跟你说，你一直拦着不让我说，我南方有个朋友来了，早就约好了今天见面，可谁想你们又冒出个局，而且还那么突然，我都来不及通知人家。我一看你们约的地点跟我们见面的地点就隔着两条街，我想先过去跟她见个面，可没想到，拉她的那个人力车夫迷路了，越走越远，我只好一趟一趟去那边看她到没到。"孙楚："我说你心不在焉地忙乎什么呢？"大少爷："太老呀，让您给我看破了！"袁队长对太老说："太老，刚才您说廖经理的右手……""我的右手？怎么了？"太老沉吟着，"你在军队干过吗？""没有。""但你好像穿过制服。""是。是穿过。"孙楚："他以前是船上的大副。""你用过发报机吗？"气氛骤然紧张起来。"用过。我在船上经常接触发报机。"袁队长："那不该是报务员的事吗？"大少爷："没错，我一般都是看着别人发报，自己偶尔动手。"袁队长跟孙楚对了一下眼神。太老盯着大少爷看了半天，"除非……您会弹琴？""是啊，我会。"他的手指在桌上弹了几下，"但我最拿手的是黑管儿。"

31

二太太从人力车上下来，见前面一位身材娇小、穿着讲究的女子站在廖府大门口,像是在等人,便上前问道:"您找哪位?""我找廖义振廖先生。"她谦和地微笑说,二太太感觉她个子虽然不高,身上却有一股大家闺秀气质。"他这个时间不会在家。""我们约好了。""哦,约好了?那请跟我进来吧。"洛佩看看手表:"还没到我们约定的时间,我有点来早了。""请到里面坐着等吧。"这时身后响起汽车喇叭声,是大少爷开车回来了。

歌咏团排练刚一解散,巧莉就追上焦娆说:"你觉得《岸》这谱子里哪部分最好听呢?"焦娆:"和声部分。""对!我每次唱到那个'6'——我的心里就好像潮水在涌动,太好听了!闫觉鸥的领唱也好听,她的声音真干净,真清澈,每次她的声音一出来,我就感动得想哭!"焦娆讥讽地:"你也真多情!我就没觉得她唱得哪儿好。""你别那么嫉妒好不好。""才不是嫉妒,我义振哥写的曲子好,谁唱都好听!""人家都说这首《岸》是他特意为闫觉鸥写的?大家都猜……""一首曲子而已!让她唱就是追她啊?太可笑了吧!""哎哟,你这口气,是在吃醋嘛!""我吃醋?我义振哥从小就喜欢我,这谁都知道,我妈他们老早就想给我们订娃娃亲,劝我做他未来的媳妇,是我一直没有答应,因为我喜欢的是义达哥,是他弟弟,那会儿我根本就看不上义振哥。""那会儿?这么说,你现在又看上他了?""巧莉,你们这些人也真可笑,竟然以为义振哥会喜欢……算了!不跟你说了!""别生气啊,焦娆,我是逗你,你如果真因为闫觉鸥吃醋才傻呢,你找错了对手!""什么意思?""你没听说你义振哥正在跟一个江南女子交往?""什么江南女子?"巧莉笑笑:"你去问问吧,我听说那个女人眉清目秀,可漂亮了,奇怪,这么大新闻,你竟然不知道?"焦娆:"我真不知道。"巧莉挽住焦娆的胳膊说,"你真糊涂得可以!

焦夫人的马拉松电话真把焦娆急坏了,她见母亲一放下电话,立即跑上前问:"是二妈妈的电话吧?她跟你说什么了?义振哥是不是新交了个女朋友?""就是一个朋友,是女的,不是什么'女朋友',你怎么知道?""是个江南女子?""好像是。""大少爷把她带回家了?那肯定是女朋友了,不然为何带回家?义振哥不是随便带谁回家的人。""哎哟,你现在好像很怕廖义振被人家抢走的哈?你当初不是不喜欢人家吗?""那是当初!""二妈妈怎么说?你们说那么半天都说什么了?"焦夫人想想,似乎悟出点什么:"是啊,她跟我说那么半天她是什么意思啊?是不是嫌我们不够积极、不够上赶着啊?在用这事敲打我?"

32

"我刚收到上级指示,我已经把它译出来了……"在海边的一个茶座,洛佩将一份报纸递给大少爷。"什么内容?"她表情有些不自然地快速说:"上级让我俩组成家庭。""什么?"他感觉刚才那句话没听清。"我知道这个决定让你有点难以接受,其实,在我来之前,他们就已经把这个意思告诉我了,我想您已经有心上人了吧?"他脑子停转了,一时不知该如何回答。洛佩:"她人怎么样?应该很进步吧?也许我们可以建议上面重新考虑……我们最迟明天要给出答复,您还有时间考虑。"

  天快亮了,大少爷手里还紧紧攥着那份报纸,好像手一松,什么东西就会失控一样。洛佩是在俱乐部附近的篮球场外见到大少爷的,他正手扒着围栏在看场内的学生们打篮球。场上,学生们激烈地抢着篮板,那争夺的画面让人感到压力。洛佩感到他的状态有点糟。大少爷:"我考虑过了,服从组织安排。""可……""我们的工作很复杂,她一时难以胜任。""您可以教她。""没有时间了,或许过不了多久我们就要为迎接胶城解放作准备,敌人会做最后的挣扎,会很疯狂,我们不能有任何疏漏!""可是……""从今天起,我们就正式开始交往吧,对外我们要统一口径,我们俩以前是在轮船上认识的,那时就互有好感,这次见面是'旧情复燃',请你给我一份关于你的家庭,还有您个人的背景材料,我们尽快相互熟悉一下。""你会后悔的……""我们不要再讨论这个了!你现在需要考虑的是,如何能马上进入角色,我也是。""那您怎么跟她讲?我……""不用讲,什么也不用说,她能看明白。"她感觉他似乎对此已经深思过了。

33

吴婉玲告诉闫觉鸥和戴琼慧,说宜阳通知他们可能三天后出发,让她们做好准备。戴琼慧激动得鼓起掌来,"太好了!"闫觉鸥并没有显得激动,她知道自己这个段哲文的"桥"走不了,尤其是眼下,他们正在为"礁石计划"保持着联系。"闫觉鸥你怎么不高兴?"吴婉玲问。闫觉鸥:"高兴啊!我当然高兴!我就是有点担心,我姥爷他们……"她编了个瞎话。跟闫觉鸥分手后,吴婉玲对戴琼慧说:"闫觉鸥是不是动摇了,不想走了?"戴琼慧:"我也有这个感觉,她不会还是想考大学吧?""那她应该告诉我们啊!如果她不走,你还走吗?"

闫觉鸥来到彭湃画画的地方,想找他说说,让他们同意自己这次跟大家一起出发,可不巧,这天来找他画画的人络绎不绝,闫觉鸥一直等不到说话的机会。天擦黑了,彭湃却突然要走,说有急事要办,"有急事吗?"他问闫觉鸥。"没有,就是……""如果没急事,有话回头再说。"他收起画夹骑上自行车走了,留下了憋着一肚子话的闫觉鸥。

这天,唱诗班活动一结束,闫觉鸥就被一个"牧师"喊住,她过去一看,原来是乔装打扮的彭湃:"我正式通知你,我们的合作到此告一段落!你可以跟大家一起走了!"闫觉鸥愣住了,"真的?你没骗我吧?"闫觉鸥激动得只想冲上前拥抱这个"牧师"。"别激动!"他看看周围没人注意又说:"有个任务交给你,根据情报，段哲文提到的'三号礁'极有可能在你们这批人中，路上有些事可能会需要你的帮忙，你今后的行动就听宜阳的了，你要跟他好好配合。""明白！那段哲文呢？""会有新人接替你，我们已经有安排了，他也知道你走的事了，放心走吧。"彭湃眼中闪着光："去那边上大学吧，上我们的大学，新中国需要人才，你们一定会大有作为的。""嗯！""到了那边，你要积极申请入党，我愿意成为你的入党介绍人。""我一定积极争取！""一只小船，只要心中有岸，有明确的前进方向，就什么都不怕，风也好、浪也好，一切艰难险阻都只是你前进的交响曲！祝你们一路顺风！"这天晚上，出现了一个奇迹，闫觉鸥给姥姥喂饭时，她居然第一次说对了自己是谁，没再把她错认成母亲，闫觉鸥激动得搂住姥姥的脖子，难道她预感到自己就要走了吗？她好舍不得他们啊！

与大少爷约好去看爵士乐这天，是闫觉鸥他们出发的前一天，闫觉鸥一放学就匆匆往家赶，一想到那些他们之间曾经发生的故事，想到了明天自己的离去也许就是他们今生的永别，一股难舍之情袭上心来，一直以来，她总感觉大少爷就是她生活中的月亮，他安静、有距离，却在黑夜中默默相伴，即便乌云偶尔会将它遮住，她也不用害怕，因为他就在那儿，永远不会消失！闫觉鸥想，今晚不管他戴哪条领带，她都必须说好看，不管她喜欢不喜欢音乐会上的演奏，她都必须说好听。她高兴地走进家,姥爷告诉她大少爷晚上有事不能去听音乐会了,"他刚才来了一趟,放下票就匆匆走了,姥爷陪你一起去吧。"

34

除了吴婉玲和巧莉,准备出征的十几个同学都聚在铁桥下面,"我来了!"巧莉气喘吁吁地跑了过来。"别等吴婉玲了,她说她家离开她不行,她不来了。"有同学说道:"人家有个很帅的娃娃亲丈夫,舍不得离开!"大家笑了。"什么?我怎么不知道?"闫觉鸥和戴琼慧都感到十分意外。宜阳:"不等了,我们走。"同学们来到一户人家化了装后,便兵分三路出发了。闫觉鸥、戴琼慧、巧莉、宜阳等人装扮成出殡的,他们这个小组还有一个重要任务,护送一部电台到罗家岛交给游击队员。眼下要做的事就是蒙混出由持枪警察把守的检查闸!

一艘艘渔船排队挤在码头检查闸前等待通过,这时有个警察走来指着闫觉鸥他们的小船问:"你们几个,干什么的?去哪儿啊?"撑船"渔民"回答:"去罗家岛,那边家里有人去世了,我们要去参加葬礼。""没问你。"警察指指巧莉:"你们都是一起的吗?""是一起的。"巧莉回答。警察摆了下手,示意他们通过。"等等!"随着声音,焦道忠走了过来,"出殡去是吗?你们都有通行证吗?拿出来给我看看。"他接过通行证的同时,目光不经意地落在戴琼慧的脸上,坏了!她虽然被头巾遮得只剩下一双眼睛了,但她相信骗不了他,她的心快要跳出来了。"小姐,请把头巾撩开,把脸露出来,"焦道忠果然发现了她,用带讥讽的口吻说,"蒙那么严,是怕被人认出来吧?"戴琼慧慢吞吞地撩开头巾,露出惨白的脸。焦道忠又发现了她身边的闫觉鸥,"你也是出殡的?""焦警官那边怎么了?有情况吗?"岸上有人大声问。焦道忠面带讥讽地说:"有几个年轻人说要去罗家岛,我看着可疑!"岸上警察:"你先过来一下,这个通行证有问题!"焦道忠犹豫了一下,对旁边的警察说:"放他们过去吧!"说着把通行证还给了他们。这不是做梦吧?戴琼慧和闫觉鸥相视一笑,都长出了一口气。

这一行人于傍晚时到达了罗家岛,一上岛,就见一个熟悉的身影又喊又叫地冲他们跑来,是满图!大家顿时欢呼起来,跟满图一起走来的是游击队长徐童和两个游击队员。此刻他们都还不知道,他们的另一个对手已经上路了,一路正气势汹汹地杀过来……

洛佩一坐进汽车就看见大少爷眉头紧皱望着海面,"怎么啦?你在担心什么?""罗家岛是风口,三级的风在那里就是五级。""你不是已经通知他们赶四点前必须离开罗家岛了吗?他们会没事的。""但愿他们不会耽搁!"汽车带着焦虑疾驶而去。马路上,树杈被大风掀起来打在车窗上,灰蒙蒙的海面,风起浪涌。

35

在一块背风的礁石后面,大家靠近火堆边上休息,在海浪声的催眠下,闫觉鸥依偎着戴琼慧睡着了。不知过了多久,闫觉鸥被什么声音吵醒了,她发现戴琼慧也不知跑哪儿去了,她正纳闷儿,看见戴琼慧跑回来,闫觉鸥迷迷糊糊地问:"该出发了?"戴琼慧哭着说:"出事了!他们把巧莉抓起来了!""什么!""他们说她是特务!正审她呢!""闫觉鸥!戴琼慧!"满图叫着跑来,"徐队长叫你们过去,劝巧莉坦白,我们问她,她什么都不说。"戴琼慧:"徐队长他们搞错了吧?巧莉怎么可能是特务?""不会错,她刚才偷着用我们的电台发送情报,被我们当场抓了!"徐童对走来的闫觉鸥和戴琼慧说:"你们好好劝劝她,让她老实交代,你们是同龄人,还是一个歌咏团同学,告诉她执迷不悟只能害了她。"他又看着巧莉说:"喂,'三号礁',我现在就想知道,在这次出发的人里,还有谁是你们的人?你们的任务是什么!"巧莉面无表情地瞥了他一眼。徐童朝满图招了下手,两人走了。闫觉鸥和戴琼慧走近巧莉,还没开口,巧莉先发话了:"你们什么都别说,别劝我,我什么也不会跟你们说的。"闫觉鸥:"巧莉,你相信我们是不会害你的吧?"戴琼慧:"你肯定是被人利用了!"巧莉:"你们以为自己就没被人家利用吗?我们都一样,都在被人利用。""巧莉!""如果,现在我说让你们'弃暗投明',不跟共产党走,去投奔国民党,你们干吗？相信我，我知道我自己在做什么。"闫觉鸥："国民党是怎样祸害这个国家、祸害百姓的，你看不见吗？他们腐败到家了，起来反对他们才叫弃暗投明！你别不明是非啊！""我不会背叛自己的'信仰'的！""巧莉！我真替你难过！"

36

夜怡铃被段哲文的辗转反侧弄醒了："你怎么了，翻来覆去的？"段哲文生气地说："外面起风了！真闹心！""你又不在外面，闹什么心啊？""我一想到明天又得去见袁队长那帮人，就烦躁！""他们叫你去干吗？还是为大少爷的事？""谁知道？他们总嫌我拿他们的钱吃喝玩乐，不给他们干活儿，有他们拿着枪在我后脖梗子顶着，我哪儿还有心思吃喝玩乐？这帮特务说牺牲谁，就牺牲谁，他们为了让共产党以为他们抓住'三号礁'了，好掩护真正的'三号礁'混过去，就让人家一个小姑娘顶替'三号礁'去死，他们让我去传递这个假消息，我真……这也太狠了！""你这是怜香惜玉还是兔死狐悲啊？他们不就是让你看着大少爷吗？又不是让你去杀他？你想那么多干吗？"

宜阳、满图一行人告别徐队长他们上了舢板，但因为巧莉，他们耽搁了一个多小时，风大了，舢板颠簸得十分厉害。躲在船舱底部的戴琼慧晕船了，胃里的东西一个劲儿地向上翻。"你行吗?"闫觉鸥担心地问。"我得出去。"戴琼慧和闫觉鸥来到船舱外,听见了船夫和满图的对话。"不对啦,我们可能走错方向了!""错了?你确定?"船夫:"这时候,我们该看见航标灯了!可是没有啊!肯定又是被人破坏了!"小船在被海浪弄得跳起舞来。"哇"戴琼慧吐了!她忙转身把头伸到船外。"当心!"船身猛地一晃,戴琼慧"扑通"掉进海里。"戴琼慧!"闫觉鸥探身去拉戴琼慧,大家也都下意识地想帮忙,船一下子失去平衡,翻了,一船人都落入海里,他们的叫声、喊声,一切声音都被巨浪吞噬了。

　　闫觉鸥渐渐醒来了,她发现自己被海浪推到了沙滩上,她挣扎着爬起身,还没站稳,就感觉身体里冲出一条小河来,她"哇"地吐了,重又倒下去,不一会儿,她模模糊糊地看见满图扶着戴琼慧从远处走来。"闫觉鸥,你没事吧?"戴琼慧跌坐在闫觉鸥面前。闫觉鸥问:"我们在哪儿啊?""不知道。""他们几个呢?"满图摇摇头。戴琼慧哭了:"都是我害的大家,如果我不吐,船就不会翻……"她伤心地哭起来。满图:"是浪太大了,跟你没关系,他们水性都很好,不会有事的,就是不知道这会儿他们漂到哪儿去了。"他四面看了看,指着前面小岛说:"那好像是小龟礁。"闫觉鸥:"不会吧?那不是又回来了吗?""好像是又回来了。"几个人分析了一阵,确定他们是被风浪推回胶城附近了。三个人都十分沮丧。满图:"要不你们俩搭渔民的船先回城吧。"戴琼慧:"什么?回去?我们好不容易出来的!"

满图："这边海警查得很厉害，尤其是对我们这些学生，而且我们三个人现在又都身无分文。"闫觉鸥："我不想回去！""我也不想回去！"戴琼慧也说。"我也不想让你们回去，可现在没有其他办法！"满图说，"我刚才问了一下，这里往城里去的船很多，好找，可往南走，就我们三个这样子，走不了两步就得被海警拦下。"沉默了一会儿，闫觉鸥问："那你呢？""我先在这边找找宜阳他们。""万一找不到，你又身无分文……""我一个人好办。"戴琼慧将手指上的戒指撸了下来，递给满图："这个给你！"满图："向我求婚啊？"戴琼慧笑了一下："这本来是我从家里带出来做路费的，你拿着吧。"满图推辞不过，只好收下，然后，他去给廖义兴打个电话，叫他找个地方帮她们恢复了一下人样，她们才各自回家，编个理由蒙混过去。闫觉鸥一回来就去彭湃画画的地方找他，想告诉他她们的遭遇，好筹划下一步工作，可跟他一起画画的人说他换地儿了，说不再来这里画画了，也没人知道他去哪儿画了。这天早上，吴婉玲来到几个人上学路上经常碰面的那个路口，正为再也见不到她那两个伙伴儿而难过，猛然看见两个熟悉的身影，还以为自己出现了幻觉。

37

在戏院的包厢里，段哲文面带喜色地低声对袁队长说："这回可真让您猜对了，大少爷真是共产党。有人在他家里发现了一份叫'04号小夜曲'的文件，上面都是'反共'人员名单，廖家大少爷遇上您真是他的不幸啊！"他告诉袁队长，这份名单是闫觉鸥发现的，她说那天她去大少爷的房间里找歌谱时，在一个纸袋子里发现了一份人员名单，名单抬头是'04号小夜曲'，过后大少爷一个劲地追问谁动过那个纸袋子，显得很紧张，在得知闫觉鸥动过后，大少爷嘱咐她名单的事对谁都不要说，她问那名单上的都是什么人，大少爷告诉她说是一些民族败类，因为那件事，闫觉鸥一直怀疑大少爷是共产党，听她一说，我马上联想起巧莉说过的一份共产党的锄奸名单。""你说的是锄奸计划？""对，好像是，专门针对城里的'反共'积极分子，他们同时背负着卖国罪名您也知道吧？""社会上一直传说共产党有个锄奸计划。""那就对了，巧莉说的应该就是这个。""你刚才说，文件名字是……""04号小夜曲。""没听巧莉说过啊？""怎么会呢？""你得想办法尽快把它弄来！""去哪儿弄？闫觉鸥走了，巧莉暴露了！"袁队长："你难道就认识他们俩？那个焦小姐呢？她不是跟廖家人很熟吗？""我们已经闹掰了，我的话她扭脸就告诉大少爷。""那我们只好直接把廖经理拉来过堂了？""对呀，我相信他扛不住'三鞭子'的一鞭子就会招！""对什么对？段哲文，你这是在给我码什么棋？让我屈打成招吗？你想借我之手给你报私仇啊？""怎么回事？"他一脸无辜地说，"可是您说抓他的，我只是觉得，要等证据确凿再抓人，等来等去的，你们的人怕是会被共产党一个一个锄奸了的。"他见袁队长满脸犹豫，拱火地说："你们既然不敢动大少爷，还查他干吗？""万一抓错了，我们谁吃不了兜着走？是你还是我？"袁队长又琢磨了一阵子后说："有个人也许能给我们帮点忙。"他拿起电话，"你们去把那个宋医生请到这里来。"宋医生在红顶楼待了不到一小时，孙楚就到了，可就那短短的一小时，已经足以让宋医生崩溃了，也让他恨上了红顶楼的人，因为他们让他观看了受刑情景，让他平生第一次当着那么多人低三下四地说了许多丢人的软话，他的尊严下跪了！他这个堂堂正正的医生顷刻成了可笑的胆小鬼，与此同时，他也想明白了接下来该如何做了。

　　宋医生被孙楚接到家时，脸还白着，眼神依然迷离不安。"这个袁队长，专门在我身边找共产党，眼睛瞎了！"孙楚愤愤地说。"您得罪过他吧？小人是不能得罪的！"孙楚不耐烦地摆摆手："不说他了，说说大少爷的情况吧，你们接触有段时间了，你发现他有什么不对的地方吗？"大少爷当然有一些不对的地方，如果自己和孙夫人私通的事没捏在人家手里，他一定会把这些不对的地方都说出来，也许还会添油加醋，但现在还是不说为好，除了他怕大少爷反戈一击，会利用私通之事打击自己，促使孙楚把自己送回红顶楼外，他打心里也不想让袁队长他们赢，"这么说吧，即便我是共产党，廖义振都不可能是，他哪是这号人啊！人家对政治毫无兴趣！"他添油加醋地解说了他的分析,孙楚看着他想,一个从"三鞭子"那里走了一遭还能保持理性的人所说的话应该信吧。

38

闫觉鸥在客厅里看见志信,跟他玩了起来,她看见大少爷和一个陌生女人双双从楼上走下来,尽管他们并没什么亲昵动作,但她还是感觉出他们的关系不一般。"二小姐来了?好几天没看见你了?"大少爷打招呼说。"您好。"洛佩微笑地问:"这位是……"大少爷:"这是闫觉灵的妹妹,闫觉鸥,我跟你说过的,她有一副夜莺一般的嗓子和一张厉害的嘴!"闫觉鸥对洛佩说:"大少爷在告诉你我是个很不好交往的人。"洛佩略显不自然地说:"他不是这个意思,他总是在我面前夸你。""夸我厉害得能把人吓跑。""不是……"洛佩求救地看着大少爷。大少爷笑道:"在闫小姐面前我很少有说对话的时候。"他轻轻用手推了推洛佩后背,"我们快逃吧。"洛佩朝闫觉鸥笑了笑:"再见。"闫觉鸥:"您怎么不介绍一下您的朋友就跑啊?"洛佩:"我叫洛佩,和廖义振是老朋友了。"大少爷:"我们要去参加一个朋友的Party,要晚了。"洛佩:"真对不起……""那快走吧,不然我又要多个不懂事的名声了。"闫觉鸥不等他们再说什么,自己先转身朝志信走去,"志信!我们快去穿衣服吧,我们去太姥爷家玩!"大少爷跟洛佩对视了一下,两人朝门口走去,闫觉鸥只感觉自己好像受了什么人的气,有点想哭。

听见大少爷和洛佩的笑声,廖夫人和二太太不约而同地凑到窗前朝花园里那两个在说笑的人看去。"这个姑娘性格蛮好的,"二太太说,"说话客客气气不说,还很有眼力见儿。""嗯。""如果能做儿媳妇,就再好不过了!你不觉得她几乎算得上让我们所有人都满意的一个吗?哎,我上次跟她聊天,您知道她家里是做什么的?""是做皮草生意的。""你也知道啊!看来,你也对她感兴趣?""我是觉得她不错,我不否认。""我们俩这次终于意见一致了。""我们叫义振过来,审问审问他。"说着她推开窗户冲院子里喊:"义振!来一下!我有件事问你。"等大少爷进屋后,廖夫人开门见山地问道:"这姑娘是怎么回事啊?""您说洛佩?"二太太:"你们在谈恋爱吗?"大少爷:"我也正想跟你们说这个呢,我们准备订婚。"廖夫人:"你们?""是。"大少爷虽然微笑着回答,但却没有开玩笑的意思。廖夫人:"你和这个姑娘?""对,我和洛佩小姐。"二太太:"你是认真的吗?""是。"两位夫人半晌不知说什么,都直直地看着大少爷。"你们怎么那么惊讶?好像我从大街上随便拉来了一个陌生人要跟她结婚似的。"廖夫人:"我确实这么以为。"二太太:"听说你们是在船上认识的?怎么以前从没听你说过?"大少爷:"是啊,那次她乘我的船回国,我们就认识了,但那个时候,她已经有男朋友了,我们就没有再联系。她现在已经和她男朋友分手了,所以……"廖夫人:"你确定,她是你想娶的人?""嗯,是。"二太太高兴地说:"好,好,我支持你。我喜欢这姑娘!"廖夫人:"闫觉鸥知道你们的事吗?"二太太:"她知道不知道有什么关系?她是谁啊?"廖夫人:"赵老先生可是跟我说过好几次,希望你们俩能走到一起,我也是赞同的。"二太太:"姐,这事让义振自己定吧,你不是一直这么说嘛!"廖夫人:"你先让我把话说清楚。义振,在洛佩没有出现之前,我们感觉你是喜欢闫觉鸥,愿意跟她交往的,我相信,赵老先生和闫觉鸥也是这样感觉的,尽管话没说得那么明确,你今天突然决定跟另一位姑娘好了,你可以不管我们是怎么想的,但你总得跟赵老先生有个交代,我们是亲家,事情不处理好的话,我们就不好见面了。"二太太:"哪儿有那么严重啊?"廖夫人:"你和闫觉鸥也没闹什么不愉快吧?"大少爷:"没有。真的没有,您不必担心。"廖夫人怀疑地注视着大少爷,他看了看手表,"我和洛佩要出去,我们要去……"廖夫人轻叹了口气:"义振,我是觉得你们不必那么着急订婚吧,你们可以先交往着……""是这样,洛佩在这里是住在她亲戚家,不太方便……"二太太:"能理解!"大少爷又看了看手表:"我得走了。"说着他转身离开了。二太太推了推廖夫人:"他不小了,您别管那么多了。回头一变卦,你又要着急上好几年。"

走在街上的段哲文看见前面有两个身姿婀娜的女学生,

本能地笑着凑上去问:"你们是哪个学校的?这么晚才放学啊?""您是段先生吧?我见过您。"其中一个女生说道。"见过我?在哪儿?""在我们学校,您当时在为闫觉鸥她们罚站的事跟姜蓝欣说理,真帅!我们当时就记住您了。""你们是市立女中的?""我们是闫觉鸥的同学。她今天提前走了,要不您正好碰见她。"段哲文一愣:"你说什么?她,她今天来上学了?""来了。"段哲文一脸迷茫地看着两个女学生,她没走?这下坏了!袁队长知道闫觉鸥回来了,肯定会抓她来审问"04号小夜曲",那自己就露馅儿了!

歌咏团因为宜阳等人出逃的原因被彻底解散了,知道此事后,闫觉鸥蔫了好几天,终于发起烧来,她在昏昏沉沉的睡梦中感觉自己掉进了海里,她梦见大少爷坐在船上,喊着自己的名字,把手伸向自己……赵老先生见闫觉鸥昏睡中念着大少爷的名字,想找他来安慰一下孙女,于是拨通了廖公馆的电话,是二太太接的,她听说闫觉鸥病了,猜到他来电话的意图,就谎称大少爷不在,说他陪女朋友出去玩了,然后挂了电话。"谁病了?"大少爷走来问二太太。"赵老先生说闫觉鸥有点感冒,怕志信传上,想把志信送回来。""有点感冒干吗就要把志信送回来?""小心呗,哦,接志信的事,我让崔妮儿、东柜儿他们去就行了,你忙你的吧,我已经跟他说你没空了。""她看过医生了吗?""哟,我没细问。"她见大少爷有些担忧,便说:"这阵子你要尽量少往闫觉鸥跟前凑,你得顾忌人家洛佩的感受。闫觉鸥不懂事,说话不管不顾的,让洛佩听见不太好,你既然决定跟洛佩了,就别三心二意的,而且,你还会让闫觉鸥对你存有什么念想儿,这样对谁都不好!人家闫小姐以后也要嫁人,也需要一个清白名声,你也要对她负责任。""嗯。那让宋医生过去给她看看吧,闫先生托付我照顾她们,我得尽责任……""知道,知道,我这就给宋医生打电话,叫他过去。"

宋医生给闫觉鸥看过病、开了药,又跟她开了几句宽心的玩笑后走了。他刚走,段哲文就来了:"哎哟,小可怜儿,病成这样了。"他坐到她床前:"我以为再看不见你了呢。你呀,走不跟我打招呼,回来还不打招呼,真不把你哥我放眼里!你也不想想,我有多惦记你们。你还不知道吧,你闫小姐的名字已经在红顶楼里备案了,你还到处晃悠。""是吗?""你这么抛头露面非常危险!你知道'通共'的'罪名'有多大吗?""那怎么办?""我是觉得你还是尽快离开这里的好。"闫觉鸥焦急地说:"我也想啊,可我跟所有人都失去联系了,您跟他们有联系吗?"段哲文摇摇头:"没有。你走后,我也彻底跟他们失去联系了。""他们再没找过你?""没有,他们约过我一次,我按他们说的时间地点去了,但不知为什么他们没来。"闫觉鸥咳嗽起来。"先不说这个了,你先养病吧,病养好了再说。我再试着联系联系他们,你也试着联系联系他们。哦,报上说,大少爷要订婚了,怎么回事啊?你们分手了?我看报上说,他们早就认识,两人是在一艘船上认识的,一见钟情,那女人当时身边有人,后来吹了,人家现在是重续前缘!"闫觉鸥没说话。段哲文笑了:"想开点,你们本来也不是一路人,你还那么年轻,恋爱的机会多着呢,不是还有我吗?""你又开玩笑了,我现在只想尽快联系上我们的人,也不知道去哪儿能找到他们。"段哲文低声道:"别急,会有办法的!"哎!闫觉鸥突然想到当初不是大少爷领自己去见的彭湃吗?他也许知道如何联系他!等段哲文走后,闫觉鸥立即给俱乐部打了一个电话,接电话的人回答说他现在正忙,不方便接电话,后来她又打过去两次,回答都一样,大少爷怎么好像一下子这么冷淡自己了?就因为他身边有了那个女人?闫觉鸥心里有种说不出的滋味,一小时后,大少爷的电话来了,他先问了问她的病情,然后问她找自己何事。"我,就是想问您知道怎么能联系上彭湃吗?我找不到他了。""对不起,我从不主动联系他们。上次是他来找我的。你身体不好,要多注意休息,就别乱跑了。"闫觉鸥感觉他似乎急于挂电话,多说一句似乎就会出什么事似的。

39

段哲文一脸哭相走出小树林,他刚刚又被袁队长臭骂一顿,他也不知道从哪儿知道的闫觉鸥依然在胶城,并认定段哲文早知道,却故意隐瞒,段哲文没想到,他们竟然对他编的"04号小夜曲"的故事那么重视，要不是考虑到别打草惊蛇，早就把闫觉鸥抓来跟自己当面对质了，段哲文忧心忡忡，如果自己一直弄不到"小夜曲"，他们一定会抓闫觉鸥来对质，那两边的人可都得要他的命了！他后悔那会儿没有好好吓唬吓唬闫觉鸥，劝她赶紧跑掉，那就没有今天这场危机了，现在袁队长说了，闫觉鸥要是丢了就拿他是问，也就是说，她就是现在能跑，他也不能放她跑了，他得立即去找闫觉鸥，告诉他已经跟地下党联系上了，让她们耐心等通知，好将其稳住。

40

这天，闫觉鸥她们突然在学校门口看见了多日不见的谷老师，他瘦了，但精神很好，他是为金悦广播公司要给海韵歌咏团录唱片之事来找她们的，说那家公司已经与官方沟通好了，这期间，歌咏团可以恢复排练，直到录音结束。可现在歌咏团的人少了很多，谷老师希望她们能联络一些新人加入歌咏团补足空缺。吴婉玲问："别的学校的可以来吗？市立男中有个男高音叫吕鹏程，嗓子可棒了！人脉也广，能带来好几个。""可以！叫他来吧！"

歌咏团一连几天都在排练《花非花》，这天新来的吕鹏程对谷老师说："老师，我们非要排练这么老的歌儿吗？现在可是有很多好听的歌曲，又积极，又鼓劲儿。"谷老师："唱什么歌，是人家唱片公司定，不是我们想唱什么唱什么。"休息时，吕鹏程告诉大家他刚学了一首很好听的歌，说着就唱起来："夕阳辉耀着汕头的塔影，月色映照着河边的流萤，春风吹遍了坦平的原野，群山结成了坚固的围坪，啊，延安……"大家纷纷传抄他的歌篇儿，没过几天，就都学会了这首歌。不知谁把这事报告了学校，教务处谢主任立即前来调查此事，问谁带的头唱共产党的歌。闫觉鸥带头否认。"你叫什么名字？"谢主任盯着她问："闫觉鸥！""你以为我什么都不知道，是来接你们的是吗？"吕鹏程发现闫觉鸥背在身后的手里还拿着歌篇，便偷偷把歌篇接走了。谢主任突然提高嗓门问："谁叫吕鹏程？""我。"吕鹏程回答。"是你带头唱的，对吧？"闫觉鸥担心歌篇被发现，又悄悄从他手里拿了回来。"你是从哪儿学的这歌？""跟着歌篇儿自学的。""歌篇儿哪儿来的？""地上捡的。""是吗？你可真会捡啊！这是'禁歌'，你知道吗？""不知道，一首歌而已，至于那么害怕吗？""学校不是政治宣传的舞台，你们谁手里还有歌篇，都交出来。你们交出歌篇，谁的责任谁自己负，你们不交出歌篇，那你们就都有责任！你们就别想再排练了！"正僵持着，谷老师走了进来，他紧张地问："怎么了？"谢主任："谷老师，学校允许你们这个已经被取缔两次的歌咏团恢复排练，你可不能再给学校找麻烦了，现在有人举报你们在唱'禁歌'。"谷老师："'禁歌'？那怎么敢啊？我们这几天可一直练习的都是《花非花》啊，来同学们，给谢主任表演一下我们的歌儿，谢主任可是音乐内行,让他听听,给我做个艺术指导。"说着,他指挥大家站好,唱起《花非花》,不等歌唱完,谢主任就一脸不买账地对谷老师说:"谷老师,如果你们还想排练下去,这个叫吕鹏程的同学必须离开!否则,一切后果,你们自己负责!"说完,他转身走了。谷老师看了看吕鹏程问:"你们唱'禁歌'了?""没有啊!""谁知道它是不是'禁歌'啊?""好了,好了同学们,"谷老师对大家说,"这件事,我很遗憾,为了大局,我只好请吕鹏程离开……"同学们嚷嚷起来。"同学们!"吕鹏程制止大家:"我退出,不要因为我把录音的事搅黄了!以后会有机会唱我们想唱的歌儿的!老师,我能参加完今天的排练再离开吗?"

吕鹏程该不会是共产党吧?闫觉鸥忽然冒出了一个念头,不然他是从哪儿得到那歌篇儿的?排练一结束,她就拉着戴琼慧和吴婉玲追上了吕鹏程追问他歌篇儿从哪儿来的?"干什么?"吴婉玲:"别怕,我们不举报你。"闫觉鸥:"我们是想知道给你歌篇的人是不是共产党?你认识共产党吗?""我告诉你们,你们可不许告诉别人。"吕鹏程神秘地说:"歌篇儿是我小叔给我的。""他是共产党?""他只是个兽医!"说完他哈哈大笑起来。三人不肯罢休,继续追着他问他小叔怎么得到的这个歌篇,吕鹏程说,他小叔一次乘马车去给一个农户家的骡子看病时,半路遇上了一个搭车的年轻人,他听他小叔唱歌唱得好,就把这歌篇留给了他作纪念,后来他小叔又把歌篇给了他。闫觉鸥她们有些失望。吕鹏程说:"你们找共产党干吗?不会是想往共区跑吧？我有个朋友，应该说是朋友的朋友，跟他们有联系，他是搞印刷的，曾经帮他们做过证件。"提到办证件，闫觉鸥眼睛一亮，跟吕鹏程分手后，吴婉玲却泼冷水说："吕鹏程这人很爱吹牛，千万别把他的话当真。"

41

大少爷回家时，远远看见焦娆的父母刚坐车离开，廖夫人说他们是专程来问他和洛佩的事的。廖夫人问大少爷："最近对你有想法的那些人都来打听你的婚事，看来你跟洛佩的消息让他们着急了，义振，你已经想好了，不会改主意了吧？""不会。"他简单回答了一句便上楼去了。"是吗？"廖夫人扬了扬眉毛。

妮娜为即将再次回到胶城看见大少爷感到兴奋，她此次回来，一是解解闷儿，但更重要的是，她想过来看看那个叫洛佩哪儿就比过自己了。动身前，她跟大少爷通了个电话，问他为何移情别恋了，"那洛小姐是何方神仙，能让义振哥对人家闫小姐做得这么绝？义振哥也太坏了吧，以前拿闫小姐来伤我心，现在又拿洛小姐伤我的心，你和闫小姐分手，轮也该轮到妮娜了，怎么把我迈过去了？你就那么讨厌妮娜吗？""谁让你住那么远的。""那如果我马上就到胶城呢？义振哥肯不肯给妮娜一个机会?""别开玩笑了,我们马上就要订婚了。""我才不信呢,我了解义振哥,你不是那么当机立断的人。""偶尔也会当机立断一次。""那你敢不敢跟我打个赌,假如我到胶城时,义振哥还没订婚,那你就再给妮娜一个追求你的机会;如果我到了那里,义振哥已然订婚了,那我就彻底认输了。怎么样?赌不赌?""那你肯定输!""不见得,反正,你只要一天不订婚,我就缠着你一天。现在开始倒计时了,义振哥,想摆脱我的话,你可得抓紧啊!"

大少爷告诉家里人,洛佩姑妈家来客人了,家里地方太挤,洛佩要到廖公馆来住两天。"这你不必请示啊,"二太太笑道,"咱家客房都闲着呢,她随便挑,想住多久都可以。"洛佩来住了,并受到廖家人热情款待。

没过两天,所有关注着大少爷婚事的人都从报纸上看到一则新闻,大少爷和洛佩正式宣布订婚了,那些想与廖府攀亲的人家集体心凉了。妮娜在火车上读到的这个消息,比她抵达胶城的时间只早了一天。

42

"哟,义振哥,满面红光的!真是人逢喜事精神爽啊!"妮娜随孙楚夫妇来廖家做客,他们正跟两位夫人寒暄,见大少爷和洛佩走下楼,就立即开起了玩笑。大少爷也笑道:"看见妮娜小姐，我自然会满面红光。""大少爷真是学坏了，这么口不对心的话也能说得出口了。"孙楚："人家义振从来没口不对心过，是你逼他口不对心的，人家是羞得满面红光。"孙夫人研究着洛佩："这位是洛佩小姐吧？看面相就是个有福之人。"大少爷给洛佩介绍了孙楚一家，妮娜立即伸出手："我叫妮娜，是义振哥的追求者之一，如今已是洛小姐的手下败将了！听说义振哥身边有了洛小姐，我就一直在想，我是来早了呢？还是来晚了呢？"孙楚："总之来得不是时候！"大少爷："是来晚了！我们俩多少年前就认识了，中间因为一些事断了几年联系……""咳！"妮娜叹口气，"我以后再也不回胶城来了！每次回来，都要遭遇一场水中望月的心碎！这个城市对我太不友好了！"孙夫人笑道："你得要去烧烧香、拜拜佛了。"

　　酒过三巡，借着酒劲儿大家高兴地说着废话，妮娜来到餐厅外面，让崔妮儿去把闫觉鸥叫来，"记住，别说是我找她，说廖夫人叫她来的。"等她转悠了一圈再回到座位时，发现大少爷和洛小姐都不见了，于是转身又出去了。妮娜溜达到二楼书房，看见洛小姐正独自一人在窗前看书，便推门走进问："洛小姐，一个人在这儿躲清闲啊？""我喝不了酒，喝点就难受。""我也经常逃酒，不过我是怕酒后吐真言，洛小姐，不会也是怕把什么不该说的说了吧？""是啊，一个女人如果喝醉了乱讲话确实有失体面。""其实洛小姐不必想那么多，多喝几杯就什么都不怕了。""那会丢丑的。""听我姨妈说，您和义振哥是几年前在一艘轮船上认识的,真浪漫啊!可你们怎么拖那么久才走到这一步啊?""那时候,我有男朋友,后来双方都感觉不合适,就分手了。""哦,原来义振哥是后来者居上啊!你前面的男朋友怎么了?怎么就不合适?花心?""倒也不是,他有个酗酒的坏毛病,我实在容忍不了。""那是应该分手,嫁给这种人太受罪了。行啦,现在你们有情人终成眷属了!"洛佩笑笑问:"听说妮娜小姐是学医的?""是。"妮娜看了看洛佩笑了,"大少爷还曾经是我的病人呢。""他身体那么好,也生病啊?""也许是为了见我,装病吧?我开玩笑的。哎,洛小姐,大少爷曾经被鲨鱼咬过,你知道吧?"洛佩迷惑地看着妮娜,妮娜一脸认真地说:"到现在他身上还留着一个很明显的疤痕呢,就在他的左胸口你不知道?看我问的,洛佩小姐和义振哥都是快进洞房的人了,哪能不知道这个呢。"她狡黠地盯着洛佩。洛佩微微一笑:"你觉得我是该说知道好呢,还是不知道好呢?作为廖府未来的儿媳妇,我真不好回答您这样的问题。""哎呀,洛佩姐!你把这事想得严重了吧?""妮娜小姐是医生,可能不在乎这样的问题,可对我们来说议论这样的事很不雅。""这样啊!那我得罪了!我这个人说话随便惯了,没想到一道伤疤的问题会让洛小姐想那么多!我道歉。对不起,对不起。"洛佩笑笑转头看向窗外。院子里,闫觉鸥正在停放自行车。妮娜也看见了闫觉鸥,她向下面喊道:"闫小姐,一向可好啊!"闫觉鸥抬头看过来,看见了妮娜和洛佩,"你们好。""好久不见了!"妮娜:"你等着，我马上下来。"洛佩看着突然出现的闫觉鸥，感觉妮娜在搞什么鬼。

"我们好久不见了。"妮娜走到闫觉鸥面前。闫觉鸥："你又来这边度假了？""也是，也不是。"她看看闫觉鸥说："我实在不明白，闫小姐为什么把义振哥让给别人了？"闫觉鸥看了一眼楼上的洛佩，"这个问题你还是问大少爷吧。""我懂，绝不是喜新厌旧那么简单。"妮娜朝闫觉鸥挤挤眼睛："那个女人很厉害，你不是她的对手！你知道她刚才跟我说什么？她跟我谈论大少爷身上的疤痕，说大少爷以前被鲨鱼咬过，身上有道好长的伤疤，她就想让我知道他们的关系已经很深了，你懂吧？她的话连我这个做医生的听着都脸红，我明白她的用意，她是想让爱慕大少爷的人都知难而退。你有什么委屈跟姐姐说说。"崔妮儿跑来叫妮娜，说孙夫人找她呢。

孙楚回到家问夫人妮娜对洛小姐的"侦查"有什么结果，孙夫人："你让一个醋坛子去侦查她的情敌，得出的结论也都是酸味儿的，不可信。倒是二太太给了我一个关于袁队长的信息，让我很吃惊。""袁队长？""人家现在跟你最恨的那个上司走得很近，动不动就去跟他们一起打牌！""你说匡？""对，他从没跟你说吧？""没有。""而且袁队长还时常故意输钱给他。""故意输钱？他想干吗？""那谁知道？这事你自己知道就得了，可千万别去问他，你点破他的心机，他会恨上你的，万一他使什么坏，你私下挣的那些钱就都归党国了，过后你还得上军事法庭，判刑、坐牢！"

43

段哲文躲着袁队长好几天了，他真希望能这么一直躲下去，躲到他彻底忘了自己，忘了那个根本不存在的"04号小夜曲"。他恨不得马上逃离这座城市，但他也知道，万一逃不掉，会死得更惨，干脆泡酒馆去！现在也只有酒能帮他在这个世上撑下去。有人过来拍了一下他的肩膀，把他吓了一跳。"看着就像你！""老桑！""刚回来就碰上你！真是有缘！"老桑高兴地说，他还是那么情绪饱满。"你去哪儿了？怎么好久没有你的消息了？"段哲文问。"上次给他们弄完那批货，我就去南边儿了。巧了，我这次回来又是为他们的事才回来的，又碰见你了，看来，这好事还得拉上你！""什么好事？"老桑对他耳语道："帮他们筹集药品！你愿意不愿意加盟？我后天跟他们见面。""可我现在财力不行啊！""力所能及呗。""你先别算上我！等我想想再说。"老桑笑道："明白，你老兄用钱的地方太多！老兄，这事可别对外讲啊，你也知道，徐童可是他们一直想抓的人。""徐童也来？"段哲文的脑子里突然闪了一个念头：把大少爷引来跟他们见一面，这不就证明他是共产党了吗？机会难得啊！"我想起来了，"段哲文说，"我有一个朋友就是做药品生意的，很有实力，为人也仗义，我去说服他出点力……""那太好了!""你们什么时候见面?我也想见见徐童呢。"

廖家人和洛佩正坐在客厅一起商量着大少爷的婚事,闫觉鸥着急上火地跑来。"二小姐?出什么事了吗?"二太太问道,她见闫觉鸥看着大少爷,忙说:"你是来看志信吧?崔妮儿和紫陶把他带出去玩了。"廖夫人:"你坐下等等,他们一会儿就回来了。"二太太:"他们应该就在坡下的海边儿呢?要不你去那儿找他们?我们正商量义振婚礼的事呢。""哦……"她见洛佩正看着自己,迟疑了一下说:"好吧。"她转身朝门口走去。"我陪你去吧。"大少爷要起身,被二太太拉住,她冲闫觉鸥说:"二小姐,一会儿回来一起吃饭啊!"闫觉鸥一走出大门,就后悔刚才没直接说找大少爷有事。段哲文刚刚告诉她,据他的一个记者朋友说,"大少爷未婚妻洛小姐是个情报贩子,日伪时期,她和她的情夫就是靠干这个发的家,据说最近她将一份共产党的锄奸计划卖给了红顶楼的人!"这事她必须现在就得告诉大少爷,闫觉鸥推着自行车边走边想,抬头看见了廖家一个女佣,她心生一计,使劲蹬了两下车,车撞到树上,被女佣看见了。

女佣跑进客厅说,闫小姐不小心撞树上了,车撞坏了,走不了了。闫觉鸥看见大少爷朝她走来,这才松了口气,然后一股脑把段哲文的话说给了他,"段哲文说,那个知情人现在正想拿这个消息卖钱呢!""他想让我来买这个消息?""他没这么说,他只是问我要不要跟你说这事,他知道您对他没好感,不信他的话,是我觉得这事应该让您知道。""他又编故事吧?""我也这样想过,可他为什么要编这个故事呢?我觉得您只有见到那个人,才好判断。"大少爷一边鼓捣着那辆被撞坏的自行车,一边想起了什么,"去哪儿见?""段哲文跟那人约好周二下午在樱花酒店见面,你如果想见他的话,就那个时间过去。当然,如果你不想去的话……""我去!段哲文要敢耍什么花招,我当时就给他报官,还要告他们诽谤!""周二我陪您一起去。""不用!""你觉得不方便,我可以不听你们谈话!我就待在一边。""没必要。""我必须去!万一段哲文……""你去我就不去了!"大少爷生硬地看着她说。"那好吧……"

  星期二这天,天上的乌云走得很快,胶城阴得像是要哭。闫觉鸥和戴琼慧马上就要到教堂了。听见教堂的钟声"咚!咚!"响了两下,闫觉鸥猛地站住脚,"我不去排练了!"说着转身跑了。"闫觉鸥!你去哪儿啊?要下雨了!"闫觉鸥一溜烟似地跑没影儿了。

  大少爷提前来到樱花酒店门口了,他没有左转进酒店,而是右转进了酒店对面的茶馆。他在茶馆二楼靠窗的一个位置坐下,不一会儿,孙楚走来,大少爷笑道:"茶已经给你备好了。""选这么个天叫我来这儿喝茶?什么事啊?一会儿有大雨知道吗?""当然有事,没事我才不浪费茶钱呢。段哲文你认识吧?""段哲文?这名字有点熟?哦,想起来了,那个作家?""对。今天是他约我来这儿的,他告诉闫觉鸥说,洛佩曾经是情报贩子,最近还将一份共产党的锄奸计划卖给了你们的人。""啊?""这么重要的事,你不知道?""真不知道,'锄奸计划'?没听说啊?"大少爷用怀疑的目光看着孙楚,"你别用这种眼神看我,我确实不知道!不是故意对你隐瞒,我说的是实话,那他约你来是何目的?""是让我来见一个知情人,我想是想让我付封口费吧。""敲诈啊!这你也信!""可我心虚啊,我和洛佩毕竟也有几年没见了,这要是真的……""不可能!人家就是看出你这人胆小怕事,所以才敲诈你呢。""终归是无风不起浪啊!我本来没打算叫你来,可我到这儿以后发现这下面好像来了几个你们的人,我有点搞不清状况。""我们的人?""你看看楼下那几个,袁队长也来了,我刚才看见他了。"孙楚朝楼下看去,果然看见几个熟面孔在街上晃动。"我怕有什么不测,所以把你拉过来了。""这是什么情况?老兄,天地良心!我真不知道他们要干吗!还有你说那个'计划',我今天真是头一次听说!""蹊跷吧?所以叫你来陪我看个究竟,别有人想陷害我,给我设什么套。""别疑神疑鬼的,我这就去给袁队长打个电话问问怎么回事?走走,你跟我一起去,省得你怀疑是我在捣鬼。""你别忙,我在想,如果连你都不知道这事,那这事更不简单了!"孙楚突然想起袁队长动不动就跑去跟匡局长那儿打牌,还故意输钱的事,阴郁地说,"搞不好这不是给你设的套儿,是给老子我设的套儿吧?你是我的人,如果你有事,那我还能保得住吗？""也许是我们多虑了。"大少爷看看手表："我该赴约去了，走，陪我一起过去见见那个知情人。"两人来到樱花酒店门口，孙楚突然站住脚说，"你说，他们会不会看见有陌生人在场不敢露面啊？我还是在茶楼等你吧。"

　　大少爷一个人走进樱花酒店的餐厅，一个男服务员迎上前来："您好，几位？""我等几个朋友，还不知道几位。"男服务员："那您先在那边坐吧。"大少爷跟着服务员来到一张桌前坐下，拿起桌上的一本杂志翻起来。对面桌上有个西装革履的年轻男士唤他道："是廖公子吧？您还记得我吗？"大少爷抬头去看他。"我们在北平见过面，您是妮娜小姐的朋友。"西装男子说着，来到大少爷桌前。"哦，对，记得，记得。你从北平过来？""是，我有个朋友是作家，他在这边写作呢，叫我们过来玩两天。"大少爷冲他那桌的几位客人点点头，然后对年轻人说："妮娜也在胶城呢，她前几天来的。"两人简单聊了几句后，年轻人回到自己朋友那儿去了。已经两点四十了，大少爷看段哲文他们还不来，便回到茶楼去了。他离开不久，刚才跟他说话的那几个人就被特务们带走了。

　　台风说来就来，闫觉鸥顶着风来到路口，拦住一个妇人打听樱花酒店怎么走，妇人抓着要被大风吹跑的头巾吃力地回答："别过去啦！小姐！樱花酒店那边抓人呢！"另一个路人也说："好几个年轻人被抓走了！不知出什么事了！"闫觉鸥一听，忙朝樱花酒店方向跑去。大少爷正在茶楼里跟孙楚说着什么,扭头从窗户看见了在樱花酒店门口向路人问着什么的闫觉鸥,又见她转身冲进酒店去了。大少爷的心提了起来,不一会儿,他看见闫觉鸥从酒店里跑了出来,酒店看门人上前轰她走。孙楚正要扭头看窗外,大少爷使劲咳嗽起来。"没事吧?"孙楚问。大少爷摆摆手,"呛了一口。"街上暗了,雨借着风势"噼里啪啦"地砸了下来。大少爷再朝街上看时,窗户被雨幕挡住了,大少爷端起茶杯喝了一口,"烫!"孙楚说,"刚加的水!你没看见啊?"大少爷:"这雨一时半会儿停不了,我看我们还是走吧。"

大少爷一定中圈套了!一定出事了!闫觉鸥在风雨中边走边自责着,这时,她全然没有看见,大少爷的车就从她身边开过。车上,孙楚跟心不在焉的大少爷开心地说着什么,大少爷看看窗外:"这会儿雨还真大!"孙楚:"可不是嘛,每年要不来这么几场惊天动地的风和雨,就不叫胶城喽!"

袁队长没想到孙楚冒这么大雨跑到红顶楼来,他一看他那要找碴儿的表情,就知道自己又要挨骂了。"听说徐童进城了,谁能给我解释一下,为什么我是最后一个知道的?"

闫觉鸥一回到姥爷家,就扑到电话机前拨电话,占线,一直占线!她拨呀拨,终于通了!两边同时"喂"了一声,闫觉鸥:"你们家怎么一直占线?急死我了!您没事吧?您去了吗?见到他们了吗?我听说那儿有人被抓了,我还以为……"闫觉鸥声音哽咽住了。"说不叫你来，可你还是跑去了，你这样帮不了别人，还会害了自己，你什么时候能稳当点儿啊？"窗外，电闪雷鸣。

44

段哲文刚爬上火车找了个座位坐下，就看见两张红顶楼的面孔顺着车厢朝他走来，他急忙起身挤下了车，一个人跟上来问："要出门吗？"段哲文惊慌地说："出什么门？我是来送朋友的。"眼看着火车甩下自己，绝情地离开了站台，段哲文心都凉了，他举起手跟车上的"朋友"告别，他知道他这是在跟生的希望告别。那天，他设套让大少爷钻，他看见大少爷去了樱花酒店，可不知为何老桑他们却没来，这等于他又狗胆包天地把红顶楼当猴耍了一回，他不一跑了之，还等什么？只可惜，老天也不帮他，他感觉他这次是在劫难逃了。

小树林里，袁队长看着被绑在树上的段哲文让身边特务去叫"三鞭子"，段哲文立即慌了，哀求道："袁队长！叫'三鞭子'干吗？你可别叫他！我这身子一鞭子就交待了，我还有很多书要出呢？我的读者还都等着呢！""你这思路有趣，都死到临头了，还想着你的读者？我是真佩服你！"凶神恶煞的"三鞭子"走过来往旁边一站，段哲文立即听话地说，"您想问我什么，我说就是了，何必动那么大的气呢？昨天见面的事确实是我胡编的！因为我怕你们总觉得我不干活儿，所以我就想出了这个主意！"袁队长："就是说根本就没有徐童要来的这回事？""没有！"如果承认有这事，就要说出老桑，说出老桑，就要说出他们的关系，就要一直交代到他和老桑一起捐款"通共"的事，那就是自寻死路！"那份'小夜曲'……"袁队长问。"都是我编的，那天您跟我说了大少爷的事后，当天夜里我做了个梦，梦见闫觉鸥在大少爷那儿看见了一份共产党的绝密文件……""做梦？"袁队长挥手给了段哲文脸上一拳，"'三鞭子'！你来教训他！""等等！"段哲文喊道："把我打伤了，我可就不好解释了。""跟谁解释？""我已经告诉闫觉鸥她们我跟地下党接上头了，不久就有人帮助她们去共管区了，她们都在等着我的消息呢，如果见我被打得头破血流的，她们一定会怀疑！""段哲文，现在我不知道你哪句是真话，哪句是假话，好吧，这次，我先不要你的命，可你给我听好了，把闫觉鸥盯紧了，还是那句话，她如果跑了，你就死定了！"

45

焦娆快到家时，看见父亲在送薛来，焦娆忙躲到墙后，她看见一辆轿车开了过来把薛来接走了。她回家问父亲薛来干吗来了，"来玩儿。""我最讨厌这个人了。"焦世迁不高兴地说："你别看谁都讨厌！这孩子多懂事啊，我还正想跟你说呢，我和你妈想让你跟薛来交往……""跟他？不可能！""怎么不可能？""我不喜欢他！""焦娆，你听我说，目前，前方战事不太妙，所以，我和你妈考虑，我们得早做离开胶城的准备。""去哪儿？""台湾。""我不想走。"焦夫人走过来："我们也不是明天就走，你爸的意思，主要是想让你现在多跟薛来接触接触，他现在在部队里很受重用。"焦娆："他这个人磨磨唧唧的，我怎么可能跟他好呢？"焦世迁："焦娆！""爸爸！我是人，你们别想把我做筹码，押这儿押那儿的，跟你们说啊，你们再逼我，我就跑共管区去！"焦世迁怒道："我跟你说，你跟不跟他交往是一回事，但你绝不能得罪人家，别让人家看出你的厌恶情绪，得罪了他，回头什么事都不好办，现在多少人想巴结他还来不及呢！"

军官沙龙跟酒吧差不多热闹，焦娆并不觉得奇怪，但让她没想到的是那里竟跟酒吧一样乌烟瘴气，所不同的是，是一帮年轻军官和他们的女郎把那里弄得乌烟瘴气的，他们挤在那个不足百米、灯光昏暗的地下室里，闹哄哄地调侃着天下大事和国家未来。焦娆和王妙云刚挤进去后，站在一边的台阶上听起热闹来，有人冲她们喊道："小孩儿，到别处玩儿去，这儿是流氓待的地儿。""看你就像！"焦娆的回应引起一片哄笑。不知这群人听不听得懂里面演讲的人在说什么，反正焦娆听不懂。"党国的军官目前最大的能耐就是吹！"有人讽刺地大声道。"比起默默地捞来，吹就算是很有良心了！"大家哄笑。薛来站在屋子中间一个高处大声说道："且不说作为党国的军人，总是用自讽的方式来瓦解自我意志有多么可耻，就是真的忧国忧民，过度的悲观也为时尚早，但倘若此类腔调仅仅是出于标榜自己的思想时尚、语言时髦俏皮，我们倒是可以不去计较。比起自我安慰，自我嘲讽就是很有良心的了。"又是一阵哄笑。又有人喊道："比起自欺欺人，默默捞钱就是很有良心的了！"再次引起了哄笑和拍桌子。王妙云："哦，薛团长穿上军装多帅啊！"焦娆："要跟无趣比，这确实算得上是优点，你看他那酸劲儿。"王妙云："我看薛来不错，穿上这身衣服，比以前强多了！"她不满地瞥了焦娆一眼，"哪天人家说不喜欢你了，喜欢别人了，你就该疯狂地爱上他了！""你真了解我。这个鬼地方，我都快被烟味儿熏晕了，走吧！""你不是要等着薛来去划船吗？这不是你爸交给你的任务吗？"

焦娆完成了跟薛来划船的任务后往家走，她真怕他还要跟着自己回家吃饭。她以前以为自己是因为对他了解不够才讨厌他的，但后来才发现自己了解他越多，就越是反感他。她突然看见段哲文迈着醉步走了过来，便说："我朋友找我来了，今天不留你在我家吃饭了。"不等他回答，她就朝段哲文飞奔过去，一把挽住段哲文的胳膊，嘻嘻哈哈地跟他说起话来："你这个坏蛋，躲到什么地方去了？怎么老也不露面了呢？"段哲文看看站在不远处的薛来："那边那个穿军装的傻子是谁啊？""你管得着吗！"看见薛来怏怏不悦地转身走了，焦娆立即推开段哲文，"你来干什么？"段哲文靠近焦娆，被焦娆使劲推开："看你喝的这样！要多讨厌有多讨厌！离我远点儿！""脸变得真快啊！""你以为我真高兴看见你啊？我刚才是演戏。""演得不错。""那还不是你教的嘛！""那你还没付学费呢。""别废话了，快说吧，你来干什么？""我想……""'让你帮我一个忙！'"焦娆帮他说出了后半句。"真是聪明绝顶！""再见！"她转身要走，被段哲文拉住："哎，别走！宝贝儿，你别对我这么气哼哼地好不好？"段哲文醉醺醺地说："我心里可是还爱着你呢。上次，如果不是你父母故意让我难堪，故意当着你的面羞辱我，我能那样对你吗？""我不听！别废话了！有什么事快说吧！""好，就一件事，帮我盯着闫觉鸥！""哈！让我盯着你的小情人？你把本小姐当成什么人了？""你盯着的不是我的小情人，而是一个共产党！""我看你真是喝多了，你知道自己在说什么吗？她是共产党那你是谁啊？你不也是共产党吗？""那是逗你玩儿的，我怎么可能是呢？红顶楼你听说过吧？""红顶楼？你不会说你是那儿的吧？""你不信？"她看着一脸得意的段哲文说："你真厉害！你一会儿是共产党，一会儿又是红顶楼的，你爱是谁是谁，关我屁事！你怎么对我的，你都忘了吧？""你帮不帮我？""不帮！""可惜你已经知道我的身份了，这个忙你帮也得帮，不帮也得帮！否则，你和你的家人都会遭殃！""你吓唬谁啊？""宝贝儿，我是不会伤害你的！"他喘着带酒味儿的粗气说:"只要你答应帮我盯着闫觉鸥,我会比以前对你还好,你不是一直恨她吗?这可是你报复她的好机会!"焦娆用力挣脱开他转身跑了,跑出几步后冲他喊道:"你这个大骗子!我再不会上你的当了!"他看着她的背影笑道:"你当然会帮我!"

46

闫觉鸥和戴琼慧坐在海边的一条长凳上啃着馒头,"你们家的馒头真香!"戴琼慧说。"是二嫚蒸的。""比我蒸的好吃,我们走了就吃不上这么好吃的馒头了。""走的时候一定多带几个。"戴琼慧:"满图说来找我们,可一点消息也没有,也不知道他们怎样了,你觉得我们还能走得成吗?""我现在也总是做要出发的梦,每次都梦见来不及了,要不就是有坏人追咱们!"戴琼慧:"我总是梦见翻船,可吓人了!"她看了看闫觉鸥,"你叫我来这儿,要跟我说什么呀?""我想给大少爷写封信。""情书啊?""什么情书?我想说服他像二少爷那样,跟共产党走,我觉得他人挺好的,可整天在俱乐部那个大染缸待着,好好的人不就毁了吗?""你劝人家这个,不吓着人家?""我是想挽救他,想让他活得像个真正的男人!他就是胆子太小,太怕事。""人家快要结婚了,你这样做,人家不觉得你别有用心啊?""那我也要把心里话说出来,我就是觉得一个大男人应该成为'先天下忧而忧，后天下乐而乐的'那种君子，而不能只想着看家护院那点事。信我已经写好了，就在我口袋里呢，我手脏，你掏出来看看。"戴琼慧拍掉手上的馒头渣，从闫觉鸥的衣服口袋里掏出信看着。信是这样写的："大少爷，有句话，憋在我心里好久了，我一直想对你说，但总找不到合适的机会，现在我觉得，我们当面谈话的机会更少了，几乎没有了，所以，我就给您写了这封信，因为如果不把我想说的这些话说出口，万一哪天我离开这里了，我会非常非常遗憾的……""闫觉鸥，你是想把这封信给大少爷寄去，还是想亲手交给他？""不能寄，不安全。""要我说，亲手交给他也不安全。这信万一丢了会给人家找麻烦的。""那你说怎么办？""非要说的话，还是当面说比较好。"闫觉鸥摇摇头："我现在跟他说不了话，看见他就想跑，再说，万一让洛小姐看见，还以为我想纠缠他呢。""要不给他打电话！"

两人一口气跑进姥爷家书房，从里面把门锁上，闫觉鸥把信拿出来递给戴琼慧，戴琼慧推开："你的信你自己读！""你帮我读！""为什么？""我读不好！戴琼慧求你了，你读比较自然！""好吧，好吧！"戴琼慧妥协了。闫觉鸥拨通电话，听大少爷那边"喂"了一声，立即把话筒塞到戴琼慧手里。戴琼慧："喂？大少爷，是，是这么回事，闫觉鸥，她想跟您说件事，她，她……""她在吗？"大少爷问，闫觉鸥使劲冲戴琼慧摆手。戴琼慧回答："她，她不在，她说她不在……"闫觉鸥把信举到戴琼慧眼前。戴琼慧:"有封信,她想让我读给您听,不是情书,您别紧张,您就当成一篇作文吧。"她朝闫觉鸥吐了下舌头,"麻烦您,一定听我读完啊,可千万别中途挂断!我开始读了啊!大少爷,有句话,憋在我心里好久了……"闫觉鸥跑到窗前,看着窗外,紧张地听着戴琼慧读信:"据我对您的了解,您是个好人,是个善良、有良知、有学问、有能力的好人,像您这样的好人,难道不该有更壮丽的理想和更高远的追求吗?您难道就甘愿固守一地,只为自己的小家倾尽一生吗?我们的国家现在如此贫弱,受困于虎狼之境,受人欺凌,身为儿女,您难道可以视而不见吗?我虽然对共产党还知之甚少,但就我对他们有限的了解,我越来越相信他们能给中国带来希望。我觉得您还是应该多了解了解共产党,即便不能像二少爷那样成为他们中的一员,也应尽您所能给予他们支持,那样,您将会更加受人尊敬!我很后悔没能早点跟您说这些。大少爷,您还在吗?""我在呢。""我读完了。""你让闫觉鸥接电话。"戴琼慧把电话递给闫觉鸥,她忐忑地"喂"了一声,大少爷说:"把信烧了吧!不要让其他人看见,也不要跟人讲这事,听见了吗?把信烧掉,现在就烧!"

47

戴琼慧的母亲输了牌心情极坏,路上还躲闪不及地与挎着一个女人有说有笑逛着街的焦道忠相遇，心情更坏了，"真巧啊，碰上你，我们还真有缘……"这话听起来有点像讽刺，焦道忠表情略显尴尬："您好。""您怎么最近没来我家啊？戴琼慧一直都念叨您呢。""戴琼慧？"焦道忠感到奇怪，她不是"出殡"去了吗？"她这会儿还没放学呢，估计一会儿就回来，你如果今晚有空的话，过来坐坐……"她瞥了一眼他身边的女人说。"今天不了，改天……"他满脑子疑惑地和那女人朝前走去，戴琼慧的母亲一脑门子气地站着没动。

戴琼慧刚一进家门，母亲就过来问她去哪儿了，"去海边儿了。"她顺口答了一句。"跟焦警官？""是。""几点分的手？""刚刚……""是他把你送回来的？""是。""啪！"母亲拍了下桌子："是什么是？"戴琼慧这才注意到她那一脸的怒容。"戴琼慧，你现在撒谎连眼睛都不眨！我刚才在大街上看见他了，他正和一个女人在遛马路呢！"戴琼慧不敢吭声。"你又跟人家闹别扭了是吧？又跟人家分手了是吧？"戴琼慧小声道："没有，我们没分手。""没有是吧？那好，这个周末，你去把他请来家里吃饭！如果他没来，那你们就是分手了，那我就再给你找一个！"

焦道忠从警局出来就看见了站在那儿的戴琼慧，他装作没看见，从她面前骑车而过。"焦警官！"他听见她叫他，犹豫了一下刹住了车："你是在叫我吗？""我妈让我来叫你去我家吃饭。""真奇怪，现在站在我面前的是人是鬼啊？我猜你们那天是遇见风浪了，所以没走成吧，"他一脸嘲笑地说，"下次打算什么时候再'出殡'啊？你没告诉你妈，我们俩已经分手了吗？"戴琼慧不语。"为什么不说？你还是早点儿把我们分手的事告诉你母亲吧，否则，她看见我和别的女人一起，以为我多爱拈花惹草呢。再说，万一你哪天又失踪了，你妈来找我要人怎么办？告诉你妈，没空去你家。"说着，狠踹了脚蹬子一下，准备走。"谢谢您。"戴琼慧小声说。"什么？""那天您在码头没有说出我们……""你以为我那是想帮你们啊？我只是不想多事而已。万幸你们又回来，不然你妈找我要人，我还真不知道该怎么跟她说，你回去赶紧告诉你妈我们已经分手了，然后你爱去哪儿去哪儿，跟我没关系了。""对不起。""别对不起、对不起的了，这话我听着就烦！"戴琼慧支吾地："我希望可以认您做大哥……""不必了！我没兴趣。""焦警官，我想求您先别把我们分手的事告诉我妈，她知道了，马上就会再给我找一个，我……""这就不关我的事了，你只能祈祷你妈别再来找我问我们的事，我犯不上费神替别人说瞎话。"他骑上车走了。

48

"三鞭子"被人杀了！段哲文把这个消息告诉夜怡铃时，夜怡铃感觉他似乎并不怎么高兴，"现在他们都开始相信有'小夜曲'这回事了？都不怀疑那是你编造的了，那不是好事吗？""是好事……""可看你的表情，怎么好像摸了张坏牌似的？"段哲文愁眉苦脸地说："虽说这次运气不错，但我发愁的是老天爷不会永远向着我。""什么意思？""总不会再有第二个'三鞭子'被人杀了吧！一个锄奸计划，死一个人就完了？""那怎么着，你打算自己再杀一个去？您总这么自寻烦恼就没有完了！""可我刚承认了'小夜曲'是我自己瞎编的，现在又……""别怕！你不胡说八道还能怎么着？""我是说，下面的谎怎么圆？""车到山前必有路，别劳神了。"

外面在下着毛毛细雨，段哲文来到湿漉漉的街上站了一会儿，立起衣领，顺着街道朝前走去。他的皮鞋在寂静的街道上发出清晰的"哒哒"声，听上去不禁让他感到形单影只的凄凉。自己当初如果没想出那个自作自受的破主意就好了，他的脑子很快就又回到那堆闹心事上。一张报纸被风卷到段哲文脚下，他甩了两下没甩掉，报纸上的消息吸引了他，一条是：又一批青年学生突然"失踪"；另外一条是：共产党地下党到处散发号召青年学生投奔解放区的传单，"灵感"似乎来了。第二天，他主动找了一回袁队长，说自己想来想去感觉共产党抛出的那个"小夜曲"也许只是为了引人注目的一个幌子，其实并不真的存在，共产党很可能是在明修栈道暗度陈仓，用"小夜曲"掩护他们另外的计划，很庆幸，他这构思竟然跟袁队长他们的推测不谋而合。

49

今天,大少爷听着唱诗班唱《这是天父世界》有种别样心情,他刚接收了一份关于"星光计划"启动的报告,又一批胶城的年轻人要奔赴解放区了,名单中就有闫觉鸥,他凝视着台上的她,她微微仰着下巴,情绪饱满地唱着,目光虔诚地注视着前方,好像正在对什么人吐露着心声,告诉他,她已经为自己的人生选好了方向,并将义无反顾地走下去。他曾经无数次地想象过亲口告诉她自己是共产党时的情景,无数次地想过她得知他们是同志,是战友,在为同一个目标奋斗后惊喜的样子,那场面太美、太令人激动了,他甚至害怕老天会因为嫉妒不许它发生,但愿这天早日到来!

孙楚看着楼下篮球场上那三个在打篮球的学生已经有一会儿了,他对身边的手下说:"我有时想,哪天我再站在这里朝下看,也许只能看见一个空场儿,一个学生都看不见了。""为什么?""都跑了呗。这儿的年轻人不喜欢我们。""真没想到,你这么个乐天派也会有这么悲观的时候。"随着说话声,大少爷走来,"你找我?""是,过些日子,我要去台湾那边办点事,想让义兴和我一起过去,一方面让他帮我料理点事,另一方面,我想带他去见见几个老棋侠,你不反对吧?放心,不会耽误他毕业考试的!"大少爷心里咯噔一下,去台湾?他立刻有种不好的预感,他不会是想拿廖义兴做人质吧?"只要他自己愿意,我不管,我也管不了,你还不知道他的脾气,而且,在他心里,我的地位还不如你呢。""得了,上次我俩下棋,最后他还不是帮你赢了我,血浓于水啊!""你不公平啊!他那天本来是想帮你的,可你呢,心里总以为他是要帮我,坚决不许他说话,结果……你下棋跟做股票一个毛病,疑心太重!""我是有这个毛病吧?""你自己不知道?"孙楚笑了。"你回头问问廖义兴自己的意见吧,不过我们家可是两位夫人垂帘听政,这事得经过她们同意才行。""你算了!谁不知道你们家一言九鼎的人是你,你垂帘于她们的垂帘后面。"

大少爷回到家,对弟弟讲了孙楚想让他去台湾的事,"他问过你吗?""没有,我猜他是说说而已吧?"廖义兴说。"他不是说说而已,他是认真的,不过,你不能去!"廖义兴忽然感觉大哥脸上的严肃与以往的不同,多了一层……"义兴,你想过去共管区的事吗?"廖义兴一愣:"为什么问这个?""因为,我想让你去那边。""为什么?""因为我担心他们会拿你做人质。""人质?"廖义兴惶惑不解地看着大哥。"我一直没告诉你,我其实是在为共产党工作。""你?从什么时候开始的?""很早。""我二哥知道吗?""谁都不知道,我担心,万一孙楚他们发现什么,会用你来做人质,那我就被动了。""他们发现你了?""不排除这种可能。你还没回答我的问题呢,你愿意去那边吗?""我愿意。""真的?""真的!"大少爷看了弟弟一会儿,欣然道:"很好!我来安排,要严格保密,知道吧?这两天,孙楚如果问到你去台湾的事,你就回答……""我不想去,我怕耽误上学……"大少爷摇摇头:"不要这么回答,你要说你很愿意去。""我说我很愿意去,但是……""不要'但是'!一定别说'但是',你要让孙楚认为你对这件事很感兴趣,你要说即便家里人反对,你也会尽力说服他们,他要问你'你大哥什么意见',你就说,如果两位母亲都同意,他应该不会有意见,你要尽可能打消他的怀疑。""明白。""如果我走了,你不会有麻烦吗?""我自有办法。义兴,你从现在起就要自己出去闯了,你要勇敢一点儿,像你二哥那样,但不要像他做事那么冲动。"廖义兴点点头,他看着大哥,突然觉得有点陌生。

这天歌咏团成员都来到录音棚等待试音,谷老师走进来:"下面我要先找几个同学去试试音,叫到谁,谁出来。"闫觉鸥等几个同学被叫到走廊上,工作人员把他们安排到了不同的试音间。闫觉鸥和廖义兴同时被叫进了A01室,他们一走进房间,闫觉鸥就惊奇地发现彭湃正坐在房间里冲他们笑呢:"同学,你们好!"怎么是他?她的心欢快地跳动着。"请坐吧。"等闫觉鸥和廖义兴坐下,彭湃说:"今天叫你们来不是来试音的,而是要告诉你们一件很重要的事,你们都将参与'星光'行动,都是这个行动的一员,我将是你们此次行动的领队和指挥。现在我就把行动安排告诉你们。"交代完行动计划后,彭湃说:"我再强调一遍,行动那天,万一有人因为某种原因没能准时到达指定地点,就自行想办法赶到下一个集合点莫邪岛,它是最后一个会合点。"接着,他又问闫觉鸥关于段哲文的情况:"他最近又找过你吗?""找过,他还说起你们那天跟他约好见面后来没去,也没再联系他,他不明白为什么,是吗?""是,那天是我去见他的,可快到见面地点时,我发现他后面有尾巴,我当时搞不清是他把见面的事告诉给了敌人,还是有人在暗中跟踪他,就没过去跟他接头。之后组织上认为,他可能带来的风险过大,决定不再用他了。闫觉鸥,从现在起你要跟他进行一般接触,不要让他觉察出来。"焦娆从她的试音室走出来,经过A01门前时,她趴到门上听着里面的动静,一个工作人员上前问道:"同学,有事吗?没事的话,那就请回到录音棚去吧。"

50

廖义兴拿着报纸匆匆来找闫觉鸥,"你看报纸了吗?昨天晚上警察在突击行动中捣毁了几家制作通行证的地下车间!""我知道了,我正要找你呢,"闫觉鸥说,"彭湃刚才找过我,说我们做证件的那个地点出事了,老板被打死了,我们的证件都被他烧了!""那我们……""他们正想办法解决通行证的事,让我们大家等消息。""这要等到什么时候?"闫觉鸥突然想起吕鹏程,他说过他朋友的朋友曾帮共产党做过证件,闫觉鸥立即跑去找吴婉玲,拉她一起去找吕鹏程,吕鹏程答应立即去联系他那位朋友的朋友,说一有消息就马上去找她们。

  吕鹏程走进电影院,借着微弱的亮光看见了缩在角落里的段哲文,他一来到他身边坐下就高兴地说:"刚才有几个女中的同学来找我,问我能不能搞到通行证,她们急于想走。""女中的?叫什么?""吴婉玲,闫……""闫觉鸥?"段哲文瞪大眼睛:"你没跟她提过我吧?她不知道我们认识吧?""不知道。我只说我朋友的朋友……""那就好。""您认识她们?""认识!太认识了!你记得我跟你说过红顶楼的'礁石'吧?""她是……""嘘!"段哲文回头看看:"你可千万不能暴露我们的身份!不能让她知道我是共产党。""那通行证的事……""你说一时找不到人了,让她们等着!"段哲文又不安地问,"你刚才说她急于想走?""是。"银幕上那些光影反射到段哲文脸上,吕鹏程感到段哲文的表情迷乱而复杂,难道闫觉鸥是红顶楼的"礁石"?

  闫觉鸥的存在已经成了段哲文的心病,无论她消失与否都直接威胁他的生命,他感觉早晚自己会因为她而丧命,越怕什么越来什么,袁队长那天又冒出了一个念头,打算威逼闫觉鸥成为红顶楼"礁石",他感觉这已经不仅仅是袁队长的一个念头了,说不好,它已经在计划中了,这大大加重了段哲文的心病,如果让这个对自己知根知底的"炸弹"跟红顶楼接触了,那自己的末日不就近在眼前了吗?段哲文一连几天噩梦缠身,这天他又梦见几个特务把他扔下坑去活埋了,他被吓醒了,好不容易重新睡着后,又梦见自己和闫觉鸥在悬崖边打起来,都要把对方推下海去,这时,大少爷出现……他又被吓醒了,再也睡不着了。他本来认为,自己已经用暗度陈仓的那套说辞化解了"小夜曲"的危机,现在看来,只要闫觉鸥在,他的危机就解除不了,而且随时可能发生,他感觉自己越来越希望她彻底不存在了,最好能意外身亡,只有这样,他的危险才能一了百了!他伸手朝枕头下摸去,摸出一把精美的小手枪,他长这么大,还是第一次动杀人的念头,他无意中从对面的镜子里看见了自己,一个似乎丢了魂、样子很糟糕的自己,他害怕起自己来,他把枪对准了镜子里那个面目可憎的人!

段哲文跟着闫觉鸥一晚上了,他倒要看看这么晚了,她要去找谁、要做什么,一旦袁队长问起他的工作来,他也能说得有鼻子有眼儿。他跟着她去了吴婉玲家,一个小时后,又见她从吴婉玲家出来,穿小路往回走,闫觉鸥一头扎进了一个小巷,段哲文跟上去,下意识地伸手摸了摸口袋里的手枪。寒冷的月光撒在小路上,他感觉一个机会砸到头上,逼迫他去铤而走险,他听见了自己的心跳声。他眼睛里闪动着呆冷的光,面色铁青,僵尸一般移动着步伐。闫觉鸥拐进另一条小巷,光线更暗了，而且空无一人，她似乎听见了脚步声，回头看了看，段哲文闪身躲到路灯后面去了，他感到自己跟踪的这个人好像是个陌生人，而非自己曾经迷恋过的那个女学生，他不明白自己为什么在怕她，难道不是应该她怕自己吗？闫觉鸥又拐了弯儿，走进了另外一条更窄的小巷里，地上还是湿漉漉的，好像有人泼过水，段哲文呼吸急促起来，心脏像被什么东西挤压着，大脑空白了，浑身上下每根神经都越绷越紧，有个声音在耳边重复着：这是唯一的机会！只要一枪，他就可以解脱了！"当啷"手枪脱手掉在地上，他迅速弯腰捡起手枪，再一抬头，闫觉鸥拐弯了。在这里开枪不是昏头了吗？巡警一定会立即赶来将自己按住，他揣起手抢，手哆嗦着从皮鞋上解下一根鞋带，他刚起身要走，一个黑乎乎的"鬼影"猛冲出来把他撞了一个趔趄，把他好不容易攒足的气儿一下子给撞没了，他腿一软坐在地上，那黑影是个流浪汉，看了看他，骂骂咧咧地走了。段哲文大口大口地倒喘着气，挣扎着从地上站起身，双腿好像被捆住了一样迈不开步子，他浑身冒汗，面部痉挛，然后浑身肌肉都开始痉挛，他又慢慢跪了下去，终于身子一歪倒在地上，他翻着白眼儿，口吐白沫，身子一挺，昏厥过去……

闫觉鸥听说，警察局有一种专给商团、旅团、戏班子用的集体通行证，她和吴婉玲便鼓动戴琼慧去找焦道忠侧面打听一下。"万一有的话，咱们可以假装成去外岛演出的戏班子混出去。""我？不行，不行，"戴琼慧惊慌地说："他现在恨死我了！不把我们抓起来就不错了，我去打听，他一下子就明白怎么回事了。""他想抓我们，上次就抓了。""上次没抓，不等于这次还不抓。"她们一细想是觉得太冒险。戴琼慧说："你们让我去，还不如让廖义兴去，他跟焦道忠的关系可熟了，说话比我管用多了。"吴婉玲："对，他去问，还不会引起怀疑！"闫觉鸥有些犹豫，但看见廖义兴后，还是禁不住把这个想法跟他说了，"你先别去问啊，我们先等等彭湃那边的消息再说，万一焦道忠不可靠，把我们出卖了呢？""他应该不会……"廖义兴暗想，夜长梦多，多耽搁一天，自己被孙楚绑架的风险就增加一分，大哥的焦虑也就增添一分，而且一旦事情有变，他有可能就走不成了，他正好要去台湾，也需要办理通行证，他可以借这个理由去找焦道忠问问，肯定不会引起他的怀疑。

  课间休息的铃声刚响，就有人告诉闫觉鸥一个叫紫陶的小姐来找她了，天还下着雨，她突然跑来干什么？紫陶将一页歌篇交给了她，"廖义兴要去台湾了，可能参加不了你们的录音了，所以义振把领唱部分做了改动，这是他让我给你的，让你最好今天就交给谷老师，说晚了怕你们就没时间排练了。""廖义兴去台湾？""具体怎么回事我不清楚，只听说他惹祸了，他去警察局找焦警官帮人打听通行证的事，结果，焦警官告诉了义振，廖义兴被他臭骂一顿不说，二太太知道后，从昨天起就不让廖义兴出门了，说这几天他哪儿都不许去，过几天直接跟孙楚去台湾。"都怪自己沉不住气，这下可节外生枝了！闫觉鸥心里真是懊恼。

放学后，闫觉鸥和戴琼慧去给谷老师送歌篇，可雨越下越大，两人只好来到海边儿小亭子避雨，闫觉鸥拿出歌篇试唱起来，一阵风刮来，卷走了她手中的歌篇，两人忙起身去追，歌篇飘出了小亭子，飞进雨里，然后被雨水打湿落到泥地上。"哎呀，这还怎么要啊！"闫觉鸥拎起它扔到旁边的垃圾箱里，"走，我们去找大少爷再要一张，顺便看看廖义兴。"两人来到廖公馆，没想到看见了焦警官，他正在门口的一棵树下抽烟，看见她们走来便问道："是来找廖义兴吧？他们家人不会让他见你们的，我说，你们就别再给他找麻烦了！"闫觉鸥问："谁找麻烦了？""谁？是你们让廖义兴去找我打听通行证的事儿吧？不然，他这么老实的孩子，怎么会关心这事？"闫觉鸥："通行证？我们没让他问啊？是他这么跟您说的？"焦道忠斜了她一眼，"你们以为站在你们面前的是头驴吗？别嘴硬了，我虽然是个记仇的人，不是被人耍了也无所谓的那种人，但栽赃陷害的事我不干。"他瞥了戴琼慧一眼。闫觉鸥："廖义兴去找您的事，还不是您告诉他大哥的？这还不是陷害？""我那是为了他们好！我是怕廖义兴给他大哥找麻烦，现在有人怀疑大少爷是共产党，他们的一举一动都在人家的监视之下！"闫觉鸥："照那么说，您在这儿也是在监视他们了？"焦道忠朝马路对岸站着的两个男人看了看，掐灭了烟说："我不跟你们废话了，我劝你们俩别进去了,至少今天,我说这话是为他们好,也是为你们好,你们要总是出现在是非之地,那你们就是自找倒霉了!"他走到路边的一辆吉普车前,坐进去开车走了。闫觉鸥和戴琼慧正犹豫是进是退,"嘀嘀"汽车喇叭响,一辆高级轿车开了过来,廖公馆的大门开了,轿车缓缓开进,闫觉鸥看见大少爷和洛佩举着雨伞朝汽车迎过去,大少爷无意中看见了站在门外的闫觉鸥,稍稍愣了一下后,又转头去迎接从车上下来的孙楚夫妇了,在大门即将关闭之前,闫觉鸥看见大少爷朝她这边回望了一下。"现在已经有人在怀疑大少爷是共产党了,他们的一举一动都在人家的监视之下!"焦道忠的话让闫觉鸥悟到了什么,她对戴琼慧说:"走!我们还是回去找那张歌篇儿吧。"

客厅里,大少爷、洛佩和两位夫人在接待孙楚夫妇,孙楚高兴地说:"我是特意来邀请你们全家去灵山岛住几天的。"大少爷:"灵山岛?那个地方不错啊!全是奇景!"孙楚:"你去过?""很多年前了。""现在不一样了,是我们的基地了,有吃有喝,还能看烟花,更好了,叫上廖义兴,大家一起去。"孙太太:"他邀请了几个朋友和他们的家眷,会很热闹!"孙楚:"让他们说我玻璃耗子一毛不拔,我这次就拔一回毛!我们后天启程,行吧?""后天?太紧了吧?""我怕再晚就耽误我们去台湾的行程了。"二太太问:"去几天啊?""去个四五天还不行?"大少爷:"去那么多天?"孙楚:"你不用担心俱乐部,我都安排好了，天塌不下来，告诉廖义兴，他可不能不去，我可约了一个下棋高手。"廖夫人："他还真怕是去不了，他们歌咏团后天录音。"孙楚："合唱多一个人少一个人没关系吧？"二太太："他是领唱！"大少爷："没关系，我们可以先过去，等他录音一完事后再来找我们，去灵山岛路程总共也用不了两个小时。"孙楚："对！这办法好，回头我派车接他一趟不就完了。"

51

正式录音这天，最先到场的应该算袁队长手下的便衣们，他们早早就在录音棚周围埋伏好了，就等着看这支队伍如何在他们的眼皮底下暗度陈仓了。

让闫觉鸥没想到的是，廖义兴居然准时出现在录音现场，没出现的却是戴琼慧。第一首歌《花非花》录完了，第二首《大江东去》又录完了，戴琼慧还没出现，看见闫觉鸥心烦意乱的样子，谷老师说道："今天是什么日子？别跟丢了魂儿似的！""我担心戴琼慧……""先别想她！赶快打起精神来！"戴琼慧满脸是汗地走了进来，脚还一瘸一拐的。"出什么事了？"闫觉鸥低声问。"我妈不知听谁说我们今天要逃走，把我锁屋里了，我是跳窗户出来的！""啊？""安静！"谷老师此刻的表情好像一个部队的指挥官。

录音结束了，同学们纷纷走出录音棚。闫觉鸥忽然被廖义兴拉进了一个空房间,他急急地说:"这次我不跟你们一起走了,下午你们别等我!""为什么?""我有事!""什么事?廖义兴!你是要临阵脱逃吗?""我不是临阵脱逃,我真的有事!""什么事?""我不能说!""是大少爷不让你走?""不是。""那为什么?失去这次机会,你会后悔的!"他迟疑了一下,"我走了,我哥会有麻烦!""什么麻烦?""没时间说了,汽车还等着接我去码头呢。""码头?""我们要去灵山岛。""你哥是共产党对不对?""我必须得走了,记住别等我!""你回答我对不对?他们怀疑到你哥了对不对?"廖义兴不语。"廖义兴!你们跟我们一起走吧!我们一起走!"他看着她满含泪水的眼睛,拉了拉她的手:"祝大家一路顺风!"她啜泣道:"你们要平安回来,我们一定会再见的……"

　　学生们就这么散了?袁队长总觉得哪里不对,他绝对想不到,"星光"行动的策划者通过焦道忠买通了几个主要管卡负责人。此刻,他们的队伍在彭湃的带领下,在歌咏团明修栈道的配合下,已经顺利通过了关口,前往莫邪岛集结。袁队长派两个特务去请段哲文立刻来见,段哲文知道袁队长要问他什么,裤子还没提好就立即联系上了吕鹏程,吕鹏程给他的回答是唱诗班下午要去普济医院慰问,普济医院?袁队长意识到或许这才是暗度陈仓。

　　孙楚带领的"旅行团"车队已经都到达了码头。孙楚见洛佩没来有些怀疑,"她晕船,今天也不太舒服,没让她来……"大少爷说。"哦,不要紧吧?"他看看手表,"我已经让他们开车过去接廖义兴了,这个时间他们的录音应该结束了吧?""孙大哥!"随着喊声,廖义兴跳下车,朝他们跑来,孙楚乐了:"正说你呢!还真快!"大少爷的心沉了下去,廖义兴,告诉你不要来,你还是来了,我们这可是要去赴鸿门宴啊!

游客都已经上船,船马上就要开了,有两个年轻人匆匆跑了过来,孙楚冲他们喊道:"嘿!事情办得怎么样啊?"大家的目光都朝他们看去,其中一个笑着回答:"全妥了。""可别出岔子,出了岔子,我可饶不了你们。""放心!保证一网打尽!"听见这话,廖义兴紧张地看了看大哥,"哥……""少说话!""嘟——"船开了。孙楚来到大少爷身边,"看我培养的小特工怎么样?""特工?""都是我的得意门生,他们都才十八九岁,跟义兴差不多大。义兴,想不想加入我们,做我们的暗礁?很锻炼人!""不想,我可不喜欢干这个,你的门生跑来干吗?岛上又没共产党。"孙楚神秘地笑笑:"谁知道呢,不管他们,我们只管玩我们的!"廖义兴又看向大哥,他已转身朝船头走去。

普济医院的病房里,女学生们慰问病人们的表演赢得了一片掌声,一个女护士跑来,焦急地对在门口站着的"男病人"说:"有几个人在打听孩子们呢,你赶快带她们去服装间躲一下……"女孩子们跑进护士室,"男病人"对屋子里的人说:"大家听我说，一会儿，大家都跟那个护士阿姨走，她会帮助你们离开医院回家的！"同学们都陆续走出房间。焦娆见闫觉鸥她们仨一直没出来，便说："她们几个还没出来呢！""别管她们。"女护士领着唱诗班的女学生出了主楼，顺着一条小路进了另一座小楼的走廊，然后指引她们离开了医院。

"男病人"将闫觉鸥她们三人带到后院儿的井盖前，拉开井盖儿，"你们从这下去，一直向东跑，看见一堆麻袋后，从上面的井口儿出去，去海边那个岩洞里等彭湃他们接你们，这彭湃交代过吧？""交代过。"闫觉鸥她们没想到，焦娆和王妙云找了过来，她们躲在墙角远看着她们下了下水道。闫觉鸥、戴琼慧、吴婉玲借着微弱的光线在下水道里走了一阵，戴琼慧"哎哟"了一声。"怎么啦？""我的脚不行了！"闫觉鸥和吴婉玲凑上前一看，戴琼慧的脚腕儿肿得跟腿一般粗了。"我的天！这是你跳墙时候崴的？""这还能走吗？""哈哈，我猜得果然不错！"焦娆闪了出来。闫觉鸥："你怎么来了？""我怎么不能来？我跟你们一起走啊！怎么了？都那么大惊小怪的样子干吗？""你知道我们去哪儿吗？""当然知道，你们去解放区！""谁告诉你的？""那你别管。今天，你们必须带我走！你们不带我走，我就告诉段哲文，他是红顶楼的人，他一直让我盯着你们几个呢！你们不带我走，他就会把我杀了，我反正是回不去了。"戴琼慧又"哎哟"了一下。焦娆："她的脚怎么了？"焦娆上前一看："天！肿成这样怎么走啊？"

段哲文在医院里与跟着自己的两个特务跑散了，他正要打听唱诗班的人在哪儿，一眼看见王妙云走了过去，"王妙云！"他叫住她，"怎么就你一个人啊？焦娆呢？""她去找闫觉鸥她们了。""她们在哪儿，带我过去，我有事找她们。"王妙云只好把段哲文领到下水道口，她趁段哲文探头朝下看时，扭头跑了。

姑娘们发现了麻袋堆，抬头一看，果然看见一个开着盖儿的井口，闫觉鸥让吴婉玲先上，好在上面拉戴琼慧一把。吴婉玲上去了，戴琼慧也咬牙跟着上去了。闫觉鸥的脚刚登上梯子，段哲文到了："站住！"他用枪对着闫觉鸥说："别动！小天使们，你们这是要去哪儿啊？"大家都愣在那儿不敢动了。"闫觉鸥，下来，我不会伤害你的。"段哲文说。焦娆疾呼："别听他的！"段哲文："不听话，我会开枪的。"焦娆："他不敢！""闫觉鸥快上来！"戴琼慧和吴婉玲在上面喊。闫觉鸥脚刚一抬，段哲文就大喝一声："再动！我真开枪了！"焦娆："别听他的，不能让他抓住你，他会把你交给红顶楼的人！"闫觉鸥身体刚一动，"当！"一声枪响，子弹打在闫觉鸥身边的墙上！几个人都惊叫起来。焦娆大叫道："这混蛋，还真开枪啦！""你给我闭嘴！"段哲文说着忽然一把将焦娆揪过来，搂住她的脖子："闫觉鸥，你下来，我可以放她们仨走，但我们俩得好好谈谈！你知道，我是不会伤害你的，但你如果跑了，我就说不清了，他们会认为是我故意放你跑的！"吴婉玲喊着："闫觉鸥别听他的！"段哲文："你如果不跟我走，焦娆可就没命了，我才不在乎她的小命呢！"焦娆挣扎着："混蛋！放开我！"闫觉鸥顺着梯子退了下来。段哲文放开焦娆，一把搂住闫觉鸥的脖子往后撤着，用枪对着焦娆："你给我站在原地别动！动一动我就打死你！"戴琼慧哭着说："段先生，你不要这样！"吴婉玲："你别伤害闫觉鸥！"焦娆退到一边，顺手抓起地上的一把白灰冲着段哲文的脸一扬，白灰迷住了段哲文的眼睛，闫觉鸥趁机咬了段哲文的胳膊一口，段哲文松开她，闭着眼用枪乱指着她们几个："你们谁敢动，我就开枪打死谁！"焦娆冲到段哲文面前抓住他拿枪的胳膊，张嘴又是一口，段哲文的枪掉了，焦娆从地上捡起枪，指着他喊道："别动！动就打死你！你知道我玩过枪！闫觉鸥，你先走！"闫觉鸥："焦娆！"段哲文顺着声音朝闫觉鸥扑去，焦娆一闭眼，朝段哲文开了一枪，段哲文中弹倒地，焦娆冲闫觉鸥喊道："快走！快！"她用枪指着段哲文。闫觉鸥迅速顺着墙梯爬了上去，然后三个人一起朝下面的焦娆喊着："焦娆！焦娆！快上来！"焦娆扔掉枪，来到扶梯前，刚要往上爬，被摸上来的段哲文一把揪了下去，两人厮打起来，段哲文照着焦娆的下巴猛击一拳，焦娆倒了下去。"焦娆！""焦娆！"三个姑娘喊着。段哲文冲到扶梯前，抓住扶梯往上爬。"快跑！"三人转身跑了。段哲文只爬了几节扶梯，伤痛让他又摔了下去。袁队长带着人赶到了，他用手电照了照躺在地上的焦娆和一脸白灰的段哲文，"闫觉鸥呢？你把她放跑了？"

52

闫觉鸥和吴婉玲架着戴琼慧来到海边时,天色已经暗了下来,她们找了半天也没发现彭湃说的那个岩洞。闫觉鸥焦急地说:"我们走错路了吧?"戴琼慧:"先歇会儿吧,我的脚不行了。"三人一松劲儿,一起摔在地上,这狼狈相让她们不由得笑了起来。闫觉鸥发现不远处有几个渔民,跑去一打听,得到的回答让她们彻底慌了:那个岩洞在四里路以外!吴婉玲:"四里?戴琼慧的脚这样,天黑肯定到不了。"闫觉鸥:"他们也不会等到那个时候,我们只能自己去莫邪岛了。都怪我,光顾跑了……"戴琼慧:"我走不了,真走不了了!"闫觉鸥:"我和吴婉玲轮流背你。"戴琼慧:"不行!开玩笑呢!"吴婉玲:"我已经快散架了,而且,我已经饿得两眼冒金花了,不骗你们!"反正也赶不过去了,三人一商量决定先到附近村子里弄点吃的,顺便问问路。

月光下,她们发现渔村村口有个用栅栏围着的小院儿,里面有两间土坯房子,便走了过去。小破屋里点着一盏煤油灯,听见有人说话,从屋里走出两个妇人,一个老的,一个中年的,由于她们都是黝黑的肤色和同样警觉的表情,让人分辨不出她们是母女、姐妹,还是婆媳关系。两人听说她们要在她家歇歇脚,显得有些犹豫,但见戴琼慧的脚确实肿得厉害,便勉强同意了。老妇人让中年妇人烧了热水给戴琼慧烫脚,然后又拿来一些地瓜干、老玉米、花生给她们吃。两位妇人十分少言寡语，什么也不打听，甚至也不怎么看她们，一副怕惹是生非的样子。三个人等两个妇人都出去忙乎时，讨论起下一步的行动。戴琼慧感觉自己真的一步也走不了了，"要不你们俩走吧？"闫觉鸥："那怎么行？怎么能把你一个人放在这里呢？"吴婉玲："可她真的走不了了，就是找到我们的人，他们还是得让她留下。"戴琼慧有些生气地说："吴婉玲，我就知道，你想抛下我不管！""我不是那个意思。""你就是那个意思！""那你说怎么办呢？我们总不能住在这里，等你的脚好了再走吧？""我去问问她们能不能帮我们找一辆马车。""我们身上没有钱，拿什么雇啊！"闫觉鸥走了出去，戴琼慧抽泣起来。吴婉玲："对不起，戴琼慧，不是我……我就是……你别哭了，"她也哭起来，"我们不是在想办法嘛。"戴琼慧哭着说："还能有什么好办法？"吴婉玲："都怪闫觉鸥，带我们走错路，要不现在我们已经跟他们会合了，现在倒好，走也走不成，回也回不去的……"戴琼慧："小点声，别让人家听见！"吴婉玲抱住戴琼慧哭着说，"我想家了！你呢？"闫觉鸥回来了，冲她们沮丧地摇摇头。戴琼慧："就这样吧，你们先走吧，我留下，这家就两个妇人，应该挺安全的。"闫觉鸥："我不同意，我们一起出来的，刚走到这里就分开？再说，把你一人留在一个陌生人家，我也不放心！"戴琼慧："这不是没办法吗？"吴婉玲："人家肯不肯留还是一回事呢。"戴琼慧："我跟她们说，我脚好一点就离开，她们也许会同意的。"闫觉鸥："如果出点什么事……"吴婉玲："闫觉鸥，我知道你心软，我也不是铁石心肠，但你也知道，戴琼慧真的是走不了了。现在就两个方案，要不你自己想办法去莫邪岛跟大家会合，我和戴琼慧留下，然后我们俩再想办法离开，能往前走就走，不能往前走，就打道回府。第二个方案，我们俩去跟大部队会合，把戴琼慧一个人留下，等找到他们，再看他们有什么办法来接她，或许他们能有办法。总而言之，三个人一起走，不可能。"沉默了一会儿，闫觉鸥叹了口气。这时，两个妇人进屋了，她们听说了戴琼慧要留这儿几天的想法后，沉默了半天，之后老妇人沙哑着嗓子说："姑娘，不是我们不肯留你，而是县保安团有令，谁敢留逃往共区的人，就要抓去下大牢！我们这个小破屋经常有过路的人来歇脚，什么人都有，所以保安团的人盯得紧，时不时就来查，万一……"中年妇人："我们的丈夫孩子都在外打鱼，我们不能给他们惹麻烦啊！这村里可有几个嘴不好的。"老妇人："姑娘，我们有个主意，不知道这位姑娘能不能同意？"闫觉鸥："什么主意？"中年妇人道："她有个侄子，四十多岁，老婆几年前生孩子时去世了，他现在是个单身，也在这村子里住，他胳膊不好，不能出海，就在家里做点这个、做点那个，藏在他那里比较安全，村里的人问起来，就说你是他要过门的新媳妇……"闫觉鸥："不行，她已经有婆家了！"吴婉玲："是啊，这让她婆家人知道会闹的！"中年妇人有些着急地解释："哎呀，姑娘，不是那个意思，我们并不是真想把她嫁给她侄子,这只是个借口,她侄子人很好,那里很安全,你们看见他就放心了!"戴琼慧:"大姨,我就在您家待两天,您能不能就让我在这儿住,别让我住您侄子那儿,孤男寡女的,我害怕。"中年妇人:"这个小屋太招眼,你们外地人不知道,以前……"她还要说什么,被老妇人拦住,"这样吧,我现在就把我侄子叫来你们见见,然后你们再合计合计,成不?"不一会儿,老妇人的侄子被叫来了,他样子很憨,憨得有点过头儿,反而让人感觉害怕。戴琼慧看闫觉鸥和吴婉玲都一脸不放心的样子,便说:"没事,反正我的脚一能走我就离开,就先去他家吧。"这夜,三个人依偎在一张炕上。凌晨,三个人挥泪告别,戴琼慧一直看着她们俩消失在路的尽头,独自一人哭成泪人儿。闫觉鸥和吴婉玲抹着眼泪走上村外的大道,没走几步,她们就听身后有人喊她们,回头一看是那个中年妇人,她和一个牵着头毛驴儿的老汉走来,毛驴身上挎着两个筐,其中一个筐里坐着戴琼慧,三人高兴地笑起来。

路上,牵驴农民告诉她们,附近有条近路直接到莫邪岛,但就是非常危险,要翻过一个大坡。跟农民分手后,闫觉鸥就按他说的去探路了,她越走进那个大坡,眼睛越亮,那不正是大少爷带她来过的那个大沙坡吗!在它的周围,一片大大小小的礁石犬牙交错,被礁石隔断的片片水洼,像一面面小镜子,在夕阳下熠熠发光,真的是它!那个巨大的"滑梯"!闫觉鸥记得大少爷那时告诉过她,翻过这个就可以到达莫邪岛了,但必须要赶在涨潮之前！闫觉鸥兴奋地叫着冲下山坡："喂！我找到近路了！"

海水正在气势汹汹地往上推进，巨浪不时蹿起来挥拳砸向大沙坡，那落下来的海浪似乎要将一切都卷进海里，让它们粉身碎骨，奋力厮杀的巨浪和大沙坡，筑起了一道阻断通往莫邪岛的死亡之门！闫觉鸥见戴琼慧和吴婉玲惊惧的脸色，说道："别害怕！我去过好几次了，看着吓人，其实没那么可怕，把鞋和袜子都脱了，光着脚！这样防滑！我们只能自己单独爬过去，不能互相拉着，那样容易一起骨碌下去！千万不要慌！要沉住气！戴琼慧你的脚行吗？"戴琼慧咬咬牙说："行！""走！"三个人上了大沙坡。潮水好像死神派来的催命官，又一节一节逼上来。闫觉鸥："一咬牙就过去了！千万不要往下看！"一开始向对面爬，她们才感受到真正的恐惧，她们这些小人儿，在大海面前，轻得如同一粒石子，不一会儿，几个人的头发和衣服就被汗水和打上来的浪头浸湿。闫觉鸥见戴琼慧跟她们拉开了一段距离，就停下来等她。戴琼慧咬住嘴唇，奋力挪动着扭伤的脚，当她发现闫觉鸥想要过来帮她时，忙喊道："别过来！"吴婉玲抵达对岸了，她欢呼着："我过来了！你们加油啊！"戴琼慧匍匐到了闫觉鸥的身边时，一个大浪打来，好像故意要将她们拽下去，戴琼慧一慌，身体向下滑了几寸，闫觉鸥下意识地想去够她，刚一伸手，身体也随即向下滑去。"哎呀！"吴婉玲吓得惊呼一声捂住脸。"趴着别动！不要动！等会儿再动！"

前面突然传来彭湃的喊声,"别慌!稳住!不要着急!""别怕!加油!"那是满图的声音,闫觉鸥和戴琼慧顿时浑身充满力量……

当夜幕再度降临,"星光"行动的年轻人借着月光跳上几只小船驶进大海,驶向远方的岸。胶城,那座如搁浅的巨轮一般的城市,渐渐远去,它将在满天星光的陪伴下,熬过黑夜,迎来曙光。"师傅,那是什么岛啊?"闫觉鸥指着前方一个模模糊糊的山影问,"是灵山岛!"那不就是大少爷他们去的那个岛吗?此刻,他们正在经历什么呢?她望着灵山岛,泪眼模糊,老天,请你保佑他们!

后序

闫觉鸥她们几经辗转,历尽磨难,最后在河北加入了军校。在这期间,胶城解放了!解放前夕,焦娆随父母去了台湾,后来嫁给了薛来。廖义兴后来随孙楚去了台湾,几年后又去了国外,以他的方式为祖国默默做着奉献。在胶城解放前夕,段哲文被人枪杀在逃亡的路上,杀他的人是一个漂亮女人,至于她为什么要杀他,没人说得清,他终于以这种方式逃离了这座他一直想逃却逃不掉的城市。据说,在胶城解放的那天,有人看见了闫觉鸥的父亲,说他后来参加了解放军。关于大少爷,似乎没人知道他的确切消息,有说他去了台湾的,也有说他去了国外的，总之，他肯定不在胶城了。

一天下午，闫觉鸥到医院看望军校同学沙玲，两人在花园里散步时，看见一个穿着病号服的人正在跟一位首长坐在长椅上说话。"知道吗？"沙玲对闫觉鸥说，"那个病号以前是做地下工作的，因为工作太紧张，得了幻听，他总听见耳朵里有音乐声，他说他第一次出现幻听，是在一个岛上，正跟一群国民党特务周旋，当他听说一支逃往解放区的学生队伍被国民党全部活捉时，他突然出现了幻听。那天他把幻听的曲子唱给我听，应该说哼给我听了，可真好听！我一听就会了！这是他为自己喜欢过的一个女孩儿写的。"沙玲说着哼了起来，"好听吧？我真羡慕……"闫觉鸥打断她："这就是让他出现幻听的那个曲子？""是啊。"闫觉鸥转身朝那病号跑去，他好像听到了什么，慢慢转过头来……

—完—